Michael Peinkofer

VERLORENER THRON

Die Legenden von Astray 4

Zu diesem Buch

Die entscheidende Schlacht um Astray beginnt ... Die Kämpfe an den Fronten des zerrissenen Reichs Astray brechen offen aus. Die Hoffnung ruht allein auf den Legenden, den sieben Helden von einst, die sich erneut zusammenfinden müssen. Doch die alten Verbündeten sind mehr entzweit denn je, da jeder seine ganz eigenen Ziele verfolgt. Wird es Bray und ihren Gefährten gelingen, die Legenden zu einen und das Schicksal des Kontinents noch zu wenden? Das große Finale um »Die Legenden von Astray«!

Michael Peinkofer, 1969 geboren, studierte Germanistik, Geschichte und Kommunikationswissenschaften und arbeitete als Redakteur bei der Filmzeitschrift »Moviestar«. Mit seiner Serie um die »Orks« avancierte er zu einem der erfolgreichsten Fantasyautoren Deutschlands. Seine Romane um »Die Zauberer« wurden ebenso zu Bestsellern wie seine Trilogie um »Die Könige«. Mit »Die Legenden von Astray« führt Michael Peinkofer alle Fantasy-Fans in eine neue Welt.

Michael Peinkofer

VERLORENER THRON

Die Legenden von Astray 4

Mit einer Karte

PIPER

www.piper.de
Für direkten Kontakt und Fragen zum Produkt wenden Sie sich bitte an: *info@piper.de*

ISBN 978-3-492-50560-4

Karte: Helmut Pesch
Kapitelvignette: Sven Binner
Umschlaggestaltung: Guter Punkt, München
Umschlagabbildung: Mihai Radu
Satz: Satz für Satz, Wangen im Allgäu
Gesetzt aus der Janson
Druck und Bindung: CPI books GmbH, Leck
Printed in the EU

Dramatis Personae

(in alphabetischer Reihenfolge)

Ægir Synkorol	Dwarg, Leibwächter des Königs von Archos
Bray	eine junge Diebin
Doryon von Tamay	General der Armee von Archos
Ebbo Grauling	in Hobheim
Elayan von Archos	König des Inselreichs der Astari
Elyvara	eine Heilerin
Formac Dandar	Grundherr aus Bessos
Glauco	Söldner aus Achaya
Gorath-Syn	Großexekutor, Vorsitzender des Oktogons
Hilalayan	einstiger Hofmarschall von Altashar
Jadissa	Großexekutorin von Westland
Jenya	Kriegerin der Astari
Kira	einstige Dienerin von Nyasha pan Tyras
Kynrik	Schwertkämpfer und einstiger Paladin
Kyrodan von Antara	Fürst der Astari
Lorymar Thinkling	ein Halbling
Noryon von Inan	Fürst der Astari
Nawyd pan Tyras	Prinz von Altashar
Nyasha pan Tyras	seine Schwester, Prinzessin von Altashar
Ramiron	Söldner aus Burgos
Salacar-Syn	Großexekutor von Morwa
Sardar von Valos	Fürst der Astari

Shayak	Krieger der Drak
Tarak-Syn	Mitglied des Oktogons
Tamyas	Zeremonienmeister am Hof von Archos
Urus Morien	Vertreter von Claymor
Vascon	Vertreter Aquilias
Veysi	General ohne Armee
Worfeck	genannt Baumblatt, ein Urok
Xavar-Syn	Großexekutor, Mitglied des Oktogons
Xusra	Regent von Altashar
Ylas von Nacaya	Hauptmann der Astari
Yone von Silea	Fürstin der Astari
Zarindar	Hohepriester des Feuerkults

Dinge geschahen und Dinge änderten sich. Zahllose Steine, achtlos in den Fluss der Zeit geworfen, versanken ohne Widerhall. Andere jedoch zogen Kreise, weit und immer weiter. Und als schließlich die Zeit kam, da wieder zusammenfinden sollten die Sieben, die Astray einst bewahrt hatten vor der Willkür des Kaisers und zerstört seine Metropole Myracor, auf dass sie in den Tiefen der Welt versank, sollte sich nicht nur ihr Schicksal erfüllen, sondern das von ganz Astray.

Aus der Chronik der Sieben,
Siebter und abschließender Band

Der Halbling sah, wo er ging, des Abgrunds Spalt.
Abgrund ist alles ihm, Tat, Traum, Verlangen;
Wie oft hob sich sein Haar in starrem Bangen,
durchschauerte ihn Grauen eisig kalt!

Er fürchtet sich vorm Schlaf, dem schwarzen Tor,
das Unheil birgt, wenn man den Weg verlor:
Die Ewigkeit blickt starr durch alle Scheiben.

Sein Geist, hintaumelnd an des Wahnsinns Sumpf,
beneidet, was da fühllos, kalt und stumpf.
Ach! Wie gern würd' er in Westland bleiben!

Gedichtfragment,
Autor (beinahe) unbekannt

Prolog

Hügelland von Bessos
In der Nacht der Katastrophe

Der Himmel hatte die Schleusen geöffnet.

Seit Tagen hatten sich immer noch mehr und noch dunklere Wolken über Astray zusammengezogen, von der Bucht von Zagora bis hinauf nach Myracor, sodass es ausgesehen hatte, als würde das Kernland des Reiches unter Schwärze begraben. Nun endlich entlud sich die dräuende Macht der Wolken in einem Unwetter, wie Xusra es noch nie erlebt hatte.

In wahren Sturzbächen ergoss sich Wasser über das Land, ließ Seen und Flüsse anschwellen und verwandelte Äcker in feuchten Morast. Zum ersten Mal in den sieben Sommern, die er nun schon als Ziegenhirte arbeitete, war er dankbar dafür, seine Herde bis tief hinein ins Hügelland treiben zu müssen. Denn nun, da die Fluten über das Land hereinbrachen, boten die Hügel, die sich am Fuß der steil aufragenden Berge erhoben, zumindest ein wenig Schutz.

Wo seine Herde war, wusste Xusra nicht.

Anfangs hatte er noch versucht, sie beisammenzuhalten, Blitz und Donner zum Trotz. Doch die Panik der Tiere hatte sich ins Unermessliche gesteigert, und auch er selbst hatte schließlich den Mut verloren. Sich vor den herabstürzenden Wassermassen rettend, hatte er sich in eine der Höhlen geflüchtet, von denen es in dieser Gegend so viele gab – dort saß er nun, durchnässt und am ganzen mageren Körper zitternd, und das nicht nur vor Kälte.

Xusra hatte Angst.

Nie zuvor hatte er ein Gewitter wie dieses erlebt. Jeder einzelne Donnerschlag, der durch die Nacht hallte, schien die Welt in ihren Grundfesten zu erschüttern. Und gingen die Blitze, die aus dem Himmel zuckten, grell und leuchtend wie Pfeile aus Licht, nicht alle über derselben Gegend nieder? Dort im Nordwesten, wo jenseits der Hügel die Stadt Myracor lag, die Wunderbare, Sitz des Kaisers und Metropole des Reiches, Nabel der Welt …

Dieses Gewitter war anders, davon war Xusra überzeugt. Hinter dem Höhleneingang kauernd, den durchnässten Umhang eng um die Schultern gezogen, starrte er hinaus in die im Regen versunkene Nacht. Im Rauschen glaubte er, ein panisches Meckern zu hören, den verschreckten Laut einer Ziege. Ihm war klar, dass es seine Pflicht gewesen wäre, hinauszugehen und nach dem Rechten zu sehen, aber er tat es nicht. Nichts und niemand konnte ihn dazu bewegen, in dieses Unwetter zurückzukehren und in die sturmgepeitschte Nacht. Die Tiere, die zu bewachen seine Aufgabe war, waren ihm herzlich gleichgültig geworden, ihr Schicksal scherte ihn nicht. Und noch nicht einmal die Aussicht auf die Strafe, die sein gestrenger Herr Fromoc Dandar ihm angedeihen lassen würde, konnte daran etwas ändern.

Morgen, wenn das Unwetter vorüber und es wieder hell wäre, würde er nach den Tieren suchen und sie wieder einsammeln. Abzüglich derer, die dann in Felsspalten verendet oder von den Wölfen gerissen worden waren, die am Gebirgsrand ihr Unwesen trieben. Fünf Hiebe pro verlorenem Tier, so lautete die Regel. Aber lieber wollte Xusra den Stock ertragen, als noch einmal sein Glück mit Blitz und Donner versuchen.

Wieder ging ein Bündel gezackter Blitze über der alten Hauptstadt nieder, Xusra konnte das Wetterleuchten jenseits der Hügel sehen. Dann wieder Donner, laut und furchtbar, der von den Hängen des Gebirges widerhallte.

Er hielt sich die Ohren zu, aber der Lärm war so laut, dass er sich nicht einfach aussperren ließ. Der Ziegenhirt begann, lauthals Lieder zu singen, so wie er es als Junge getan hatte, um sich Mut zu machen.

Aber es half nichts.

Zum einen ließ der mächtige Donner seine heisere Stimme zu einem Wispern verblassen. Zum anderen wurde seine Angst immer noch größer, die Furcht davor, dass dieser Sturm niemals enden und diese Nacht niemals wieder das Licht des Tages sehen würde.

Er rief sich zur Ordnung, sagte sich, dass dies völlig unmöglich war, doch aus dem Urgrund seines Bewusstseins krochen jetzt all die Nachtmahre und Schreckgestalten empor, von denen sich die Hirten von Bessos gerne am Feuer erzählten – Dämonen aus alter Zeit, die in dunklen Nächten aus der Tiefe stiegen und die Seelen jener raubten, die allein und ohne Schutz waren, in sturmgepeitschten Nächten wie dieser.

Xusras Furcht steigerte sich in Panik, und als es erneut krachte und flackerndes Licht die Nacht zum Tag werden ließ, warf er sich schreiend auf den Boden.

War dies der Tag, vor dem die Prediger in den Dörfern warnten? Die Stunde, da das Schicksal Tribut fordern würde? Da es Astray dafür strafen würde, dass sein Kaiser Malfortas der Gier nach Reichtum und Macht verfallen war und seine Blutlegionen auf immer neue Raubzüge schickte?

Xusra hatte den Predigern nie zugehört, hatte ihr Gerede für sinnloses Gewäsch gehalten – denn was konnten jene, die wie er ein karges Leben fristeten und gerade das Nötigste zum Leben hatten, schon gegen die Ränke der Mächtigen ausrichten?

Doch was, wenn sie recht gehabt hatten?

Was, wenn dies die Stunde der Abrechnung war?

Wieder ein Blitz, doch diesmal kam er nicht aus dem Himmel. Im Gegenteil schien von einem Augenblick zum anderen der gesamte Horizont im Norden und Westen darin eingetaucht zu sein. Für einen Moment waren noch die Umrisse der Hügel gegen das gleißende Weiß zu erkennen, dann wurde es so hell, dass Xusra die Augen schirmen musste. Entsetzt vergrub er sein Gesicht am Boden und spürte, wie die Erde unter ihm erbebte – was er nicht sah, war der unwirkliche Lichtschein, der durch den offenen Höhleneingang fiel und ihn für einen Moment von Kopf bis Fuß einhüllte. Im nächsten Moment hatte es den Anschein, als würde die Welt zerbersten.

Ein gewaltiger Schlag erfolgte, gefolgt von einem grässlichen Rumoren, das aus tiefster Tiefe zu dringen schien, ein Gären und Brodeln, so als wäre das Land ein lebender Organismus, ein gewaltiger Magen, der sich unter heftigen Schmerzen aufblähte, um sich jäh zu entladen.

Xusra lag am Boden, zitternd und den Blick verbergend. Er hörte das Knacken der Felsen über sich, aber er war nicht in der Lage, aufzuspringen und die Höhle zu verlassen, denn das hätte bedeutet, hinauszulaufen in die schreckliche Nacht, in die Welt, die unterging.

Fels brach und ging nieder, und noch ehe Xusra begriff, wie ihm geschah, regneten Gesteinsbrocken auf ihn herab und begruben ihn unter sich.

Dann wurde es dunkel.

ERSTES BUCH

Das Heer der Schatten

1

Hobheim, Westland
38 Jahre später

Ebbo Grauling war stehen geblieben.

Diesen Teil seiner Runde mochte er nicht, besonders in Nächten wie dieser. Wenn der Nebel lautlos aus den Senken kroch und alles einzuhüllen begann – die windschiefen Häuser und verwinkelten Gassen von Hobheim ebenso sehr wie Ebbo Graulings alte Knochen.

Mit einer halblauten Verwünschung stellte er die Laterne mit dem Talglicht ab und lehnte seine Hellebarde an die nächste Hauswand. Dann griff er in den Beutel an seinem Gürtel und holte Pfeife, Tabak und Stopfzeug hervor. Der süßliche, vertraute Duft des getrockneten Krauts tröstete ihn ein wenig, trotz der langen Wachschicht, die noch vor ihm lag.

Seufzend stopfte er sich die Pfeife, die noch von seinem Urgroßvater stammte, der vor fast dreihundert Jahren in der Schlacht am Alten Wall gekämpft hatte und dort gefallen war, ein für einen Halbling eher ungewöhnliches Ende. Normalerweise pflegten die Bewohner des Westlands sich nämlich aus den Belangen der großen Welt so ziemlich herauszuhalten. Bei den Kriegern des Eislands mochte es zum guten Ton gehören, in blutigem Kampf und mit dem Schwert in der Hand zu sterben – aber sie waren ja schließlich auch Menschen. Ein Halbling hingegen tat seinen letzten Atemzug wenn überhaupt dann erst nach einem sehr langen Leben in einem warmen Bett. Kein Wunder also, dass man dem alten Enurch Grauling ein Denkmal aus Stein gesetzt hatte, das bis zum heutigen Tag jeden begrüßte, der sich dem Friedhof von Hobheim näherte – und das im Augenblick auch auf Ebbo herabsah.

Unter den steinernen Blicken des Großvaters ließ dessen Urenkel das Stopfzeug und den restlichen Tabak wieder im Beutel verschwinden. Dann griff er nach der Laterne, öffnete sie und hielt sie so, dass er sich die Pfeife an der Flamme anstecken konnte. Schmatzend sog er daran, bis die Glut den Tabak erfasst hatte, dann nickte er zufrieden und paffte einen blauen Rauchkringel in die neblige, mondlose Nacht. So, sagte er sich, würde es wenigstens einigermaßen auszuhalten sein.

Er nahm die Hellebarde wieder auf, und indem er sie schulterte, setzte er seinen Weg fort und betrat unter den strengen Augen seines Ahnen den Friedhof. Schon unzählige Male hatte Ebbo mit dem Lordkanzler darüber gesprochen, dass der nächtliche Rundgang über den Friedhof unsinnig war – für Diebe gab es dort schließlich nichts zu holen, und es stand auch nicht zu befürchten, dass jemand von dort entfloh. Aber Latimer Thinkling, der das Amt des Lordkanzlers von seinem Vater geerbt hatte, war ein großer Bewahrer von Traditionen, und als solcher bestand er darauf, dass der nächtliche Rundgang auf die überlieferte Weise durchgeführt wurde.

Vorbei an Grabsteinen, die ebenso windschief waren wie die Häuser der Stadt, jedoch mit großer Sorgfalt behauen, ging Ebbo den Hauptweg hinab. Der Lichtschein der Laterne riss Inschriften aus dem Dunkel, in Stein gemeißelte Namen und Widmungen, die auftauchten und wieder vergingen wie das Leben selbst. Die Bäume, von denen viele um diese Jahreszeit noch kein Laub trugen, warfen lange Schatten, und nicht wenige davon nahmen in Ebbo Graulings Fantasie ein schauriges Eigenleben an. Hier ein Ast, der wie eine Klaue wirkte. Dort eine dunkle Gestalt, die sich über dem Grabstein erhob …

Je älter Ebbo wurde, desto unheimlicher waren die Dinge, die er sah. Oder vielleicht, sagte er sich, war es gar keine Frage der Jahre, sondern der Ereignisse, die sich erst unlängst in Westland abgespielt hatten.

Nicht nur, dass der Orden der Exekutoren in Hobheim Fuß gefasst und einen seiner Schwarzen Türme errichtet hatte – völlig unerwartet war auch Lorymar Thinkling, der von vielen tot geglaubte Bruder des Lordkanzlers Latimer, wieder zurückgekehrt. Und wie es bei jemandem, der lange Zeit in der Menschenwelt gelebt hatte, nicht anders zu erwarten gewesen war, hatte der Ärger an ihm geklebt wie der Dung am Hintern einer Kuh. Ein Morwolf war kurz darauf aufgetaucht und hatte nicht nur den amtierenden Exekutor Thero Borkling getötet, sondern darüber hinaus auch wie ein Berserker unter den Bewohnern Hobheims gewütet.*

Zwar war es gelungen, die Bestie aus dem Morwald zu töten, und Lorymar Thinkling hatte Hobheim wieder verlassen, ebenso wie die geheimnisvolle Ostragierin, die ihn begleitete und von der es hieß, dass sie eine waschechte Prinzessin gewesen sei. Doch das änderte nichts daran, dass all diese Ereignisse höchst beunruhigend gewesen waren und Ängste geschürt hatten, nicht nur bei Ebbo Grauling, sondern auch bei allen seinen Freunden und Bekannten. Kein Abend war seither vergangen, an dem in den zahlreichen Tavernen der Stadt nicht über die jüngsten Ereignisse gesprochen wurde.

Und es machten Gerüchte die Runde …

Von unheimlichen Schreien, die einige des Nachts gehört haben wollten. Von dunklen Gestalten, die bei Dunkelheit durch die Gassen schlichen. Und von …

Ebbo stieß einen heiseren Laut aus.

Das Herz wollte ihm vor Schreck fast stehen bleiben, als er

* siehe DIE LEGENDEN VON ASTRAY 2. TIEFER ZORN

das Etwas sah, das sich ihm in den Weg stellte, hünenhaft groß und mit ausgebreiteten Armen!

Schon einen Herzschlag später schalt er sich einen Narren – es war nur die abgestorbene alte Eiche, die in der Mitte des Friedhofs stand.

Ebbo paffte einige Wölkchen, während er sich einen elenden Narren schalt – hatte er trotz seiner achtundneunzig Jahre denn noch gar nichts gelernt? Genügte jetzt schon ein alter Baum, um ihn zu erschrecken?

Kopfschüttelnd ging er weiter. Die Hälfte der Runde lag bereits hinter ihm, nur noch an den Gräbern der Fremden vorbei und dann rasch zum Ausgang.

Diesen Teil des Friedhofs mochte er am wenigsten. Dort lagen keine Halblinge begraben, sondern Menschen – Leute aus Vangart, Waywart oder anderen, noch ferneren Orten. Nicht nur, dass diese Menschen ihren Fuß ungebeten nach Westland gesetzt hatten. Sie hatten auch noch die Dreistigkeit besessen, hier zu versterben. Und da die Tradition es verlangte, dass die Körper Verstorbener auch dann geehrt wurden, wenn sie so unhöflichen wie groben Menschen gehört hatten, waren sie auf diesem Teil des Friedhofs beigesetzt. Den »Fremdseelenacker« nannten die Leute von Hobheim ihn, und manche behaupteten, dass jene fremden Seelen niemals wirklich Ruhe fänden und dazu verurteilt wären, körperlos umherzugeistern …

Plötzlich ein Knacken.

Ebbo blieb stehen.

Sein erster Gedanke war, dass er auf einen Ast getreten sei, doch unter seinen Füßen war nur Kies.

Wieder ein Geräusch, ein Rascheln diesmal.

»Ha-hallo?«, fragte Ebbo Grauling heiser in die Stille, um sich gleich darauf selbst zu ermahnen, wer er war und welches Amt er doch schließlich bekleidete. »Wer ist da?«, fragte er und gab sich Mühe, seine Stimme dabei tiefer klingen zu lassen, als sie es eigentlich war. »Hier spricht Ebbo Grauling, Nachtwächter seiner Lordschaft des Kanzlers!«

Die Hellebarde halb gesenkt, wartete er ab, aber nichts geschah. Mit der Laterne leuchtete er hierhin und dorthin, doch weder konnte er etwas Verdächtiges entdecken noch wiederholten sich die Geräusche.

Schließlich kam er zu der Erkenntnis, dass er sich getäuscht haben musste. Die Hellebarde wieder über der Schulter, die Laterne in der Hand und die Pfeife zwischen den Zähnen nahm er seine Runde wieder auf. Sein Herz pochte noch immer, als er den Pfad zu den fremden Seelen einschlug und der Lichtschein der Laterne die Grabsteine und die Inschriften darauf erfasste.

Ebbo schauderte.

Wie immer, wenn er diesen Weg ging, hatte er das Gefühl, dass ein eisig kalter Wind ihn streifte. Seine Nackenhaare sträubten sich, und er begann zu frösteln. Unwillkürlich beschleunigte er seinen Schritt und war erleichtert, als das letzte Grab in Sichtweite kam.

Es war erst unlängst ausgehoben worden.

Eine Menschenfrau namens Kira, die Dienerin der angeblichen Prinzessin, war dem Morwolf zum Opfer gefallen und hatte hier ihre letzte Ruhestätte gefunden.

Jammerschade, dachte Ebbo. *Für eine Menschenfrau war das Mädel verdammt hübsch gew…*

Er erstarrte, als der Lichtschein der Laterne das Grab der Ostragierin erfasste. Ebbos Gesicht wurde schlagartig glühend heiß, die Pfeife fiel ihm aus dem offenen Mund.

Denn dort, wo spärlich sprießendes Gras hätte sein sollen, war das Erdreich aufgeworfen, und eine dunkle Öffnung klaffte und starrte dem Nachtwächter voller Hohn entgegen.

Was immer in diesem Grab gelegen hatte – es war verschwunden.

2

Festung Vanheim
Ein halbes Jahr später

Vanheim befand sich in der Hand des Feindes.

Nicht etwa desjenigen Feindes, der auf der anderen Seite des Bruchs lauerte und dessentwegen diese Grenzfestung einst besetzt worden war; sondern wegen einer neuen, anderen Bedrohung, die den Tiefen der Welt entstiegen war.

Veysi wusste darum.

Als General der ostragischen Armee war er einst Befehlshaber der mächtigen Garnison von Makashar gewesen und hatte als solcher auch den Oberbefehl über die Grenzfeste Vanheim innegehabt. Mit ihrem Verlust hatte alles angefangen, doch wie so viele andere hatte auch Veysi die Zeichen der Zeit falsch gedeutet. Das war ihm zum Verhängnis geworden.

Dass er noch vor nicht allzu langer Zeit ein mächtiger Mann mit einer vielversprechenden Karriere gewesen war, kam ihm im Nachhinein wie bitterer Hohn vor. Stets hatte er seine Pflichten treu und vorbildlich ausgeführt und loyal zum Königshaus gestanden, in der Hoffnung, nach dem siegreichen Ende des Krieges gegen Westrien nach Altashar an den Königshof berufen und mit einem Posten als Minister oder königlicher Berater belohnt zu werden.

Doch zwei Dinge waren ihm inzwischen nur zu klar geworden, nämlich dass dieser Krieg niemals enden würde und ein Sieg in unerreichbare Ferne gerückt war. Denn jener neue Feind war ebenso erbarmungslos wie furchterregend, und jeder Widerstand gegen ihn war zwecklos.

Von einer hohen Tanne aus, auf die er, der einstmals so mächtige General, sich in seiner Not geflüchtet hatte, beobachtete er die Festung, die über einem gewaltigen Felsenkessel thronte. Unterhalb der trutzigen Mauern und Zinnen ergoss sich tosend der Vanfall in die Tiefe und verschleierte den dunklen Abgrund mit Nebel und Dunst. Doch selbst über das Rauschen der Wassermassen hinweg waren die grässlichen Schreie zu hören, die über der Festung Vanheim lagen. Und endlos war die Kolonne der Krieger, die sich von Südosten kommend dem Felsenrund näherten.

An den Anblick der hinkenden, torkelnden und stürzenden Leiber, die teils mit teeriger Masse überzogen waren, deren Röcke und Rüstung aber noch die Zugehörigkeit zu seiner alten Armee erkennen ließen, würde Veysi sich nie gewöhnen. Er hatte eine Weile gebraucht, um zu begreifen, dass jene schwarze Substanz der eigentliche Feind war, denn sie war nicht nur in der Lage, beseelte Kreaturen zu willenlosen Dienern zu machen, sondern auch dazu, die Gefallenen bereits geschlagener Schlachten mit widernatürlichem Leben zu erfüllen und sie stets von Neuem in den Kampf ziehen zu lassen.

In Brückstadt, das vom ostragischen Heer belagert worden war, war Veysi diesem unheimlichen Feind erstmals begegnet*, und innerhalb von Tagen hatte dieser die beinahe zwölftausend Mann zählende ostragische Streitmacht besiegt. Nicht im Kampf wohlgemerkt, sondern indem er leise und feige aus dem Abgrund kroch und sich der ostragischen Streiter bemächtigte – und jetzt gehörten sie alle zu seinem Heer.

Lanzenträger aus Nabara, Bogenschützen aus Ugarya und selbst die gefürchteten Sturmreiter Turaniens, einst der Stolz der königlichen Armee, waren der schwarzen Essenz verfallen

* siehe DIE LEGENDEN VON ASTRAY 3. ROTE FLAMMEN

und zu willenlosen Werkzeugen geworden, zu lebenden Toten, die jeden Befehl ihres Anführers ohne Zögern ausführten – selbst, wenn es ihr eigenes Ende bedeutete.

Ihr Anführer …

Veysi kam es vor, als würde seine linke Hand schmerzen – dabei war sie gar nicht mehr an Ort und Stelle. Kraft jener zerstörerischen, übernatürlichen Gabe, die er besaß, hatte Xusra, Hohepriester des Feuers und selbst ernannter Oberbefehlshaber der ostragischen Armee, sie in Flammen aufgehen lassen. Veysi betrachtete den in einen schmutzigen Lappen gewickelten Stumpf, in den sein linker Arm endete. Selbst jetzt noch konnte er den grässlichen Schmerz spüren und hatte den Geruch seines eigenen verbrannten Fleisches in der Nase. Doch der Schmerz hatte auch sein Gutes gehabt, denn er hatte Veysi die Augen geöffnet.

Er hatte erkannt, dass Xusra dem Wahnsinn verfallen war, und noch in derselben Nacht war Veysi aus dem ostragischen Lager geflüchtet. Der große General hatte seiner eigenen Armee den Rücken gekehrt und war zum Deserteur geworden, war heulend in die Wälder Yarowas geflüchtet, um dort seine Wunden zu lecken wie ein wildes Tier.

Bis er die Laute gehört hatte, die Schreie, die der Wind vom fernen Heerlager herübertrug, das unmenschliche Gebrüll. Und bis er den Gestank gerochen hatte, den grässlichen Odem von Tod und Verwesung …

Bei allem Schmerz und allem Zorn auf Xusra hatte die Sorge um seine Leute schließlich die Oberhand gewonnen, und Veysi war zum Heerlager zurückgekehrt. Doch von der einstmals stolzen ostragischen Armee war nichts mehr übrig gewesen.

Überstürzt war das Lager verlassen worden, die Zelte jedoch nicht abgebrochen, sondern niedergetrampelt, die Wagen und Karren verbrannt. Von einer fremden, anderen Macht gelenkt, hatte sich das gesamte Heer, Reiter und Fußvolk nach

Norden gewandt, fort von Brückstadt, von dem nichts als schwelende Trümmer geblieben waren.

Und Veysi war ihnen gefolgt.

Zunächst war ihm nicht klar gewesen, was das Ziel des Marsches war, doch nun, nachdem sie Vanheim erreicht hatten, hatte er erkannt: Sie wollten den Bruch umgehen und nach Westen vorstoßen.

Nachdem die letzten Verteidiger von Brückstadt in einem Akt der Verzweiflung sowohl die Häuser als auch die Brücke in Brand gesteckt hatten, war eine Überwindung der Kluft dort nicht mehr möglich; hier im Norden jedoch, wo der Weltenbruch im Kessel von Vanheim endete, konnten sie ihn umgehen und nach Westrien gelangen.

Es war ein gefährliches Unterfangen: Da es so weit im Norden keine Heerstraße gab, führte der Weg mitten durch die Wildnis Noryas, über schmale und verschlungene Pfade, die normalerweise den Grenzern und Waldläufern vorbehalten waren. Zudem lag Schnee in der Luft, Veysi konnte ihn riechen. Wenn er das Heer auf dem Marsch überraschte, würden viele Soldaten jämmerlich erfrieren, denn die Krieger Turaniens und Dusharas waren für solches Wetter weder gekleidet noch waren sie daran gewohnt.

Doch was auch immer die einstigen Kämpfer Ostragiens antrieb, die unter dem Einfluss der teerigen Substanz zu lebenden Toten geworden waren – es scherte sich nicht um Dinge wie diese. Mehrmals hatte Veysi von seinem Versteck aus beobachtet, wie Soldaten von den schmalen Felsenpfaden abgestürzt waren, die in schwindelerregender Höhe um den Gebirgskessel herumführten. Schreiend waren die Männer in die Tiefe gestürzt, oftmals mitsamt ihren Pferden – und ihre Kameraden hatten sich nicht einmal nach ihnen umgedreht.

Gleichgültig wurde weitermarschiert, und je länger Veysi alldem zusah, desto mehr fragte er sich, welcher dunkle Wille die unseligen Kreaturen beherrschte.

War es Xusra?

Der Hexenpriester war zu manchem Übel fähig, der Stumpf seines linken Armes erinnerte Veysi jeden Tag daran. Aber dass er über eine solch große, unheimliche Macht verfügte, die in der Lage war, Tausende von Kämpfern zu kontrollieren und selbst den Toten zu gebieten, konnte sich Veysi dann doch nicht vorstellen. Etwas anderes musste dahinterstecken. Etwas, das noch sehr viel größer und mächtiger war als Xusra oder irgendjemand sonst in Astray. Etwas, das nicht menschlichen Ursprungs war …

Der Gedanke jagte ihm kalte Schauer über den Rücken. Was immer dieses beinahe zwölftausend Mann umfassende Heer dort lenkte, war dabei, Tod und Untergang nach Westrien zu tragen. Doch obwohl Veysi erst nach der Katastrophe geboren war und folglich nichts anderes kannte als eine geteilte Welt; obgleich er von Kindesbeinen an in dem Bewusstsein erzogen war, dass in Ostragien der wahre Herrscher von Astray sitze und der Westen mit all seinem Zwist, seinen Fürsten und Königen, mit all den Menschen, Halblingen und den Astari ein unberechenbarer Feind sei, der weder Ehre noch Gewissen kenne; obwohl Veysi wie sein Vater und dessen Vater vor ihm als Offizier in den Diensten der ostragischen Armee gestanden hatte und sein Leben dem Thron von Altashar gewidmet hatte, zerriss es ihm das Herz, all diese Krieger, die nicht mehr Herr ihrer selbst waren, nach Westrien marschieren zu sehen.

Er stellte sich das Chaos vor, das sie dort anrichten würden, die Zerstörung und das Leid, das sie über die Menschen brachten. Die kleinen Dörfer in den Wäldern Noryas würden die ersten sein, die die Zerstörungswut zu spüren bekamen. Dann die Gehöfte an den nördlichen Hängen des Haymos. Und durch die Pforte von Archos würde das Heer der Untoten nach Achaya vordringen und auf die Küste zumarschieren, und selbst die Sterngeborenen in Archos würden von ihrem Auftauchen überrascht sein und ihnen nicht Einhalt gebieten können.

Es sei denn ...

Veysi erstarrte innerlich.

Er konnte selbst nicht glauben, dass er diesen Gedanken hegte – ausgerechnet er, der stets für Ostragien gelebt hatte. Doch zwei Dinge hatte der General gelernt: Dass es auch in den Reihen der Ostragier Verrat und Schlechtigkeit gab – und dass jenes Heer, das dort nach Vanheim marschierte, noch ungleich böser war als jede Bedrohung, die in Westrien lauern mochte.

Mit einem Mal stand ihm alles wie eine lange unentdeckte Wahrheit vor Augen: Vor dem schwarzen, unheimlichen Feind waren alle Wesen von Astray gleich. Nicht länger durften sie einander als Feinde gegenüberstehen, sondern mussten gemeinsam gegen diese Bedrohung vorgehen – und aus diesem Grund würde er, Veysi, einst Befehlshaber von Makashar und General der ostragischen Armee, nach Archos eilen und den Astari berichten.

Er würde sofort aufbrechen und den Schutz der Dämmerung nutzen. Er durfte nicht säumen, musste Tag und Nacht auf den Beinen sein, stets auf der Hut vor dem unheimlichen Feind – und das alles nur, um König Elayan zu warnen, seinen ehemaligen Feind.

Die alten Regeln galten nicht mehr.

Dies war eine neue Welt.

3

Archos
Zur selben Zeit

Der Anblick war überwältigend.

Bray hatte stets angenommen, dass die steinernen Paläste von Skaradag, wo sie aufgewachsen war und den größten Teil ihres Lebens verbracht hatte, an Größe, Kühnheit und schierem Prunk nicht zu überbieten wären; als sie jedoch auf der Anhöhe stand und auf die Bucht von Archos blickte und auf die See, die im späten Tageslicht orangerot glitzerte, wurde sie eines Besseren belehrt. Denn die Metropole, die sich auf der der Küste vorgelagerten Insel erhob, stellte die Stadt des Salzes und der Diebe mühelos in den Schatten.

Der weiße Marmor, aus dem nicht nur Häuser und Hallen, sondern auch sämtliche Mauern und Türme zu bestehen schienen, wurde vom späten Sonnenschein beleuchtet, sodass es aussah, als würde das gesamte Eiland in flüssiges Gold getaucht, vom Hafen, in dem Dutzende großer Schiffe vor Anker lagen und wo ein schlanker Leuchtturm stand, bis hinauf zum Inselberg, auf dem hoch und erhaben ein prächtiger Palast thronte. Portale und Säulenhallen umgaben ihn, darüber wachte ein hoher, sich zur Spitze hin verbreiternder Turm.

»Archos«, sagte Jenya, die neben ihr auf dem Pferd saß. »Hauptstadt des Inselreichs der Astari und Sitz seines erhabenen Herrschers König Elayan.«

Bray bedachte ihre Gefährtin mit einem Seitenblick. Irrte sie sich, oder hatte in Jenyas Worten ein Hauch von Sarkasmus gelegen? Dana Jennara, wie sie sich in Skaradag genannt hatte, war selbst eine Sterngeborene. Und sie war eine der Sieben Legenden, die vor langer Zeit Astray gerettet hatten, so wie es im Lied der Legenden besungen wurde.

»Wir sind lange nicht hier gewesen«, bestätigte Elyvara die Heilerin, von deren Hütte im Sumpfland von Borbos sie aufgebrochen waren. Auch sie war eine der Sieben, ebenso wie der Drak, der mit ihnen ritt und an dessen unheimliches, an eine Schlange erinnerndes Aussehen sich Bray nie wirklich gewöhnen würde. Shayak war sein Name, und wenn überhaupt, so sprach er leise und zischelnd, was ihn in Brays Augen nicht vertrauenswürdiger machte.

»Sehr lange«, wiederholte er in seinem beunruhigenden Tonfall, und auch bei ihm hatte Bray das Gefühl, dass er längst nicht alles aussprach, was er dachte. Wie so oft, wenn die Legenden miteinander redeten, kam Bray sich ausgeschlossen vor; Jenya und ihre Gefährten hatten zusammen eine so lange gemeinsame Vergangenheit, dass sie einander auf eine Weise verbunden waren, die für Außenstehende schwer erreichbar war. Am ehesten ließ es sich mit einer durch verrückte Launen des Schicksals zusammengewürfelten Familie vergleichen, deren Mitglieder unterschiedlicher nicht hätten sein können, und die dennoch durch unerklärliche Bande verknüpft waren. Jemand von außen könnte nie voll und ganz zu so einer Familie gehören. Nicht, dass Bray viel zu vergleichen hatte – weder kannte sie ihre Eltern noch hatte sie je eine Familie gehabt.

»Wie wird König Elayan reagieren?«, fragte sie.

»Du meinst, wenn wir ihm erzählen, dass eine Armee aus von dunklen Mächten gelenkten Kriegern auf seine Grenzen zumarschiert, und dass ihm nur wenige Tage bleiben, eine noch gewaltigere Armee aufzustellen, um sich vor dem Untergang zu retten?« Jenya schnitt eine Grimasse, während der Abendwind ihr durch das feuerrote Haar fuhr. »Ich bin sicher, er wird begeistert sein. Wie er überhaupt erfreut sein wird, mich zu sehen.«

»Es klingt seltsam, wie du das sagst«, erwiderte Bray.

»Ist das so?« Ein freudloses Lächeln spielte um Jenyas ebenso schöne wie bleiche Gesichtszüge. »Du musst wissen, dass König Elayan und ich damals nicht im Guten auseinandergingen.«

»Warst du dem König denn so vertraut?«

»Ich kannte ihn gut«, verbesserte die Astara, »so wie er mich kannte. Und er wollte nicht, dass ich gehe.«

»Das alles ist lange her«, gab Bray zu bedenken. »Ich bin sicher, er hat dir längst verziehen.«

»Astari leben sehr viel länger als Menschen«, erklärte Elyvara, die zu Brays anderer Seite im Sattel saß. Ihr schlohweißes, zu zahlreichen Zöpfen geflochtenes Haar umrahmte ihr dunkles Gesicht, das trotz ihres Alters noch kaum von Falten gezeichnet war. »Anders als wir genießen sie nicht den Vorteil einer verblassenden Erinnerung, die leichter verzeiht. Weder vergessen sie, noch verklärt sich ihr Andenken an die Vergangenheit, wie es bei uns oft der Fall ist – sie sind dazu verdammt, sich auf ewig zu erinnern. Und darum sind sie nicht zu beneiden.«

»Danke.« Jenya nickte, während sie weiter auf die Insel und den Palast von Archos starrte. »Ich hätte es selbst nicht besser erklären können.«

»Aber ganz egal, was gewesen ist«, fuhr Bray fort, »König Elayan muss uns beistehen. Wenn das Schattenheer die Pforte von Archos erreicht und unsere Freunde dort keine Verstärkung erhalten, dann …«

Sie verstummte.

Es war nicht notwendig, laut auszusprechen, was Kynrik, Lorymar, Worfeck und ihrem versprengten Häuflein südländischer Söldner widerfahren würde, wenn das Heer des Feindes den Pass erreichte und sie nicht rechtzeitig Verstärkung erhielten. Für eine oder zwei Stunden würden der Schwertkämpfer, der Halbling und der Urok die Enge vielleicht halten können, doch wenn der Druck des nachrückenden Heeres zu groß würde, würden sie überrannt werden.

Und selbst zu dem Feind, den sie bekämpften …

»Ich hätte euch nicht begleiten sollen«, sagte Nyasha, die Prinzessin von Altashar, die auf Pfaden, die selbst ein Zweifler nur als schicksalhaft bezeichnen konnte, zu ihnen gestoßen war. »Ich war Elayan einst als Gemahlin versprochen und habe mich dieser Verpflichtung entzogen …«

»Lorymar hätte niemals zugelassen, dass du an der Pforte von Archos zurückbleibst«, stellte Jenya klar. »Was auch immer er getan haben und was für hanebüchenen Unsinn er auch bisweilen erzählen mag – dieser kleine Mistkerl würde lieber sterben, als zuzulassen, dass dir ein Leid geschieht.«

Nyasha errötete. Als Ostragierin war sie es nicht gewohnt, dass derlei persönliche Dinge so offen ausgesprochen wurden. Aber seit Bray sie kannte, hatte Jenya noch nie ein Blatt vor den Mund genommen. Die Astara war eine Frau klarer und ehrlicher Worte, und das würde wohl auch König Elayan zu spüren bekommen.

»Also los, worauf warten wir?«, fragte sie und trieb ihr Pferd bereits den Hügel hinab und auf die Handelsstraße zu, die vom Südgebirge herunterkam. »Seine Majestät der König mag es noch nicht wissen, aber wir haben eine Audienz bei ihm.«

Wieder hatte Bray das Gefühl, dass eine seltene Verletztheit in den Worten der Astara mitschwang. Sie ließ Nyasha und Elyvara den Vortritt und wandte sich dann Shayak zu, der auch auf dieser letzten kurzen Etappe die Nachhut übernehmen würde, so wie er es auf der gesamten Reise getan hatte.

»Was?«, zischte er. Seine Reptilienaugen sahen sie forschend an.

»Darf ich dich etwas fragen?«, erkundigte Bray sich vorsichtig.

»Warum nicht fragen Astara? Nicht fragen Heilerin?«

»Weil sie mir beide etwas verschweigen«, entgegnete Bray. »Nicht aus bösem Willen, sondern weil sie mich nicht beunruhigen wollen. Aber ich möchte wissen, woran ich bin.«

»Shi«, bejahte der Echsenmann. »Wahrheit immer gut.«

»Dann sag mir, was es mit Jenya und dem König von Archos auf sich hat«, verlangte Bray. »Was ist zwischen den beiden vorgefallen, dass es selbst nach all den Jahren weder vergeben noch vergessen werden kann?«

Im Sattel sitzend, legte Shayak den Kopf schief. Seine gelben Augen musterten Bray, während er zu überlegen schien, ob sie der Information würdig war. »Geht um das, was Jenya früher gewesen«, erklärte er dann.

»Ach ja? Und was war sie?«

»Hetaira«, antwortete er mit einem Wort, dessen Sinn sie nicht verstand.

»Was soll das heißen?«, fragte sie deshalb.

»Schon bald verstehen«, versicherte der Drak und ließ sein großes Pferd antraben, den steilen Hang hinab, sodass Bray nichts anderes übrig blieb, als ihm zu folgen.

Nach Archos, wo sich ihrer aller Zukunft entscheiden würde.

4

Bucht von Archos
Unterdessen

Die Expeditionsflotte der Astari war auf dem Heimweg.

Valos und die südwestlichen Inseln hatten sie bereits passiert und Kurs auf Archos genommen – astarische Drachensegler, deren Mission es gewesen war, die ostragische Hafenstadt Zagora zu erobern, eine Metropole des Handels, und auf diese Weise die Aufmerksamkeit des ostragischen Heerführers Xusra auf sich zu ziehen.

Doch es war anders gekommen.

Die Mission war gescheitert.

Statt zu triumphieren, hatte die Flotte eine empfindliche Niederlage erlitten. Und furchtbare Verluste.

Nawyd pan Tyras stand vorn am Bug der ›Tekana‹, wie das Flaggschiff der kleinen Flotte hieß. Gischt spritzte ihm ins Gesicht, und der raue Wind zerwühlte sein schwarzes Haar. Nawyds Blick war starr auf den Horizont gerichtet, doch in Wahrheit sah er andere Dinge. Eindrücke einer blutigen Schlacht gegen einen furchtbaren, kaum zu bezwingenden Gegner. Todesschreie und lodernde Feuersbrunst. Und das von Verzweiflung gezeichnete Gesicht einer jungen Frau, die ihrem Leben vor seinen Augen ein Ende setzte, und er konnte nichts dagegen tun …

Inara.

Ihr Name klang in Nawyds Bewusstsein nach, voller Schwermut und Trauer. Er wusste, dass es die einzige Möglichkeit gewesen war; dass sie keine Chance gehabt hatte, den dunklen Feind wieder loszuwerden, der sie befallen hatte. Doch auch dieses Wissen änderte nichts daran, dass er sie vermisste. Unter all den Seelen dort draußen hatte er eine gefunden, die ihm gleich war, in vieler Hinsicht ebenbürtig und in anderer gar weit überlegen. Doch statt sie festzuhalten und niemals wieder loszulassen, hatte er sie verloren …

»Hast du denn noch immer nichts gelernt?«

Fürstin Yone trat zu ihm an den hölzernen Drachenkopf, der sich über dem Bugspriet der Galeere erhob. Nach dem Tod von General Doryon hatte sie den Oberbefehl über die Expeditionsflotte übernommen und ihr Schiff an die Spitze des kleinen Verbandes gesetzt, der unter vollen Segeln gen Archos fuhr. In ihrer knöchellangen weißen Tunika und dem ledernen Harnisch wirkte sie wie eine Kriegerin aus alten Liedern. Ihr langes dunkles Haar hatte sie wie immer streng zurückgebunden, ihre Gesichtszüge waren von ernster Schönheit und so unnahbar wie meist, wenn sie ihrer Pflicht als Kommandantin nachkam. In ihrer Brust jedoch, das hatte Nawyd inzwischen erfahren, schlug das empfindsame Herz einer Dichterin, so wie bei allen Frauen, die mit ihr auf der Insel Silea lebten. In Zagora jedoch hatten sie tapfer gekämpft, und nicht wenige von ihnen hatte ein grausamer Tod ereilt.

»Was meint Ihr?«, fragte Nawyd die Fürstin. »Die Astari sprechen immerzu in Rätseln …«

»Ich sagte es Euch doch schon, mein Freund – Euer Leben hat einen neuen Namen bekommen. Es hat keinen Sinn zurückzublicken und mit dem zu hadern, was geschehen ist. Warum nur sind die Menschen immer so in ihrer Vergangenheit verhaftet?«

»Weil sie manchmal alles ist, das uns bleibt«, entgegnete Nawyd. »Gerade Ihr solltet das verstehen.«

»Nun seid Ihr es, der in Rätseln spricht.«

»Die Astari«, wurde Nawyd deutlicher. »Was anderes

bleibt ihnen als ihre große Vergangenheit, in der sie über Astray herrschten? Nicht viel ist davon übrig geblieben.«

Er wusste selbst nicht, warum er das sagte. Vermutlich, um sie zu verletzen und sie so ein wenig an seinem Schmerz teilhaben zu lassen. Doch auch wenn sie wie eine junge Frau aussehen mochte – die Herrin von Silea war zu alt und zu erfahren, um sich auf derlei Spiele einzulassen.

»Es stimmt«, räumte sie ein, »die Vergangenheit lockt mit der Erinnerung an goldene Tage. Doch gleichzeitig hindert sie uns auch daran, eine neue Zukunft zu erschaffen.«

»Das sagt sich leicht, wenn man unsterblich ist«, konterte Nawyd. »Den Menschen bleibt nicht viel Zukunft. Nicht nach allem, was wir in Zagora gesehen haben. Ein dunkler Feind lauert dort, ein Heer von lebenden Toten – und wir wissen noch nicht einmal, woher es gekommen ist.«

»Nein. Aber wir werden König Elayan und den Rat über die Ereignisse in Kenntnis setzen.«

»Und dann?« Nawyd lachte bitter auf. »Euer Vertrauen in Euren König in allen Ehren, aber er schien mir nicht besonders entschlussfreudig zu sein. Schon zu dieser Expedition konnte er sich nur mit Mühe durchringen.«

Yone, die wie er geradeaus auf den Horizont gestarrt hatte, schickte ihm einen Seitenblick. »Vielleicht, weil er bereits geahnt hat, was folgen würde. Ist Euch dieser Gedanke schon gekommen?«

»Nein«, musste Nawyd zugeben. »Ihr meint, Elayan kann in die Zukunft blicken? Ist er ein Seher?«

»Nicht, wie Ihr es Euch vorstellt. Aber die Erfahrung eines langen Lebens sorgt dafür, dass man die Dinge anders sieht, und mit ihnen auch die Gefahren. Ein kleines Kind greift bedenkenlos in die Flamme, weil es nicht weiß, dass es sich daran verbrennen wird. Der Gereifte hingegen hat diese Erfahrung längst gemacht und handelt entsprechend.«

Nawyd nickte.

Er war nie ein Freund der Astari gewesen. Ihr hohes Alter, ihre Selbstbezogenheit und ihr zum Grüblertum neigendes Wesen – all das hatte er früher verachtet, was auch der Grund dafür war, dass er die Hochzeit zwischen seiner Schwester Nyasha und König Elayan mit allen Mitteln verhindert und dafür auch vor Verrat und Mord nicht zurückgeschreckt hatte. Doch wie so vieles, das die Astari betraf, sah er auch dies nun in einem anderen Licht.

»Ich hoffe sehr, dass König Elayan weiß, wie wir dieser Bedrohung begegnen können«, gestand er leise. »Ich will nicht, dass Inara und Doryon und all die anderen vergeblich gestorben sind. Ihr Opfer soll etwas wert gewesen sein.«

»Das war es«, versicherte Yone. Ihre Stimme klang weicher als zuvor, und als sie ihn diesmal ansah, lächelte sie. »Ihr seid schließlich am Leben.«

»Glaubt mir, wenn es möglich wäre, würde ich nur zu gerne tauschen.«

»Ich weiß, dass Ihr das würdet – deshalb hat Inara Euch geliebt. Doch allem Anschein nach war Eure Zeit noch nicht gekommen, Nawyd pan Tyras. Was auch immer es sein mag, das Schicksal hat noch etwas vor mit Euch.«

Er schüttelte den Kopf. »Und was soll das sein? Noch größerer Schmerz? Noch mehr Verlust? Ich habe schon so viel verloren, Fürstin. Meinen Vater, meine Heimat, meine Freunde und nicht zuletzt auch die Schwester, die ich von Herzen liebte. Und nun auch noch Inara.«

»Soll ich Euch etwas verraten?«

Nawyd sah sie fragend an.

»Auch ich habe manchen Verlust erlitten, es ist die natürliche Folge eines langen Lebens. Und auch ich dachte schon manches Mal, dass ich alles gegeben hätte.«

»Und?«, fragte Nawyd. Wie die meisten Menschen hatte auch er immer gedacht, dass das lange Leben der Astari ein Privileg wäre. Langsam wurde ihm bewusst, dass auch eine

Last damit verbunden war. »Wie habt Ihr die Kraft gefunden, dennoch immer weiterzumachen?«

»*Karatos ai pagai etarai* heißt es bei uns – Kraft kann aus unterschiedlichsten Quellen erfolgen. Für jede atmende und empfindende Seele ist es etwas anderes, das ihr Freude schenkt und Inspiration. Doch in diesem Fall lasst mich Euch eines sagen, Nawyd: Wenn es uns nicht gelingt, diese Armee der Schatten mit König Elayans Hilfe abzuwehren, so wird es nicht mehr von Bedeutung sein, wer noch am Leben ist und wer bereits gefallen. Womöglich«, fügte sie leiser hinzu, »werden wir unseren Schwestern und Brüdern schon bald nachfolgen.«

»Ich weiß«, sagte Nawyd nur. Er starrte wieder auf den fernen Horizont, während vor seinem inneren Auge erneut jene schwärzlichen, wie in Teer getauchten Gestalten auftauchten, die ihnen aufgelauert hatten, zuerst auf dem Geisterschiff und später dann in Zagora …

»Ich will Euch etwas anvertrauen, mein Freund«, sagte Yone leise. »Ich glaube nicht, dass ich wieder nach Silea zurückkehren werde.«

Nawyd sah sie überrascht an. »Das könnt Ihr nicht wissen«, widersprach er. »Noch nicht einmal Ihr.«

Fürstin Yone lächelte nur. Sie hatte es ohne Angst oder Bedauern gesagt, es war nur eine Feststellung. Aber ihr Tonfall hatte etwas an sich, das ihn erschaudern ließ.

Er musste an die Unterhaltung denken, die sie nach ihrer Flucht aus Zagora geführt hatten, ihre Gedanken über den Tod und was danach kommen mochte … Auch dieses Gespräch erschien ihm nun in einem anderen Licht.

»Die Sterngeborenen sprechen niemals über ihr eigenes Ende«, stellte die Herrin von Silea klar, »schon gar nicht Fremden gegenüber.«

»Und dennoch habt Ihr es gerade getan.«

Sie wandte den Blick und sah ihn durchdringend an. »Weil

du kein Fremder mehr bist, Nawyd pan Tyras, des Artabans Sohn. Seite an Seite haben wir gegen den neuen Feind gekämpft. Und wenn das Schicksal es will, werden wir auch Seite an Seite im Kampf gegen ihn sterben.«

5

Pforte von Archos
Zur selben Zeit

»Verdammt noch mal, ist das kalt.«

Lorymar Thinkling hatte sich vorgebeugt und wärmte sich die Hände am Feuer. Wenn in den Mittagsstunden die Sonne am Himmel stand, war es auf der Passhöhe einigermaßen auszuhalten; doch sobald sie am späten Nachmittag hinter den gezackten Graten des Haymos-Gebirges verschwand, wurde es schlagartig kühler, und ein klammes Frösteln schlich unter die Kleider. »Ich zittere am ganzen Körper«, beschwerte sich der Halbling.

»Das ist nicht die Kälte«, beschied ihm der große Urok, der ihm auf der anderen Seite des Feuers gegenübersaß und gleichmütig in die züngelnden Flammen blickte.

»Was denn sonst?«, fragte Lorymar gereizt.

»Angst.«

»Ach, bist du jetzt auch noch Hellseher geworden?« Der Halbling schickte ihm einen giftigen Blick. »Ehrlich gesagt mochte ich dich lieber, bevor du dich Baumblatt nanntest und glaubtest, zum Prediger berufen zu sein. Der alte Worfeck hat nicht ständig geredet. Und auch nicht solchen Unfug.«

»Das ist kein Unfug, und du weißt es«, beharrte der Urok und grinste über das ganze ebenso grobe wie grüne Gesicht. »Du hast Angst, genau wie die anderen.«

Mit dem ungeheuren Kinn deutete er zu den anderen Feuern, an denen die achayischen Krieger kauerten, die alles waren, was von der Streitmacht Brückstadts übrig geblieben war. Der Rest war entweder tot oder hatte sich in alle Winde zerstreut.

»Natürlich haben die die Hosen voll«, meinte Lorymar mit einer wegwerfenden Handbewegung. »Das sind ja auch nur hergelaufene Söldner, die für jeden kämpfen, der sie bezahlt.«

»Wir bezahlen ihnen nichts«, brachte Worfeck in Erinnerung, »aber sie sind trotzdem hier.«

»Weil dieser Pass alles ist, was zwischen ihrer Heimat und der Armee der Schatten liegt«, wandte Lorymar ein.

»Trotzdem hätten sie nicht bleiben müssen.«

»Ist das dein Ernst? Wir sind schließlich auch geblieben«, ereiferte sich Lorymar. »Wenn wir hier Kopf und Kragen riskieren, um ihr Land zu verteidigen, dann ist es nur recht und billig, wenn sie mit uns bluten.«

»Du *hast* Angst«, sagte der Urok.

»Na schön, vielleicht ein bisschen.« Lorymar schnaubte. »Diese Schattenkrieger sind ebenso gefährlich, wie sie unheimlich sind, und ich habe kein Verlangen danach, zu einem von ihnen zu werden. Du vielleicht?«

»Nein«, gab Worfeck zu. »Aber meine Brüder im Kloster des Windes haben mich gelehrt …«

Lorymar blitzte wütend zu ihm hinüber. »Wenn du jetzt sagst, dass wir alle nur Blätter im Wind sind, vergess ich mich!«

»Warum? Verträgt so ein mickriger kleiner Kerl wie du die Wahrheit nicht?«

»Durchaus«, versicherte Lorymar, »aber keinen blanken Unfug. Was dich betrifft, weiß ich es nicht, aber ich bin kein Blatt im Wind, sondern aus freien Stücken hier.«

Die Antwort des Uroks war grunzendes Gelächter.

»Was jetzt wieder?«

»Baumblatt lacht über dich, weil du nichts verstanden hast. Du bist nur aus einem einzigen Grund hier, nämlich weil der Wind es so wollte. Er hat uns hergeweht.«

»Nein, sondern weil wir alle in dieser üblen Sache drinstecken«, konterte der Halbling. »Du, ich, Jenya, der Schwertkämpfer – wir alle, die wir damals dabei waren.«

»Weil wir alle miteinander verbunden sind«, bestätigte der Urok nickend, »wie die Blätter an einem Baum.«

Lorymar verdrehte die Augen, sagte aber nichts mehr.

Zumindest was seine Sturheit betrifft, hatte Worfeck sich kein bisschen geändert. Sich mit dem grünen Dickschädel zu streiten, hatte noch immer keinen Sinn. Und handgreiflich zu werden, verbot sich bei jemandem, der rund dreimal so groß war wie ein Halbling, obendrein.

Aber es war nicht nur der Respekt vor des Uroks schierer Größe, der Lorymar schweigen ließ. Auch er selbst war nicht mehr der, der er einst gewesen war. Auch er hatte gelernt, was es bedeutete, Verantwortung zu tragen – auch wenn er lieber heute als morgen ein Pferd bestiegen und das Weite gesucht hätte. Denn wenn das Heer der Schatten tatsächlich den Weg nach Süden eingeschlagen hatte und versuchen würde, über den Pass in Achaya einzufallen, dann würde es hier oben bald sehr, sehr ungemütlich werden. Und auch der ehrwürdige Wächter von Archos würde dann nicht mehr helfen können …

Lorymar blickte an der aus dem Felsgestein gehauenen Statue empor, die sich groß und mächtig über ihnen erhob und den Wächterkönig Ascaron darstellte, der in grauer Vorzeit das Gebirge gegen die Drachen unter ihrem König Šarkan Izzas verteidigt hatte. Bereit zum Kampf, die Hand am Griff des Schwertes, blickte Ascaron gen Norden, die steinernen, von Wind und Wetter verwitterten Gesichtszüge als Einzige noch von Sonnenlicht beschienen. Schon während des Krieges gegen den Kaiser hatte an diesem Ort eine blutige Schlacht stattgefunden, und Lorymar kam es vor, als würde sich in diesen Tagen die Geschichte wiederholen. Nur dass der Feind diesmal so übermächtig und zahlreich war, dass wohl auch der Wächterkönig dagegen machtlos gewesen wäre.

Es sei denn, es gelang Jenya, Elayan von Archos zu überzeugen …

Mit Grausen dachte Lorymar an seine eigene Rückkehr in die Heimat zurück, die er vor so vielen Jahren verlassen hatte. Sich den Geistern der Vergangenheit zu stellen, war niemals leicht, ganz gleich, ob man ein Halbling war oder eine Sterngeborene.

»Denkst du, dass sie Erfolg haben wird?«, fragte er, während er gedankenverloren in die Flammen starrte.

»Wer? Jenya?«

»Nicht doch, die Wirtin vom Gasthaus ›Zum glücklichen Eber‹. Natürlich spreche ich von Jenya. Elayan und sie sind damals nicht in Freundschaft auseinandergegangen.«

Der Urok entblößte die Hauer zu einem Grinsen.

»Was ist daran denn bitte komisch?«, fragte Lorymar. »Vor allem, wenn unser aller Leben davon abhängt?«

»Die Astara«, verriet Worfeck weiter grinsend. »Du hast sie nie verstanden.«

»Aber du schon, oder was?«

»Natürlich. Weil Baumblatt nicht in sie verliebt war.«

»Was soll denn der Unfug jetzt? Ich war auch nicht in sie …« Lorymar unterbrach sich. Er hatte mit dem Flunkern aufhören und ehrlich sein wollen, und er fing am besten jetzt gleich damit an. *Natürlich* war er in Jenya verliebt gewesen.

Und beileibe nicht nur er.

Sie hatte etwas an sich. Es war ihr Talent, mehr noch, ihre Berufung, dass jeder Mann, dem sie ihre Aufmerksamkeit schenkte, sich für etwas Besonderes hielt. Und mehr noch, wer sie seine Gefährtin nannte und ihre Freundschaft genoss, der hatte das Gefühl, die beste Version seiner selbst zu sein. Es war nicht allein ihr vollendetes Aussehen. Schöne Frauen gab es viele in Astray – Lorymar, der lange am ostragischen Hof in Altashar gelebt hatte, konnte davon ein Liedchen singen. Vielmehr als das war es Jenyas Wesen, das dafür sorgte, dass ein Mann kaum anders konnte, als ihr zu verfallen.

So war es bei Elayan gewesen.

Und später dann bei Kynrik.

Und schließlich auch bei ihm.

»Weißt du«, sagte er leise, »das alles tut mir wirklich leid. Ich wollte mich damals nicht zwischen Jenya und unseren Paladin drängen. Es ist einfach so gekommen. Ich fühlte mich unwiderstehlich von ihr angezogen. Also musste ich alles versuchen, verstehst du? Ich musste es einfach. Und wenn ein Halbling erst seine ganzen Verführungskünste entfaltet, kann auch eine Astara sich dem nicht mehr entziehen.«

Worfeck blies durch die Nase.

»Was weißt du denn, Fleischberg? Von dem Augenblick an, da ich ihr schöne Augen gemacht habe, hatte sie gar keine andere Wahl, als Kynrik zu verlassen – dabei wusste ich schon damals, dass ich ihr nicht genügen kann. Und damit keine Missverständnisse aufkommen, ich meine das keineswegs körperlich! Mir ist immer klar gewesen, dass sie mit mir nicht glücklich würde, also bin ich bei Nacht und Nebel abgehauen und habe mich über den Bruch nach Ostragien abgesetzt – stünde ich noch einmal vor der Wahl, würde ich alles anders machen. Ich habe sowohl Kynrik als auch Jenya verletzt und dazu beigetragen, unseren Bund zu sprengen. Und ich kann dir nicht sagen, wie sehr ich das alles bedaure.«

Worfeck machte ein langes Gesicht. Lorymar wollte gerade fragen, was diese Grimasse nun wieder zu bedeuten hätte, als ihm klar wurde, dass der Urok gar nicht ihn ansah, sondern an ihm vorbei …

»Bist du jetzt fertig mit deinem Vortrag?«, fragte eine raue Stimme hinter ihm. »Dann sieh zu, dass du auf deinen Posten gehst, Kurzer. Deine Wachschicht hat begonnen.«

Lorymar drehte sich um.

Kynrik stand vor ihm, den Umhang um die Schultern gezogen, das graue Haar vom Wind verwildert, eine Erscheinung so düster wie ein herannahendes Unwetter.

»W-wie lange stehst du da schon?«, fragte Lorymar.

»Schon viel zu lange«, schnaubte der andere. »So musste ich mir deine dreisten Lügen anhören.«

»Das sind keine Lügen!« Lorymar sprang auf und wandte sich um. »Glaub mir, ich habe mich geändert, Kynrik, ich …«

»Interessiert mich nicht«, beschied ihm der Schwertkämpfer. »Was geschehen ist, ist geschehen, und ich weiß, dass du …« Er unterbrach sich und sah den Halbling entgeistert an. »Sag' mal, flennst du etwa?«

»Ich?« Lorymar fuhr sich rasch über die Augen. »Na-natürlich nicht. Ist nur der Rauch.«

Kynrik nickte und musterte ihn durch seine stahlblauen Augen. Was er dachte, war nicht festzustellen. »Dann sieh jetzt zu, dass du deinen Hintern auf deinen Posten schwingst.«

»Verstanden«, sagte Lorymar und wollte an ihm vorbei davonhuschen.

»Halt.«

»Was ist noch?«

»Du weißt, dass das lächerlich ist, oder?«

»Was meinst du?«

»Jenya ist dir nicht deines Charmes wegen auf den Leim gekrochen. Und auch nicht, weil du so ein großartiger Liebhaber bist, wie du immer behauptest. Sondern weil du mit ihr gesprochen hast.«

»W-wie bitte?«

»Willst du wissen, warum sie mich verlassen hat?«, fragte Kynrik. »Weil ich niemals, niemals auch nur ein einziges wahrhaftiges Wort mit ihr gesprochen habe. Ich liebte das, was ich in ihr sah, den schönen Anschein – aber niemals habe ich sie gefragt, wer sie wirklich ist, woher sie kommt und was sie bewegt, was sie liebt und was sie fürchtet. Ich fürchte, es hat mich einfach nicht interessiert – anders als dich.«

»Na ja, wir Halblinge sind eben von Natur aus neugierig.« Lorymar zuckte ein wenig verlegen mit den Schultern.

»Das – und nur das – ist deine große Stärke, Kurzer«, fuhr Kynrik grimmig fort. »Es ist das, was Jenya an dir mochte, und vermutlich ist es auch das, was die Prinzessin an dir liebt, auch wenn es kein normaler Mensch verstehen kann.«

»Das … das ist ja mit Abstand das Netteste, was du je zu mir gesagt hast«, stammelte Lorymar verblüfft. »Wann sind dir all diese Gedanken gekommen?«

»Im Kerker. Man hat viel Zeit zum Nachdenken, wenn man jahraus, jahrein auf einem Stück Felsen im Nirgendwo festsitzt. Zu viel.«

»Dann … sind wir wieder Freunde?«

»Übertreib es nicht«, knurrte Kynrik. »Und jetzt sieh endlich zu, dass du auf deinen Posten gehst, Soldat!«

»Zu Befehl.« Lorymar deutete einen militärischen Gruß an, dann stieg er den Pfad zum Aussichtsnest hinauf.

Er wusste nicht, ob Kynrik ihm jemals wirklich würde verzeihen können, aber es war ein gutes Gefühl zu wissen, dass der einstige Paladin ihn nicht mehr aus tiefstem Herzen verabscheute. Auch wenn es vermutlich nicht mehr von Bedeutung war, da sie alle schon in wenigen Tagen tot sein würden.

Bestenfalls, erinnerte Lorymar sich.

6

Schwarzer Turm des Exekutor-Ordens, Hobheim
Unterdessen

Jadissa war nicht zufrieden.

Sie konnte es nicht sein.

Zwar hatte ihre Zeit als rechte Hand von Salacar-Syn auf dem entlegenen Außenposten von Morwa dazu geführt, dass sie selbst zur Großexekutorin befördert worden war und das Kommando über einen eigenen Turm erhalten hatte. Doch mit dem Ort ihrer Stationierung haderte sie noch immer genauso wie an jenem Tag, als Großexekutor Tarak-Syn ihr im Auftrag des Schwarzen Oktogons mitgeteilt hatte, dass sie nach Westland versetzt würde*.

Zu den Halblingen.

Zwar war der Turm, den sie befehligte, nicht weniger mächtig und eindrucksvoll als die anderen, die mit Ausnahme von Archos und Achaya überall in Westray errichtet worden waren.

Und die Halblinge standen auch nicht im Ruf, religiöse Eiferer zu sein, was sie zu natürlichen Feinden des Exekutor-Ordens gemacht hätte, der jede Form von Glauben an übernatürliche oder gar wunderbare Dinge als Wurzel allen Übels betrachtete und entsprechend erbarmungslos bekämpfte. Im Gegenteil schienen ein voller Bauch und eine gut gestopfte Pfeife den meisten der kleinen Kerle wichtiger zu sein als ihr Seelenheil. Wenn überhaupt, so war höchstens ein gewisser Aberglaube bei ihnen angelegt.

* siehe DIE LEGENDEN VON ASTRAY 3. ROTE FLAMMEN

Dennoch – oder gerade deshalb? – wurde Jadissa das Gefühl nicht los, dass sie nicht wirklich nach Westland versetzt worden war, um sich auf diesem Außenposten zu bewähren. Sondern weil sie eine der wenigen Frauen war, die dem Orden dienten, und das allmächtige Oktogon sie schlicht hatte loswerden wollen. Schon ihrem Vorgänger, dem Halbling Thero Borkling, der es als Erster seiner Art geschafft hatte, zum Großexekutor ernannt zu werden, hatte der Posten hier kein Glück gebracht. Seinen mysteriösen Tod zu untersuchen war eine der Aufgaben, mit denen man Jadissa betraut hatte. Obwohl sie inzwischen nicht mehr sicher war, ob man die Wahrheit tatsächlich wissen wollte …

»Jadissa-Syna?«

Sie wandte sich um. Einer ihrer Waffendiener hatte den Empfangsraum betreten, der sich hoch oben im Turm befand. Alles in diesem Raum – von den Säulen aus schwarzem Marmor über die Fenster, die einen weiten Ausblick auf das Umland gewährten, bis hin zu dem erhöhten Sitz, auf dem der Großexekutor thronte, diente nur dem einen Zweck, den Besucher zu erniedrigen und ihm die Macht und Erhabenheit des Ordens vor Augen zu führen. Auch dass jeder Besucher gut zweihundert Stufen zu überwinden hatte, ehe er den Ort der Audienz erreichte, war dazu da, diesem seine Grenzen aufzuzeigen. Besonders dann, wenn er kleinwüchsig war …

»Der Lordkanzler, ehrwürdige Syna«, meldete der Ordensdiener, der auf der Schwelle aufgetaucht war.

Jadissa nickte. »Ich lasse bitten.«

Während der Diener verschwand, um den Gast zu holen, schritt Jadissa zum Sitz des Exekutors. Mit einer beiläufigen Geste prüfte sie den Sitz ihres rabenschwarzen, zu einem strengen Zopf geflochtenen Haars, dann ließ sie sich nieder. Ihren schwarzen Umhang warf sie dabei zurück, sodass er dunkel und unheilvoll an ihrer schlanken Gestalt herabfloss.

Schritte waren zu hören, schwerfällig und schlurfend.

Dazu ein heiseres Keuchen.

Jadissa lachte in sich hinein.

Der Ordensdiener war der Erste, der erschien. »Latimer Thinkling, Lordkanzler von Westland«, kündigte er gleichmütig an. Die Wachen in ihren schwarzen Ordensrüstungen, die zu beiden Seiten des Eingangs postiert waren, nahmen Haltung an, was unfreiwillig komisch wirkte angesichts der ziemlich mitgenommen wirkenden Gestalt, die mehr in den Empfangsraum torkelte als ging, wobei sie sich ehrerbietig verbeugte.

»Lordkanzler«, sagte Jadissa und hob eine Braue. »Welch unerwartetes Vergnügen.«

»Vergnügen … meinerseits.« Der Atem des Halblings pumpte stoßweise. An eine der schwarzen Säulen gelehnt, suchte er sich wieder zu sammeln.

Er bot einen jämmerlichen Anblick, wie er dastand, in seinem grünen Mäntelchen mit den goldenen Knöpfen, und wie er verzweifelt versuchte, wieder Luft zu bekommen. Sein Haar war dunkel, aber bereits etwas schütter, sein rundes Gesicht glatt rasiert. Jadissa beschloss, ihn noch ein wenig mehr unter Druck zu setzen.

»Ich verfüge über wenig Zeit, Lordkanzler. Gibt es einen Grund für Euren Besuch?«, fragte sie.

»Den gibt es … ehrwürdige Syna«, versicherte Latimer. »Es gab erneut … Meldungen.«

»Meldungen?« Wieder hob sie eine Braue. »Worüber?«

»Ihr wisst worüber.« Er schien sich einigermaßen gefasst zu haben und löste sich von der Säule. Seine großen Augen sahen Jadissa herausfordernd an. »Über die Morwölfe, die im Grenzland ihr Unwesen treiben. Erneut sollen welche diesseits des Flusses gesichtet worden sein.«

»Sagt wer?«

»Bauern, die beunruhigt sind und es an ihre Dorfältesten

gemeldet haben«, erläuterte Latimer, während er ein Tuch hervorzog und sich damit den Schweiß von der breiten Stirn tupfte. »Diese wiederum haben sich an mich gewandt.«

»Und wer sagt Euch, dass diese besagten Bauern nicht nur einfach zu viel vom Vergorenen getrunken haben? Wie nennt Ihr es doch gleich …?«

»Heubier«, half Latimer aus, »aber darum geht es nicht. Nicht in diesem Fall.«

»Wie könnt Ihr Euch da so sicher sein?«

»Großexekutorin!« Der Lordkanzler schien endgültig Atem gefasst zu haben. Als wollte er von seiner Würde bewahren, was noch davon übrig war, straffte er seine goldbetresste kleine Gestalt und trat noch einen Schritt auf Jadissa zu. »Wie ich Euch schon mehrfach zu sagen versuchte, leben wir in unsicheren Zeiten. Es ist lange her, seit die Morwölfe zum letzten Mal in größerer Anzahl den Wall überwanden. Doch in letzter Zeit häufen sich die Anzeichen dafür, dass sie es erneut versuchen werden.«

Jadissa schüttelte den Kopf. »Bislang habt Ihr mir nicht einen Beweis geliefert, Lordkanzler! Gerüchte, Hörensagen und abergläubisches Geschwätz, aber nicht einen glaubwürdigen Zeugen.«

»Nun, meine Landsleute fürchten sich ein wenig …«

»Vor den Morwölfen.«

»Auch«, räumte Latimer Thinkling ein, »aber ebenso vor Euch, ehrwürdige Syna.«

»Vor mir?«

»Sie wollen den Turm nicht betreten«, führte der Lordkanzler aus. »Sie … misstrauen Euch.«

Jadissas Mundwinkel fielen herab. »Was Ihr nicht sagt«, knurrte sie. »Seid Ihr zu mir gekommen, um mich zu beleidigen?«

»Keineswegs, ehrwürdige Syna! Es ist nur … als Euer Vorgänger Thero Borkling die Erlaubnis erhielt, einen Schwarzen Turm in Hobheim zu errichten, sicherte er im Namen des Ordens zu, dass Hobheim und das gesamte Westland künftig den Schutz der Exekutoren genießen würden.«

»Und?«

»Nun«, eröffnete Latimer Thinkling mit verlegenem Lächeln, »die Leute fühlen sich nicht geschützt, ehrwürdige Syna. Nicht, solange Ihr ihren Ängsten und Sorgen keinen Glauben schenkt.«

»Wie Ihr vielleicht wisst, Lordkanzler«, konterte Jadissa mit nur mühsam zurückgehaltenem Zorn, »ist Glaube keine Tugend des Ordens. Was ich brauche, sind Beweise. Liefert sie mir, und ich werde umgehend handeln.«

»Mit Verlaub, ehrwürdige Syna«, entgegnete der Halbling und brachte es fertig, dabei weiter zu lächeln, »aber das hat auch Euer bemitleidenswerter Vorgänger gesagt – wenig später wurde ihm der Kopf von den Schultern gerissen. Ich vermute, dass ihm dies Beweis genug war. Bedauerlicherweise kam er zu spät.«

Jadissa seufzte.

Wann immer sie mit Halblingen sprach, hatte sie stets das Gefühl, dass die kleinen Mistkerle ihr nicht alles verrieten, was in ihnen vorging. Abzulenken, zu taktieren und ihre wahren Gedanken zu verbergen schien ihnen in die Wiege gelegt zu sein. Vermutlich lag es an ihrer geringen Körpergröße und daran, dass sie schwächer waren als andere – auch Jadissa selbst hatte schließlich schon früh gelernt, sich auf andere Schliche zu besinnen als auf jene, mit denen Männer ihre Ziele zu erreichen pflegten. Nur so war es ihr gelungen, innerhalb des Ordens aufzusteigen, und vermutlich war das auch der Grund dafür, dass sie ein besonderes Gespür für derlei Dinge entwickelt hatte.

»Ich kenne Eure Version der Geschehnisse, die zum Tod von Großexekutor Borkling geführt haben«, versicherte sie. »Indes, sie überzeugt mich nicht.«

»Aber hier gibt es Zeugen«, wandte Latimer ein.

»Was für Zeugen? Berichte verängstigter Männer und Frauen, die in Panik ausgebrochen sind und sich nur noch schwerlich an jenen Tag erinnern können. Ich bestreite ja nicht, dass Thero Borkling von einem Morwolf getötet wurde. Aber dass sich dieser kurz zuvor von einem Menschen in eine reißende Bestie verwandelt hat, ist hanebüchener Unsinn.«

»Es war ein ostragischer Krieger namens Kalid«, bekräftigte Latimer Thinkling. »Im Wald war er von einem Morwolf gebissen worden und trug fortan dessen Gift in seinen Adern.«

»Und dieses hat ihn in eine Bestie verwandelt.« Jadissa blies verächtlich durch die Nase. »Hört Ihr Euch selbst reden, Lordkanzler? Was Ihr da sagt, ist Ketzerei! Ihr könnt Euch glücklich schätzen, wenn ich darüber nicht Meldung erstatte – ebenso wie über die Tatsache, dass Euer leiblicher Bruder Lorymar Thinkling ebenfalls in diese unerfreuliche Angelegenheit verstrickt war.«

Latimer stutzte, seine Augen wurden so groß, als wollten sie aus den Höhlen fallen.

»Seid nicht erstaunt darüber, dass ich meine eigenen Quellen zurate ziehe«, beschied Jadissa ihm genüsslich. »Und sie besagen, dass Euer Bruder erst kurz vor dem gewaltsamen Ableben meines geschätzten Vorgängers nach Hobheim zurückgekehrt sei – nach langer Abwesenheit, wie es heißt.«

»Das … ist richtig«, gab Latimer zu und senkte den Blick. Das Thema schien ihn unangenehm zu berühren, aus welchem Grund auch immer.

»Wie es weiter heißt, hattet Ihr mit ihm Streit. Es soll dabei um das Amt des Lordkanzlers gegangen sein …«

»Ja … nein«, erwiderte Thinkling.

Er wand sich wie ein Aal.

Ein ziemlich kurzer Aal, wie Jadissa fand.

»Lorymar ist mein Bruder, das ist wahr«, räumte er seufzend ein, »und wahr ist auch, dass er kurz vor jenem Zwischenfall nach Hobheim kam und ich nicht gut auf ihn zu sprechen war. Eine Familienangelegenheit, wenn Ihr versteht.«

»Ich verstehe durchaus.« Jadissa nickte und legte den Kopf schief. »Was würde ich wohl finden, wenn ich weitere Nachforschungen anstellen würde? Womöglich war es gar kein Morwolf, der den Großexekutor getötet hat? Womöglich hatte Euer Bruder damit zu tun …«

»Nein!«, rief Latimer schnell und hatte plötzlich wieder Anlass, sich die Stirn zu tupfen. »So ist das nicht gewesen, ehrwürdige Syna! Bitte glaubt … ich meine, *vertraut* mir in dieser Sache«, verbesserte er sich.

Jadissa blieb eine Antwort schuldig. Stattdessen taxierte sie ihn von Kopf bis Fuß, eine quälende Ewigkeit lang.

»Ich werde es versuchen, Lordkanzler«, versicherte sie endlich. »Und im Gegenzug fordere ich Euch auf, auch mir zu vertrauen. Die Bedrohung durch die Morwölfe ist etwas, womit man Halblingskinder in nebligen Vollmondnächten erschreckt. Aber sie ist nicht wirklich.«

»Und da seid Ihr Euch sicher?« Überzeugt war Latimer noch immer nicht, das konnte man deutlich hören. Aber der fordernde, impertinente Tonfall war immerhin aus seiner Stimme verschwunden. »Falls Ihr Euch irren solltet, wird es schreckliche Folgen haben. Ihr könntet auch ein Hilfeersuchen an den Orden schicken. Was hättet Ihr zu verlieren?«

»Manches«, entgegnete Jadissa ausweichend.

Ganz sicher hatte sie nicht vor, diesen Wurm an ihren Erwägungen teilhaben zu lassen, aber natürlich stand viel für sie auf dem Spiel. Welchen Eindruck würde es auf das Oktogon machen, wenn sie schon nach so kurzer Zeit um Hilfe ersuchte? Vermutlich hatte Tarak-Syn sie nur aus einem Grund zur Großexekutorin von Westheim befördert, nämlich um sie scheitern zu sehen und somit ein für alle Mal zu beweisen, dass Frauen nicht zum Exekutor taugten.

Doch diesen Gefallen würde sie ihm nicht tun.

Jadissa-Syna würde weiter ihre eigenen Pläne verfolgen und sich vor niemands Karren spannen lassen – weder vor den eines intriganten Großexekutors noch vor den eines verlogenen kleinen Halblings.

»Tut Ihr, was Ihr für richtig haltet, Thinkling, ich werde das Meine tun«, beschied sie ihm. »Und nun geht, die Audienz ist zu Ende.«

7

Archos
Wenig später

Mit einem der Fährboote, die zwischen der Insel und dem Festland verkehrten, waren Bray und ihre vier Gefährten nach Archos übergesetzt und hatten sofort den Weg zum königlichen Palast eingeschlagen. Vorbei an mächtigen Häusern und über weite, von Säulenhallen umgebene Plätze waren sie den Windungen der Hauptstraße gefolgt, und mehr noch als zuvor war Bray beeindruckt von der Kunstfertigkeit und der schieren Größe der Bauwerke. Die Mauern waren schlanker, die Säulen filigraner, die Türme höher und die Dächer weniger spitz als in Skaradag, und alles war von einer spielerischen Leichtigkeit, die der Stadt am Nordmeer gänzlich fehlte; doch Bray war auch klar, dass sie sich von all der Eleganz und Schönheit nicht blenden lassen durfte. Denn obwohl die Astari Sinn für Kunst hatten und den schönen Dingen des Lebens zugeneigt waren, waren sie sich auch ihrer Macht bewusst, deren Wurzeln Jahrtausende in die Vergangenheit reichten: Die Sterngeborenen hatten Astray bereits lange vor den Menschen besiedelt; sie hatten die Drachen bekämpft und schließlich besiegt und ein ganzes Zeitalter lang über den Kontinent geherrscht. Entsprechend groß war ihr Stolz.

Oder, wie die Menschen behaupteten, ihr Hochmut.

Zu Beginn ihrer Reise nach Archos war Bray noch sicher gewesen, dass König Elayan seine Unterstützung zusichern und sie an der Spitze einer großen Astaristreitmacht zum Pass zurückkehren würden. Doch der Anblick der erhabenen Astaribauten ließ sie daran zweifeln, und die launigen Bemerkungen, die Jenya hatte fallen lassen, verstärkten diese Zweifel noch. Welche Bedrohung auch immer im Norden lauern mochte, hier, inmitten dieser von steinernen Monumenten gesäumten Gassen war sie weit entfernt. Menschliche Belange schienen hier keine Gültigkeit zu haben. Selbst Bray, obwohl sie keine Astara war, kam sich ihrer Welt und Zeit entrückt vor – wie musste es da erst den Sterngeborenen selbst gehen? Und welche Hoffnung gab es da, ihre Unterstützung zu gewinnen?

Bray war in düstere Gedanken versunken, als sie endlich das Tor des Palastes erreichten. Die schweren Flügel waren bereits geschlossen und lagen in dunklen Schatten, nur noch die hohen Zinnen wurden von Tageslicht beleuchtet. Wächter in weißen Gewändern und schimmernden Rüstungen standen dort oben, die prüfend auf die fünf Reiter herabblickten.

»Halt!«, rief einer von ihnen, sich des Westrischen bedienend, einer Hinterlassenschaft des alten Reiches, die von den meisten Bewohnern des Westens verstanden wurde. »Was ist euer Begehr, Menschen?«

»Ich bin kein Mensch«, erklärte Jenya. Sie zog sich die Kapuze ihres Umhangs vom Kopf, um ihre spitzen Ohren sehen zu lassen, die ihre Herkunft als Sterngeborene offenbarten. »Ich bin Jenya von Skyros und verlange, zu König Elayan vorgelassen zu werden – auf der Stelle!«

Bray war überrascht.

Nicht nur, weil Jenya erstmals den Ort ihrer Herkunft genannt hatte, sondern auch über den bestimmten Tonfall, den sie den Wachen gegenüber anschlug. Zwar hatte Bray in Skaradag gelernt, der Obrigkeit und ihren Vertretern stets zu misstrauen – aber war das hier nicht etwas anderes? Wäre in diesem Fall nicht ein wenig mehr diplomatisches Geschick vonnöten gewesen?

Sie spähte prüfend zu Elyvara und zu Shayak, doch weder

die Heilerin noch der Drak schien besonders überrascht über Jenyas Auftreten zu sein.

»Du … verlangst es?«, fragte der Wächter, ein Offizier, mit einigem Unglauben nach.

»So ist es. Ich habe wichtige Kunde für König Elayan, die er noch heute bekommen muss.«

»Der Tag ist zu Ende, Jenya von Skyros, und das Tor bereits geschlossen. Komm morgen wieder.«

»Dann wird es bereits zu spät sein«, beharrte Jenya ungerührt. Ihr Pferd tänzelte seitwärts, es schien die Unruhe seiner Reiterin zu spüren.

Der Hauptmann war nicht mehr allein. Weitere Wachen hatten sich zu ihm gesellt, die neugierig über die Zinnen spähten. Bray fielen die Bogen und Pfeile auf, die einige von ihnen in den Händen hielten. Als Diebin in Skaradag hatte sie nur deshalb so lange überlebt, weil sie auf ihren Bauch gehört hatte. Und dieser Bauch sagte ihr jetzt, dass sie sich besser zurückziehen sollten …

»Du willst also jetzt gleich zu König Elayan«, fasste der Hauptmann mit gefährlicher Ruhe zusammen. »Und die anderen? Wollen die auch zum König?«

»Es sind drei Menschenfrauen und ein Drak«, erklärte Jenya ungerührt. »Sie gehören zu mir und wollen ebenfalls zum König vorgelassen werden.«

»Natürlich«, entgegnete der Offizier.

Dann tauschten seine Leute und er Blicke – und brachen in schallendes Gelächter aus. Die Wachleute in Skaradag hätten in so einem Fall die Hosen heruntergelassen und sich auf die ungebetenen Besucher erleichtert. So roh waren die Astari nicht, aber ebenso unnachgiebig.

Jenya jedoch ließ sich nicht entmutigen. »Lasst mich herein«, forderte sie ungerührt, nachdem sich die Wächter wieder ein wenig beruhigt hatten. »Andernfalls werdet Ihr es bitter bereuen.«

»Ach ja?« Der Hauptmann war wenig beeindruckt.

»Kennt Ihr die *logai apokrai*?«, rief sie hinauf, dabei in ihre Muttersprache verfallend.

Auch der Wächter antwortete daraufhin in der Sprache der Astari, und obwohl Bray nur Brocken davon verstand, war sie ziemlich sicher, dass es keine freundliche Erwiderung war.

»Nein«, entgegnete Jenya, die offenbar wollte, dass ihre Freunde den Wortwechsel verstanden und ihn bezeugen konnten, »es liegt mir fern, dich zu beleidigen, Hauptmann, und ich weiß sehr wohl, dass jeder Offizier die geheimen Worte kennt, an denen die Vertrauten des Königs zu erkennen sind. So höre denn«, kündigte sie an. Was folgte, war ein Schwall von astarischen Worten, jedes einzelne hart und kantig, zusammen jedoch zu einer melodiösen Einheit verschmolzen, fast wie ein Lied. Es war das erste Mal, dass Bray Jenya so viele Worte in ihrer eigenen Sprache sagen hörte.

Es klang wunderschön.

Uralt und geheimnisvoll … und auf eine Weise, die Bray nur fühlte, aber nicht verstand, auch gefährlich.

Die Worte verfehlten ihre Wirkung nicht.

Der Hauptmann erstarrte, ebenso wie seine Männer. Ihr Gelächter war verstummt, der Spott ebenso von ihren Gesichtern gewichen wie das letzte Licht der Sonne.

»Verzeiht«, drang es herab. »Wir öffnen Euch unverzüglich das Tor und melden Euer Eintreffen seiner Majestät dem König.«

»Danke«, sagte Jenya nur, während die beiden großen Torflügel sich bereits bewegten.

Mit einer Mischung aus Bewunderung und Staunen sah Bray die Astara von der Seite an. Und einmal mehr wurde ihr klar, wie wenig sie über diese Frau wusste.

8

Kerker von Archos
Zur selben Zeit

Umgeben von völliger Dunkelheit war sein Plan gereift wie guter Wein in den Kellern von Altashar.

Hilalayan war einen weiten Weg gegangen – und dabei tief gesunken. Vom Marschall am Hof seiner Majestät König Astyragis des Löwen und damit einem der mächtigsten Männer Ostragiens zum elenden Kerkerinsassen.

Und das innerhalb von nur wenigen Monden.

Wenn jemand ein Lied davon singen konnte, wie wankelmütig das Schicksal sein, auf was für ungeahnte Höhen es einen bisweilen tragen und in welch finstere Tiefen es einen hinabschleudern konnte, dann er.

Als Hofmarschall hatte der Eunuch in Altashar Ruhm und Ansehen genossen und über das Heer der Beamten geboten, und es hatte nicht wenige gegeben, die ihn gefürchtet hatten. Und das aus gutem Grund, denn die Gepflogenheiten bei Hofe hatte Hilalayan ebenso mühelos beherrscht wie die hohe Kunst der Intrige … bis ihn das Glück verlassen hatte.

Sein Fehler war es gewesen, Xusra zu unterschätzen, den Hohepriester des Feuerkults. Hilalayan hatte ihn lediglich für einen Speichellecker gehalten, für jemanden, der im Schatten des Königs zu Macht und Geltung gelangen wollte. Doch das hatte sich als Irrtum erwiesen. Der Feuerpriester, so klein und unscheinbar er auf den ersten Blick wirken mochte, hatte von Beginn an nichts anderes angestrebt als die Herrschaft über Ostragien, und er, Hilalayan, hatte ihm unwillentlich auch noch dazu verholfen. In Xusra hatte er seinen Meister gefunden, und so war ihm nach Astyragis' Tod nichts anderes geblieben, als außer Landes zu fliehen und sich zu den Astari zu begeben*. Doch sein Versuch, König Elayan von Archos seine Dienste anzubieten, war ziemlich kläglich gescheitert und hatte ihn am Ende hierhergeführt, in den Kerker des Palastes. Womöglich hätte er hier den Verstand verloren, einsam und verzweifelt und von Dunkelheit umfangen, hätte er nicht Gesellschaft gefunden. In Gestalt des Mannes, der in der benachbarten Zelle inhaftiert war.

Zwar stellte das Abflussrohr der Latrine keine sehr appetitliche Form der Verbindung dar, doch hatte es ihnen beiden ausgereicht, um sich auszutauschen. Und so hatte Hilalayan erfahren, dass sein Zellennachbar eine mindestens ebenso bewegte Vergangenheit hatte wie er selbst.

Sein Name war Salacar.

Salacar-Syn, um genau zu sein – jedenfalls dann, wenn man den Ehrentitel dazusagte, mit dem Großexekutoren sich zu schmücken pflegten. Denn genau das war Salacar, ein Abgesandter des Ordens der Exekutoren, der nach Archos geschickt worden war, um mit König Elayan zu verhandeln und ihm die Hilfe des Ordens im heraufziehenden Krieg gegen Ostray anzubieten – und dessen Verhandlungsglück ihn ebenso verlassen hatte wie Hilalayan das seine.

Sie hatten manches gemein, der entmachtete Großexekutor und der einstige Hofmarschall. Beide waren von den Ihren im Stich gelassen und von Elayan verraten worden, und so einte sie nicht nur das Gefühl, allein zu sein und von der Welt vergessen. Auch der Hass auf denjenigen, der ihnen dies angetan hatte und Schuld trug an ihrem traurigen Schicksal, war ihnen gemeinsam.

Elayan von Archos ...

* siehe DIE LEGENDEN VON ASTRAY 3. ROTE FLAMMEN

»Wie lange schon?«, krächzte Hilalayan.

In den verdreckten Fetzen, die einst vornehme Gewänder gewesen waren, kauerte er neben der Latrinenöffnung auf dem mit fauligem Stroh bedeckten Boden. Die Selbstachtung war das Erste, was man verlor, wenn man in einem Loch wie diesem eingesperrt war. Dicht gefolgt von seinem Ekel.

»Der achtzehnte Tag«, drang es gepresst zurück.

»Sicher?«

»Jedes Mal, wenn die Wache uns unsere Ration bringt, lege ich einen Strohhalm auf die Seite. Achtzehn Strohhalme.«

Hilalayan seufzte.

Man bekam den Wechsel von Tag und Nacht nicht mit, wenn man im Kerker saß. So wie man vieles andere ebenfalls nicht mitbekam. Es war nicht mehr von Interesse. Alles, was noch zählte, war ein wenig Wasser und das nächste Stückchen Brot. Und die Sehnsucht nach dem Tageslicht …

Wie schön er es einst gehabt hatte, zu Hause in Altashar, und niemals hatte er es wirklich geschätzt, war stets nur von der Absicht geleitet worden, seinen Einfluss zu mehren. In der festen Überzeugung, das wahre Wesen der Dinge durchschaut zu haben, hatte er die Geschicke des Reiches mitbestimmen wollen. Nun, in der feuchten Dunkelheit seiner Zelle, konnte er darüber nur den Kopf schütteln. Weder hatte er begriffen, was in der Welt vor sich ging, noch hatte er jemals wirklich Einfluss darauf gehabt.

Es war einfach geschehen.

Ohne ihn …

»Wie lange noch?«, drang es nun flüsternd durch die Röhre.

»Was meinst du?«, fragte Hilalayan dagegen. Sie hatten sich entschlossen, auf jede Förmlichkeit zu verzichten. Alles andere wäre sowohl der Umgebung als auch ihrer misslichen Lage ausgesprochen unangepasst gewesen.

»Niemand kommt, um uns zu befragen. Wie lange wollen sie uns noch hier festhalten?«

Hilalayan lachte freudlos auf. »Mein Freund, die Astari wissen doch schon längst, was sie wissen wollten. Das ist nicht der Grund, warum wir beide hier sind.«

»Glaubt Ihr das wirklich?« Salacar lachte ebenso leise wie wissend und bestätigte Hilalayan damit in seinem Entschluss, den Plan in die Tat umzusetzen, den er sich heimlich zurechtgelegt hatte.

»Gewiss«, beteuerte er leichthin. »Außerdem hat König Elayan derzeit wohl andere Sorgen.«

»Der Krieg könnte bereits in vollem Gang sein«, stimmte Salacar zu. Er wollte fortfahren, doch seine Stimme brach, und er musste husten. Die Feuchte im Kerker setzte ihm zu, und vermutlich würde es nicht mehr lange dauern, bis auch Hilalayan davon krank wurde. Schon jetzt war er schwach und ausgezehrt und nur noch ein Schatten jener fülligen, im besten Fleische stehenden Gestalt, die er einst gewesen war. In einem Kerker der Astari langsam zu verrotten, war nicht das Ende, das er sich für sich vorgestellt hatte.

Salacar schien ähnliche Gedanken zu hegen. »Was, wenn sie uns vergessen haben?« Seine heisere Stimme bebte dabei, nackte Furcht schwang darin mit.

Hilalayan nickte in der Dunkelheit.

Es war so weit.

Zeit, den Plan in die Tat umzusetzen …

»Keine Sorge«, flüsterte er. »Dazu wird es nicht kommen.«

Er wartete, ließ die Worte ihre Wirkung tun.

»Woher willst du das wissen?«, kam es zurück.

Hilalayan grinste in der Dunkelheit. Offenbar hatte er doch nicht alle seine Fähigkeiten verloren.

»Was, wenn ich einen Weg finden könnte, der uns aus dieser unglücklichen Lage befreit?«, fragte er.

»Du … hast einen Plan.«

»Wenn es so wäre?«

»Dann würde ich dabei sein wollen.«

»Was, wenn es umgekehrt wäre? Würdest du mich dann auch befreien?«

Salacars Zögern währte nur einen Augenblick. »Natürlich«, versprach er.

Hilalayan lächelte stumm in sich hinein.

Ihm war klar, dass das eine glatte Lüge war – so wie Salacar bewusst war, dass er seine Lüge durchschaute. Es war der Preis, den man für ein Dasein bezahlte, wie sie beide es ihr Leben lang gefristet hatten: Man konnte niemandem mehr vertrauen.

»Angenommen, es gelänge uns zu fliehen, was dann?«, flüsterte Hilalayan.

»Wir würden den nächsten Stützpunkt meines Ordens aufsuchen. Dort würden wir Aufnahme finden und Unterstützung. Und mit allem, was wir über Elayan und seine Pläne wissen, könnten wir dem Oktogon nützliche Dienste leisten.«

»Und das bedeutet?«

»Reiche Belohnung«, entgegnete Salacar. »Für dich und für mich, mein Freund. Und eine Möglichkeit, sich an Elayan zu rächen für das, was er uns angetan hat.«

Hilalayan nickte. Das Gespräch entwickelte sich vielversprechend. »Wie meinst du das?«

»Mein Auftrag lautete, Elayan ein Bündnis mit dem Orden anzubieten und auf diese Weise in Archos Fuß zu fassen. Doch da Elayan so eindeutig Position bezogen hat …«

»… hat er sich den Orden zum Feind gemacht«, vervollständigte Hilalayan. »Und ich nehme an, das Oktogon hat für diesen Fall vorgesorgt?«

»Das Oktogon fasst niemals nur einen Plan«, bestätigte Salacar. »Es gibt eine Armee, eine geheime Streitmacht von Ordenssoldaten, die in Sontra bereitsteht. Sie ist nicht groß, aber wenn es uns gelingt, Scyalon zu erreichen und von dort einen Falken an das Oktogon zu schicken, werden wir unsere Rache bekommen.«

»Denn Elayan ist damit beschäftigt, sich die Ostragier vom Leib zu halten, und wird nicht mit einem Angriff von Westen rechnen«, vervollständigte Hilalayan.

»Genau das.«

Hilalayan lächelte wieder, still und verschwiegen. »Warum hast du mir das nicht schon eher gesagt, *Freund*?«

»Du hast mich nicht danach gefragt, *Freund*.«

»Vertraust du mir also?«, fragte Hilalayan.

Diesmal währte das Zögern länger.

»Lass mich anders fragen«, setzte Hilalayan nach, noch ehe der andere sich zu einer Antwort durchringen konnte. »Würdest du mich verraten, wenn es deine Situation entscheidend verbessern und dir die Freiheit eintragen würde?«

Wieder zögerte Salacar-Syn.

»Ich denke, wir kennen beide die Antwort«, sagte Hilalayan, und indem er sich an der feuchten Kerkerwand abstützte, erhob er sich. Seine Knochen schmerzten, und er stöhnte merklich dabei.

Salacar schien zu spüren, dass sich etwas verändert hatte. »Was tut Ihr?«, erkundigte er sich, plötzlich wieder in alte Förmlichkeit verfallend.

»Was ich tun muss«, entgegnete Hilalayan, nicht länger flüsternd, sondern laut. »Was auch Ihr tun würdet, wenn es umgekehrt wäre.«

»Was …?«, wollte Salacar panisch fragen, doch ein Hustenanfall unterbrach ihn. »Was … tut Ihr?«, stieß er hervor.

Hilalayan blieb eine Antwort schuldig.

»Wache!«, rief er stattdessen so laut, dass sich seine Stimme überschlug. »Ich muss zum König!«

»Nein!«, drang es kläglich durch das Latrinenrohr. »Das … könnt Ihr nicht tun!«

»Ich habe Informationen«, fuhr Hilalayan ebenso laut wie ungerührt fort. »Informationen über den Orden der Exekutoren, die der König dringend erfahren muss!«

»Verräter!«, keifte Salacar, während sich von draußen bereits Schritte näherten und flackernder Fackelschein durch den Sehschlitz der rostigen Kerkertür drang. »Elender Verräter …!«

Hilalayan nickte nur. *»Alyam alaty afdal«*, antwortete er dann mit einer Weisheit aus seiner alten Heimat. »Ein jeder von uns tut, was er am besten kann.«

9

Königlicher Palast von Archos
Wenig später

Was auch immer die geheimen Worte bedeutet haben mochten, die Jenya den Palastwachen gegenüber ausgesprochen hatte – sie änderten alles. Nicht nur, dass der Hauptmann und seine Leute den Besuchern die Tore öffneten, sie nahmen ihnen auch die Pferde ab und geleiteten sie über eine Reihe prunkvoller Treppen und Portale in den Palast.

Nie zuvor hatte Bray einen schöneren Ort betreten, prunkvoll und dennoch von einer Reinheit, wie es sie bei all dem Protz und dem ruchlos zur Schau gestellten Reichtum in Skaradag nie gegeben hatte. Auch die Astari waren wohlhabend, immerhin waren sie die Erben eines Reiches, das einstmals die ganze bekannte Welt umfasst hatte, und der Handel zur See hatte sie zusätzlich wohlhabend gemacht. Doch anders als die Menschen prahlten sie nicht damit; im Gegenteil schien ihnen ihr Reichtum so selbstverständlich, dass sie ihren Sinn für andere Dinge entdeckt hatten, für Kunst und Schönheit, was sich in jeder einzelnen Statue oder Säule, ja in jedem Mauerstein niederzuschlagen schien.

Durch hohe, von steinernen Friesen gesäumte Gänge wurden die fünf Besucher immer weiter hinaufgeleitet, dem Gipfel des Palastberges entgegen, wo sich der Königsturm erhob, das *Margaron*, wie die Astari es nannten.

Mehrmals gelangten sie dabei an von Posten bewachte Pforten, doch wann immer Jenya die Worte sprach, öffneten sich diese, und die Besucher wurden weitergeleitet, immer tiefer hinein ins Herz der Anlage, wo sie weiteren Astari begegneten, Hofbeamten vermutlich, die die Menschen in Jenyas Gefolge mit einer seltsamen Mischung aus Desinteresse und Misstrauen beäugten. Es war seltsam für Bray, auf einmal so viele Sterngeborene zu sehen, schließlich war Jenya die einzige Astara, mit der sie je zu tun gehabt hatte.

Endlich erreichten sie den Thronsaal.

Ein ebenso großer wie schlanker Astar kam ihnen aus dem von Feuerkörben beleuchteten Halbdunkel entgegen. Er trug ein weites, mit reichen Stickereien verziertes Gewand, hatte einen langen Stab bei sich und machte eine gravitätische Miene. Am meisten jedoch fielen Bray seine dunkelgrünen Augen auf, die im Widerschein der Flammen geheimnisvoll glitzerten.

»Wer von Euch kennt die geheimen Worte?«, wollte er wissen, auf jede Form der Begrüßung verzichtend. Die Kunde von ihrem Eintreffen schien den Besuchern bereits vorausgeeilt zu sein.

»Das bin ich.« Jenya trat vor. Der große Astar sah ihr gleichgültig entgegen – doch plötzlich veränderte sich etwas in seinen schmalen Gesichtszügen. Erkennen stand plötzlich darin zu lesen. Und maßloses Erstaunen …

»Du?«, fragte er nur.

»Kanzler Tamyas.« Jenya neigte kaum merklich das Haupt.

»*Zeremonienmeister* Tamyas«, verbesserte der andere.

»So hast du die Zeit genutzt, um in der Gunst des Königs aufzusteigen.«

»So wie du sie genutzt hast, um in seiner Gunst zu fallen«, konterte der Hagere ungerührt. »Was willst du?«

»Ich muss zu König Elayan.«

Der andere lachte spöttisch. »Und du glaubst, er würde dich empfangen?«

»Ich kenne die geheimen Worte, oder nicht?«

»Die dir gegeben wurden zu einer anderen Zeit und unter

anderen Voraussetzungen. Du hast Schande über dich gebracht, Jenya von Skyros – und ebenso über seine Majestät. Du bist es nicht wert, von ihm empfangen zu werden.«

Bray sah zu Jenya. Rein äußerlich schienen die Worte ihr nichts anzuhaben, die ebenso schönen wie strengen Züge der Astara blieben unbewegt. Doch Bray kannte ihre Gefährtin inzwischen lange und gut genug, um zu wissen, dass derart harsche Worte nicht spurlos an ihr vorübergingen. Und nie zuvor hatte sie jemanden strenger und herablassender mit ihr sprechen hören.

»Ich habe Kunde von Dingen, die der König unbedingt erfahren muss«, sagte Jenya leise, dabei jedes einzelne Wort betonend. »Willst du mich nicht zu Elayan vorlassen, so wenigstens meine Gefährten. Sie werden es ihm ebenso mitteilen können wie ich.«

»Nanu?« Tamyas hob eine schmale Braue. »Wo ist dein Hochmut geblieben? Wo dein Stolz?«

»Er spielt keine Rolle mehr. Nichts wird jemals mehr eine Rolle spielen, wenn du uns nicht zu Elayan vorlässt.«

»Du hattest schon immer viel Sinn für Dramatik«, stellte der Zeremonienmeister fest. »Das mag an dem Beruf liegen, den du einst ausgeübt hast.«

Jenya atmete tief ein und aus, schien dabei Mühe zu haben, sich zu beherrschen. »Bist du jetzt fertig?«, fragte sie dann unwirsch. »Ich verstehe, dass diese unverhoffte Begegnung dir Genugtuung bereiten muss, und ich habe dein Spiel eine Weile mitgespielt, Tamyas – aber nun ist es genug damit! Bring mich oder einen meiner Gefährten zu Elayan, wir haben keine Zeit mehr zu verlieren.«

Tamyas starrte sie an. Der Zeremonienmeister brauchte einige Augenblicke, um seine Sprache wiederzufinden. »Nun«, meinte er, »immerhin wissen wir jetzt, wo dein Hochmut geblieben ist – er hat sich in Dreistigkeit gewandelt. Man merkt, dass du lange unter Menschen gelebt hast.«

»Ich nehme das als Kompliment«, konterte Jenya. Dann zückte sie die beiden nach Astarart gebogenen Klingen, die sie stets bei sich trug, und reichte sie Tamyas mit den Griffen voraus. »Nun tu, was ein Zeremonienmeister tun soll«, verlangte sie dazu, »und melde mich und meine Begleiter bei König Elayan – oder du wirst die direkte Verantwortung tragen für alles, was weiter geschehen wird.«

»Du drohst mir.«

Die Astara lächelte. »Wie könnte ich das, ohne Waffen?«

Darauf schien auch Tamyas keine Antwort mehr zu wissen. Und da er trotz seines hohen Postens bei Hofe nicht zu denen zu gehören schien, die gerne Verantwortung übernahmen, willigte er nach kurzem Zögern ein. Mit einem Nicken bedeutete er den Wachen, auch die übrigen Waffen der Besucher einzusammeln, dann bedeutete er ihnen, ihm zu folgen.

Durch einen kurzen, von überlebensgroßen Büsten gesäumten Gang, die frühere Herrscher der Astari darzustellen schienen, betraten sie eine weite, auf der Stirnseite von Säulen gestützte Halle. Durch hohe Fenster war ein Nachthimmel voller glitzernder Sterne zu sehen. Feuerkörbe sorgten für flackernden Schein, der sich in den Rüstungen der Wachen spiegelte, die entlang der Wände postiert waren. Und inmitten des unsteten Lichts kauerte eine einsame, in ein weißes Gewand gekleidete Gestalt, die in Gedanken versunken schien.

Dies sollte König Elayan sein?

Bray war beinahe enttäuscht. Sie hatte erwartet, dass der Herrscher der Astari auf Bergen aus Gold und Geschmeide thronen würde. Aber das war nicht der Fall. Elayan von Archos schien nicht nur Sinn für Schönheit, sondern auch Freude an Schlichtheit zu besitzen …

Tamyas trat vor. Indem er den Stab auf den Boden des Thronsaals schlug, entstand ein ebenso helles wie durchdringendes Geräusch.

Der König regte sich.

Langsam hob er das Gesicht, das bartlos war und von dunklem, gelocktem Haar umrahmt, das ihm bis auf die Schultern reichte. Hätte man Bray aufgefordert, sein Alter zu schätzen, so hätte sie an die vierzig Winter vermutet. Aber natürlich wusste sie, dass der äußere Schein trog und Astari in Wahrheit sehr, sehr viel älter wurden …

»Tamyas«, machte der Herrscher. Was er dann sagte, verstand Bray nicht, da er sich des Astarischen bediente. Aber sie glaubte zu erkennen, dass seine Worte müde klangen, beinahe resignierend – die Stimme von jemandem, den schwere Sorgen bedrückten. Die dunklen Ränder um die blaugrünen Augen des Königs schienen diese Vermutung zu bestätigen.

»Ich weiß, dass Ihr um Ruhe batet, mein König«, versicherte Tamyas, der bei der Menschensprache blieb, »doch hier sind Besucher, die Euch zu sehen wünschen, und wie sie sagen, duldet ihr Anliegen keinen Aufschub.«

»Besucher?« Elayan versuchte in das Halbdunkel jenseits des Lichtscheins zu spähen. »Menschen etwa? Noch mehr Besucher aus Ostragien?«

»Nein, mein König«, erwiderte Jenya anstelle des Zeremonienmeisters. Sie ließ Tamyas einfach stehen und trat vor. »Eine Besucherin aus der Vergangenheit.«

Damit sank sie auf die Knie nieder und beugte das rote Haupt so tief, wie Bray es noch nie zuvor bei ihr gesehen hatte. Shayak und Elyvara taten es der Astara gleich, worauf sich Bray und Nyasha anschlossen und dem Herrscher der Astari ebenfalls die Ehre bezeugten.

Was folgte, war Stille.

Mit pochendem Herzen starrte Bray auf den steinernen Boden vor sich, ihr Blick saugte sich förmlich fest am Muster des bunten Mosaiks. Eine Weile, die sich zu einer Ewigkeit zu dehnen schien, geschah überhaupt nichts, dann endlich brach der König der Astari sein Schweigen.

»Du«, war alles, was er hervorbrachte. Seine Stimme war

näher als zuvor, offenbar hatte er sich erhoben und war einige Schritte näher gekommen.

»Ja, mein König«, erwiderte Jenya.

»Du bist also wieder hier«, drang es zitternd und brüchig zurück. Jenya hatte angedeutet, dass der König über ihr Erscheinen nicht erfreut sein würde. *Erschüttert* schien Bray jedoch der weitaus passendere Ausdruck zu sein …

»Ich habe mich oft gefragt, wie es sein würde«, fuhr der König leise fort, während die Besucher weiter am Boden knieten. »Ich habe versucht, es mir auszumalen, aber darauf wäre ich nicht gekommen … einige Dinge ändern sich wohl nie. Noch immer erscheinst du und gehst, wann es dir beliebt, ganz gleich, welchen Schaden du damit anrichtest oder wessen Gefühle du damit verletzt. Du bist wie ein Sturm, der über das Land hereinbricht, ohne Ankündigung oder Warnung.«

»Mein König, ich …«

»Warum gerade jetzt, warum? Bist du gekommen, um dich an meinem Unglück zu weiden? Um dich sattzusehen an einem Herrscher, der seine besten Jahre gelebt hat?« Elayans Stimme war immer lauter geworden, die letzten Worte hatte er geschrien. Der König der Astari schien völlig außer sich zu sein. Was immer Jenya ihm einst angetan hatte, die Wunde schien tatsächlich noch immer frisch, den beinahe vier Jahrzehnten zum Trotz, die seither verstrichen waren.

Die Astara hatte alles ruhig über sich ergehen lassen.

Erst jetzt blickte sie langsam auf.

»Ich bedaure, dass Ihr es so seht, mein König«, erwiderte sie ruhig. »Aber wenn ich auch weiß, dass wir uns nicht im Guten getrennt haben …«

»Nicht im Guten«, fiel er ihr ins Wort. »Fürwahr, eine feine Beschreibung dessen, was vorgefallen ist! Du hast mein Vertrauen missbraucht! Hast mir Dinge vorgespielt, die niemals existierten!«

»Das ist nicht wahr, mein König.«

»Nein?« Er stand jetzt direkt vor ihr und sah mit glühenden Augen auf sie herab.

»Nein«, bestätigte sie, »aber deswegen bin ich nicht hier«, fügte sie hinzu und erhob sich, sodass sie einander direkt in die Augen sahen. »Nicht, um mich zu entschuldigen oder zu rechtfertigen, sondern weil ich Eure Hilfe brauche.«

Elayan stand wie vom Donner gerührt.

Beide starrten sie einander an, und es hatte den Anschein, als wollten sie sich gegenseitig mit Blicken niederringen.

»Du wagst es«, fuhr er sie schließlich an. »Nach allem, was damals geschehen ist.«

»Ich erbitte Eure Hilfe nicht für mich persönlich«, schränkte Jenya ein, »sondern auch im Namen meiner Gefährten. Für ganz Astray.« Sie deutete nach ihren Begleitern, die dies als Zeichen werteten, sich wieder zu erheben.

Elayan sah von einem zum anderen, allerdings hatte Bray das Gefühl, dass der Blick des Astarkönigs geradewegs durch sie hindurchging. Seine Gedanken schienen woanders zu sein, nicht hier und jetzt …

»Nach all den Jahren, die du verschwunden warst, tauchst du plötzlich auf und hast dazu noch die Dreistigkeit, mich um Hilfe zu bitten? Weißt du nicht, was vor sich geht? Archos befindet sich am Rand eines Krieges mit Ostragien!«

»Nein, mein König«, widersprach Jenya hart, »Ihr befindet Euch bereits mittendrin. Eine ostragische Armee hat Brückstadt angegriffen, ein Feuerpriester namens Xusra, der die Macht in Altashar an sich gerissen hat, ist ihr Anführer.«

Elayan stutzte. Seine Augen verengten sich, sein Blick wurde prüfend. »Du weißt bereits von diesen Dingen? Woher?«

»Weil meine Gefährten und ich direkt aus Brückstadt kommen, mein König«, entgegnete Jenya. »Und weil wir dort Dinge gesehen haben, von denen Ihr unbedingt erfahren müsst.«

»Und du glaubst, dass ich euch Gehör schenken werde. Dass ich dir mein Vertrauen schenken werde.«

»Davon kann ich nur abraten, Majestät«, brachte Tamyas sich wieder ins Spiel. »Bedenkt, was sie Euch angetan hat ...«

»Glaub mir, mein Zeremonienmeister, die ganze Zeit über denke ich an nichts anderes«, versicherte Elayan erbost.

»Ich weiß, ich habe kein Recht, dies zu verlangen«, versicherte Jenya, »aber einst habt Ihr mir die geheimen Worte genannt und darauf vertraut, dass ich Euch ...«

»Ein Fehler«, unterbrach er sie barsch. »Und ich werde ihn nicht wiederholen. Verlass meinen Palast, Jenya, unverzüglich, und deine Begleiter nimm mit dir. Sie sind hier nicht erwünscht, ebenso wenig wie du.«

»Mein König ...«

Elayan sagte nichts mehr, stattdessen hob er den rechten Arm, und die Wachen lösten sich von den Wänden und traten mit gesenkten Speeren vor. Bray blickte mit Unbehagen auf die tödlichen Spitzen aus gehärtetem Astarstahl, von denen sie plötzlich umgeben waren.

»Bitte lasst uns reden, mein König«, bat Jenya dennoch. »Unter vier Augen ...«

»Damit du mich erneut mit deinen Reizen umgarnen kannst?« Er taxierte sie von Kopf bis Fuß. »Wie ich sehen kann, hast du gut auf sie geachtet. Warum auch nicht, sie sind die Grundlage deiner Arbeit, nicht wahr?«

Jenya nahm es ohne Widerspruch hin. »Ich weiß, ich habe Euch verletzt, mein König«, räumte sie ein, »aber ...«

»Verraten trifft es weit besser«, unterbrach er sie. Tiefe Verletztheit sprach aus seinen türkisblauen Augen, die Bray förmlich spüren konnte.

Jenya straffte sich. »Ich habe Euch niemals verraten«, widersprach sie leise, »und ich werde es auch heute nicht tun. Ein Heer von Schattenkreaturen bewegt sich auf Eure Grenzen zu, untote Krieger aus den Tiefen des Abyss.«

»Was redest du da?« Er sah sie zweifelnd an.

»Vorsicht, mein König«, warnte Tamyas, der die beiden umkreiste, lauernd wie ein Aasfresser. »Sie versucht, Euch zu täuschen. Womöglich handelt sie im Auftrag der Ostragier!«

»Ich handle in niemands Auftrag«, stellte Jenya klar, »so ist es damals gewesen, und so ist es auch heute. Meine Gefährten und ich kommen aus Brückstadt. Die Stadt am Bruch steht in Flammen, überrannt von Kreaturen, die nicht leben und nicht tot sind, Gefallene geschlagener Schlachten – und jeder Kämpfer, der ihnen zum Opfer fällt, wird einer von ihnen. Das ostragische Heer, das Ihr fürchtet, ist von ihnen bereits besiegt worden und hat danach ihre Reihen tausendfach verstärkt. Nun ist eine gewaltige Armee dieser Kreaturen auf dem Weg nach Süden.«

Elayan starrte sie an.

Ihm war anzusehen, wie wenig er mit einer solchen Enthüllung gerechnet hatte – und wie wenig er gewillt war, Jenyas Worten Glauben zu schenken …

»Einige unserer Gefährten sind am Wächter von Archos zurückgeblieben, um die Passhöhe gegen den Feind zu verteidigen«, fuhr Jenya dennoch fort. »Lange werden sie sich gegen die Übermacht jedoch nicht behaupten können. Dann steht den Schattenkriegern ganz Achaya offen, und damit auch Euer Reich. Ihr seht also, nicht um meinetwillen bin ich nach so langer Zeit zurückgekehrt, sondern um Euch zu warnen. Der einzige Weg, den Feind aufzuhalten, besteht darin, ihn an der Pforte von Archos zu bekämpfen, jeden einzelnen, Mann für Mann. Denn jene unheimlichen Krieger sterben erst, wenn ihr Kopf nicht mehr auf den Schultern sitzt.«

Elayan sah sie noch immer an, mit zu Schlitzen verengten Augen, so als versuche er, ihre Gedanken zu lesen.

»Glaubt ihr kein Wort«, säuselte Tamyas ihm ins Ohr. »Weder ist sie Eure Beraterin noch ein General Eurer Armee. Und wer garantiert Euch, dass es keine List der Ostragier ist?«

»Ich«, sagte Nyasha mit fester Stimme und trat einen Schritt vor.

»Wer bist du?«, wollte Elayan wissen.

»Mein Name ist Nyasha pan Tyras, Euer Majestät«, sagte die Prinzessin von Altashar und neigte dabei höflich das Haupt.

»Nyasha pan … Dieser Name …«

»Die Frau, die Euch versprochen wurde«, bestätigte sie, »doch wie wir beide wissen, kam es nie zu diesem Bündnis. Lüge, Verrat und Intrige haben es verhindert.«

»Fürwahr«, sagte Elayan leise, »es zeugt von großem Mut, vor mich zu treten, Nyasha pan Tyras, und Euch noch dazu für Euresgleichen zu verbürgen. Wisst Ihr, dass mein geliebter Vetter Yaron tot ist, hingemordet von Xusras frevlerischer Hand?«

»Ich wusste es nicht«, versicherte Nyasha. Sie hielt seinem anklagenden Blick tapfer stand, nicht länger die bescheidene junge Frau, mit der sich Bray auf ihrer Reise angefreundet hatte, sondern jetzt ganz Ostragierin und Tochter des großen Artaban. »Aber seid versichert, dass ich darüber tief erschüttert bin und Euren Verlust mit Euch betrauere. Derselbe Mann, der Euren Vetter getötet hat, stürzte auch meine Familie ins Unglück. Die Hochzeit, die unsere Reiche vereinen sollte, war nichts als eine Intrige, gesponnen nur zu dem einen Zweck, Euch in Sicherheit zu wiegen und zugleich die Grenzen Eures Reiches zu überfallen. Mein Bruder Nawyd hat Xusras Pläne durchschaut und versucht, sie zu durchkreuzen. Ich billige nicht die Methoden, die er dabei angewandt hat und die viele Eurer Männer das Leben gekostet haben. Doch mein Bruder ist verschollen und vermutlich tot, hat für seine Vergehen gebüßt, sodass sie nicht länger zwischen uns stehen sollten. Und als letzte Überlebende des Hauses Tyras versichere ich Euch bei meinem Leben, dass das, was Jenya Euch berichtet hat …«

»Euer Bruder lebt, Prinzessin«, sagte Elayan leise.

»Was?«

»Er ist hier gewesen, an meinem Hof, erst vor wenigen Wochen.«

»Aber …« Nyasha sah ihn an. Die Verwirrung war ihr anzusehen, sie wusste nicht, ob sie erleichtert oder bestürzt sein sollte. »Wo ist er?«, brachte sie schließlich heraus. »Ist er hier in Archos?«

»Nicht mehr.« Elayan schüttelte den Kopf. »Er ist mit einem Teil meiner Flotte nach Osten gesegelt, um Zagora einzunehmen.«

»Dann … wisst Ihr von Ostragiens Plänen?«, hakte Jenya nach. »Und auch von Xusra?«

»In der Tat – aber ich habe nichts von jener Bedrohung gehört, von der Ihr sprecht.«

»Majestät!«, ereiferte sich Tamyas. »Ihr werdet den Worten dieser Frau doch nicht etwa Glauben schenken wollen?«

»Nein, nicht ihr allein«, widersprach Elayan. »Aber hier steht Nyasha pan Tyras, die Frau, die ich heiraten sollte, und bietet mir ihr Leben an«, sagte er, auf die Prinzessin deutend. »Ich kann auch nicht glauben, dass es ein Werk reinen Zufalls ist, das uns hier zusammenführt …«

»Majestät«, krächzte der Zeremonienmeister verständnislos.

»Ich will Euer Leben nicht, Nyasha«, stellte der König der Astari klar. »Was geschehen ist, ist geschehen, es liegt weder in Eurer noch in meiner Macht, es rückgängig zu machen. Doch bisweilen fordern die Zeiten seltsame Opfer von uns. Euer Bruder steht in meinen Diensten, und wenn er nicht mehr mein Feind ist, so seid auch Ihr es nicht mehr.«

»So glaubt Ihr uns, mein König?«, fragte Jenya hoffnungsvoll.

Elayans Zögern währte nur einen Augenblick. »Ich wünsche, dich in meinen Gemächern zu sprechen«, beschied er ihr dann. »Deine Gefährten werden unterdessen in Quartiere gebracht, wo sie sich von der Reise ausruhen können. Es wird ihnen an nichts fehlen.«

»Danke, mein König«, sagte Jenya, und nicht nur sie, auch Bray und die anderen verbeugten sich tief.

»Danke mir nicht zu früh. Ich muss erst hören, was du mir zu sagen hast. Dann erst werde ich entscheiden.«

»Ich habe Euch viel zu berichten«, versicherte die Astara. »Aber ich warne Euch. Nichts davon wird Euch gefallen.«

10

Kerker von Archos
Unterdessen

»Nein! Neeein!«

Salacar war verzweifelt.

Seine heisere Stimme überschlug sich und hallte von der niederen Kerkerdecke wider, während er unentwegt schrie.

Wie hatte ihm nur ein solcher Fehler unterlaufen können? Wie hatte er, ein Großexekutor des Ordens, der die Spielregeln der Macht verinnerlicht und stets gewusst hatte, wann er nach oben zu buckeln und nach unten zu treten hatte, nur so dumm sein können? Hatte er nicht sogar Thorgon-Syn, den gefürchteten Großexekutor von Morwa, überlebt und auf seinem Posten beerbt? Hatte er nicht stets auf allen Gebieten größte Vorsicht walten lassen? Und nun unterlief ihm dieser Fehler!

Dabei war es keineswegs so, dass er Hilalayan vertraut hätte. Der einstige Hofmarschall von Altashar war ein nützlicher Verbündeter gewesen, ein Mittel zum Zweck, nicht mehr und nicht weniger. Doch die Aussicht darauf, aus dieser verdammten Kerkerzelle freizukommen, die an seiner Gesundheit nagte und seinen von Natur aus schon schmächtigen Körper immer noch mehr ausgezehrt hatte, hatte ihn für einen Moment alle Vorsicht vergessen lassen.

Er war leichtsinnig geworden – und nun wurde er fürchterlich dafür bestraft …

Seine kauernde Haltung nahe des Latrinenrohrs hatte er längst aufgegeben, unruhig ging er in seiner Zelle auf und ab, seinen geschwächten, schmerzenden Gliedern zum Trotz. Dabei verwünschte er all jene, die ihn in diese ausweglose Lage gebracht hatten – Elayan von Archos, den verräterischen Hilalayan und sogar seine Vorgesetzten im fernen Sontra, die ihn auf diese ausweglose Mission nach Archos entsandt hatten.

Vor allem aber verwünschte er sich selbst.

Niemand hatte ihn gezwungen, Hilalayan von der Armee und den geheimen Plänen des Ordens zu erzählen. Er hatte es aus freien Stücken getan, um seine Haut zu retten. Nun würde vermutlich das genaue Gegenteil geschehen …

Schon näherten sich Schritte von draußen, und durch den schmalen Schlitz, der in die metallene Zellentür eingelassen war und durch den einmal am Tag eine aus einem Becher Wasser und einem Stück Brot bestehende Ration geschoben wurde, war der unstete Lichtschein einer Fackel zu erkennen.

Sie kamen, um ihn zu holen!

Noch vor Kurzem hatte er gefürchtet, niemals wieder aus dieser Kerkerzelle herauszukommen – nun wäre es ihm lieber gewesen, man hätte ihn vergessen. Seine Treue zum Orden hatte ihn davon abgehalten, die letzten Geheimnisse zu verraten. Nun schalt er sich einen verdammten Narren dafür, dass er es nicht getan und versucht hatte, daraus Kapital zu schlagen.

Was war er dem Oktogon schon schuldig?

Gewiss, er hatte einen Eid geleistet, einen Schwur, die Geheimnisse des Ordens der Exekutoren selbst dann zu wahren, wenn sein Leben bedroht wäre – doch was waren solche Schwüre noch wert in dem Augenblick, da es um Leib und Leben ging? Er hätte sein Schweigen brechen, hätte plaudern sollen, solange noch Zeit dazu war – nun hatte Hilalayan es getan. Und obwohl es Salacar wohl Folter und Tod eintragen würde und er den Eunuchen dafür abgrundtief hasste, kam Salacar nicht umhin, zugleich auch ein wenig beeindruckt zu sein von der Kaltblütigkeit dieses Mannes …

Die Wache hatte die Zellentür erreicht.

Salacar erstarrte.

Der Schlüssel wurde ins Schloss gesteckt und herumgedreht, und mit hässlichem Knarren schwang das rostige Metall auf. Eine Gestalt kam dahinter zum Vorschein, die einen Umhang mit hochgeschlagener Kapuze trug und eine Fackel in den Händen. Der Schein blendete Salacar derart, dass er die Augen schirmen musste. Gleichzeitig sank er auf die Knie.

»Bitte«, flüsterte er dazu, »ich werde Euch alles sagen, was ich weiß, aber erspart mir die Folter, ich bitte Euch.«

Der Kerkerknecht trat auf ihn zu. Noch immer unfähig aufzublicken, hörte Salacar die knirschenden Schritte auf Stein und Stroh.

»Nun«, sagte plötzlich eine vertraute Stimme über ihm, »ich gebe zu, dass ich Euch einiges an Kriecherei zugetraut habe, aber das unterbietet meine Erwartungen noch. Ich fürchte, Ihr seid mir ähnlicher, als ich mir eingestehen wollte, *Freund*.«

Salacar stutzte und blickte auf. Seine Augen tränten von grellen Lichtschein – oder weinte er?

Der Kerkerknecht schlug die Kapuze zurück – glatzköpfige, Gesichtszüge kamen darunter zum Vorschein, bleich wie der Mond, aus denen ihn ein kleines Augenpaar listig anfunkelte.

»Hi-Hilalayan?«, stammelte Salacar. Er hatte den einstigen Hofmarschall von Altashar noch nie von Angesicht gesehen, aber genauso hatte er ihn sich vorgestellt.

Das Mondgesicht lächelte. »Verzeiht mir die List, mein Freund – doch Eure Verzweiflung musste echt klingen, andernfalls wäre der Wächter wohl nicht darauf hereingefallen.«

»Der Wächter?« Salacar starrte ihn fassungslos an. »Wo …?«

Wieder lächelte Hilalayan. »Er hat mich wohl nicht als eine Bedrohung erachtet, sonst hätte er mir nicht den Rücken zugewandt. Inzwischen dürfte ihm aufgegangen sein, dass dies ein Fehler gewesen ist.«

Salacar starrte den Ostragier an.

Erst ganz allmählich sickerte in sein Bewusstsein, dass er sich geirrt hatte. Dass Hilalayan ihn nicht verraten hatte, sondern dabei war, sein Wort zu halten, und dass er aus dieser verdammten Zelle freikommen würde …

Der einstige Hofmarschall hielt ihm die Hand hin und zog ihn auf die Beine.

»Das also war Euer Plan«, stieß Salacar hervor.

»Gewissermaßen.«

»Und wie kommen wir hinaus? Habt Ihr auch daran gedacht?«

»Nun«, meinte Hilalayan und griff nach dem Schlüssel, der noch im Schloss der Kerkertür steckte. Ein ganzes Bündel weiterer Schlüssel hing daran. »Ein Gefühl sagt mir, dass wir einen Weg finden werden …«

11

Schwarzer Turm des Exekutor-Ordens, Hobheim
Am nächsten Morgen

Latimer hatte die Stufen im Turm gezählt.

Es waren viele.

Zweihundertachtundzwanzig, um genau zu sein.

Und jede von ihnen zu hoch, um von einem Halbling bequem bestiegen zu werden. Menschen hatten dieses schwarze Monstrum errichtet, das sich inmitten der gedrungenen Fachwerkhäuser von Hobheim erhob und wie eine schmerzende Nadel im Fleisch des Westlands steckte. Aus jeder Pore atmete es den Hochmut, die Verblendung und die Macht der großen Leute, und Latimer wurde schlecht bei dem Gedanken, dass er selbst es gewesen war, der dem Orden Zugang zum Westland gewährt und ihm gestattet hatte, diese Monstrosität zu errichten.

Er war ein anderer gewesen damals. Voller Furcht und Misstrauen, nicht nur gegen andere, sondern auch und vor allem gegen sich selbst …

Die Prozedur war stets dieselbe.

Hatte Latimer knapp die Hälfte der Stufen überwunden, so gelangte er in eine Kammer, in der er sich anzumelden hatte wie jeder andere Bittsteller, der zur Großexekutorin vorgelassen werden wollte. Gewöhnlich wurde er dann auch nach dem Zweck seines Besuchs befragt – an diesem Morgen jedoch sah der Ordensdiener nur prüfend auf den ledernen Sack, den Latimer über der Schulter trug und dessen Inhalt ekelerregenden Gestank verströmte.

»Was ist das?«, wollte der Diener wissen.

»Der Beweis, nach dem die Großexekutorin verlangte.«

Der Diener, ein schlanker Mensch in der rabenschwarzen Kutte des Exekutor-Ordens, kam hinter seinem Schreibpult hervor, das so hoch war, dass Latimer nur mit Mühe darüberspähen konnte. Mit einer Handbewegung forderte er ihn auf, den Sack zu öffnen, was Latimer bereitwillig tat.

Die Züge des Ordensdieners verzerrten sich in stillem Entsetzen.

»Der verlangte Beweis«, erklärte Latimer nur.

Der Mann dachte einen Augenblick nach, dann wies er Latimer an, ihm zu folgen. Gleichzeitig bedeutete er zwei Ordenswächtern, sie zu begleiten, so als fürchtete er, dass der Inhalt des Beutels ihm noch gefährlich werden könnte.

Der Aufstieg über die übrigen rund einhundert Stufen trieb Latimer einmal mehr den Schweiß auf die Stirn – und das nicht nur der Last wegen, die er zu tragen hatte. Innerlich verwünschte er den Orden und seinen in diesem Fall buchstäblichen Drang, sich über andere zu erheben. Wer immer bei der Großexekutorin vorsprechen wollte, musste diese Strapaze auf sich nehmen, die für einen Halbling eine echte Tortur bedeutete. Und das alles nur, um jeden Besucher von vornherein einzuschüchtern und zu erniedrigen …

Was Latimer betraf, so funktionierte es jedes Mal.

Die Anstrengung, die hohen Stufen, die schwarzen, mit Runen versehenen Säulen – all das hatte so gar nichts von der Gemütlichkeit, die Halblinge bevorzugten. Um sich selbst Mut zu machen, rief er sich ins Gedächtnis, was sein Bruder Lorymar zu ihm gesagt hatte, als sie sich trennten …

Endlich erreichten sie den Empfangsraum.

Der Diener ging voraus, um ihn anzumelden, dann durfte er eintreten, schwitzend und außer Atem. Den Schnappsack trug er über der Schulter, des bestialischen Gestanks ungeachtet. Er hatte genug damit zu tun, wieder zu Atem zu kommen.

»Nanu?«, scholl die kalte Stimme der Großexekutorin ihm entgegen. »Habt Ihr mich nicht erst gestern besucht, Lordkanzler? Was verschafft mir erneut die Ehre?«

Latimer bemühte sich, die Ironie in ihren Worten zu überhören. Er verbeugte sich, dann straffte er seine kurze Gestalt und strich den Rock mit den Goldknöpfen glatt, bemüht, sich von der dunklen Gestalt vor ihm nicht einschüchtern zu lassen. In ihrem schwarzen Gewand thronte Jadissa-Syna auf dem Sitz des Großexekutors. Ihre makellosen, jedoch völlig unbewegten Züge blickten ihm herausfordernd entgegen.

»Denkt nicht, dass ich mich allzu sehr danach sehne, all diese Stufen zu besteigen«, stellte Latimer klar, »aber in der vergangenen Nacht ist es im Grenzland erneut zu einem Zwischenfall gekommen, von dem ich Euch berichten möchte.«

»Schon wieder.« Sie hob eine Braue, um dann den Kopf zu schütteln. »Ich bin an Euren Dorfgeschichten nicht interessiert, Lordkanzler.«

»Und wenn es mehr als Dorfgeschichten sind? Ihr wolltet Beweise, ehrwürdige Syna – und hier sind sie.«

Damit lud er den Schnappsack ab, öffnete die Verschnürung und drehte ihn um, so als wollte er einen Beutel Mehl ausschütten. Doch was herausplumpste, war nicht gemahlenes Getreide, sondern ein abgetrenntes Haupt.

Mit hässlich hölzernem Geräusch traf es auf dem Boden auf und rollte geradewegs vor die Füße der Großexekutorin.

Mit einem wütenden Schrei sprang Jadissa-Syna auf.

Gleich mehrere ihrer Wächter sprangen ihr bei. Zwei von ihnen hielten Latimer mit ihren Speeren in Schach, ein dritter spießte das herrenlose Haupt kurzerhand auf und hielt es hoch. Im Morgenlicht, das durch das Fenster einfiel, konnte man erkennen, dass der Kopf nichts Menschliches an sich hatte: Er war von schwarzem Fell überzogen, das Maul war nach vorn gewölbt und stand halb offen, scheußliche Reißzähne waren darin zu sehen. Die toten Augen der Kreatur waren bizarr verdreht und von gelber Farbe.

Die Augen eines Raubtiers.

»Was … ist … das?«, stieß Jadissa hervor.

»Der Beweis, nach dem Ihr verlangtet, Großexekutorin«, erwiderte Latimer ungeachtet der beiden Speere, die auf ihn zeigten. »Dieser Morwolf wurde vergangene Nacht diesseits des Flusses gestellt und erschlagen. Diese Geschöpfe sind hier, ehrwürdige Syna. Das ist keine Einbildung und keine Geschichte, die man erzählt, um kleine Kinder zu erschrecken. Sondern die Wirklichkeit.«

Die Ordensfrau stieg vom Sockel ihres Throns und näherte sich dem Haupt, um es genauer in Augenschein zu nehmen. Vorsichtig streckte sie eine Hand danach aus.

»Vorsicht«, mahnte Latimer. »Ich würde Euch raten, das Haupt nicht zu berühren. Es heißt, dass das Blut der Morwölfe ebenso gefährlich sei wie sie selbst.«

Jadissa zog ihre Hand zurück, als hätte sie sie sich verbrannt. »Und Ihr wagt es, dieses Ding hierherzubringen«, zischte sie. »In meinen Turm.«

»Ihr wolltet einen Beweis, oder nicht?«

Sie schnaubte. In ihren schmalen Augen funkelte es. »Schafft mir das Ding aus den Augen«, befahl sie dann, worauf der Wächter das Haupt hinaustrug. Auch die anderen zogen sich wieder zurück.

»Jener Morwolf hat vergangene Nacht ein Dorf im Grenzland überfallen. Er hat den Sohn von Zumbold Hintling getötet und zwei weitere Männer verletzt, ehe er unschädlich gemacht werden konnte. All dies hätte jedoch verhindert werden können.«

»Wie?« Sie hatte sich wieder auf ihrem Sitz niedergelassen und blitzte ihn wütend an.

»Wenn Ihr getan hättet, worum ich Euch seit Wochen bitte«, entgegnete Latimer und gab sich Mühe, ihrem vernichtenden Blick standzuhalten. »Hättet Ihr zugestimmt, die Euch zu Gebote stehenden Soldaten im Grenzland einzusetzen …«

»Ich soll meine Kämpfer aussenden? Und den Turm damit schutzlos zurücklassen?«

»Mit Verlaub, ehrwürdige Syna – noch bis vor wenigen Augenblicken habt Ihr die Bedrohung nicht einmal als wirklich erachtet, Ihr könnt Euch also schwerlich um Eure Sicherheit gesorgt haben. Außerdem hat sich der Orden verpflichtet, im Westland für Sicherheit zu sorgen.«

»Euer Tonfall gefällt mir nicht, Lordkanzler«, stellte die Großexekutorin klar. »Er gefällt mir ganz und gar nicht.«

»Nehmt mein aufrichtiges Bedauern dafür, ehrwürdige Syna«, entgegnete Latimer beflissen. »Doch es ändert nichts daran, dass der Orden gegenüber dem Westland und seinen Bewohnern in der Pflicht steht. Und in meiner Eigenschaft als Lordkanzler erwarte ich, dass er dieser Verpflichtung nachkommt!«

Es war gesagt.

Zum allerersten Mal hatte Latimer Thinkling das, was er sich vorgenommen hatte, der Großexekutorin gegenüber auch genauso ausgesprochen. Einen Augenblick stand er da, atemlos und mit vor Stolz geschwellter Brust.

Dann, als er sah, wie sich ihre Züge verfinsterten, dämmerte ihm, dass es vielleicht doch keine so gute Idee gewesen war, all dies offen zu sagen …

»Ihr *verlangt* es, Lordkanzler?«, fragte sie, lauernd wie eine Schlange. »Ihr betretet meinen Turm und missbraucht das Gastrecht dazu, etwas von mir zu verlangen? Einer Großexekutorin des Ordens?«

»Nun ja, ich …«

»Was bildet Ihr Euch ein? Wisst Ihr nicht, wo in dieser Welt Euer Platz ist?«

»Do-doch«, beteuerte Latimer reflexhaft. Seine Ohren

waren feuerrot und sein Gesicht war ganz heiß, während er sich selbst einen Narren schalt. Er hätte wissen müssen, dass sie so reagieren würde, er hätte niemals …

Nein, verdammt.

Plötzlich war ihm, als würde er neben seiner eigenen weinerlichen Stimme noch eine zweite in seinem Bewusstsein hören. Und diese zweite gehörte seinem Bruder.

Du bist der rechtmäßige Erbe, hatte Lorymar ihm zum Abschied gesagt, *in jeder denkbaren Hinsicht. Du magst Angst haben und dir bisweilen selbst nicht trauen, aber das tue ich auch nicht. Und du magst falsche Entscheidungen getroffen haben, aber du hast aus ihnen gelernt. Und bei allem, was du getan hast, seit ich die Heimat verließ, hast du stets versucht, das Richtige zu tun …*

Das Richtige tun.

Darauf kam es an.

Zum Wohl des Westlands und seiner Bewohner, so wie ihr Vater es vor ihnen getan hatte. Darum war es immer gegangen. Nicht um Ruhm und Ansehen, nicht um die Rivalität zwischen zwei Brüdern.

»Ich fürchte«, sagte Latimer mit fester Stimme, »dass in diesem Fall Ihr nicht wisst, wo Euer Platz ist, Jadissa-Syna.«

»Wie kommt Ihr dazu, so etwas …?« Die Großexekutorin schien ihren Ohren nicht zu trauen.

»Ihr verlangtet einen Beweis für die Umtriebe der Morwölfe, und ich habe ihn Euch geliefert – nun tut, wozu der Orden sich verpflichtet hat und woran auch Ihr gebunden seid. Schickt Eure Wachen an die Grenze, auf dass sie meinen Leuten helfen, dort für Sicherheit zu sorgen. Und sendet einen Falken nach Sontra und unterrichtet den Orden über die jüngsten Vorfälle – oder ich werde es tun.«

Latimer deutete eine Verbeugung an, dann machte er auf dem Absatz kehrt und verließ den Empfangsraum wieder.

Bei den ersten Schritten erwartete er, dass die Großexekutorin ihn aufhalten würde, dass sie ihn übel beschimpfen und ihren Wachen befehlen würde, die Speere vor ihm zu kreuzen und ihm den Ausgang zu verwehren.

Aber nichts dergleichen geschah.

Sicher durchbohrte sie ihn mit Blicken, und vermutlich wünschte sie ihm, dass er gleich auf der ersten Stufe ausgleiten und sich beim Sturz über die restlichen zweihundertsiebenundzwanzig sämtliche Knochen brechen würde.

Aber sie schwieg, und Latimer Thinkling hatte zum ersten Mal nach langer Zeit das Gefühl, den Siegelring des Lordkanzlers mit vollem Recht zu tragen.

Lorymar wäre stolz auf ihn gewesen.

12

Königlicher Palast von Archos
Am Morgen

Ihre Unterredung hatte die ganze Nacht gedauert.

Jenya hatte Elayan über alles in Kenntnis gesetzt – über ihre Zeit in Skaradag und was sie dort getan hatte; über ihre Visionen und die Begegnung mit Bray und dem Krähensänger Rayan; über die Rückkehr Lorymar Thinklings und wie die Dinge ihren Lauf genommen hatten*. Auch von der Befreiung Kynriks aus den dunklen Verliesen Tårannoks hatte sie berichtet und von den dramatischen Ereignissen beim Kampf um Brückstadt.

Sie ließ nichts aus; denn während sie nicht sicher sein konnte, was König Elayan aufgrund der Informationen entscheiden würde, konnte sie sich gewiss sein, dass ihre Geheimnisse bei ihm gut aufgehoben waren. Trotz allem, was damals geschehen war, vertraute sie ihm, denn er hatte ihr nie einen Grund gegeben, an seiner Loyalität zu zweifeln.

Andersherum war es nicht so gewesen …

Als der neue Tag im Osten heraufdämmerte und sein fahles Licht durch die hohen Fenster von Elayans Gemächern fiel, beendete Jenya ihren Bericht. Es war alles gesagt, und ihr war bewusst, dass sich die Dinge nun ändern würden, auf die eine oder andere Weise.

Der König hatte geduldig zugehört.

Auf einem Hocker sitzend, der wie alles in seinen Gemä-

* siehe DIE LEGENDEN VON ASTRAY 1. TOTE HELDEN

chern von der den Astari eigenen kunstvollen Schlichtheit war, hatte er Jenyas Schilderungen gelauscht und sie nur dann unterbrochen, wenn er etwas nicht verstanden hatte. An einigen Stellen ihres Berichts hatte er die Brauen gehoben und die Stirn gerunzelt, besonders bei jenen Passagen, die die Schlacht um Brückstadt und ihre Zeit in Skaradag betrafen.

»Warum?«, fragte er nun.

»Was meinst du?« Jenya, die während ihres Berichts in seinem Gemach auf und ab gegangen war, bald hierhin und bald dorthin, von innerer Unrast getrieben, blieb stehen.

»Warum Skaradag?«, hakte der König nach. »Und warum ausgerechnet ein Freudenhaus?«

Jenya lächelte matt. »Weil es das ist, was ich gelernt habe, wie Ihr wisst. Meine Berufung.«

Elayan sah sie an, als hätte sie den Verstand verloren. »Du bist eine *hetaira* vornehmer Herkunft und keine billige Hure!«

»Billig bin ich nie gewesen«, versicherte sie. Die Betroffenheit in Elayans Zügen machte ihr klar, dass diese Bemerkung unangemessen war. Vielleicht, sagte sie sich, hatte sie tatsächlich zu lange unter Menschen gelebt …

»Von Kindesbeinen an«, erklärte sie deshalb, »habe ich gelernt zu gefallen und geheime Wünsche zu erkennen, von Männern und Frauen gleichermaßen. Ihre Gefühle zu erspüren und auch ihre verborgensten Gedanken zu erahnen. Die verständigste Gefährtin zu sein, die kundigste Liebhaberin.«

»Die Aufgabe einer *hetaira*«, bestätigte Elayan.

»Und ich war gut darin«, erwiderte Jenya. »Nicht von ungefähr drang mein Ruf bis an den Hof des Königs.«

»Du warst weit mehr als das«, sagte er. Bitterkeit schwang dabei in seiner Stimme mit. »Vom ersten Augenblick an, da wir einander begegneten, habe ich dich nie als meine *hetaira* betrachtet, sondern als Seelenverwandte …«

»… weil ich gut war in dem, was ich tat.«

»Willst du behaupten, du hättest mir nur etwas vorgespielt in all den Jahren? Die Bindung, die wir eingegangen sind, war tiefer als manche bezeugte Heirat! Du warst mir vertrauter als jede Liebhaberin und teurer als eine Schwester!«

»Ich weiß«, versicherte Jenya. »Und ich habe Euch dafür geachtet und Euch respektiert, mein König.«

»Ich habe dich *geliebt*!«, rief Elayan aus.

»Nur einen Teil von mir«, schränkte sie ein. »Nie habt Ihr mich gefragt, wer ich wirklich bin. Und selbst wenn Ihr es getan hättet, so hätte ich Euch keine Antwort darauf geben können. Stets habe ich nur auf die Wünsche und Träume anderer geachtet und mein ganzes Streben darauf gerichtet, diese Wünsche zu erfüllen – und mich dabei verloren. Bis zu dem Tag, da ich meine erste Vision hatte. Da begriff ich, dass auch ich einen Wert habe und eine Bestimmung.«

»Die hattest du – aber an dem Tag, da du mich verlassen hast, hast du sie weggeworfen!«

»Im Gegenteil, mein König. Ich fand sie an der Seite von sechs Gefährten, die sich in so vieler Hinsicht gänzlich von mir unterschieden, Abkömmlinge verschiedenster Völker und Rassen – und mir dennoch ähnlich waren. Wir alle waren unvollkommen, jeder auf seine Weise verstoßen und auf der Suche. Und gemeinsam fanden wir die Kraft, Malfertas' Macht zu brechen und ihn aufzuhalten.«

»Du hast dich gegen dein eigenes Volk verschworen!«

»Nein, nur gegen ihn«, widersprach Jenya entschieden. »Auch Ihr habt gegen den Irrsinn des Kaisers aufbegehrt, habt Euch seinen Entscheidungen widersetzt.«

»Natürlich, aber …«

»Ich konnte nicht anders, mein König. Ich musste dem Ruf meiner Visionen folgen.«

»Du hast einen Schwur geleistet und ihn gebrochen«, beharrte er. »Wärst du geblieben, hättest du alles werden können, selbst meine Königin!«

»Nein.« Sie schüttelte den Kopf. »Der Kaiser hätte es niemals gestattet.«

»Ich hätte es versucht«, versicherte er.

»Ich weiß – aber Ihr hättet damit alles riskiert. Ich wollte nicht, dass Ihr das meinetwegen tut. Und ich wollte auch keine Krone. Alles, was ich wollte, waren Antworten. Ich musste herausfinden, wer ich bin und was diese Visionen zu bedeuten haben. Deshalb bin ich gegangen.«

»Wie ich sehen kann«, erwiderte der König, wobei er das lederne Rüstzeug, das sie trug, mit einem geringschätzigen Blick bedachte, »hast du dich gefunden. Du bist eine kämpfende Hure geworden – oder eher eine hurende Kämpferin? Man kann es nicht genau erkennen.«

»Ich verstehe Euren Zorn und Eure Bitterkeit, mein König«, versicherte Jenya. »Ich weiß, dass ich Euch Schmerz zugefügt habe, und das bedaure ich sehr. Wenn Ihr darauf besteht, dass ich mich vor Euch niederwerfe und Euch um Verzeihung bitte, so werde ich es tun, aber es wird nichts an dem ändern, was geschehen ist. Und es ist auch nicht mehr von Bedeutung. Nichts ist mehr von Bedeutung, mein König, denn das Schattenheer dort draußen wartet nicht, bis wir unsere Querelen beigelegt haben. Und es fragt auch nicht nach unserer Vergangenheit, sondern will uns unsere Zukunft nehmen, unsere Freiheit, unser Leben und alles, was wir sind!«

»Woher weißt du das alles? Wenn ich mich recht entsinne, bist du diesen Kreaturen nur einmal begegnet …«

»Das ist wahr, mein König. Aber schon vor dem Kampf um Brückstadt gab es Gerüchte, Berichte über Sichtungen von Schattenkriegern. Und vergesst nicht die Visionen, von denen nicht nur ich verfolgt werde. Die Gefährten von einst finden wieder zusammen, mein König, genau wie damals.«

»Du sprichst von den Sieben.« Elayan nickte. »Den Sieben Legenden.«

»Wir haben uns diesen Namen nicht gegeben«, schränkte Jenya ein. »Das waren andere.«

»Dessen bin ich mir bewusst«, räumte der König ein. »Dennoch muss auch Euch klar sein, dass Eure Rolle in der Geschichte nicht ohne Makel ist. So glücklich die Menschen darüber gewesen sein mögen, dass ihr Malfertas' Herrschaft beendet habt – wirklich gedankt haben sie es euch nicht. Die überwältigende Mehrheit hat euch längst vergessen.«

»Das ist mir klar, mein König«, gab Jenya unumwunden zu. »Aber es ändert nichts daran, dass wir unserer Bestimmung folgen müssen.«

»Wie selbstlos.« Elayan griff nach einem Becher, der auf einem kleinen Abstelltisch bereitstand, und nahm einen Schluck Wein. »Der Drak und die Heilerin haben dich also nach Archos begleitet«, fasste er zusammen, »und der Paladin, der Urok und der Halbling warten oben am Pass.«

»So ist es, mein König. Und sie bedürfen dringend Eurer Unterstützung.«

»Wo ist der siebte im Bunde?«, fragte der König, den Einwurf übergehend. »Wo steckt der Dwarg, der zu euch gehörte?«

»Ich weiß es nicht. Keiner von uns hat von ihm gehört. Wir wissen noch nicht einmal, ob er noch am Leben ist.«

»Aber wenn doch, so hätte er sicher dieselben Visionen, die auch euch verfolgt und zusammengeführt haben, nicht wahr?«

»Das … nehme ich an«, bestätigte die Astara ein wenig verunsichert.

Der König nickte. »Nun«, meinte er, »vielleicht können wir in dieser Sache etwas mehr Gewissheit bekommen. Zeige dich, mein Freund«, fügte er hinzu, nicht an Jenya gewandt, sondern offenbar an jemand anderen, der ebenfalls im Raum war.

Jenyas Augen weiteten sich, als eines der in die Wand eingelassenen Eisengitter, die normalerweise für den Auslass warmer Luft aus den Thermen des Palasts sorgten, sich öffnete und eine gedrungene Gestalt daraus hervortrat.

Es war ein Dwarg, entsprechend betrug seine Körpergröße nur rund vier Ellen, sodass er sich ohne Schwierigkeit in jener Schachtöffnung hatte verbergen können; sein Mantel war lang und reichte fast bis zum Boden, sein Bart war grau und in der Mode der Südlande gestutzt. Das Gesicht des Mannes jedoch war nicht zu erkennen – eine eiserne Maske lag darüber und bedeckte es bis auf zwei schmale Sehschlitze für die Augen. Dass der Schmied, der die Maske angefertigt hatte, sein Handwerk offenbar beherrscht und sie dem tatsächlichen Antlitz eines Dwargs nachempfunden hatte, ließ den fremden Besucher ohnehin schon unheimlich wirken. Dass Jenya darüber hinaus auch noch dazu das Gefühl hatte, diese eisernen Gesichtszüge zu kennen, jagte ihr eisige Schauer über den Rücken.

Überrascht starrte sie den maskierten Besucher an. Dann erst wurde ihr klar, was Elayan gesagt hatte, und sie begriff den Zusammenhang.

Der Siebte im Bunde …

»Ægir?«, stieß sie leise hervor, während sie den Maskierten ungläubig taxierte.

»Hallo, Jenya«, drang es zurück. Die Stimme klang seltsam metallisch unter der Maske.

»Darf ich vorstellen?«, machte König Elayan dem Rätselspiel ein Ende. »Ægir Synkorol, mein oberster Leibwächter und engster Vertrauter – und, wenn ich recht informiert bin, auch eine lebende Legende.«

»Zu viel der Ehre, Majestät«, wehrte der Dwarg ab.

Jenya starrte ihn noch immer an.

Als sie ihrem dwargischen Mitstreiter zuletzt begegnet war, war er ein typischer Vertreter seines Volkes gewesen: starrsinnig und verschroben und von einer natürlichen Gier nach allem durchdrungen, was glitzert und funkelt – aber auch ein loyaler und treuer Gefährte, der von einer tiefen Liebe zum Leben erfüllt war und einem Krug Bier niemals abgeneigt. Diese Erscheinung wollte nicht zu ihm passen.

»Warum die Maskerade?«, fragte Jenya direkt.

»Viel ist geschehen«, antwortete der Dwarg ausweichend. Seine Stimme kam ihr entfernt bekannt vor, aber sie war dumpf und kehlig, so als bereite ihm das Sprechen Mühe. »Und ich kann dir versichern, dass ich diese Maske nicht aus freien Stücken trage, sondern weil ich dazu gezwungen bin.«

Jenya biss sich auf die Lippen.

Alles in ihr drängte sie danach, Ægir weiter zu befragen, und nicht nur seiner Maske wegen; sie wollte auch wissen, wie es ihm ergangen war, was er getan hatte, nachdem der Bund der Sieben damals zerfallen war. Doch im Augenblick gab es drängendere Fragen zu beantworten. Und eine davon brannte ihr ganz besonders auf der Zunge …

»Du hast uns belauscht?«, fragte sie. Ihre Stimme bebte dabei, sie wusste nicht, worüber sie mehr überrascht sein sollte: Über das unerwartete Auftauchen des lange verschollenen Gefährten oder darüber, dass er ganz offenbar *gegen sie* arbeitete.

»Auf Befehl meines Königs«, entgegnete der Dwarg schlicht.

Jenya fuhr zu Elayan herum und sah ihn fragend an.

»Was denn?«, erwiderte dieser nur, nachdem er einen weiteren Schluck Wein genommen hatte. »Es kann dich doch nicht ernsthaft überraschen, dass ich nach allem, was damals geschehen ist, Vorsichtsmaßnahmen ergreife?«

»Das Gespräch sollte unter vier Augen stattfinden.«

»Das war deine Annahme – tatsächlich habe ich dergleichen nie zugesagt«, erwiderte der König, und Jenya musste zugeben, dass er recht hatte.

Im Grunde, sagte sie sich, hatte sie genau denselben Fehler begangen, den sie Elayan indirekt zum Vorwurf gemacht hatte. Sie war davon ausgegangen, dass sich nichts geändert hatte, und natürlich war das Unfug.

Äußerlich mochte Elayan sich nicht verändert haben, aber die Ereignisse und Erfahrungen der vergangenen Jahrzehnte – und nicht zuletzt ihr Weggang, den er als gemeinen Verrat empfunden hatte – waren so einschneidend gewesen, dass sie einen anderen Mann aus ihm gemacht hatten.

Sie begriff, dass sie vieles, was sie von Elayan angenommen hatte, neu würde überdenken müssen. Nicht zuletzt seine Vertrauenswürdigkeit ...

»Ich verstehe«, sagte sie nur und straffte sich innerlich wie äußerlich. »Ich freue mich zu sehen, dass Ægir wohlauf ist und offenbar unter Freunden«, fuhr sie fort, wobei sie den Dwarg mit einem Seitenblick streifte, »wenn ich mir auch nicht erklären kann, wie es dazu gekommen ist. Nach den Ereignissen von Wertal glaubten wir ihn verloren.«

»Das Leben geht bisweilen seltsame Wege«, versicherte Elayan rätselhaft, »und ich stimme deiner Auffassung zu, dass nicht alles davon aus Zufall geschieht. Ægir erschien an meinem Hof und bat um Aufnahme, und um deinetwillen habe ich ihm Zuflucht gewährt.«

»Um meinetwillen?«

Elayan lächelte. »Er verschwieg es mir lange Zeit, aber ich ahnte irgendwann, dass er einer der Sieben war, die Astray vor Malfertas gerettet hatten. Und da ich hoffte, dass auch du eines Tages zu mir zurückkehren würdest, behielt ich ihn in meinen Diensten.«

»Ich glaubte, Ihr wolltet mich niemals wiedersehen«, sagte Jenya leise.

»Welche Ironie des Schicksals, nicht wahr?« Der König nickte. »Denn nun, da es uns wieder zusammenführt, wissen wir nicht, ob wir einander noch vertrauen können.«

»Ihr könnt mir vertrauen, mein König«, versicherte Jenya. »Jedem einzelnen meiner Worte.«

»Ægir?«, fragte Elayan nur.

»Ich denke, sie sagt die Wahrheit, Majestät«, versicherte der Dwarg.

»So wirst auch du von Visionen verfolgt?«, hakte Elayan nach. »Von Albdrücken vom Untergang?«

Ægir zögerte kurz. »Nein, mein König«, gestand er dann.

»Ægir!«, ermahnte ihn Jenya.

»Als ich in König Elayans Dienste trat, musste ich ihm schwören, ihn niemals zu belügen und ihm stets die Wahrheit zu sahen«, beteuerte der Dwarg, »und nichts anderes tue ich jetzt. Ich habe keine Visionen. Schon sehr lange nicht mehr …«

»Aber das … das ist nicht möglich! Wir alle hatten sie! Sogar die junge Sängerin, die mich begleitet …«

»Das steht ihr frei«, knurrte Ægir achselzuckend. »Ich habe nichts davon gesehen, weder im Wachen noch im Träumen. Bist du sicher, dass all dies nicht nur eine List unseres ostragischen Feindes ist?«

»Die Armee der Schatten soll eine List sein?« Jenya starrte ihn fassungslos an. »Hast du denn nicht zugehört? Diese Kreaturen kennen kein Erbarmen. Sie sind schwer zu töten, denn in mancher Hinsicht sind sie bereits tot, und jeder, der ihnen zum Opfer fällt, wird einer von ihnen!«

»Ich habe es gehört«, versicherte der Dwarg unwirsch. »Aber ich kenne auch die Ostragier. Xusra der Feuerpriester ist überaus verschlagen. Er hat des Königs Cousin ermordet und wie es heißt, versteht er sich auf feurige Hexenkünste.«

»Ich kenne Xusra«, versicherte Jenya, »in Brückstadt bin ich ihm begegnet. Und ich weiß auch um seine Gabe und habe die Bosheit in seinen Augen gesehen – doch mit jener neuen Bedrohung hat er nichts zu tun. Dieser neue Feind ist geradewegs aus der Tiefe gekommen, aus den dunklen Abgründen des Bruchs, und ich befürchte, dass …«

»Was?«, hakte Ægir nach, als sie zögerte.

»Ich glaube, dass dieser Feind nicht wirklich neu ist, sondern im Gegenteil sehr alt. Dass seine Ursprünge in die Vergangenheit reichen – und dass wir selbst es waren, die ihn hergerufen haben.«

»Was?«, fragte Elayan. »Wie sollte dies geschehen sein?«

»Hat Ægir es Euch nie berichtet, mein König?«, fragte Jenya, ohne ihren Blick von dem Dwarg zu nehmen. »Offenbar gibt es doch noch das eine oder andere Geheimnis, das er vor Euch hütet. Andernfalls hätte er Euch wohl gestanden, dass die Sieben damals etwas entfesselt haben … eine andere, gewaltige Kraft, mit der sie Malfertas' Macht gebrochen haben. Doch die Folgen waren ebenso unumkehrbar wie schrecklich.«

Elayan hatte den Weinkelch sinken lassen. »Dann ist es also wahr«, folgerte er leise. »Es stimmt, was die Exekutoren behaupten – es waren die Sieben Legenden, die die Divergenz herbeigeführt haben.«

»Es war nicht unsere Absicht, aber wir hatten unseren Anteil daran«, gab Jenya nickend zu. »Wir alle haben dafür gebüßt, jeder auf seine Weise. Doch nun ist uns ein neuer Feind erwachsen – und allein können wir nicht gegen ihn bestehen.«

»Und nun soll ausgerechnet ich Euch helfen«, schloss Elayan.

Jenya schwieg. Der König hatte recht, auf so vielerlei Weise, dass sie nicht sofort wusste, was sie erwidern sollte. Und im nächsten Moment war es zu spät dafür …

»Mein König!«

Es war Tamyas, der eintrat, und seinem Gesichtsausdruck nach musste etwas vorgefallen sein. Der Zeremonienmeister wirkte aufgeregt, beinahe panisch.

»Was gibt es?«

»Die Expeditionsflotte, die Ihr gegen Ostragier entsandt habt – sie läuft soeben in den Hafen ein!«

»Was? Schon?« Elayan sprang auf.

»Offenbar hat es Verluste gegeben, schwarzer Flor ziert die Masten«, erstattete Tamyas mit bebender Stimme Bericht. »Und einige Schiffe haben beträchtliche Schäden erlitten.«

Einen Augenblick stand der König von Archos unbewegt. Seine Kieferknochen mahlten, unzählige Fragen und Sorgen schienen in diesem Moment auf ihn einzuprasseln.

»Ich wünsche, umgehend unterrichtet zu werden«, wies er seinen Zeremonienmeister an. »General Doryon soll sich unmittelbar nach seinem Eintreffen in den Palast begeben. Ich erwarte ihn im Thronsaal.«

»So soll es geschehen«, bestätigte Tamyas. Er machte auf dem Absatz kehrt und verschwand wieder, um die Anordnung seines Herrschers auszuführen.

Jenya blieb zurück, zusammen mit zwei Männern, denen sie einst ohne Zögern ihr Leben anvertraut hätte, und die ihr beide fremd geworden waren, jeder auf seine Weise.

Und ihr war klar, dass es sich umgekehrt ebenso verhielt.

13

Hauptsitz des Exekutor-Ordens, Sontra
Unterdessen

Sontra war der Ursprung.

In der alten Stadt im Herzen der Südlande, an der Grenze zwischen Burgos und Sarassa, hatte die Exekutoren-Bewegung ihren Anfang genommen. Hier war jene Schule begründet worden, die das menschliche Denken von aller Last und Schuld befreite; hier war der Orden entstanden, hier hatte der Feldzug gegen alle Religion und jeden Aberglauben begonnen und sich in alle Teile Westrays verbreitet.

Und hier befand sich nach wie vor der höchste und mächtigste aller Schwarzen Türme, Machtzentrum des Ordens und Hort geheimen Wissens: das Schwarze Oktogon.

Die Achtzahl hatte von jeher eine wichtige Rolle in der Geschichte der Exekutoren gespielt.

Im achten Jahr nach der Großen Divergenz war aus der Bewegung der Orden hervorgegangen, begründet von acht aufrechten, die Wahrheit über alles liebenden Männern. So war es nur folgerichtig, dass ein jeder Turm, der zum Ruhm des Ordens errichtet wurde, einen achteckigen Grundriss besaß. Acht Säulen waren es, die das Leben eines Exekutors bestimmten und auf die er sich stützte, wobei Wahrheitsliebe, Enthaltsamkeit und Härte gegenüber den Feinden des Ordens die wichtigsten waren. Und wie in den Gründertagen waren es acht Exekutoren, die der Organisation vorstanden, die ihre Geschicke lenkten und über ihre Anhänger bestimmten.

Das Oktogon.

Diesem höchsten Gremium anzugehören, war das Ziel eines jeden Exekutors, und Tarak-Syn konnte für sich in Anspruch nehmen, dieses Ziel erreicht zu haben – wenngleich es alles andere als einfach gewesen war.

Auf dem Weg an die Spitze war es vor allem darum gegangen, Gegner zu beseitigen und Konkurrenten auszustechen. Konkurrenten wie Thorgon-Syn, den Großexekutor von Morwa … Seiner aufrührerischen Ader wegen hatte man ihn nach Klyftagor versetzt, auf einen entlegenen Außenposten. Doch statt sich dagegen zu empören, hatte Thorgon die Herausforderung angenommen. Im Namen des Ordens hatte er den Norden befriedet und eine neue Machtbasis geschaffen, weswegen man erwogen hatte, ihn nach Sontra zurückzubeordern und in das Oktogon zu berufen, das den Tod des ehrwürdigen Krayag-Syn auszugleichen hatte, des letzten Ordensgründers.

Doch dann war alles anders gekommen.

Thorgon war einem gemeinen Mordanschlag zum Opfer gefallen, und sein Nachfolger Salacar war auf den Posten des Großexekutors von Morwa nachgerückt. Den frei gewordenen Platz im Oktogon jedoch hatte kein anderer als Tarak bekommen – und mit ihm alle Ehre und Macht, die dieses höchste Amt des Ordens bedeutete. Hätte Tarak-Syn an ein waltendes Schicksal geglaubt, hätte er wohl annehmen müssen, dass es seine Hand im Spiel gehabt hatte – so jedoch schrieb er seine Berufung in das oberste Gremium ausschließlich seinem Geschick und seiner Beharrlichkeit zu. Und seinem Talent dafür, drohende Hindernisse rechtzeitig zu erkennen aus dem Weg zu räumen.

Erst vor Kurzem hatte ihn sein Weg deshalb hinauf in den Norden geführt, wo er Salacar als Großexekutor von Morwa abgesetzt und statt seiner Krenar-Syn berufen hatten, einen Günstling, der ihm loyal verbunden war. Salacars Stellvertreterin Jadissa hingegen, eine der wenigen Frauen, die Aufnahme in den Orden gefunden hatten, hatte Tarak nach Westheim geschickt, wo sie sich bewähren sollte – die Halblinge waren aufsässiger, als ihr schliches Gemüt und ihr geringer Körperwuchs es vermuten ließen. Den glücklosen Salacar jedoch hatte Tarak an den Hof Elayans von Archos entsandt* und auf diese Weise auch ihn aus dem Weg geräumt.

Nein, dachte Tarak, während er die steilen Stufen zur Kammer des Oktogons hinaufstieg. Mit Glück oder gar einem waltenden Schicksal hatte sein Aufstieg wahrlich nichts zu tun.

Er schätzte die Privilegien, die einem Mitglied des innersten Kreises zustanden, und er liebte es, durch die Gänge des Turmes von Sontra zu wandeln und den Schatten zu sehen, den sein Erscheinen auf die Gesichter seiner Mitbrüder warf. Ganz gleich, ob es sich um einfache Ordensdiener handelte, um Novizen oder um gestandene Exekutoren – das Auftauchen eines Mitglieds des Oktogons flößte allen Furcht und Schrecken ein, und so musste es sein. Denn mehr noch als die Achtzahl war Angst das Fundament, auf dem der Orden errichtet worden war.

Eine Zusammenkunft war einberufen worden.

Den Grund dafür konnte Tarak sich denken. Ein Falke war eingetroffen und hatte Nachrichten gebracht. Aus welcher Ecke Westrays, konnte Tarak-Syn nur vermuten. An vielen Orten schien es in diesen Tagen zu gären. In Skaradag war es zu einem blutigen Aufstand gekommen, in den Grenzregionen entlang des Bruchs erwartete man den Angriff der Ostragier. Die Welt war dabei, sich zu verändern – und der Exekutor-Orden, das war Tarak-Syns tiefe Überzeugung, würde dabei der Gewinner sein. Wenn Westray und Ostray einander bekriegten und sich gegenseitig schwächten, so würde

* siehe DIE LEGENDEN VON ASTRAY 3. ROTE FLAMMEN

der Orden als der lachende Dritte aus dem Konflikt hervorgehen.

Tarak war der letzte Großexekutor, der in der Kammer des Oktogons eintraf. Die anderen hatten sich bereits versammelt – sieben schwarz gerüstete und von ebenso schwarzen Umhängen umflossene Gestalten, eine jede zu Füßen der Säule, auf der ihr Name stand. Wer in den innersten Kreis aufgenommen war, der blieb es bis zu seinem Lebensende, und ein jeder der Namen, die dort in den schwarzen Marmor gemeißelt waren, war dazu angetan, die Mitglieder des Ordens in Ehrfurcht erschaudern zu lassen.

Gemessenen Schrittes trat Tarak an seinen Platz. Er genoss das Gefühl von Macht, das diesen Ort erfüllte, berauschte sich an ihr wie andere sich am Alkohol berauschten, am Ophir oder an den Reizen einer schönen Frau.

Wie Tarak trugen auch die anderen Mitglieder des Oktogons ihre Helme, deren Visiere das Gesicht verhüllten. Gegenüber ihren Mitbrüdern nahmen sie sie niemals ab – das Amt sollte Respekt gebieten, nicht der Mensch, der es innehatte. Nun jedoch, als die Tür zum Oktogon geschlossen wurde und sie unter sich waren, zeigten die Acht ihr Antlitz.

Nacheinander nahmen sie die Helme ab, und Gorath-Syn ergriff das Wort. »Brüder«, sagte der Mann mit den faltigen Zügen und dem schlohweißen Haar, der als Ältester des Kreises den Vorsitz innehatte, »ein Falke hat Nachricht aus Westland gebracht.«

Tarak verkrampfte sich innerlich.

Westland – das bedeutete, dass die Nachricht von Jadissa stammte. Jener Schwester, die er selbst als Großexekutorin eingesetzt hatte …

Gorath entrollte das Schriftstück, auf das die in Geheimzeichen gehaltene Nachricht übertragen worden war, und hielt es in die Runde. »Wie Jadissa-Syna berichtet, ist es entlang der westländischen Grenze wiederholt zu Übergriffen durch Morwölfe gekommen.«

»Die Morwölfe haben den Alten Wall überschritten?«, fragte Xavar-Syn, ein weiteres Mitglied der Acht.

Gorath nickte. »Der Lordkanzler hat unsere Schwester aufgefordert, ihre Soldaten einzusetzen, um den Halblingen bei der Zurückschlagung der Morwölfe zu helfen, und sie erbittet Rat und Weisung des Oktogons.«

»Offenbar ist sie beunruhigt«, stellte Tarak fest. Da es sein Einfall gewesen war, Jadissa nach Westland zu versetzen, hatte er das Gefühl, sprechen zu müssen.

»Natürlich ist sie beunruhigt.« Der Älteste lächelte. »Schließlich weiß sie nicht, was wir wissen.«

»Wenn die Morwölfe derart in Aufruhr sind, dass sie die alte Grenze nicht mehr achten, kann das nur eines bedeuten«, folgerte Xavar.

»So ist es, Bruder.« Gorath-Syn nickte. »Es bedeutet, dass es begonnen hat. Die Zeit der Veränderung, die uns angekündigt wurde, ist angebrochen. Und das Bündnis, dass unser Orden vor langer Zeit geschlossen hat und von dem außer uns niemand weiß, wird sich nun endlich bezahlt machen.«

14

Pforte von Archos
Zur selben Zeit

Der neue Tag dämmerte herauf, und die aufgehende Sonne beleuchtete die Statue Ascarons des Wächters und schickte wärmende Strahlen über den gezackten Rand der Berge. Keiner davon drang jedoch ins Herz des Halblings, der hoch oben auf Spähposten war und mit besorgter Miene nach Norden blickte.

Widerwillig musste Lorymar sich eingestehen, dass Worfeck recht gehabt hatte. Es war nicht die Kälte, die ihn am ganzen Leib zittern ließ, es war die Angst. Die nackte Furcht davor, alles zu verlieren – und dabei dachte er noch nicht einmal an sein erbärmliches Leben, das womöglich schon viel zu lange gedauert hatte. Sondern an alles das, was ihm etwas bedeutete.

Nyasha.

Sein Bruder Latimer.

Seine Heimat fern im Westen.

Würde er sie jemals wiedersehen? Würde er sich nach dem Kampf gegen die Schatten und dem Krieg, der Astray zu verschlingen drohte, überhaupt noch eine Heimat geben, in die er zurückkehren konnte?

Damals, als die Legenden sich zusammenschlossen, um gemeinsam gegen Malfertas zu kämpfen, war sein eigenes Wohlergehen so ziemlich alles gewesen, was Lorymar gekümmert hatte – der Rest der Welt hatte ihn herzlich wenig interessiert. Doch dies hatte sich geändert. Ein Halbling in seinem Alter dachte nicht nur mehr an sich selbst, sondern auch an das, was er der Nachwelt hinterlassen würde – und was das betraf, sah seine Bilanz ziemlich kümmerlich aus.

Er hatte seinen Vater enttäuscht und war in die Fremde gezogen, hatte sich von Neugier und Abenteuerlust treiben lassen, statt seiner Pflicht nachzukommen und Lordkanzler von Hobheim zu werden. Das Westland war ihm zu eng geworden, und er hatte es kaum erwarten können, den Staub der Heimat von seinen Füßen zu schütteln. In der Überzeugung, zu Höherem berufen zu sein, war er aufgebrochen – und wohin hatte es ihn geführt? Gewiss, Malfertas war besiegt und Astray von seiner Schreckensherrschaft befreit worden. Wie hoch der Preis dafür gewesen war, ging ihnen allen jedoch erst in diesen Tagen auf. Denn wenn es stimmte, was Jenya vermutete, dann hätten sie besser alle nicht auf ihre Visionen hören und zu Hause bleiben sollen.

In gewisser Weise, gestand er sich ein, hatte auch er dies längst vermutet. Dass sie, indem sie den Kaiser vernichteten, etwas entfesselt hatten, das sich nicht mehr umkehren und nicht kontrollieren ließ.

Deshalb war er nach Ostragien gegangen, deshalb hatte er Vergessen gesucht.

So richtig geklappt hatte es nicht …

Lorymar hörte leise raschelnde Schritte den Bergpfad heraufkommen. Er brauchte sich nicht umzudrehen, um zu wissen, dass es Kynrik war, der ihn ablösen wollte.

»Noch alles ruhig, Kurzer?«, erkundigte sich der Schwertkämpfer.

»Bis jetzt ja.« Lorymar ließ einen abschließenden Blick über das Tal schweifen und über die Wipfel der Tannen, die sich sanft in der Morgenbrise wogen. »Oder sie sind schon längst hier, und wir merken es noch nicht einmal.«

»Nein.« Kynrik schüttelte den Kopf, sein Atem dampfte in der kühlen Morgenluft. »Die Zeit des Versteckspielens ist vorbei. Wenn der Feind sich nähert, werden wir es sehen.«

»Wenn du es sagst.« Lorymar raffte sich auf die Beine, die steif waren von der Morgenkälte. Er stieß eine Verwünschung aus, was Kynrik mit rauem Gelächter quittierte.

»Du hast dich auch schon mal eleganter bewegt, Kurzer.«

»Danke gleichfalls.« Der Halbling schnitt eine Grimasse. »Alles in Ordnung unten im Lager?«

»Wie man es nimmt. Die Söldner haben Angst. Worfeck befürchtet, dass sie fliehen könnten, noch ehe es zum Kampf kommt.«

»Wer will es ihnen verdenken?« Lorymar seufzte. »Ich hätte nie gedacht, dass ich das einmal sagen würde – aber selbst ich wäre in diesen Tagen lieber zu Hause.«

»Welches Zuhause meinst du?« Kynrik stieg nun selbst in das Beobachtungsnest, das sie zwischen zwei großen Felsen eingerichtet hatten und von dem aus man das gesamte Tal überblicken konnte. »Sprichst du von Altashar?«

Lorymar schüttelte den Kopf. »Du magst es mir glauben oder nicht, aber wirklich heimisch habe ich mich dort nie gefühlt. Weißt du, wie sie mich auch nach all den Jahren noch genannt haben? Lorymar Ghurab – das bedeutet ›der Fremde‹ in ihrer Sprache.«

»Warum bist du dann geblieben?«

Lorymars Zögern währte nur einen Augenblick. Es war zu spät, um sich noch etwas vorzumachen. »Weil ich nicht nach Hause zurückkehren konnte«, gestand er ehrlich. »Ich habe mich geschämt und schuldig gefühlt.«

»Genau wie ich.« Kynrik hatte seinen Posten eingenommen und spähte hinaus ins Tal, sodass er dem Halbling jetzt den Rücken zuwandte.

»Einmal angenommen, du wüsstest, was geschehen würde«, sagte Lorymar leise, »würdest du dich noch einmal entscheiden, das kaiserliche Heer zu verlassen und deinen Schwur als Paladin zu brechen, um deinen Visionen zu folgen?«

Kynrik sah ihn über die Schulter an. Der Blick seiner blauen Augen war unmöglich zu deuten. »Was ist mir dir?«, fragte er dagegen.

»Ich weiß es nicht«, gestand Lorymar. »Aber ich weiß, dass ich das hier niemals wollte. Womöglich haben wir alles noch schlimmer gemacht, indem wir den Astarstein fanden und seine Macht entfesselten. Wie hat das alles nur begonnen? Und wird es jemals enden?«

»Auf die eine oder andere Weise bestimmt.« Der Schwertkämpfer schnaubte, dann wandte er sich wieder seiner Aufgabe zu. Lorymar nickte und wandte sich zum Gehen, doch nach ein paar Schritten blieb er stehen.

»Glaubst du, Jenya wird es gelingen, Elayan zu überzeugen?«, fragte er.

»Kann ich dir nicht sagen, Kurzer. Aber ich weiß, dass ihre Chancen nicht schlecht stehen.«

»Woher nimmst du diese Gewissheit?«

»Ganz einfach – weil ich Jenya hassen gelernt habe in den dunklen Nächten in Tårannok. Doch in dem Moment, als ich sie wiedersah nach all den Jahren, hatte ein Teil von mir ihr bereits verziehen.«

15

Thronsaal, Königlicher Palast von Archos
Unterdessen

Endlich waren sie zurück.

Hätte man Nawyd pan Tyras noch vor ein paar Monden gesagt, dass er froh sein würde, den Leuchtturm von Archos am Horizont zu erblicken, hätte er es sicher nicht geglaubt. Dennoch verspürte er Erleichterung, als die Drachenschiffe der Astari bei Tagesanbruch in den Hafen der Hauptstadt einfuhren. Die starken Mauern und wehrhaften Türme vermittelten selbst ihm, dem fremden Ostragier, ein Gefühl von Sicherheit. Auch wenn ihm klar war, dass dieser Eindruck trügerisch war.

Die ›Tekana‹ hatte kaum am Kai festgemacht, als bereits ein königlicher Bote erschien, der verlangte, dass General Doryon umgehend in den Palast kommen und König Elayan Bericht erstatten sollte … Elayan, der noch nichts wusste von dem Rückschlag, den die Expedition erfahren hatte, von der Niederlage in Zagora und von der neuen Bedrohung, die im Osten erwachsen war.

Fürstin Yone übernahm es an Doryons Stelle, dem König zu berichten. In Begleitung Nawyds und zweier ihrer Kriegerinnen brach sie sofort zum Palast auf, und schon kurz darauf wurden sie von Elayans Zeremonienmeister Tamyas empfangen.

Es war dem hageren Astar anzusehen, dass er verwirrt war über die unerwartete Rückkehr der Expedition. Dass etwas schiefgegangen sein musste, war offensichtlich, dennoch hätte er den Fragen seines Königs niemals vorgegriffen. Schweigend geleitete er die Besucher zum Thronsaal, und Nawyd versuchte sich auszumalen, wie Elayan auf die Schreckensnachricht reagieren würde. Überlegt und besonnen, wie es von einem Herrscher der Astari erwartet wurde? Oder würde er angesichts der unheimlichen Bedrohung in Furcht und Panik verfallen?

Nawyd war dazu erzogen worden, nichts von den Astari zu halten, noch vor ein paar Wochen hätte er daher Letzteres vermutet. Inzwischen ertappte er sich dabei, dass er hoffte, der König der Astari möge in dieser Lage Rat und Ausweg wissen, auf dass anderen erspart bliebe, was Inara und General Doryon widerfahren war.

Doch nicht Elayan war es, der überrascht wurde, als sie den Thronsaal betraten, sondern Nawyd selbst.

Verwundert blieb er stehen, als er unter den Astari, die entlang der Wände aufgereiht standen und den Besuchern erwartungsvoll entgegenblickten, einen Drak erblickte; früher wäre er wohl nicht in der Lage gewesen, einen Echsenmann vom anderen zu unterscheiden. Doch nach allem, was geschehen war, war er sicher, niemand anderen als Shayak vor sich zu haben, seinen ungleichen Gefährten, der ihn aus dem Kerker befreit hatte und dem er gleich in mehrfacher Hinsicht sein Leben verdankte*. Nawyd blieb bei ihm stehen und Mensch und Drak reichten einander die Hand.

»Shayak«, begann Nawyd dann hervor, »wie ist das möglich? Woher …?«

Er stutzte, als er die zierliche Gestalt erblickte, die neben Shayak stand. Sein Blick war so auf den Drak geheftet gewesen, dass er sie erst jetzt gewahrte – und ihr Anblick ließ ihn an seinem Verstand zweifeln.

Dunkle Augen, die die ostragische Herkunft offenbarten.

* siehe DIE LEGENDEN VON ASTRAY 3. ROTE FLAMMEN

Blauschwarzes Haar, zu einem festen Zopf geflochten.

Züge, die bildschön waren und voll weiblicher Anmut, und dennoch seinen eigenen ähnlich …

Wie vom Donner gerührt verharrte Nawyd, seiner Begleiterinnen ungeachtet, die ihren Weg fortsetzten und sich vor dem König verbeugten, der sie an der Stirnseite der von Säulen getragenen Halle erwartete.

War es möglich?

Ihre Kleidung war anders, als Nawyd sie in Erinnerung hatte, natürlich war sie das … Ein schlichter Überwurf und ein Umhang, die beide schon bessere Zeiten gesehen hatten. Und auch ihr Gesicht hatte sich verändert. Das Mädchenhafte war daraus verschwunden, Not und Entbehrung hatten darin Spuren hinterlassen, aber …

»Na-Nawyd?«, fragte sie in diesem Moment und nahm ihm damit auch noch die letzten Zweifel.

Sie war es.

Nyasha.

Seine Schwester.

Nawyds Verstand setzte aus. Er konnte sich nicht erklären, wie jemand, den er zuletzt in jener dunklen Nacht in Phrygos gesehen hatte, hierhergelangt sein sollte. Und eigentlich war es ihm auch gleichgültig. Sein Begreifen setzte erst wieder ein, als sie einander in den Armen lagen und er sie fest an sich presste, seine geliebte Schwester, die zu beschützen er geschworen hatte. So viel war seither geschehen.

Er küsste sie auf die Stirn, wie er es früher oft getan hatte, und sie vergrub ihr Gesicht an seiner Schulter und weinte hemmungslos. Ob vor Schmerz oder vor Glück, konnte er nicht sagen – war da überhaupt noch ein Unterschied?

Für einen kurzen, stillen Moment überwog Nawyds Freude darüber, seine Schwester lebend und unversehrt anzutreffen. Dann kehrten die Fragen zurück.

»Schwester, wie …?«, begann Nawyd – aber dann wurde er

sich der Blicke bewusst, die auf ihnen ruhten. Nicht nur die Höflinge, auch der König selbst und sein Zeremonienmeister hatten ihnen ihre Aufmerksamkeit zugewandt.

»Seid versichert, dass wir uns mit Euch freuen, Kinder des großen Artaban«, sagte König Elayan, »doch fürchte ich, dass es im Augenblick Wichtiges zu besprechen gibt.«

Nawyd nickte – natürlich hatte der König recht. Die Geschwister lösten sich voneinander. Ihnen beiden brannten Fragen auf den Lippen, auf die sie Antwort wollten, doch dies war weder die Zeit noch der Ort dafür. Sie waren wieder vereint, nur das zählte. Alles Weitere würde sich fügen.

Indem er Nyasha noch einmal zunickte, ließ Nawyd von ihr ab und wandte sich wieder Fürstin Yone und ihren Begleiterinnen zu. Ihrem Beispiel folgend verbeugte er sich vor Elayan. Dann berichteten sie.

Von ihrer Begegnung mit dem Geisterschiff.

Von dem Hinterhalt im Hafen von Zagora.

Von ihrer überstürzten Flucht.

Und von den Verlusten, die sie zu beklagen hatten …

»General Doryon – ist tot?«, fragte Elayan. Seine ohnehin schon blassen Züge waren infolge der jüngsten Nachrichten noch mehr erbleicht.

»Er starb von meiner Hand«, bestätigte Fürstin Yone. Ihre Stimme war fest, aber Nawyd war klar, dass sich auch vor ihrem geistigen Auge immer wieder die Schrecken jener Nacht wiederholten. »Nachdem er im Kampf gegen den unheimlichen Feind verwundet worden war, war es meine Klinge, die sein Haupt von den Schultern trennte, auf dass es ihm erspart blieb, ein Diener der Finsternis zu werden.«

Sie unterbrach sich und starrte zu Boden.

»Was hinter uns liegt, ist kaum in Worte zu fassen«, fuhr sie dann fort, »ebenso wie jener unheimliche Gegner, auf den wir in Zagora getroffen sind. Wir können nur an Euch appellieren, unseren Worten Glauben zu schenken, Majestät – und den leblosen, ihrer Häupter beraubten Körpern, die in diesem Augenblick von den Schiffen getragen werden, um nach alter Sitte verbrannt zu werden. Längst nicht alle konnten wir mit uns nehmen. Viele blieben in Zagora zurück, andere mussten wir der See übergeben. Doch die Toten lügen nicht, Majestät.«

»Ich weiß«, versicherte Elayan. »Und seid unbesorgt, Fürstin – niemand hier zweifelt an Euren Worten. Denn auch aus anderen Teilen Westriens hat uns Kunde erreicht, die uns besorgt stimmen muss.«

»Was für Kunde, mein König?«, wollte Yone wissen, doch nicht Elayan antwortete ihr, sondern eine Astara, die sich bislang im Hintergrund gehalten hatte. Jetzt trat sie zwischen den Säulen hervor, eine schlanke Gestalt, deren eng anliegende Kleidung und Rüstzeug aus Leder sie als Kriegerin auswiesen. Ihr rotes Haar wallte wie Flammen über ihre Schultern, und ihre blassen Züge waren von solcher Schönheit, dass es Nawyd den Atem raubte. Er war sicher, diese Frau zuvor noch nie bei Hof gesehen zu haben – und Fürstin Yones Reaktion bestätigte dies.

»Schau an«, sagte sie mit unverhohlener Ablehnung. »Wie ich sehen kann, ist Prinz Nawyds Schwester nicht die Einzige, die dem Nebel der Vergangenheit entstiegen ist.«

»Ich grüße Euch, Fürstin«, sagte die Rothaarige und trat nun endgültig vor. Obwohl sie eine Sterngeborene war, war etwas an ihren Bewegungen ganz und gar unastarisch. Diese Frau schien genau zu wissen, wie sie ihre Schönheit und ihren makellosen Körper einzusetzen hatte, um Aufmerksamkeit zu erregen – und Yone von Silea schien dies zu missfallen.

»Jenya«, sagte sie. »Die verloren geglaubte *hetaira* ist tatsächlich zurückgekehrt.«

»Wie Ihr seht, Fürstin«, bestätigte die Frau mit dem Flammenhaar.

»Aus welchem Grund?« Yone hob eine Braue. »Suchst du

Schutz bei deinem König? Nachdem du ihn damals im Stich gelassen hast?«

»Was gewesen ist, ist gewesen«, entgegnete König Elayan an Jenyas Stelle. »Die Vergangenheit soll ruhen.«

»Aber …«

»Sie soll ruhen«, wiederholte der König und sah Yone dabei energisch an. »Jenya ist zurückgekehrt, um uns zu warnen.«

»Wovor, mein König?«, wollte Yone wissen.

»Vor derselben Bedrohung, vor der auch Ihr mich vorhin unterrichtet habt«, eröffnete Elayan.

»Die Schattenkrieger?«, fragte Nawyd verblüfft. Er hatte nicht um Erteilung des Wortes gebeten, doch selbst die Astari schienen in diesen Augenblicken keinen Wert mehr auf Förmlichkeiten zu legen. »Sie wurden auch noch an einem anderen Ort gesichtet?«

»An mehreren«, gab Jenya zur Antwort. »Zunächst in Ugarya, in einem Kloster des Windes. Zuletzt in Brückstadt, das nicht länger existiert. Der untote Feind hat die Stadt am Bruch angegriffen und eingenommen.«

»Und wir müssen davon ausgehen, dass er sich mit dem ostragischen Heer verbunden hat«, fügte Elayan leise hinzu.

Nawyd schluckte. Er hatte gewusst, dass Xusra sich zum Herrscher über Ostragien aufgeschwungen und den Oberbefehl über das Heer an sich gerissen hatte, und es war dem Feuerpriester zuzutrauen, dass er in seinem Irrsinn und seiner Gier nach Macht auch das Bündnis mit dunklen Mächten nicht scheute. Aber wenn er das ostragische Heer den Schattenkriegern zugeführt hatte, musste das ja bedeuten, dass …

»Woher kommen diese Schattenkrieger?«, fragte Nawyd, mehr an Jenya gewandt als an den König. Ein Gefühl sagte ihm, dass sie mehr wusste, als sie ihnen bislang gesagt hatte.

»Ich wünschte, ich könnte Euch diese Frage genau beantworten, Prinz Nawyd«, erwiderte sie. »Doch allem Anschein nach sind die ersten Schattenkrieger der Tiefe des Abyss entstiegen. Von dort stammt auch jenes Böse, das sie zu dem macht, was sie sind.«

»Aber wenn die Schatten bereits in Ugarya und Brückstadt sind und sie das ostragische Heer übernommen haben, was ist dann mit Altashar?« Er schauderte. »Ich muss zurück in meine Heimat.« Er trat direkt vor Elayan. »Herr, ich weiß, dass ich einen Eid geleistet habe, aber unter diesen Bedingungen bitte ich Euch, mich davon zu entbinden. Ich muss auf schnellstem Weg zurück nach Altashar und die Stadt meiner Väter gegen die Schatten verteidigen!«

»An Euren Eid fühlt Euch nicht mehr gebunden«, entgegnete König Elayan ruhig, »andere Notwendigkeiten sind an seine Stelle getreten. Doch ich fürchte, ich kann Euch nicht gestatten, gen Osten zu segeln.«

»Warum nicht?«

»Weil uns die Zeit unter den Händen zerrinnt«, entgegnete erneut Jenya an Elayans Stelle. »Zum einen wisst Ihr nicht, was inzwischen in Altashar geschehen ist – bis Ihr dort ankommt, könnte sich die Stadt Eurer Väter längst in der Hand des Feindes befinden. Zum anderen kann König Elayan kein Schiff und keinen einzigen Krieger entbehren, denn während wir hier sprechen, naht die Streitmacht des Feindes der Pforte von Archos.«

»Wie viele sind es?«, fragte Fürstin Yone.

»Viele«, brachte sich erstmals Ægir Synkorol, der Leibwächter des Königs ein, der wie immer am Sitz seines Herrschers wachte.

»Tausende. Wenn die Schatten tatsächlich das ostragische Heer übernommen haben, dann haben wir es mit wenigstens zwölftausend Kriegern zu tun. Und mit jedem Sieg, den sie davontragen, werden es mehr«, fügte der Dwarg düster hinzu.

»Im Augenblick besetzt eine kleine Gruppe von Kämpfern die Passhöhe«, erläuterte Jenya. »Für kurze Zeit werden sie den Vormarsch des Feindes aufhalten können, aber nicht für lange. Und wenn die Schattenkrieger erst den Wächter von Archos passiert haben, steht ihnen ganz Achaya offen.«

»Ich kann Euren Wunsch, nach Altashar zurückzukehren, gut nachvollziehen, Prinz Nawyd«, versicherte Elayan, »doch ich fürchte, das Schicksal unserer beiden Reiche wird hier entschieden, an der Pforte von Archos.«

»Ich verstehe«, erwiderte Nawyd. Sein Blick ging zu Nyasha, die ihm bestärkend zunickte. Früher hatte er nur wenig auf ihre Meinung gegeben, war überzeugt davon gewesen, dass er als männlicher Erbe des Hauses Pan Tyras die Entscheidungen zu treffen hatte. Aber auch das hatte sich geändert.

»Dann … glaubt Ihr uns jetzt, mein König?«, wandte sich Jenya an Elayan. »Glaubt Ihr jetzt, dass die Bedrohung, von der meine Gefährten und ich Euch berichtet haben, wahrhaftig ist und nicht nur eine List des Feindes?«

Elayan hielt ihrem fragenden Blick stand.

»Ægir?«, wandte er sich an seinen Leibwächter, auf dessen Rat er so große Stücke hielt. Noch nicht einmal der Herrscher der Astari schien Dinge von solcher Tragweite allein entscheiden zu wollen.

»Ich sehe nicht, wie die Ostragier so etwas zustande bringen sollten, Majestät«, entgegnete der Dwarg mit der Eisenmaske. »Brückstadt könnte eine Täuschung gewesen sein, aber Zagora? Wieso sollten sie ihre eigenen Städte zerstören? Nein, mein König, das alles lässt nur einen Schluss zu: Jener unheimliche Feind existiert. Und wir müssen ihn bekämpfen.«

Elayan nickte nachdenklich. Ernüchterung hielt in seinem trotz der vielen Lebensjahre noch immer makellosen Antlitz Einzug. Sein trüber Blick schien bereits die kommende Schlacht zu sehen, das drohende Leid und die Zerstörung.

»Eure Befehle, Majestät?«, fragte Tamyas.

»Ruft meine Untertanen zu den Waffen«, entgegnete Elayan ebenso leise wie entschlossen. »Und beruft den Großen Rat zu einer Sitzung ein.«

»Den Großen Rat, Majestät?« Der Zeremonienmeister machte kein Hehl aus seinen Zweifeln.

»Allerdings, mein Freund.« Der König der Astari nickte grimmig. »Dies ist nichts, was die Sterngeborenen allein bewerkstelligen können. Dies«, bekräftigte er, während er sich von seinem Sitz erhob, »geht uns alle an. Jeden Astar und jeden Mensch, jeden Dwarg und jeden Halbling.«

16

Hafen von Archos
Zur selben Zeit

Der Astar gab keinen Laut mehr von sich.

Sein rechtes Bein krümmte und streckte sich auf bizarre Weise, während er rücklings auf dem nackten Boden lag und Salacar-Syn das Leben aus ihm presste, unnachgiebig, bis zum letzten Atemzug.

Hilalayan hatte dem Töten nie viel abgewinnen können.

Nicht, dass er zimperlich gewesen wäre – seine Position als Hofmarschall von Altashar hatte es bedingt, dass er hin und wieder über Leben und Tod zu entscheiden gehabt hatte. Doch es war eine Sache, den königlichen Henker mit dieser Aufgabe zu betrauen, und eine andere, es selbst zu tun.

Nur bei wenigen Gelegenheiten seines Lebens hatte Hilalayan zu dieser Maßnahme gegriffen – zuletzt, als er seine Hände um die Kehle des Kerkerknechts gelegt und ihn zu Tode gewürgt hatte. Gewöhnlich bevorzugte er zivilisiertere Methoden, einen Dolchstich etwa oder ein wirksames Gift … doch das Gefühl der Leere, das ihn überkam, wenn er jemandem das Leben nahm, war stets dasselbe. Als einer, der sein Leben lang für sich hatte sorgen müssen und sich gegen zahllose Widersacher behaupten, hatte Hilalayan schon vor langer Zeit aufgehört, Reue zu empfinden. Jedenfalls redete er sich das ein – die Schmutzarbeit überließ er dennoch lieber Salacar, der damit kein Problem zu haben schien.

Der Wächter rührte sich nicht mehr.

An dem Lederstrick, mit dem er ihn erwürgt hatte, zog

Salacar den leblosen Körper in eine Mauernische, in die das Licht des neuen Tages nicht drang.

Mit einer Mischung aus Glück und Geschick waren sie aus dem Kerker entkommen. Indem Hilalayan sich weiter als Kerkerknecht ausgab und Salacar als dessen Gefangener, hatten sie die erste Wache überwunden, und schon hier hatte sich gezeigt, dass ein Großexekutor auf dem Gebiet des Mordens offenbar über sehr viel mehr Übung verfügte als ein ostragischer Hofmarschall. In die Kutten der getöteten Wärter gehüllt und mithilfe der erbeuteten Schlüssel hatten sie den Kerker, der sich tief unter dem königlichen Palast von Archos befand, zwar verlassen. Doch mindestens ebenso schwierig, wie aus dem Gefängnis zu entkommen, würde es sein, die Insel zu verlassen.

Durch die Gassen der allmählich erwachenden Stadt waren sie hinab zum Hafen geschlichen, vorbei an prächtigen Säulenhallen und Häusern aus weißem Marmor. Früher hätte Hilalayan vielleicht einen Sinn für derlei Schönheit gehabt und die Astari insgeheim für ihre Kunstfertigkeit bewundert – inzwischen wollte er nur noch fort von ihnen und ihrem garstigen König, der ihn noch schlechter behandelt hatte als der größenwahnsinnige Xusra.

Und das mochte etwas heißen …

Der Astar, den Salacar getötet hatte, war ein Stadtwächter gewesen. Vermutlich würde es nicht lange dauern, bis sein Verschwinden bemerkt würde – bis dahin mussten die Ausbrecher von der Insel verschwunden sein, oder Elayan würde dafür sorgen, dass sie ihren Fluchtversuch bitter bereuten.

Durch eine schmale Gasse erreichten sie das westliche Hafenbecken. Im Schatten des großen Leuchtturmes, dessen Licht auch um diese Stunde noch weithin sichtbar strahlte, lagen astarische Kynai vor Anker, geräumige Handelsschiffe mit kunstvoll geschnitzten Schwanenhälsen vorn am Bug und geflügelten Drachen achtern. Der Anblick erinnerte Hilalayan an den Tag seiner Ankunft in Archos, als er noch voller Optimismus gewesen war und überzeugt davon, den König der Astari für sich einnehmen zu können.

Etwas jedoch war anders als am Tag seiner Ankunft: Eine Flotte von Kriegsschiffen hatte im Hafen festgemacht, große Galeeren und kleinere Segler. Und der geschäftigen Betriebsamkeit nach, die auf den Decks herrschte, waren die Schiffe erst vor Kurzem nach Archos zurückgekehrt.

Von hinter einem Stapel Fässer spähte Hilalayan verstohlen zum Kai. Er sah Trauerflor an den Masten; er sah Brandspuren an den Rümpfen der Galeere und Pfeile, die noch immer in den Schanzkleidern steckten. Offenbar waren diese Schiffe in heftige Kämpfe verwickelt gewesen – und an der Art der Pfeile und ihrer Befiederung glaubte Hilalayan zu erkennen, dass es ostragische Pfeile waren.

»Seht Ihr das?«, raunte er Salacar zu. »Offenbar hat der Krieg bereits begonnen. Xusra scheint keine Zeit zu verlieren.«

Sie beobachteten, wie lange Bretter an Land getragen wurden. Sie waren mit weißen Laken überdeckt, darunter zeichneten sich die Umrisse lebloser Körper ab.

»Was wollen wir mehr?«, knurrte Salacar kaltschnäuzig. »Je mehr die Astari damit beschäftigt sind, ihre Wunden zu lecken, desto weniger werden sie auf uns achten.«

Hilalayan wusste darauf nichts zu erwidern – sein Begleiter hatte fraglos recht. Dennoch hätte es ihn interessiert zu erfahren, was den Astari auf See zugestoßen war. Die Art und Weise, wie sie ihre Toten behandelten, war seltsam, ein wenig so, als fürchteten sie sich vor ihnen. Und warum schien kein einziger der leblosen Körper, die sie über die Planken an Land trugen, mehr einen Kopf auf den Schultern zu haben?

Hilalayan ahnte, dass ihm die Antwort auf diese Frage nicht gefallen hätte.

»Dort vorn«, flüsterte Salacar und deutete auf die andere Seite des Kais, wo sich das nördliche Hafenbecken erstreckte. »Da liegen noch ein paar Fischerboote vertäut. Wenn wir uns eines davon schnappen und das Segel setzen könnten …«

»Mein Freund.« Hilalayan lächelte entschuldigend. »Wofür haltet Ihr mich? Ich bin weder ein Fischer noch ein Seemann.«

»Ich stamme von der Küste Dusharas«, hielt Salacar dagegen. »Gebt mir etwas, das sich navigieren lässt, und ich steuere es Euch übers Meer.«

Hilalayan nickte – Salacar hatte ihm erzählt, dass er ein ostragischer Landsmann war, jedoch in jungen Jahren nach Westray gekommen ist. »Mein Freund«, sagte er erneut und sandte ihm ein dünnes Lächeln, »anscheinend war es ein guter Gedanke, Euch nicht im Kerker versauern zu lassen.«

Salacar erwiderte nichts darauf.

Mit einem Blick zu den Galeeren vergewisserte er sich, dass niemand direkt zu ihnen herübersah. Dann schlug er die Kapuze hoch, erhob sich und trat aus dem Versteck. Hilalayan tat es ihm gleich. Solange sie die grauen Mäntel der Astariwachen trugen, würden sie zumindest auf die Weite für Sterngeborene gehalten.

Es machte dem einstigen Hofmarschall nichts aus, dass der Großexekutor die Führung übernommen hatte. Zum einen war er in diesen Dingen weniger beschlagen, zum anderen hatte er seinen Beitrag geleistet – nun war die Reihe an Salacar, seinen Teil der Abmachung zu erfüllen.

Die heiseren Befehle, die den Kai entlang erschollen, blieben hinter ihnen zurück, und sie erreichten das nördliche Hafenbecken. Die meisten Fischerboote waren um diese längst ausgelaufen, nur ein paar wenige waren noch da. Mit fachmännischem Blick suchte Salacar eines davon aus. Ein paar Männer, die mit dem Ausbessern von Netzen beschäftigt waren, sahen zu ihnen herüber, schienen jedoch keinen Verdacht zu schöpfen. Salacar winkte ihnen zu, für so viel Dreistigkeit bewunderte Hilalayan ihn beinahe.

Salacar sprang in den Nachen und bedeutete dem Hofmarschall, ihm zu folgen. Dass die Schaluppe daraufhin bedenklich wankte und Hilalayan einen halb erstickten Schrei von sich gab, quittierte er mit einem strafenden Blick.

»Und Ihr seid sicher, dass wir die Überfahrt schaffen werden?«, fragte Hilalayan. »Es mag Euch verwundern, doch anders als Ihr stamme ich nicht von der Küste und beherrsche daher auch nicht die hohe Kunst des Schwimmens.«

»Grämt Euch nicht.« Ein Grinsen huschte über die fein geschnittenen Züge des Großexekutors. »Die See liegt völlig still an diesem Morgen. Wir werden auf dem kürzesten Weg nach Graya übersetzen und an der Küste entlang nach Scyalon fahren, dort befindet sich ein Turm meines Ordens.«

»Es klingt einfach, wenn Ihr es sagt.«

»Es *ist* einfach«, bestätigte Salacar, während er die Leine löste und das Boot vom Kai abstieß. Langsam schaukelte es ins dunkle Wasser des Hafenbeckens.

Hilalayan, der auf der Achterducht hockte, sah sich noch einmal um. Wenn er seine jüngste Vergangenheit betrachtete, so war dies nun bereits sein dritter Versuch, die Seiten zu wechseln und sich eine neue Zukunft aufzubauen.

Er konnte nur hoffen, dass dieser von Erfolg gekrönt sein würde. Denn ein Gefühl sagte ihm, dass ihm die Möglichkeiten allmählich ausgingen.

17

Großer Rat von Archos
Zur selben Zeit

Der Große Rat von Archos war eine noch vergleichsweise junge Institution, gemessen daran, dass Astray auf eine Jahrtausende währende Geschichte blicken konnte.

Zu Zeiten des alten Reiches hatte es dafür keine Verwendung gegeben. Der Kaiser in Myracor hatte über den gesamten Kontinent geboten, mithilfe der Statthalter, Magistrate und regionalen Könige, die über die verschiedenen Teile seines Reiches herrschten, von Archos bis hinauf nach Dwargland. Myracor war das unbestrittene Zentrum des Reiches gewesen, der Herzschlag seiner Macht. Als es in den Tagen der großen Katastrophe in den Tiefen versank, war Astray ohne Führung gewesen, ohne Herrscher und ohne Schutz. Dass in den Jahren nach der Divergenz die Zivilisation nicht untergegangen war und die Völker Astrays sich nicht in verheerenden Kriegen gegenseitig ausgelöscht hatten, war im Wesentlichen zwei Männern zu verdanken: Artaban dem Großen, der von Altashar aus den Osten Astrays befriedet und das neue Reich Ostragien begründet hatte, und Elayan von Archos, der das Inselreich zum Zufluchtsort aller Sterngeborenen machte und damit nicht nur zum König aller verbliebenen Astari geworden war, sondern auch zum mächtigsten Herrscher Westrays.

Was ihr Vorgehen betraf, unterschieden sich Artaban und Elayan jedoch wie Feuer von Eis: Artaban war in erster Linie ein Krieger, der sich zwar mit Beratern wie seinem weisen

Lehrer Gadates umgab, jedoch den Kampf nicht scheute, um Ostragien unter dem Banner Altashars zu einen. Dagegen setzte Elayan vom ersten Tag an auf die Mittel der Diplomatie. Einerseits, weil ihm klar war, dass die durch den Krieg geschwächte Armee der Astari einen langwierigen Konflikt nicht gewinnen konnte; vor allem aber, weil er nicht an Krieg als politisches Mittel glaubte.

Statt sie zu bekämpfen, lud er Vertreter aller westlichen Metropolen nach Archos ein, um gemeinsam mit ihnen ein neues, friedliches Reich zu begründen. Und da sein Wort noch immer Gewicht hatte, trafen Abordnungen aus allen Teilen Westrays ein: Skaradag und Barbicana schickten Delegierte, ebenso Sontra, Aquilia und die anderen Städte des Südens. Auch das neu gegründete Brückstadt schickte Vertreter, ebenso wie die Grenzregionen des Nordens und die Gebiete um den Großen Wald. Obschon die Dwarge von Pernerak stets ein zwiespältiges Verhältnis zum Reich von Myracor gehabt hatten, schickten auch sie eine Abordnung, ebenso wie das ferne Ophir und die Halblinge aus Westland, die sich sonst aus allem herauszuhalten pflegten.

Die Erleichterung darüber, dass Malfertas' Gewaltherrschaft beendet war, war bei allen Völkern zu spüren, und eine Zeit lang gab es die Hoffnung, dass ein neuer Bund aus den Trümmern des alten Reiches erwachsen könnte, dessen Mitglieder in gegenseitigem Respekt Handel und Austausch betreiben und dem Westen so eine Ära des Friedens und Wohlstands bescheren würden.

Dass es nie dazu kam, lag an all den Befindlichkeiten, dem Eigensinn und der beschränkten Sichtweise, die die Vertreter der einstigen Reichsteile an den Tag legten. Ein jeder wollte seiner Stadt und seiner Region einen möglichst großen Vorteil verschaffen, und schon bald lag man in heftigem Streit: Die Saliger von Skaradag mit den Zöllnern von Brückstadt, die Städte des Nordens mit denen des Südens, die Dwarge mit den Menschen, die Halblinge mit den Dwargen, und die Menschen ohnehin mit ihresgleichen. Nur Elayans natürlicher Autorität und seinem besonnenen Wesen war es zu verdanken, dass die Abgesandten sich zumindest darauf einigten, einen Großen Rat zu gründen, den jede Stadt, jede Region und jedes Fürstentum mit einem ständigen Vertreter beschicken sollte. Auf diese Weise wollte man verhindern, dass Rivalitäten zu Konflikten wurden und Konflikte zu Kriegen. Und abgesehen von einigen kleineren Scharmützeln, die die Stadtstaaten von Graya untereinander ausgetragen hatten, war es in den vergangenen Jahrzehnten in Westray weitgehend friedlich geblieben.

Was allerdings nicht bedeutete, dass auch der Große Rat stets ein friedlicher Ort gewesen wäre.

Hast du in der Halle des Bundes Freunde, so lautete eine Redensart in Anspielung auf den Ort, am dem der Große Rat tagte, *so brauchst du keine Feinde mehr*.

So manche Auseinandersetzung war hier bitter geführt worden, wenn auch nur mit Worten. Und dennoch: Trotz aller Rückschläge, trotz allen Zwists und aller Eitelkeiten, die im Großen Rat herrschten und es bislang stets verhindert hatten, dass die Völker Westrays sich einigten, hatte Elayan in all den Jahren weiter daran festgehalten. Nicht weil er geglaubt hatte, dass sich die Menschen in absehbarer Zeit ändern und von ihrer Selbstsucht und Habgier ablassen würden. Sondern einfach deshalb, weil er keine andere Möglichkeit gesehen hatte.

Als der König und seine Begleiter den Vorraum betraten, der zur Loge des Vertreters von Archos führte, waren die Rufe und das Krakelen bereits zu hören.

In alter Zeit war die Halle des Bundes ein Theater gewesen, in dem Dichter, Sänger und Artisten ihre Künste zum Besten gegeben hatten. Um den Anforderungen eines großen Versammlungsortes zu genügen, hatte Elayan das Rund mit einem Kuppeldach überspannen lassen, das im Sommer die sengenden Strahlen der Sonne und im Winter den Regen fernhielt. Dutzende von Feuerkörben sorgten außerdem dafür, dass Versammlungen bei Nacht wie bei Tage stattfinden konnten, wann immer es eben notwendig war. Wenn in das gewaltige Horn gestoßen wurde, das über dem Eingangsportal angebracht und aus dem Gehäuse einer Riesenmuschel geformt war, fanden die Delegierten sich in der Halle ein, gewöhnlich unter lautem Geplänkel und Geschwätz.

Nicht anders war es an diesem Vormittag.

Gerüchte hatten schon am Morgen die Runde gemacht, hinter vorgehaltener Hand wurde von geheimnisvollen Besuchern getuschelt, die der König in der Nacht empfangen habe. Ein Drak sei dabei gewesen und eine dunkelhäutige Frau aus Ophir, und eine Astara, die nach langer Abwesenheit nach Archos zurückgekehrt sei. Und natürlich waren da die Kriegsschiffe, die am frühen Morgen in den Hafen eingelaufen und denen die Spuren des Kampfes deutlich anzusehen waren …

Als der Vorhang aus purpurfarbenem Samt beiseitegeschlagen wurde und sie zusammen mit Elayan hinaustraten, hatte Bray und ihre Gefährten das Gefühl, in ein Unwetter zu geraten.

Von allen Seiten stürzte Lärm auf sie ein, ein Donnern und Brodeln, das von der Kuppeldecke widerhallte und so noch verstärkt wurde. An die fünfhundert Abgeordnete mochten es sein, die sich auf den Rängen drängten. Einige saßen bereits auf ihren Plätzen und in ihren Logen, die teils prunkvoll ausgestattet waren. Andere waren noch dabei, erbittert zu diskutieren – Bray sah einen dunkelhäutigen Mann und einen bärtigen Dwarg, die in einen heftigen Disput verwickelt waren.

Auf der Rednerbühne, die rings von den steil ansteigenden Sitzrängen umgeben war, erschien jetzt Elayans Zeremonienmeister Tamyas. Mit einer effektheischenden Geste stieß er seinen Stab mehrmals auf den hölzernen Boden.

Das erste dumpfe Pochen verhallte noch fast ungehört. Dann jedoch legte sich das Getuschel. Die Abgeordneten stellten ihre Gespräche ein, und auch die letzten von ihnen suchten ihre Plätze auf. Und schließlich war nur noch das Pochen von Tamyas' Stab zu hören.

»Verehrte Abgeordnete«, erhob Tamyas seine Stimme, wobei er beschwörend die Arme hob. »Als Zeremonienmeister seiner Majestät König Elayans von Archos, der diesen Rat begründet hat, ist es meine Pflicht und Ehre, diese außerordentliche Sitzung zu eröffnen. Es ist die erste dieser Art in diesem Jahr und die zweite unter diesem Mond. Wer vor diesem Rat spricht, wird angehört. *Os logyt, an magyt*«, fügte er in der Sprache der Astari hinzu.

Es waren dieselben Worte, die auch über dem Portal der Bundeshalle in Stein gemeißelt waren, und das wenige Astarisch, das Bray beherrschte, reichte aus, sie zu verstehen: *Wer spricht, kämpft nicht.*

Elayan war der Erste, der das Wort ergriff. Indem er beide Arme hob, trat der König der Astari an den vorderen Rand seiner Loge, sodass er in seinem strahlend weißen Gewand weithin zu sehen war, und sah in die Runde erwartungsvoller Gesichter.

»Abgeordnete! Freunde! Bundesbrüder!«, begann er seine Rede. Obwohl er nicht sehr laut sprach, sorgte die Bauweise des Theaters dafür, dass seine Stimme bis in die letzte Reihe hinauf zu hören war. »Sicher habt Ihr von den Gerüchten gehört, die seit dem Morgen die Runde machen – von fremden Besuchern, die nach Archos gekommen sind und schlechte Kunde gebracht haben. Und Ihr habt die Kriegsschiffe im Hafen gesehen und den Trauerflor an den Masten.«

»Was hat das alles zu bedeuten?«, fragte jemand, den Tamyas als Rat Vascon vorstellte, den Vertreter Aquilias. »Und warum habt Ihr uns ohne jede Vorankündigung hier zusammengerufen?«

Einige andere Delegierte, besonders jene aus Cymria und Brigandia, bekundeten lautstark ihre Zustimmung. Bray hatte immer gewusst, dass Westrien groß war – einen tatsächlichen Eindruck davon bekam sie allerdings erst in diesem Augenblick.

»Die Gründe dafür will ich Euch nennen«, erklärte Elayan sich bereit. »Niemand kann die dunklen Wolken übersehen haben, die sich seit geraumer Zeit über Westray zusammenziehen, die Vorboten des Krieges.«

»Mit den Ostragiern«, rief jemand, der grimmig dreinsah und dabei wild die Fäuste ballte.

»Rat Morien aus Claymor«, stellte Tamyas ihn vor.

»Die Ostragier wollen unser Land«, fuhr Morien wütend fort, »unseren Besitz und unsere Frauen! Das ist schon immer so gewesen!«

»Ostragien rüstete zum Krieg gegen uns, das ist wahr«, räumte Elayan ein, »doch dies ist nicht die Bedrohung, von der ich spreche. Sondern ein anderer, neuer Feind, der uns aus den Tiefen unserer Welt erwachsen ist.«

»Was für ein Feind?« Morien hob die Arme und schüttelte unwillig die blonde Mähne. »Wovon sprecht Ihr?«

Elayan blieb eine Antwort schuldig. Stattdessen winkte er Fürstin Yone und Jenya zu sich heran und ließ sie beide berichten. Zunächst Yone von der fehlgeschlagenen Expedition nach Zagora; darauf dann Jenya über die Ereignisse von Brückstadt; von den Kreaturen, die aus der Tiefe des Bruchs heraufgestiegen waren und von der Essenz des Todes, die sie alle überzog und die jeden, der ihr zum Opfer fiel, zu einem der Ihren machte.

»Das alles kann nicht sein«, widersprach ein prunkvoll gewandeter Gesandter, der allein in einer geräumigen Loge saß. Noch bevor Tamyas seinen Namen und seine Herkunft nennen konnte, war Bray klar, dass es sich um den Abgeordneten Brückstadts handeln musste. »Wenn all dies geschehen wäre, wie Ihr sagt, so wäre ich davon unterrichtet worden.«

»Wann habt Ihr zuletzt Nachricht aus Brückstadt erhalten?«, hakte Jenya nach.

»Vor einigen Tagen.«

»Und seither ist kein Bote eingetroffen? Kein Falke und keine Taube?«

»Nein.«

»So kennt Ihr jetzt den Grund dafür«, beschied die Astara ihm hart. »Eure Heimat existiert nicht mehr, Ratsmitglied, über ihre Trümmer herrschen die Schattenkrieger.«

Der Gesandte Brückstadts sah sie entsetzt an. Seine Backen blähten sich und sein Mund ging auf und zu wie bei einem Fisch, der unversehens auf dem Trockenen gelandet war, aber er widersprach nicht mehr.

»Wir können nur vermuten, was in der Stadt am Bruch geschehen ist«, meldete Sardar von Valos sich zu Wort. Von Jenya hatte Bray erfahren, dass er zu Elayans schärfsten Gegnern gehörte und dass seine Schwester Demetra und er selbst Ansprüche auf den Thron von Archos erhoben. »Was in Altashar geschehen ist, wissen wir jedoch genau, und wir haben Euch schon mehrfach aufgefordert, gegen die Ostragier vorzugehen, Majestät!«

»Altashar hat nichts damit zu tun!«, wandte Nawyd ein, der neben Elayan in der Königsloge stand.

»Wer seid Ihr, da Ihr dies so fest behauptet?«, wollte Rat Morien wissen.

»Nawyd pan Tyras, Sohn Artabans des Großen und Erbe des Throns von Altashar!«, verkündete Nawyd ohne Zögern, was im weiten Rund für ein Raunen sorgte.

»Und ich bin Nyasha, seine Schwester«, fügte die Prinzessin von Altashar hinzu und trat neben ihn. »Verehrte Delegierte, wir beide verbürgen uns mit unserem Wort und unserem Namen dafür, dass jene feindliche Macht nicht von Altashar aus gelenkt wird.«

»Wie könnt Ihr Euch da so sicher sein?«, wandte Fürst Sardar ein. »Schließlich gibt es Gründe dafür, dass Ihr hier seid und am königlichen Hof Zuflucht sucht – denn beide musstet Ihr aus Eurer alten Heimat fliehen, vor dem Feuerpriester Xusra, der dem Irrsinn verfallen ist!«

»Es ist wahr, Xusra hat die Herrschaft über Altashar an sich gerissen«, räumte Nawyd ein, »und einen Krieg gegen Westray begonnen. Doch sein Heer gehorcht ihm nicht mehr. Es marschiert jetzt für einen anderen Feind, und diesen Feind aufzuhalten muss unser aller Ziel sein!«

Wieder gab es ein Raunen. Während die Abgeordneten aus Burgos und Sarassa Nawyds Worten zu glauben schienen, machten jene aus Graya, Brigandia und Bordland kein Hehl aus ihrem Argwohn.

»Dieser neue Feind«, ergriff Elayan erneut das Wort, »ist kein Gegner wie andere. Wir stehen am Anbeginn einer neuen Zeit. Wie einst meine Ahnen, die gegen die Drachen kämpften, sehen auch wir uns einem Kampf ausgesetzt, bei dem es nicht um Land geht oder um Beute, nicht um Freiheit oder um Ideale, sondern um das nackte Überleben. Und wir können diesen Kampf nur gewinnen, wenn wir zusammenstehen, Königreiche, Fürstentümer und freie Städte. Deshalb ersuche ich Euch, auf schnellstem Wege heimzukehren und Eure Magistrate, Eure Fürsten und Oberhäupter über die Bedrohung zu unterrichten. Sie mögen jeden, der eine Waffe tragen und führen kann, zur Pforte von Archos entsenden, denn dort wird die entscheidende Schlacht um das Schicksal von Astray geschlagen.«

»Und wenn das alles nur der Ablenkung dient?«, wandte wieder ein anderer Abgeordneter ein. Bray erkannte seinen rauen nordischen Akzent sofort, es war der Gesandte aus Skaradag. »Was, wenn dies nur ein Versuch der Astari ist, wieder zu alter Bedeutung zu gelangen und die Vorherrschaft zu erringen?«

Zustimmung allenthalben, doch vor allem die Dwarge schienen diese Sorge zu teilen.

»Nehmt mein Wort, Bundesbrüder, dass ich solche Absichten nicht hege«, versicherte Elayan unverzüglich, zum sichtbaren Verdruss Fürst Sardars und seiner Schwester. »Die Herrschaft meines Volkes ist zu Ende gegangen, die Zeichen, die die Geschichte uns sandte, waren unmissverständlich. Die Zukunft dieser Welt gehört den Menschen …«

»Warum ausgerechnet ihnen?«, rief ein Vertreter Perneraks entrüstet.

»Vielleicht auch den Dwargen«, räumte Elayan ein. »Oder den Halblingen. Oder den Draki«, fügte er mit Blick auf Shayak hinzu. »Ich weiß es nicht. Aber ich weiß, dass wir alle, Menschen wie Astari, Dwarge wie Halblinge, untergehen werden, wenn wir unsere Rivalität nicht überwinden und zusammenstehen, und wäre es nur für dieses eine Mal.

Dieser Mann«, fuhr er fort, auf Nawyd deutend, »war noch vor nicht allzu langer Zeit mein erbitterter Feind. Er hat gegen mich intrigiert und meine Pläne durchkreuzt, trägt Schuld am Tod meiner Gesandten – dennoch habe ich ihm verziehen, und wir haben den Zwist überwunden. Und wenn Altashar und Archos dazu in der Lage sind, so bitte ich auch Euch, meine Bundesbrüder, diesem unserem Beispiel zu folgen!«

Die Ratsmitglieder sahen einander an, unschlüssig, wie sie reagieren sollten. Noch immer schienen viele zu zweifeln.

König Elayan und die Seinen tauschten Blicke. Was es zu sagen gegeben hatte, war gesagt worden – wie konnte man all diese Abgeordneten davon überzeugen, dass sie handeln mussten?

Bray ergriff das Wort.

Sie tat es nicht von sich aus, jedenfalls kam es ihr nicht so vor. Stattdessen erschien es ihr, also ob ein fremder Wille von ihr Besitz ergreife, und plötzlich war es ihr, als könnte sie eine Stimme in ihrem Kopf hören.

Jetzt, Bray.

Dies ist deine Stunde.

Unter Tausenden von Stimmen hätte sie diese eine sofort herausgekannt. Sie gehörte Rayan, dem Krähensänger, der in Skaradag ihr Mentor gewesen war. Von ihm hatte sie alles gelernt – und in diesem Augenblick kam es ihr vor, als ob sein Geist sie leitete …

»Hört mich an!«, rief sie, und damit auch der Letzte sie sehen konnte, stieg sie auf die niedere Ummauerung der Loge.

»Verdammt, Mädchen, was tust du?«, knurrte Ægir und war kurz davor, sie von der Brüstung zu holen, doch Jenya und Elyvara hielten ihn zurück.

»Ich bin Bray aus Skaradag«, rief Bray laut hinaus. »Einst war ich eine Diebin und scherte mich um nichts weiter als das nächste Stück Brot, um meinen Magen zu füllen – doch dann begegnete ich einem Sänger, der die Erinnerung an die alten Lieder bewahrte, an jene Lieder, die von den Sieben Legenden von Astray handeln. Und er lehrte sie mich …«

»Zu schade, dass sie dich nicht geschnappt und ins Salz gesteckt haben«, polterte der Abgesandte von Skaradag.

Einige lachten.

»Wen interessieren alte Legenden?«, fragte Demetra von Valos. »All das ist längst vergessen …«

»… wenn es überhaupt je geschehen ist«, fügte eine andere Abgeordnete hinzu.

»Die Legenden hat es nie gegeben«, glaubte auch Morien von Claymor zu wissen. »Es ist eine Geschichte, die man dummen Kindern erzählt, um ihnen die Entstehung des Bruchs zu erklären.«

»Sie haben existiert und sie existieren noch immer«, widersprach Bray mit ganzer Überzeugung, »und ich werde es Euch beweisen.«

Und ohne eine Leier zur Hand zu haben, deren Klang sie begleitet hätte, begann Bray zu singen:

Es ward aus alten Tagen von Wundern viel gesagt,
von dunkler Nacht und Helden, die kämpften unverzagt,
als alles schien verloren, als Myracors Tyrann
saß auf dem hohen Throne, verhasst von jedermann.

Und indem sie einige Zeilen übersprang, fuhr sie fort:

Zu kämpfen für all jenes, was einst war schön und frei,
schmieden ein eisern' Bündnis die Legenden von Astray:
Ein Krieger jung, mit blankem Schwert und einem Eid
geschworen;
ein Halbling der, in früher Zeit, die Heimat hat verloren;
ein Dwarg aus Nordheim stößt dazu, von Perneraks Geraten;
hinzu ein Heiler aus Khadir, von Ophiras Gestaden;
ein Urok gar, ein Unhold, aus fernem Totem Land;
dazu ein Drak, der vielen auch als Schlange ist bekannt.
Als Letzte zu dem Bunde stößt, von uraltem Blut,
eine Tochter der Astari, das Herz so rein wie gut …

»Warum erzählst du uns das alles?«, unterbrach der Gesandte Skaradags sie barsch. »Warum langweilst du uns mit deinem Gesang?«

»Weil jene Helden, jene Legenden der alten Zeit, noch immer unter uns weilen«, entgegnete Bray ohne Zögern und zeigte auf ihre Gefährten. »Dies ist Shayak, der Schlangenmann aus dem fernen Drakistan! Dies Elyvara, die Heilerin aus Khadir, und dies Ægir Synkorol, der Dwarg aus Pernerak. Und schließlich Jenya von Skyros, die Tochter der Astari …«

»Und die restlichen drei?«, fragte jemand.

»Sie warten an der Pforte von Archos, bereit, euer Land gegen einen schrecklichen Feind zu verteidigen«, erwiderte

Bray prompt. »Der Schwertkämpfer Kynrik, der einst ein Paladin des Kaisers war; der Urok aus dem Toten Land, der einst Worfeck hieß und sich nun Baumblatt nennt; und der Halbling Lorymar Thinkling aus Westland.«

Ihr entging nicht der verblüffte Blick, den Nawyd Nyasha zuwarf – zumindest er schien nicht an Brays Worten zu zweifeln. Dafür viele andere.

Schweigen war eingekehrt in der Halle des Bundes. Die Abgesandten starrten Bray an, manche erstaunt, einige ungläubig, die meisten zweifelnd.

»Alle Sieben«, fuhr sie deshalb fort, »sind einst zusammengekommen, weil sie ihren Visionen gefolgt sind, Albträumen vom Untergang unserer Welt – und diese Visionen haben sie nun erneut zusammengeführt, nach beinahe vier Jahrzehnten. Glaubt Ihr denn, das sei Zufall? Auch ich habe diese Visionen gehabt, habe Bilder von einer Welt gesehen, in der nichts mehr lebt und nichts existiert als dunkle Schwärze. Es ist die Welt nach den Schatten, wenn die Essenz des Todes alles ertränkt hat – doch noch ist es nicht zu spät! Noch können wir Astray verteidigen, und die Sieben Legenden von einst werden uns beistehen!«

Bray sah in die Runde.

Es gab keinen Jubel, noch nicht einmal breite Zustimmung. Zweifel herrschte noch immer, jetzt noch gepaart mit Furcht, das immerhin schien Bray erreicht zu haben.

Frustriert schüttelte sie den Kopf.

Was hatte sie sich eingebildet? Hatte sie wirklich geglaubt, Rayan würde zu ihr zurückkehren und ihr die Worte eingeben, die nötig waren, um diese Leute umzustimmen.

Eher ließ sich ein Stein erweichen.

»Ich kann Euch nicht zwingen, meinen Worten Glauben zu schenken«, sagte sie, leiser als zuvor. »Ich kann Euch nur fragen, ob Ihr an etwas glaubt, das größer ist als aller Streit und alle Unterschiede, die uns trennen. Ob es etwas gibt, das uns eint und woran wir alle teilhaben, ganz gleich, welchem Volk, welcher Rasse und welchem Stamm wir angehören. Wenn ihr diese Frage bejahen könnt, so wisst Ihr, was Ihr zu tun habt«, schloss sie ihre Rede mit einem Blick auf Jenya, Elyvara, Shayak und Ægir. »So wie es die Sieben Legenden vor vielen Jahren wussten.«

Damit stieg sie schweigend von der Brüstung.

Es war alles gesagt.

18

Königlicher Palast von Archos
Am nächsten Tag

Die Vorbereitungen hatten begonnen.

Noch vor Beginn der Ratssitzung hatte König Elayan das stehende Heer der Astari, das im Wesentlichen aus der Garnison der Hauptinsel und der umliegenden Eilande sowie aus Einheiten der Stadt- und Palastwache bestand, in Marschbereitschaft versetzen lassen. Da diese Streitmacht jedoch nur rund zweitausend Mann umfasste, hatte er gleich im Anschluss Boten ausgesandt, um jeden wehrfähigen Astar zu den Waffen zu rufen. Es war das erste Mal in der Geschichte seiner Regentschaft, dass er dies tat – vor der Divergenz hatten die kaiserlichen Paladine und Legionen für die Wehrhaftigkeit des Reiches gesorgt, die aus allen Teilen Astrays mit Truppen beschickt worden waren. Elayan hatte mit der Tradition gebrochen und auf die Aufstellung eines großen Heeres verzichtet, nicht zuletzt deshalb, weil die kaiserlichen Legionen durch Malfertas' Ruchlosigkeit in Verruf geraten waren. Nun freilich rächte sich dies.

Was den Großen Rat selbst betraf, so hatte sich die Versammlung getrennt, ohne dass ein Beschluss gefasst worden war. Elayans ehrgeiziges Vorhaben, die Völker Westrays zu einen, war gescheitert. Wie die einzelnen Städte und Länder reagieren würden, war ihnen nun selbst überlassen und völlig offen.

Bray war in ihrem Quartier, um ihre wenige Habe zusammenzupacken – noch am Abend sollte eine erste Vorhut zur

Passhöhe aufbrechen, und Bray und ihre Gefährten wollten dabei sein. Während sie ihre Decke zusammenrollte, musste Bray noch immer an den Vortag denken, an ihre Rede vor dem Großen Rat – und kam sich unendlich dumm dabei vor.

Hatte das Beispiel Rayans ihr nicht deutlich vor Augen geführt, wie wenig ein Sänger bewirken konnte? Doch sie hatte an jene Strophe aus dem Lied der Legenden denken müssen, die er ihr wieder und wieder vorgesungen hatte:

Auch wenn so weit das Wasser und endlos liegt das Meer,
zieht ein Stein doch Kreise, erst leis, dann immer mehr.
Und noch während Menschen denken und sinnen unentwegt,
hat der Stein im Wasser längst schon etwas bewegt.

Hatte sie sich wirklich eingebildet, dieser Stein zu sein? Dass sie, eine Diebin aus Skaradag, tatsächlich etwas bewirken, dass ihr Eingreifen einen Unterschied bedeuten könnte? Wenn überhaupt, so hatte ihre Rede die Delegierten noch ratloser zurückgelassen, als sie es ohnehin schon waren. Keinesfalls aber war es ihr gelungen, Begeisterung für den gemeinsamen Kampf gegen den dunklen Feind zu entfachen.

Dabei wäre genau das nötig gewesen …

Jemand klopfte an die Tür ihrer Kammer. Bray ging, um zu öffnen – es war Elyvara. Die Heilerin war offenbar schon zum Abmarsch bereit, denn sie trug bereits ihren Reiseumhang und hatte den Beutel mit den Arzneien bei sich, den sie wie eine Schärpe um den Oberkörper trug.

»Darf ich reinkommen?«, fragte sie.

»Natürlich.« Bray stieß die Tür auf und ließ die Heilerin ein. Während des Ritts nach Archos hatten sie hin und wieder ein paar Worte miteinander gewechselt, und Bray hatte die grauhaarige Frau aus Ophira als eine ebenso ruhige wie kluge Gefährtin schätzen gelernt. Elyvara gehörte nicht zu jenen, die sich ständig ihrer selbst versichern mussten, indem sie fortwährend redeten. Doch wenn sie etwas sagte, so waren ihre Worte wohl gewählt und von einer Weisheit durchdrungen, die Bray gerne besessen hätte. Vielleicht wären ihr dann sinnlose Handlungen wie die vom Vortag erspart geblieben …

»Jenya schickt mich. Sie sagt, wir sollen uns zum Abmarsch bereit machen. Auf diese Weise werden wir bei den Ersten sein, die auf der Passhöhe eintreffen.«

»Kein Problem.« Bray deutete auf das Bündel am Boden. »Ich habe nicht viel.«

»Das würde ich so nicht sagen.« Ein Lächeln erhellte die gütigen Züge der Heilerin. »Aber dein Reichtum ist eher hier zu suchen.« Sie deutete auf Brays Herz.

»Danke«, meinte Bray und zeigte auf ihren Kopf mit dem dunklen Haar. »Hier wohl leider weniger.«

»Was meinst du?«

»Was soll ich schon meinen?« Mit einem Seufzen ließ sich Bray auf die Liege nieder, die ihr als Schlafstatt gedient hatte – nie zuvor hatte sie bequemer geruht. »Ich habe mich zum Idioten gemacht, vor König Elayan und dem gesamten Rat. Und ich habe euch alle beschämt.«

Elyvara hob fragend beide Brauen.

»Die Legenden«, erklärte Bray. »Jenya, Shayak, den Dwarg … und dich auch. Ich habe euer Geheimnis offenbart, obwohl mir keiner von euch die Erlaubnis dazu gegeben hatte.«

»Nein«, gab die Heilerin zu. »Dennoch hast du richtig gehandelt.«

»Das soll ein Scherz sein.«

»Keineswegs. Wir alle haben uns über die Jahre verborgen. Aus Furcht vor dem, was wir getan haben, haben wir uns damals getrennt, und jeder von uns hat auf seine Weise versucht, das Geschehene zu bewältigen. Wir haben uns versteckt und darauf gehofft, dass die Welt uns vergessen würde.«

»Das hat sie«, versicherte Bray.

»Nicht ganz. Ein paar wenige haben die Erinnerung an uns bewahrt, in Liedern und Gesängen – und uns an das erinnert, was wir einmal waren und auch wieder sein sollten.« Sie wurde ernst und sah Bray durchdringend an. »*Wir* hätten das Wort ergreifen und uns offenbaren sollen, doch stattdessen haben wir uns weiter versteckt. Wir sind dir also zu großem Dank verpflichtet, Bray.«

»Bestimmt nicht.« Bray schüttelte den Kopf. »Es hat schließlich nichts genutzt, oder?«

»Das weißt du nicht. *Igamaye kunyalo mankwala kankana* heißt es in meiner Heimat – Worte sind eine Medizin, die langsam wirkt. Und du hast deine Worte sorgfältig und mit Bedacht gewählt. Nie zuvor habe ich jemanden deines Alters mit größerer Weisheit sprechen hören.«

»Es waren nicht meine Worte«, widersprach Bray.

»Wie meinst du das?«

»Ich kann es nicht wirklich erklären – aber irgendwie war es, als ob jemand anders sprechen würde. Ich musste nur die Worte sagen, die er mir eingab.«

»Er?«

Bray lächelte schwach. »Ich weiß, dass das Unsinn ist, aber… Jener Sänger, den ich in Skaradag traf und der mich all diese Gesänge lehrte … Er starb vor vielen Monden, und dennoch habe ich das Gefühl, dass er manchmal bei mir ist. Verstehst du, was ich meine?«

»Allerdings.« Elyvara nickte und setzte sich zu ihr. »Wer war er? Wie seid ihr euch begegnet?«

»Das ist das Seltsame daran, denn eigentlich weiß ich so gut wie nichts über ihn«, erwiderte Bray. »Er erwischte mich, als ich seine Leier klauen wollte, damit hat alles angefangen. Denn er wusste schon vorher, dass ich kommen und es versuchen würde. So wie er vieles wusste, das geschehen würde.«

»Erklär mir das«, bat Elyvara.

»Wenn er spielte, dann hatte er manchmal Visionen, Eindrücke von zukünftigen Ereignissen, die sich in seinen Liedern niederschlugen. Zuerst glaubte er, dass es an jener alten Leier läge, die er besaß und die er mir zum Abschied schenkte. Aber das war es nicht. Er hatte diese Fähigkeit einfach, genau wie ich … Vielleicht verstanden wir uns deswegen so gut.«

Elyvara sah sie an.

Die Züge der Heilerin waren erstarrt, beinahe wie gefroren, und sie sah Bray so forschend an, dass es ihr beinahe Angst machte. Weshalb reagierte Elyvara so seltsam? Jenya hatte ihr doch von Brays Visionen erzählt …

»Wie war der Name dieses Mannes?«, wollte Elyvara wissen. Ihre Stimme war leise geworden.

»Rayan«, erwiderte Bray, »doch in Skaradag nannten wir ihn nur schlicht den ›Krähensänger‹. Warum fragst du? Hast du ihn vielleicht gekannt?«

Elyvaras Züge wurden weich, schienen förmlich zu zerfließen. Und waren das Tränen, die plötzlich in den dunklen Augen der Heilerin standen?

»Bray«, begann sie leise, »ich …«

In diesem Moment wurde die Tür der Kammer aufgerissen, und Jenya stand auf der Schwelle. Auch die Astara trug bereits Rüstzeug und Umhang. Die beiden Schwerter steckten griffbereit in den Futteralen, ihre Augen leuchteten vor Begeisterung.

»Bray«, rief sie, »Falken sind soeben eingetroffen und haben Nachricht gebracht. Achaya und einige Städte Grayas haben ihre Unterstützung zugesagt. Sie werden Truppen zur Pforte von Archos schicken!«

»Das … ist gut«, erwiderte Bray.

»Und es ist dein Verdienst«, fügte die Astara hinzu und legte ihr anerkennend eine Hand auf die Schulter. »Gut gemacht.«

»Danke.«

»Gibt es auch schon Kunde aus Brigandia?«, wollte Elyvara wissen? »Aus dem Südgebirge und dem Nordland?«

»Nein.« Jenya schüttelte den Kopf. »Dazu ist es noch zu früh, doch der Anfang ist gemacht. Du hast die Menschen zum Nachdenken gebracht, Bray. Vielleicht ist doch noch nicht alles verloren.«

19

Pforte von Archos
Gegen Mittag

Lorymar Thinkling ging den Pfad zum Beobachtungsposten hinauf, um den Söldner abzulösen, der dort Wache hielt.

Der Pfad war beschwerlich. Steil wand er sich am schroffen, von dornigem Buschwerk bewachsenen Felsgestein entlang, wobei sich immer wieder Ausblicke auf die kolossale Statue des Wächters von Archos boten: Seit so vielen Jahrhunderten stand er dort und blickte gleichmütig auf das, was in dem Land zu seinen Füßen vor sich ging – und vermutlich würde er auch noch dort stehen, wenn die blutige Schlacht längst geschlagen und das Schicksal von Astray entschieden war.

Der Söldner, den Lorymar ablöste, hörte auf den Namen Glauco. Er war ein drahtiger Mann mit dunklem Haar und ausgemergelten Zügen, über der Schulter trug er einen mit Pfeilen prall gefüllten Köcher. Lorymar bezweifelte nicht, dass Glauco mit dem Bogen umzugehen verstand – nur hatte sich leider herausgestellt, dass Pfeile den dunklen Feind zwar aufhalten, keinesfalls aber töten könnten.

Der Söldner übergab den Posten an Lorymar und ging dann den schmalen Pfad hinab, um sich unten im Lager ein wenig auszuruhen, ehe seine nächste Schicht begann. An einen der beiden Felsen gelehnt, zwischen denen man dem alten Ascaron gleich das Tal überblicken konnte, begann Lorymar seine Wache.

Wie er es hasste, hier oben zu stehen, mit keiner anderen

Gesellschaft als sich selbst, und darauf zu warten, dass das Ende der Welt über Astray hereinbrach. Denn genau darauf lief das alles doch hinaus – oder wie wollte man es sonst nennen, wenn eine Armee von Untoten das Land eroberte?

Auf einmal spielte es keine Rolle mehr, wie groß man war oder woran man glaubte; ob man im Geld schwamm oder am Hungertuch nagte, ob man ein Sterngeborener war, ein Halbling, Drak, Mensch oder sonst was.

Das Ende, wenn es kam, würde sie alle gleichermaßen ereilen.

Deshalb ist es ja auch das Ende …

Verblüfft von seinen philosophischen Erkenntnissen übersah Lorymar um ein Haar die Wolke, die im Nordosten aufstieg – wohl deshalb, weil es nicht wirklich eine Wolke war. Im einen Moment hatte es den Anschein, als wäre sie noch weit entfernt, noch jenseits des Opalsees, der sich dort jenseits der Berge und des Waldes erstreckte … doch dann schien sie sprunghaft anzuwachsen und näher zu kommen.

Lorymar wusste später nicht mehr zu sagen, wie lange er das Schauspiel am Himmel verfolgt hatte, das ihn gleichzeitig faszinierte und in Furcht versetzte: Ein sich stetig veränderter Pulk von – ja, wovon eigentlich?

Die Schreie der Krähen drangen an sein Ohr, noch ehe er sie tatsächlich ausmachen konnte. Und als sich die Wolke tatsächlich so weit genähert hatte, dass er Einzelheiten unterscheiden konnte, da sah er, dass es nicht nur Rabenvögel waren, die sich dort am Himmel tummelten: Auch große Schwäne waren dabei, Falken und Bussarde, aber auch bunte Waldvögel und Möwen vom Ufer des Sees: Arten, die gewöhnlich nichts miteinander zu tun hatten, ja sogar natürliche Feinde waren in dieser flatternden, kreischenden Wolke versammelt. Der Himmel verfinsterte sich, als sie über den Pass und an der Statue des Wächters vorbei gen Süden zog; panisch mit den Flügeln schlagend, flatterten Tausende von Vögeln über Lorymar hinweg, dabei schrien sie so laut, dass es in seinen Ohren schmerzte.

Etwas musste diese Tiere zutiefst erschreckt haben und dazu veranlasst, ihre angestammten Reviere zu verlassen.

Etwas, das sie alle in ihrem Fortbestand bedrohte, unabhängig von ihrer Art und ihren sonstigen Gewohnheiten; das der Natur so zuwiderlief, dass die Tiere es unwillkürlich spürten und panisch die Flucht ergriffen.

Etwas, das so kalt und endgültig war wie der Tod selbst – und Lorymar zweifelte nicht, was dieses Etwas gewesen war.

Die Vögel waren längst über ihn hinweggeflogen, doch ihre Schreie jedoch noch immer nicht verstummt. Hundertfach geisterten sie noch zwischen den Felswänden, ein Echo der panischen Furcht, die die Tiere angetrieben hatte.

Und als Lorymar das nächste Mal gen Norden hinausblickte, sah er sie: Die riesige Schlange, die sich aus dem Wald kommend dem Gebirge entgegenwand. Ein ungeheures Monstrum, bestehend aus Tausenden von Soldaten.

»Scheiße«, sagte Lorymar leise.

Dann stieß er in das Horn.

Der unheimliche Feind war gekommen.

Zwischenspiel

Vor 38 Jahren

Es war lange dunkel gewesen.

Jedenfalls kam es Xusra so vor.

Als er die Stimme wahrnahm, die laut und heiser seinen Namen rief, wusste er nicht, wie viel Zeit vergangen war. Wie aus weiter Ferne drang sie an sein Ohr, doch wegen des durchdringenden Pfeifens in seinem Kopf hörte er sie kaum. Dafür spürte er den Griff an seinen Armen, ebenso wie den Ruck, der durch seinen Körper ging, als man ihn kurzerhand packte und an ihm zerrte.

Gestein rieselte, und er hatte das Gefühl, dass es plötzlich heller wurde. Er wollte die Augen öffnen, als ihm bewusst wurde, dass sie bereits offen waren. Dennoch vermochte er nichts zu sehen als helle und dunkle Flecke, die wild durcheinandertanzten.

Das grelle Licht, dämmerte es ihm.

Es war das Letzte, woran er sich erinnerte. Es hatte ihn geblendet, und er hatte sein Gesicht im Erdreich verborgen. Dann das grässliche Geräusch über ihm …

Schlagartig war alles wieder da.

Der schreckliche Sturm.

Die Blitze.

Die einstürzende Höhle.

Das Licht …

Jemand drehte ihn auf den Rücken. Ein Stöhnen entfuhr ihm, und er versuchte sich zu bewegen. Ein schmerzhafter

Stich ging durch seine Seite. Eine Rippe schien gebrochen zu sein, doch ansonsten war er unversehrt und am Leben.

Ein Wunder …

Er blinzelte. Die Flecke vor seinen Augen bewegten sich jetzt nicht mehr ganz so unkontrolliert, schienen einem Muster zu folgen. Er begriff, dass es keine Flecke waren, sondern Menschen, die vor ihm standen …

»So, du Sohn einer räudigen Hündin! Hast dich also entschlossen, zu den Lebenden zurückzukehren! Das war ein Fehler, wie du gleich merken wirst!«

Xusra kannte diese Stimme.

Sie gehörte Formac Dandar, dem gestrengen Herrn, dem all dies Land gehörte. Einschließlich der Ziegen, die noch bis vor Kurzem darauf gestanden hatten und die zu hüten Xusras Aufgabe gewesen war. Er wurde erneut gepackt und hochgerissen. Jemand versuchte, ihn auf die Beine zu stellen, aber sie waren weich und kraftlos. Xusra stürzte und fiel auf die Knie. So blieb er, während sich die Flecke zu zwei Gestalten verdichteten.

Die eine klein und schmächtig.

Die andere ebenso grobschlächtig wie hünenhaft.

Formac Dandar und sein glatzköpfiger, stiernackiger Leibwächter. Schweigend stand er da, die dicken Arme vor dem nackten Oberkörper verschränkt. Zweifellos war er es gewesen, der Xusra herausgezogen und in die Höhe gezerrt hatte.

»Kannst du mich hören?«, herrschte Dandar ihn an. »Du kleines Stück Ziegendung, dringen meine Worte zu dir vor?«

Zu einer Antwort war Xusra noch nicht fähig, aber er brachte ein Nicken zustande.

»Sehr gut«, freute sich Dandar. »Dann sag mir, wo meine Tiere geblieben sind!«

»Ver… verloren«, stieß Xusra hervor. Er konnte inzwischen wieder so gut sehen, dass er Dandars feiste Züge vor sich erkannte. Und die Wut, die daraus sprach. »Fürchterlicher Sturm. Konnte nichts tun … alle fort. Es tut mir leid, Herr …«

»Es tut dir leid, so.« Auf seinen kurzen Beinen ging Dandar vor ihm auf und ab. Sein dünnes graues Haar, das ihm nur noch am Hinterkopf geblieben war, flatterte dabei im Wind. »Und wovon soll ich meine Familie ernähren? Womit Geschäfte treiben? Kannst du mir das verraten?«

Xusras Blick hatte sich noch weiter fokussiert. Erst jetzt sah er, was sich hinter seinem zeternden Herrn und dessen schweigendem Leibwächter befand, und der Anblick entsetzte ihn so, dass er aufsprang, seiner weichen Knie ungeachtet.

»Was bei Isos' Trümmern …?«

Es war Tag.

Die Nacht war vorüber, aber ihre Dunkelheit war nicht ganz verschwunden. Drohend lag sie noch immer über der Welt, in Form von Wolken, die nicht grau waren, sondern schwarz. Von Süden zog sich ihr Band nach Norden, und dort, wo in der vergangenen Nacht die meisten Blitze niedergegangen waren, war die Zusammenballung teeriger Schwärze am dichtesten.

In Myracor …

»Was ist geschehen?«, fragte Xusra betroffen. Das Land, so weit er blicken konnte, hatte sich in eine Ödnis verwandelt. Keine Bäume mehr und keine Wiesen. Stattdessen schien in der Ferne, jenseits der grauen Hügel, das Land plötzlich zu enden, so als ob es abgebrochen wäre. Staub und Nebel lagen darüber und trübten die Sicht. »Was ist das?«

»Ich weiß es nicht«, brummte sein Herr wütend. »Wie könnte ich? Niemand weiß es!«

Xusra starrte noch immer auf das Land, das vor ihm lag wie ein erlegtes Tier, das man aufgeschnitten hatte, um es ausbluten zu lassen. Dann ein schrecklicher Gedanke …

»Mein Dorf«, entfuhr es ihm. »Ich muss nach Hause, nachsehen, wie es ihnen geht …«

»Das wirst du schön bleiben lassen!«, schnitt Dandar ihm das Wort ab.

»Aber mein Dorf liegt genau in dieser Richtung«, stieß Xusra hervor, auf den schwarzen Abgrund deutend. »Meine ganze Familie ist dort! Meine Eltern und meine Geschwister …«

»Wenn sie dort waren, besteht für sie keine Hoffnung mehr. Aber für meine Tiere gibt es noch Hoffnung, und ich brauche sie dringend, wenn ich das hier überstehen soll. Geht das in deinen nichtsnutzigen Schädel?«

»Aber das … das …« Xusras Verstand hatte Mühe, mit alldem Schritt zu halten. Da war die Katastrophe, die das Land ereilt hatte, aus welchem Grund auch immer … und der Verlust all der Menschen, die er gekannt hatte und geliebt. Er konnte in diesem Augenblick nicht ermessen, was all das für ihn bedeutete, doch eines war ihm klar.

Dass die Welt sich in der vergangenen Nacht verändert hatte. *Für immer …*

»Was ist jetzt?«, fuhr sein Herr ihn an. »Bewegst du deinen faulen Kadaver und machst dich auf die Suche nach meinen Ziegen? Oder muss ich dir erst Beine machen?«

»Ich kann nicht, Herr. Eine Rippe ist gebrochen …«

»Das schert mich ebenso wenig wie das, was aus deinem Dorf und deiner Sippschaft geworden ist. Viele sind in der vergangenen Nacht draufgegangen, andere haben alles verloren – und zu denen will ich nicht gehören, also sieh zu, dass du findest, was mir gehört!«

Xusra sah Dandar an.

Er sah die Wut in den Augen des Mannes, dessen Macht und Reichtum alle Bauern und Hirten im Nordosten von Bessos stets gefürchtet hatten. Ihr ganzes Leben lang hatten sie sich auf seinen Feldern geschunden, hatten sein Getreide angebaut und sein Vieh gehütet, und stets hatten sie dabei auf seine Gnade gehofft und vor seinem Zorn gezittert.

Doch das war vorbei.

Die vergangene Nacht hatte alles verändert, das konnte Xusra deutlich fühlen. Dies war nicht mehr die Welt, in der er noch tags zuvor aufgewacht war. Etwas war geschehen, das ganz Astray gezeichnet hatte, für jedermann sichtbar und unumkehrbar. Eine neue Zeit hatte begonnen – und zu seiner Verblüffung empfand er keine Reue darüber. Sondern Vorfreude. Auf das, was nun begann.

Hätte er nicht von Trauer gepackt sein müssen? Um seine Familie, seine Eltern und seine Geschwister? Und hätte er Dandars Zorn nicht fürchten müssen? Aber weder das eine noch das andere war der Fall, im Gegenteil.

Zum ersten Mal in seinem Leben würde Xusra frei sein.

Niemand dürfte mehr etwas von ihm verlangen, das er nicht tun wollte. Und vor allen Dingen würde er keine Angst mehr haben müssen, niemals wieder.

Nicht mehr vor Formac Dandar.

Nicht vor seinem Leibwächter.

Und auch sonst vor niemandem.

Xusra merkte, wie etwas in ihm zu lodern begann, eine Flamme, die zuvor noch nicht da gewesen war. Wut war ihre Nahrung, all der Zorn, den er über die Jahre nur mühsam zurückgehalten hatte, und der sich jetzt in brennenden Hass steigerte …

»Was starrst du so dämlich?«, fuhr Dandar ihn an. »Devdan, lehre diesen Sohn einer Hündin Gehorsam!«

Der halb nackte Hüne stieß ein Schnauben aus und stampfte heran. Da geschah etwas Unbegreifliches: Die Flamme des Hasses, die Xusra in sich spürte, trat aus ihm heraus. Es war, als verwandelten sich seine Gedanken in Feuer – wirkliches, loderndes, brennendes Feuer, das Formacs Leibwächter just in dem Moment erfasste, als er nach Xusra greifen wollte!

Der Glatzkopf riss erschrocken die Augen auf, als seine

fleischigen Pranken plötzlich in Flammen standen, und verfiel in heiseres Geschrei. Panisch ruderte er mit dem Arm im verzweifelten Bemühen, das Feuer zu löschen, doch es loderte weiter, fraß sich in sein Fleisch, das wie Zunder brannte.

Der Hüne schrie noch lauter, warf sich zu Boden und wälzte sich im Morast – doch während jedes andere Feuer dabei wohl erloschen wäre, brannte dieses weiter, kroch an seinen Armen empor, und ohne dass er etwas dagegen unternehmen konnte, erfasste sie ihn schließlich ganz, verschlang sein kahles Haupt, aus dessen Mund bis zum letzten Augenblick gellende Schreie drangen. Sich in Schmerz und Panik über den Boden wälzend, kam Devdan dem Abhang zu nahe und rollte schließlich hinab, ein lodernder Feuerball, der in Staub und Dunst verschwand.

Formac Dandar stand reglos da.

Mit vor Entsetzen weit aufgerissenen Augen hatte er verfolgt, was seinem Diener widerfahren war, während sein Verstand sichtlich Mühe hatte, es zu begreifen.

»Wa-was war das?«, stammelte er, während er sich wieder Xusra zuwandte, der selbst nicht weniger überrascht war – und dessen Hass noch immer lichterloh brannte.

Aus Formac Dandars Augenhöhlen quoll plötzlich Rauch.

Der Grundherr riss die Arme hoch und begann dabei wie von Sinnen zu schreien – im nächsten Moment brachen Feuerlohen aus seinen Augen. Und einen Lidschlag später stand sein ganzes Haupt in Flammen.

Formac Dandar lebte noch lange genug, um in haltloser Panik den Hügel hinabzurennen, während auch noch sein restlicher Körper Feuer fing, ehe er unweit des verkohlten Körpers seines Leibwächters zusammenbrach.

Xusra kroch atemlos zur Seite, schloss die Augen und öffnete sie wieder, um sich zu vergewissern, dass das alles wirklich geschehen war.

Dann nickte er langsam, sein Atem beruhigte sich, und sein Herz schlug stark und kraftvoll.

In der Tat würde er nie wieder Angst haben.

Er war es, den nun alle fürchten mussten.

ZWEITES BUCH

Die Pforte von Archos

1

Hauptsitz des Exekutor-Ordens, Sontra
38 Jahre später

Die Zeit der Veränderung war angebrochen.

Inzwischen hatte auch Tarak-Syn keinen Zweifel mehr daran – die Nachrichten, die von den Türmen des Ordens eintrafen, ließen keinen Zweifel mehr daran.

Schon seit Längerem hatten die Zeichen auf Krieg gestanden, doch dass es so schnell gehen würde, hatte Tarak nicht erwartet. Der Fall von Brückstadt, die Erhebung der Morwölfe – seit mehr als drei Jahrzehnten warteten die Mitglieder des Oktogons darauf, dass jene Dinge geschehen würden, und nun schienen sich die Ereignisse zu überschlagen. Tod und Chaos waren dabei, sich wie ein Flächenbrand in ganz Astray auszubreiten, und das konnte nur bedeuten, dass der Vertrag, den die Gründungsmitglieder des Ordens vor langer Zeit geschlossen hatten, dabei war, sich zu erfüllen.

Niemand außer den Acht wusste davon.

In den Jahren nach der Katastrophe, als Astray in Schutt und Asche lag und sich der Orden der Exekutoren formte, war ein Handel geschlossen worden. Ein Vertrag, der den Exekutoren Macht und Einfluss zusicherte – und am Ende gar die Herrschaft über ganz Astray. Denn wenn all das Chaos, das gerade erst dabei war, sich zu entwickeln, sich irgendwann wieder legen, wenn der letzte Krieg gefochten und die Mächte des Westens und des Ostens einander ausgelöscht haben würden, würde es der Orden der Exekutoren sein, der die Macht in den Händen hielt. Wahre, weltliche Macht.

Herrschermacht.

Es war das oberste Ziel des Ordens und sein am besten gehütetes Geheimnis. Mehr als drei Jahrzehnte lang hatten die Mitglieder des Oktogons es bewahrt und es stets nur an jene weitergegeben, die verstorbenen Brüdern folgten: Indem sie gemäß ihrer Überzeugung jede Religion, jeden Glauben und jede Hoffnung auf etwas, das nicht dieser Welt entstammte, brutal unterdrückten, erfüllten die Exekutoren ihren Teil des Handels; indem er sie zu den alleinigen Herren über Astray machte, erfüllte ihr Verbündeter den seinen.

Wer dieser Verbündete war, darüber schwiegen die Quellen. Doch die Anweisungen, die die Gründer für jene Zeit gegeben hatten, in der die Veränderung begann, waren dafür umso eindeutiger gewesen: Die Acht hatten die Kammer des Oktogons zu verlassen und sich an einen Ort zu begeben, der sich tief unter dem Turm von Sontra befand, in den dunklen Eingeweiden unterirdischer Gänge und Fluchten, die von den Gründern dort angelegt worden waren, im festen Wissen, dass sie einst gebraucht werden würden.

Dorthin begaben sich die Acht.

Es war eine feierliche Prozession, die die steilen steinernen Stufen hinabstieg: Gorath-Syn ging voraus, gefolgt von seinen Mitbrüdern. Ihre Gesichter verbargen sie wie immer, wenn sie sich außerhalb des Oktogons befanden, unter den Helmen, deren geschwärzter Stahl das Licht ihrer Fackeln zu schlucken schien. So schritten sie schweigend hinab, gefolgt von einer Abteilung bewaffneter Ordensdiener.

Mit jeder Stufe, die er weiter hinabstieg, schlug das Herz von Tarak-Syn schneller. Er konnte sich nicht entsinnen, jemals zuvor in seinem Leben solche Anspannung, solche Freude und solche Genugtuung verspürt zu haben.

Der Vertrag würde sich erfüllen – und die Macht, die ihm und seinen sieben Mitbrüdern zu Gebote stand, würde keine Grenzen mehr kennen. Sie würden sie dazu nutzen, auch noch die letzten Reste von Religion zu beseitigen. Ganz gleich, ob es sich um den Feuerkult der Ostragier oder die Schlangengötter der Draks handelte – sie alle würden von der Macht des Ordens zerschmettert werden, und am Ende würde nichts weiter übrig bleiben als Wahrheit.

Keine Götter, zu denen die Menschen aufblickten.

Kein Glaube, der ihnen Hoffnung gab.

Nur die Macht des Ordens …

Der Weg, den die Prozession einschlug, führte weit hinab – weiter, als Tarak-Syn je zuvor gelangt war. Ein unangenehmes Gefühl beschlich ihn angesichts der Dunkelheit, die zu allen Seiten lauerte, so als wollte sie sich auf ihre Fackeln stürzen und ihr Licht verzehren; aber er verdrängte diese Empfindung rasch wieder.

Die Prozession endete nach quälend langer Zeit vor einer Pforte. Zwei eiserne Torflügel, die mit Zeichen der geheimen Schrift versehen waren, versperrten der Prozession den Weg. Acht übereinander angeordnete Schlösser waren in das kalt schimmernde Metall eingelassen.

»Die Schlüssel«, verlangte Gorath-Syn. Seine Stimme klang dumpf, nicht nur des Helmes wegen, sondern auch wegen der gewölbten Decke, die so nieder war, dass Tarak sich bücken musste.

Jeder der Acht holte daraufhin den Schlüssel hervor, den er an einer Kette um den Hals trug und der wie der Helm, die Rüstung und der Umhang zu den Insignien seines Amtes gehörte. Im Licht der Fackeln traten sie nacheinander an das Tor, und jeder von ihnen öffnete das für seinen Schlüssel vorgesehene Schloss.

Als jüngstes Mitglied des Oktogons war Tarak-Syn der Letzte in der Reihe. Vorsichtig schob er den mit einem langen, kompliziert geschliffenen Bart versehenen Schlüssel in das unterste Schloss und drehte ihn herum.

Ein metallisches Klicken erklang, gefolgt von einem zischenden Geräusch, so als würde Luft aus einem Blasebalg entweichen.

»Öffnen!«, wies Gorath-Syn die Ordensdiener an, die sich sogleich daranmachten, die eisernen Torflügel aufzustoßen. »Wartet hier«, beschied er ihnen, und seinen Mitbrüdern voraus betrat er die geheime Kammer.

Taraks Herzschlag wollte vor Anspannung aussetzen, als auch er seinen Fuß über die Quelle setzte. Was würde seine Mitbrüder und ihn jenseits der Pforte erwarten?

Die Antwort war ernüchternd.

Es war ein achteckiges Gewölbe, dessen Decke ebenso niedrig war wie die des Ganges. In der Mitte gab es eine Öffnung im Boden, die ebenfalls oktogonal war und über keine Ummauerung verfügte. Tarak fühlte sich an die Brunnenhäuser seiner noryschen Heimat erinnert – war auch dies hier nichts weiter als ein simples Wasserloch? Sollte dies das Geheimnis sein, das die Mitglieder des Oktogons so treu gehütet hatten?

Gorath wies an, das Tor wieder zu verschließen. Die Ordensbrüder blieben draußen zurück, und die Angehörigen des innersten Kreises waren wieder unter sich: Acht in schwarz gekleidete Gestalten mit Fackeln in den Händen. Sie nahmen die Helme ab, wie immer, wenn sie unter sich waren, und in den Gesichtern der anderen konnte Tarak die Ratlosigkeit erkennen. Mit einer Mischung aus Enttäuschung und Verwirrung blickten sie sich um, keiner von ihnen schien zu wissen, was dies für ein Ort war und was er zu bedeuten hatte.

Xavar-Syn war der Erste, der das Schweigen brach. »Und hier soll sich der Handel erfüllen?«, fragte er.

»So steht es im Vertrag geschrieben«, entgegnete Gorath.

»Dies hier ist eine achteckige Kammer mit einem Loch im Boden«, stellte Xavar fest. »Nicht mehr und nicht weniger.« Er trat an den Rand der Bodenöffnung. »Ich sehe nicht, wie sich hier irgendetwas erfüllen sollte.«

In einem Anflug von Frustration nahm er seine Fackel und warf sie hinab. Tarak sah sie in der Tiefe verschwinden, ein orangeroter Schein, der sich irgendwann verlor.

»Zugegeben, ein ziemlich tiefes Loch«, schnarrte Xavar. »Aber dennoch nur ein Loch. Wo ist unser geheimnisvoller Verbündeter? Warum ist er noch nicht hier?«

»Ich weiß es nicht«, gestand Gorath-Syn. »Doch wir haben unseren Teil des Handels erfüllt. Nun ist die Reihe an ihm.«

»Was macht Euch so sicher, dass er kommen wird?«

»Das Wissen um den Vertrag.«

»Und wenn wir diesen Ort zu früh aufgesucht haben? Oder zu spät? Darüber besagt der Handel nichts.«

Gorath-Syn sah seinen jüngeren Mitbruder lange an. »Du zweifelst, Xavar«, stellte er dann fest.

»Wie kann ich zweifeln, wenn ich an nichts glaube?«, fragte der Gescholtene.

»Wir Exekutoren brauchen nicht zu glauben wie all die anderen armen Kreaturen dort draußen«, belehrte ihn der Älteste. »Wir wissen um die Geschichte unseres Ordens, und deshalb wissen wir auch, was geschehen wird.«

Tarak stutzte innerlich. Etwas an den Worten des ehrwürdigen Syn störte ihn …

Wie konnte er für sich in Anspruch nehmen, etwas zu wissen, das noch nicht geschehen war? Worauf stützte sich dieses Wissen? Und wie konnte es überhaupt existieren, wenn es nach der Lehre des Ordens doch nichts gab, das das menschliche Begreifen überstieg?

Tarak-Syn versuchte wie zuvor, den Gedanken beiseitezuwischen, aber es gelang ihm nicht. Er war da wie ein Parasit, der sich in seinem Bewusstsein festgefressen hatte – dass Tarak dennoch nicht darüber nachdachte, lag an den Schreien, die einige seiner Mitbrüder plötzlich ausstießen.

»Es geschieht!«, rief Gorath laut. »Unser Verbündeter ist gekommen!«

Einige der Fackeln erloschen. Gehetzt sah sich Tarak in der Enge der Kammer um – was ging hier vor? Er sah Xavar-Syn mit einem lauten Aufschrei niedergehen, der Grund dafür war zunächst nicht ersichtlich. Bis Tarak das schwarze Etwas sah, das aus der Öffnung kam, teerig und glänzend und dabei offenbar von einem eigenen Willen erfüllt …

Weitere Mitbrüder begannen laut zu schreien, als die Substanz auf sie übergriff. Vergeblich versuchten sie, sie von ihren Füßen zu schütteln, unaufhaltsam kroch sie an ihnen empor, erfasste ihren Oberkörper und ihren Hals und schließlich die Gesichter …

Entsetzt sah Tarak die vertrauten Züge hinter schwarz glänzenden Schlieren verschwinden. Seine Mitbrüder versuchten verzweifelt, sie wieder abzureißen, doch auch ihre Hände wurden davon erfasst und eingehüllt, und schon kurz darauf waren sie der schwarzen Masse wehrlos ausgeliefert.

Die Erkenntnis, dass der alte Vertrag nichtig und der Handel gescheitert war, schoss Tarak durch den Kopf. Und dass sie betrogen worden waren …

»Gorath-Syn!«, rief er und sah sich nach dem Ältesten um.

Er stand unmittelbar hinter ihm und starrte ihn an, eine bizarre schwarze Schädelfratze war alles, was von den Gesichtszügen des ehrwürdigen Syn geblieben war – und in diesem Moment griff er mit teerigen Händen nach Tarak!

Tarak erschrak und fuhr zurück, doch in der Enge der Kammer konnte er nicht entkommen. Der Schrei, den er ausgestoßen hatte, verstummte jäh, als die schwarze Essenz in sein Gesicht sprang und seinen Mund versiegelte.

Um Atem ringend, ging Tarak nieder.

Sein letzter Gedanke war bittere Erkenntnis.

Letztlich hatten auch die Exekutoren keine Gewissheit gehabt. Auch sie hatten nur *geglaubt*, dass nichts existierte außer ihrer Wahrheit …

Und auch sie hatten sich, wie so viele andere, geirrt.

2

Pforte von Archos
Zur selben Zeit

Lorymar Thinkling hatte die Dunkelheit nie gemocht. Der Gedanke, dass sich etwas darin verbergen, dass es sich ihm nähern konnte, ohne dass er es sah, hatte ihm immer schon Unbehagen bereitet. In diesem Augenblick jedoch zitterte er am ganzen Körper vor Angst – und er hasste die Dunkelheit dafür.

Den gesamten Nachmittag über hatten sie beobachtet, wie das Heer des Feindes herangezogen war. Soweit sie es hatten feststellen können, waren es zwei Heereszüge, die sich dem Pass näherten, der eine von Nordosten, der andere von Nordwesten. Offenbar hatten sie sich geteilt, um den Opalsee zu umgehen, und es war abzusehen, dass die östliche Streitmacht das Gebirge zuerst erreichen würde. Vermutlich nicht gleich mit voller Stärke, zunächst würden sie es wohl nur mit einer Vorhut zu tun bekommen, aber auch diese war dazu angetan, die Handvoll Verteidiger zu zerschmettern.

Wer waren sie denn schon, als dass sie den Feind lange hätten aufhalten können?

Zugegeben, auf Kynrik und Worfeck konnte man zählen, jeder von ihnen war so viel wert wie zwanzig reguläre Kämpfer.

Wenigstens.

Bei Lorymar selbst sah es schon anders aus, und auch die zehn ausgezehrten, vor Angst zitternden Söldner machten nicht wirklich viel her. Ihr einziger Vorteil bestand in der Form und der Lage des Passes, den sie besetzten, denn die

Pforte von Archos war tatsächlich eine schmale Kluft, die sich durch den schwarzen Fels der Berge zog. Darüber, wie sie entstanden war, gingen die Meinungen auseinander, manche behaupteten, es sei Drachenfeuer im Spiel gewesen – doch unstrittig war, dass jeder, der das Haymos-Gebirge überwinden wollte, diese Kluft überwinden musste, die an ihrer schmalsten Stelle nicht mehr als fünf Schritte maß.

Natürlich hatten Lorymar und seine Gefährten in den letzten Tagen alles unternommen, um dieses Nadelöhr noch weiter zu verbarrikadieren: Sie hatten eine Mauer aus Steinen angehäuft und davor Dornengestrüpp, sodass sie fast unpassierbar war – jedenfalls für einen Menschen. Wie die Schattenkrieger darauf reagieren würden, wusste keiner.

Die Engstelle zu halten, war die einzige Chance. War der Feind erst durchgebrochen, dann gab es kein Halten mehr und er würde Achaya und Burgos überfluten.

Und schließlich auch Archos …

Um zu sehen, wie weit der Feind bereits vorgerückt war, hatten sich Kynrik und Worfeck auf Kundschaft begeben. Lorymar hatte sich dazu breitschlagen lassen, sie zu begleiten, was er bereits jetzt wieder bedauerte.

Allein auf Lichtung stehend, von knorrigem Gestrüpp umgeben, wartete er darauf, dass seine beiden Gefährten zu ihm zurückkehren würden.

»Warte hier für einen Moment«, hatten sie gesagt, »wir sind gleich wieder zurück …«

Eine gefühlte Ewigkeit lag das zurück.

Und Lorymar wurde unruhig.

Was, wenn sie nicht zurückkehrten?

Wenn der Feind sie dort in der Dunkelheit überrumpelt hatte und sie bereits tot waren? Oder, noch schlimmer, zu einem Teil von ihm geworden?

Worfecks Gestank und sein neuerdings so blumiges Geschwätz waren schon kaum zu ertragen, wenn er am Leben war. Der untoten Version des Uroks wollte Lorymar lieber nicht begegnen …

Dort im Gebüsch!

Hatte sich da nicht eben etwas geregt?

»Worfeck?«, flüsterte der Halbling leise. Seine Nackenhaare sträubten sich dabei, und kalter Schweiß bildete sich auf seiner Stirn. »Kynrik, bist du das?«

Es kam keine Antwort.

Lorymar fasste das Kurzschwert fester, das er schon die ganze Zeit in der Hand hielt, mehr um sich damit Mut zu machen, denn um wirklich damit zu fechten.

Er hatte die Schattenkrieger gesehen, oben in Brückstadt, und auch gegen sie gekämpft – lange genug, um zu wissen, dass er gegen sie kaum eine Chance hatte.

Warum nur bin ich trotzdem hiergeblieben?, fragte er sich jetzt. Es war in der Tat eine lange Geschichte, aber vor allem hatte es wohl damit zu tun, dass er respektiert werden wollte, geschätzt und geliebt. Von seinen Begleitern, seinen Gefährten und Freunden. Vor allem aber von Nyasha.

Er hatte an ihr so viel wiedergutzumachen …

Wieder gab es ein raschelndes Geräusch.

Mit zu Schlitzen verengten Augen suchte Lorymar das Dunkel der Nacht zu durchdringen, aber bis auf die blauen Schemen der Bäume konnte er nichts erkennen. Er fasste sein Schwert mit beiden Händen.

Als ob das irgendetwas nützen würde, sagte er zu sich.

Alles in ihm drängte ihn, die Beine in die Hand zu nehmen und davonzulaufen, aber er widerstand der Versuchung.

Nicht dieses Mal.

Diesmal würde er bleiben und seinen Posten halten.

Wenn auch nicht für lange …

Im nächsten Moment geschah es.

Das Gebüsch, das sich schon zuvor bewegt hatte, teilte sich, und zwei Gestalten traten daraus hervor.

Lorymar, der nur ihre Schatten sah, wollte einen Moment lang aufatmen, weil er glaubte, es wären seine Gefährten. Doch sie waren kleiner als ein Urok, und ihre Bewegungen waren ungelenk und kantig. Dann erfasste sie ein Schaft von Mondlicht, und der Halbling erkannte die grässliche Wahrheit.

Es waren Schattenkrieger!

Der eine war zur Gänze mit der Essenz des Todes überzogen, bei dem anderen war die Hälfte seines menschlichen Gesichts noch zu sehen – und Lorymar sog scharf nach Luft, als er die Gesichtszüge eines Mannes zu erkennen glaubte, mit dem er auf den Zinnen der Zitadelle von Brückstadt Seite an Seite gekämpft hatte. Nun war er wieder hier.

Als sein erbitterter Feind …

»Kommt nicht näher!«, rief der Halbling ihnen entgegen und hob sein Schwert. Doch die beiden blieben nicht nur unbeeindruckt – hinter sie traten noch fünf weitere Schreckgestalten. In breiter Front marschierten sie auf ihn zu, ihre Klingen und Speere drohend erhoben.

Lorymars Herz schlug heftig, aber es kam ihm vor, als wäre kein Blut mehr da, um es durch seinen Körper zu pumpen. Gehetzt flogen seine Blicke zwischen den Untoten hin und her, die nur noch wenige Schwertlängen von ihm entfernt waren.

Fieberhaft überlegte er, was er tun konnte, um sie aufzuhalten, aber ihm fiel nichts ein. Sein Kopf war so leer wie sein Herz, Schritt für Schritt wich er vor dem grässlichen Feind zurück. Plötzlich durchzuckte ihn ein Gedanke: Wenn er den Gegner schon nicht dezimieren konnte, so wollte er ihn doch zumindest nicht verstärken …

Rasch wechselte er den Griff an der Waffe und richtete sie gegen sich, um sich die Klinge durchs Herz zu stoßen.

Er spürte den Widerstand, den sein Brustkorb der Spitze bot, und biss die Zähne zusammen.

Mit aller Kraft, redete er sich ein, *dann ist es in wenigen Augenblicken vorb…*

Plötzlich teilte sich das Buschwerk zur Linken und zur Rechten, barst knackend auseinander, als zwei Gestalten hervorsetzten. Die eine schwang ein langes Schwert, die andere war riesig groß, und wie eine Urgewalt brachen sie über die Lichtung herein – Kynrik und Worfeck!

Die Schatten wussten nicht, wie ihnen geschah.

Die beiden Ersten sanken enthauptet nieder und zerfielen zu Staub, noch ehe sie ihre Waffen gegen den einstigen Paladin schwingen konnten. Worfeck, der eine mächtige Axt schwang, köpfte damit einen Gegner und zerschmetterte zwei weitere, ehe er die Axt von sich warf und mit bloßen Pranken weiterkämpfte. Kynrik, der trotz seines Alters und der Jahre im Kerker nichts verlernt zu haben schien, streckte einen weiteren Angreifer nieder – wo ihm die Eleganz und die Schnelligkeit der Jugend fehlten, focht er mit Abgebrühtheit und Erfahrung. Ein weiterer Untoter kreuzte die Klinge mit ihm, Funken flogen durch die Nacht, ehe eine Parade Kynriks den Schattenkrieger seine Schwerthand kostete. Die Rubinklinge des Paladins wirbelte durch die Luft und setzte der Existenz des Untoten ein Ende. Dem letzten verbliebenen Schatten riss Worfeck das Haupt kurzerhand von den Schultern – zurück blieb nur Staub und schwarzes Gewürm, das über den felsigen Boden kroch und und sich in Spalten und Ritzen verflüchtigte.

»Gut gemacht, Kurzer«, knurrte Kynrik und nickte Lorymar anerkennend zu.

»Gut gemacht?« Der Halbling starrte ihn verständnislos an. Dann begriff er. »Ich war euer verdammter Lockvogel?«, fragte er mit noch immer bebender Stimme. »Deshalb sollte ich so unbedingt mitkommen?«

»Mir war klar, dass sie Späher schicken würden«, gab Kynrik achselzuckend zurück, während er seine Schwertklinge reinigte. »Und ich ahnte auch, dass sie nicht widerstehen können würden, wenn sich ihnen so ein frisches junges Leben bietet. Und da wir sie in der Dunkelheit niemals gefunden hätten …«

Lorymars Mund klappte auf und zu wie bei einem Fisch auf dem Trockenen. »Großartig! Wirklich großartig«, ereiferte er sich dann. »Wegen Euch hätte ich mich beinahe umgebracht!«

»Daraus wäre nichts geworden«, beschied Worfeck ihm. »Wie du weißt, geht es um den Kopf«, sagte er und deutete auf sein eigenes klobiges Haupt.

»Das stimmt«, fügte Kynrik grinsend hinzu. »Du bist zwar schon zwei Köpfe kleiner, aber das reicht noch nicht.«

Der Urok lachte keuchend – das war haarscharf sein Humor.

»Ihr kommt euch wohl auch noch witzig vor, was?«, schnauzte Lorymar. »Vielleicht solltet ihr beide euch ja überlegen, als Gaukler aufzutreten, wenn das alles vorbei ist!«

»Nein«, sagte Kynrik so ernst, als hätte der Halbling tatsächlich einen erwägenswerten Vorschlag gemacht, »daraus wird nichts werden. Das da«, – er deutete auf die wenigen Überreste, die von den Schattenkriegern geblieben waren –, »war nur ein leiser Vorgeschmack von dem, was uns bei Tagesanbruch erwartet. Wenn König Elayan uns nicht zu Hilfe kommt, wird am Ende des morgigen Tages keiner von uns mehr lachen. Denn um zu lachen«, fügte er düster hinzu, »muss man am Leben sein.«

3

Schwarzer Turm, Hobbeim
Am nächsten Morgen

Als Latimer Thinkling diesmal die Stufen zum Empfangsraum der Großexekutorin hinaufstieg, tat er es nicht mehr als Lordkanzler eines befriedeten Landstrichs, sondern als Anführer einer Armee. Und wenn diese auch aus wenig mehr bestand als einigen Hundert Bogenschützen und mit Dreschflegeln und Mistforken bewaffneten Bauern, so war es dennoch eine Armee.

Innerhalb weniger Tage hatten die Ereignisse sich überschlagen, hatten Latimer dazu gezwungen, Entscheidungen zu treffen und Posten zu beziehen. Beides hatte er getan, und es war wohl kein Zufall, dass die Stufen des Turmes ihm an diesem Morgen viel weniger zusetzten als bei früheren Gelegenheiten.

»Lordkanzler.« Jadissa-Syna saß nicht auf ihrem Podest. Stattdessen stand sie am offenen Fenster, das weit nach Osten blickte. Nebel lag über der Stadt und den umgebenden Hügeln und hüllte den Horizont in bleiernes Grau. »Was führt Euch zu dieser frühen Stunde hierher? Noch dazu in dieser seltsamen Verkleidung?«

Latimer blickte unwillkürlich an sich herab.

Der wattierte Rock und das Kettenhemd darüber fühlten sich auch für ihn seltsam fremd und ungewohnt an – sein goldbetresstes Mäntelchen war ihm wesentlich lieber. Aber dies war nicht die Zeit für Samt und Seide.

»Es herrscht Krieg, Großexekutorin«, erklärte er. »Vergangene Nacht haben Morwölfe in großer Zahl den Grenzfluss überschritten und sind gen Hobheim gezogen.«

»Und das wundert Euch. Nachdem Ihr einen von ihnen erschlagen habt.«

»Nachdem er einen der Unseren getötet hatte«, brachte Latimer in Erinnerung. »Ihr solltet nicht die Tatsachen verdrehen.«

»Das tue ich nicht, Lordkanzler. Ich rufe Euch nur ins Gedächtnis, dass jede Handlung Folgen hat. Und dass Ihr verantwortlich seid für das, was Ihr tut.«

»Schöne Worte aus dem Mund von jemandem, der sich bislang vor jeder Verantwortung gedrückt hat.«

»Was fällt Euch ein?«

»Obwohl ich Euch darum gebeten habe, habt Ihr Euch meiner Bitte verweigert, Soldaten an die Grenze zu entsenden«, sagte Latimer.

»Weil ich sie hier brauche«, bestätigte die Großexekutorin. »Hört Ihr das?«, fragte sie, durch das Fenster in die weite Landschaft deutend.

Ein schauriges Heulen war zu vernehmen, das von jenseits der Hügel drang, geradewegs aus dem grauen Nebel.

Latimer nickte. »Das sind die Morwölfe. Sie rücken näher …«

»Und deshalb brauche ich jeden Mann, um diesen Turm zu verteidigen.«

»Großexekutorin … Jadissa-Syna«, sagte Latimer beschwörend. »Ich weiß, dass wir unsere Meinungsverschiedenheiten hatten, aber dies ist nicht der Augenblick, um auf alten Positionen zu beharren. Wenn ich zu weit gegangen bin, so nehmt meine Entschuldigung dafür an, aber tragen wir unseren Zwist nicht auf dem Rücken des Westlands aus. Die Leute hier sind rechtschaffen und anständig, sie verdienen Eure Unterstützung! Auf den Hügeln östlich der Stadt haben wir Stellung bezogen, dort wollen wir den Morwölfen begegnen.«

»In offenem Gelände?« Die Großexekutorin hob die Brauen. »Das klingt für mich nach glattem Selbstmord.«

»Hobheim hat keine Mauer wie die Städte der Menschen. Wenn wir die Morwölfe aufhalten wollen, so müssen wir es tun, bevor sie die Stadt erreichen. Und je mehr wir dabei sind, desto größere Aussicht auf Erfolg haben wir.«

Jadissa-Syna sah ihn prüfend an.

»Ich bedaure«, sagte sie dann. »Einem solchen Unterfangen kann ich weder meine Zustimmung noch meine Krieger geben. Wenn Euer Plan scheitert und die Morwölfe durchbrechen, so wird dieser Turm die einzig sichere Zuflucht sein – und meine Leute werden zur Stelle sein, um ihn zu verteidigen.«

Latimer nickte.

Bis zuletzt hatte er noch einen Funken Hoffnung gehabt, dass sie ihre Ansicht ändern würde. Doch im Grunde hatte er mit dieser Antwort gerechnet …

»So möchte ich Euch um etwas anderes bitten«, sagte er leise. »Unsere Alten, die Frauen und Kinder, all jene, die sich nicht wehren können – ich bitte Euch, gewährt Ihnen Schutz in diesem Turm, auf dass sie den Wölfen nicht zum Opfer fallen.«

Die Stimme der Syna war kalt wie Eis. »Dies ist ein Turm des Exekutor-Ordens. Er wurde gebaut, um der Wahrheit ein Denkmal zu errichten und nicht, um Witwen und Waisen zu beherbergen.«

Latimer schnaubte. Um seine Beherrschung war es geschehen. »Das ist alles, was Ihr zu sagen habt? Ist das die Hilfe, die uns versprochen wurde, als wir Euch gestatteten, dieses Monstrum in unserer Stadt zu errichten? Die Unterstützung, die man uns zusicherte, als Thero Borkling Großexekutor wurde?«

»Ich bin nicht Thero Borkling, also kann ich auch nicht für ihn sprechen«, stellte Jadissa klar. »Aber er ist nicht mehr am Leben – und ich habe andere Prioritäten.«

»Und Euer Orden? Was hat er dazu zu sagen? Seid Ihr meinem Ratschlag gefolgt und habt einen Falken geschickt?«

»Allerdings habe ich das.«

»Und?«

Sie blieb eine Antwort schuldig, aber Latimer kannte sie auch so. »Man hat Euch nicht geantwortet. Eure Vorgesetzten sind geflohen. Sie stehlen sich aus der Verantwortung, genau wie Ihr.«

»Ich verstehe sogar, dass Ihr es so seht, Lordkanzler. Aber es liegt daran, dass Ihr nicht das große Ganze seht. Der Orden hat in diesen Tagen viele Dinge zu bedenken. Im Osten ist Krieg ausgebrochen, die Ostragier haben Brückstadt angegriffen …«

»Alles löst sich auf«, flüsterte Latimer. »Unsere Welt ist dabei, sich in ein Narrenhaus zu verwandeln, und Ihr seht tatenlos dabei zu.«

In diesem Moment war von jenseits der Hügel erneut ein schauriges Heulen zu vernehmen, laut und durchdringend. Ein Anführer, der seine Meute um sich sammelte …

Latimer straffte sich.

»Ich muss gehen, ehrwürdige Syna«, sagte er.

»So geht. Meine guten Wünsche begleiten Euch.«

»Davon bin ich überzeugt.« Er nickte und sah sie an, ihre makellosen, jedoch maskenhaften Züge. Dann wandte er sich abrupt ab und verließ den Turm, wissend, dass er ihn niemals wieder betreten würde.

Jadissa sah dem Halbling nach.

Dann kehrte sie auf ihr Podest zurück, eine schmächtige Gestalt, die trotz der eindrucksvollen Rüstung und des weiten schwarzen Umhangs seltsam verloren wirkte.

Nachdenklich ließ sie sich nieder.

Sie hatte tatsächlich keine Antwort aus Sontra bekommen – den Grund dafür kannte sie nicht.

Entweder, die Mitglieder des Oktogons erachteten ein paar hergelaufene Morwölfe nicht als Bedrohung, oder Westland war ihnen schlicht nicht wichtig genug, um etwas dafür zu unternehmen – ebenso wenig wie die Frau, die dort den Posten der Großexekutorin besetzte.

Womöglich, dachte Jadissa düster, war es Tarak-Syn und einigen anderen nur recht, wenn Hobheim von den Bestien überrannt und sie dabei getötet wurde. Doch diesen Gefallen würde sie ihnen nicht tun.

Eine Weile lang hatte sie tatsächlich erwogen, ihre Truppen unter das Kommando des Lordkanzlers zu stellen und Seite an Seite mit den Halblingen zu kämpfen. Doch diese kleinen Kerle waren alles, nur keine Krieger, ihre Niederlage bereits jetzt besiegelt. Der Turm bot die beste Aussicht auf Überleben, also hielt Jadissa an ihm fest.

Gedankenverloren lauschte sie den Schritten Latimer Thinklings, die sich die steilen Stufen hinab entfernten.

Dann herrschte für lange Zeit Stille.

Von dem Bösen, das aus der Tiefe des Turmes heraufstieg und über das alte Gestein kroch, lautlos und tödlich, ahnte sie nichts.

4

Pforte von Archos
Zur selben Zeit

Die Flammen loderten grell empor.

Es hatte nicht einmal bis zum Tagesanbruch gedauert, bis das Heer des Feindes angegriffen hatte. Weder hatten sich die Schattenkrieger gesammelt noch hatten sie auf ein Signal gewartet. Sobald die ersten von ihnen die Passhöhe erreichten, griffen sie einfach an.

Worauf hätten sie auch warten sollen? Sie kannten keine andere Taktik außer nackter Gewalt, zahlenmäßige Überlegenheit war ihre einzige Strategie.

Niemand wusste, wer hinter den Schattenkriegern stand, doch wenn es etwas wie einen gemeinsamen Willen gab, der sie lenkte, so legte dieser keinen Wert darauf, die eigenen Verluste möglichst gering zu halten. In gewisser Hinsicht waren die bedauernswerten Kreaturen ja längst tot, und mit jeder Schlacht, die sie schlugen, wurden es nicht weniger, sondern mehr von ihnen.

Was die erste Angriffswelle betraf, bezweifelte Lorymar Thinkling allerdings, dass sich die Schattenkrieger wieder erheben würden, denn die Verteidiger hatten ganze Arbeit geleistet. Das Gestrüpp vor der Barrikade war mit Brandpfeilen angesteckt worden, sodass eine Flammenwand die Angreifer erwartet hatte. Dadurch war ihr Angriff ins Stocken geraten, und jene, die sich durch das Feuer gekämpft hatten, am ganzen Leib brennend, waren von Kynrik und Worfeck mit blankem Stahl empfangen worden.

Doch je mehr Feinde auf die Passhöhe drängten, desto mehr brandeten gegen die Barrikade an, und obwohl es sich erst um die Vorhut der eigentlichen Streitmacht handelte, waren es bereits Hunderte …

»Nicht nachlassen!«, brüllte Kynrik über das Kampfgetöse hinweg. Wie ein Monument thronte er über der aus Steinen aufgeschütteten Mauer. »Haltet die Stellung! Um jeden Preis, hört ihr?«

Mit vernichtender Wucht führte er das Schwert des Paladins und ließ es ein um das andere Mal auf die Angreifer niedergehen. Lorymar hatte nie begriffen, ob es das Schwert war, das Kynrik seine Kraft verlieh, oder ob es sich umgekehrt verhielt, doch genau wie Hauptmann Ramiron und seine Söldner richtete auch er sich an Kynriks Mut und Tapferkeit auf. Wie ein Fels stand der Schwertkämpfer in der Brandung des feindlichen Angriffs, obschon diese beständig anschwoll.

Die Feuersbrunst an der Barrikade fand keine Nahrung mehr. Die Flammen fielen in sich zusammen und erloschen, und je weniger es wurden, desto mehr Angreifer drängten nach vorn. Pfeile hagelten ihnen entgegen, die die achayischen Söldner von ihren Bogen entließen, doch obwohl die Geschosse mit bewundernswerter Präzision trafen, reichten sie nicht aus, um den Ansturm zu stoppen.

Obwohl viele von ihnen mit Pfeilen gespickt waren, wankten die Schattenkrieger weiter, stiegen über Asche und Schutt hinweg und erklommen die Mauer. Lorymar stieß zu, als eine grausige Fratze mit kalt leuchtenden Augen vor ihm emporstieg. Der Untote gab ein Zischen von sich, als die Klinge des Halblings durch seinen Brustkorb fuhr – von seinem frevlerischen Dasein erlöst wurde er jedoch erst, als Lorymar sein Schwert ein zweites Mal führte und ihm das Haupt von den Schultern trennte. Der Torso kippte zurück, den anderen Angreifern entgegen, die sich davon jedoch weder aufhalten noch beeindrucken ließen. Mit verstörender Gleichgültigkeit stiegen sie über die zerfallenden Überreste ihres Kameraden hinweg, und ganz gleich, wie viele von ihnen an der Barrikade den Schwertern der Verteidiger zum Opfer fielen, es drängten immer neue Angreifer in die Schlucht.

In einem Ausbruch verzweifelter Wut riss Worfeck einen der Schattenkrieger zu sich empor und schleuderte ihn den anderen entgegen. Die Angreifer kamen zu Fall, doch nur, um sich im nächsten Augenblick wieder zu erheben und ihren Vormarsch fortzusetzen.

Lorymar focht im Schweiße seines Angesichts. Für Furcht war nun keine Zeit mehr, der Halbling handelte, ohne nachzudenken. Mehrmals kamen ihm die Speerspitzen der Angreifer gefährlich nahe, doch mit Todesverachtung schlug er sie zur Seite. Auf der Barrikade stehend, Seite an Seite mit Kynrik und Worfeck, wehrte er die Angreifer ab – bis deren Ansturm zu stark wurde und sie sich hinter die Barrikade zurückziehen mussten.

Aus der Deckung der rußgeschwärzten Mauer heraus fochten sie weiter, entschlossen, nicht einen Angreifer durchzulassen. Gegner um Gegner wuchs jenseits der Barrikade empor, einer grässlicher als der andere. Eine endlos scheinende Weile ging es so, bis die Kräfte der Verteidiger ermatteten und sie die Waffen in ihren Händen kaum noch heben konnten. Und dann kam der Gegner, den Lorymar nicht mehr abwehren konnte.

Es war ein wahrer Hüne.

In welchem Krieg er gekämpft hatte und gefallen sein mochte, ob es in Brückstadt gewesen war oder an einem anderen Ort, ließ sich nicht mehr feststellen. Von seiner Rüstung war kaum noch etwas übrig, und auch sein Fleisch war teils zerfallen, Knochen schauten hervor. Alles, was ihn aufrecht hielt, war die teerige Substanz, die überall an ihm klebte und selbst sein Inneres noch zu durchdringen schien.

Lorymar trug einen Ausfall vor, als die schartige Axt des

Untoten bereits niederging. Der Halbling konnte nichts anderes tun, als sich mit einem verzweifelten Sprung in Sicherheit zu bringen. In die Lücke, die er hinterließ, stieß sein Gegner sofort nach. Lorymar verlor das Gleichgewicht und taumelte hintenüber von der Barrikade. Hart schlug er auf dem Boden auf, sein Bewusstsein flackerte wie eine Flamme im Sturm. Er schüttelte den Kopf, um die Benommenheit abzuschütteln – und sah das scheußliche Antlitz des untoten Kriegers über sich. Schon hob der Unhold die Axt, um sie auf ihn niedergehen zu lassen. Unfähig, sich zu bewegen, die Augen vor Schrecken weit aufgerissen, starrte Lorymar seinem sicheren Ende entgegen … als der Hüne plötzlich den Kopf verlor.

Wie beiläufig kippte sein Haupt zur Seite und fiel zu Boden, gefolgt von dem riesigen Torso. Hinter ihm stand kein anderer als Glauco, der Söldner aus Achaya, das Schwert in der Hand.

Lorymar nickte ihm dankbar zu, während er sich wieder auf die Beine raffte, und Glauco antwortete mit einem verwegenen Grinsen – das ihm auf den Zügen gefror.

Nur für einen Moment hatte er sich von der Barrikade abgewandt – dieser Augenblick kostete ihn das Leben. Blut kam plötzlich über seine Lippen, einen Herzschlag später brach eine Lanzenspitze durch seine Brust. Und damit nicht genug, riss der Angreifer, der die Lanze führte, seine Waffe nun zurück, sodass Glauco wie von einem Katapult lotrecht emporgeschleudert wurde.

Lorymar versuchte noch, nach seinen Beinen zu greifen, jedoch vergeblich. Von der Lanzenspitze gepfählt entschwand der Söldner über ihren Köpfen und jenseits der Barrikade.

Entsetzt sah Lorymar ihm nach, wissend, dass er als furchtbare Kreatur zurückkehren würde.

Genau wie all die anderen …

Ein gellender Schrei erklang, ein weiterer Söldner fiel, niedergestreckt vom Schwert eines Untoten. Auf der linken Seite der Barrikade entstand eine weitere Lücke. Kynrik versuchte sie zu füllen, indem er in die Bresche sprang und mit aller Kraft um sich hieb, und auch Lorymar stürmte wieder vor und schwang seine Klinge, bereit, sein bisschen Haut so teuer wie möglich zu verkaufen.

Doch es waren zu viele.

Kynriks Hoffnung war es gewesen, dass der Ansturm der Schattenkrieger irgendwann nachlassen würde, wenn die Vorhut aufgezehrt wäre oder sie die Aussichtslosigkeit ihres Handelns erkennen würden. Aber so wie ein Fluss im Lauf von Jahrtausenden durch harten Felsen schnitt, ohne auch nur ein einziges Mal an seinem Vorhaben zu zweifeln, flutete der Feind beständig weiter heran. Zwei weitere Söldner fielen, und Hauptmann Ramiron wurde verwundet.

Und schließlich brach der Damm.

Kynrik und Worfeck gaben alles, doch dann gelang es den nachdrängenden Angreifern, ihren Bund zu sprengen. Während der eine auf der linken, der andere auf der rechten Flanke des Durchbruchs um das nackte Überleben kämpfte, mit dem Rücken zur Felswand und von Dutzenden schartiger Klingen bedrängt, oblag es Lorymar und den letzten verbliebenen Söldnern, die Mitte zu halten. Sie gaben ihr Bestes und kämpften unter Einsatz ihres Lebens. Doch der Druck war zu stark.

Wie eine Springflut schwappten die Angreifer über den Rand der Barrikade. Lorymar und die Seinen mussten zurückweichen, wenn sie nicht überrannt werden wollten – und im nächsten Moment waren die Schattenkrieger diesseits der Mauer!

»Kämpft weiter!«, hörte Lorymar sich rufen. Seine Stimme überschlug sich und ging im Kampfgetümmel unter, und vermutlich schrie er auch nur, um sich selbst Mut zu machen – die anderen hörten ihn ohnehin schon nicht mehr.

Hilflos versanken sie in der Flut des feindlichen Heeres, das sich jetzt ungehindert über die Barrikade ergoss. Von untoten Kriegern bedrängt, die ihn an Größe weit überragten, verlor Lorymar den Blickkontakt zu seinen Gefährten. Er war allein und isoliert und wusste, dass dies das Ende war.

Mit letzter Kraft riss er die Schwerthand hoch, suchte die Hiebe zu parieren, die auf ihn einprasselten, während er merkte, wie seine letzten Kräfte ermatteten.

Erschöpft ging er nieder, starrte in leere, seelenlose Augen, die aus bizarren Fratzen auf ihn starrten, und seine letzten, verzweifelten Gedanken formten einen Hilferuf, ein Gebet, an wen auch immer.

Und in diesem Moment erklang wie aus weiter Ferne ein Hornsignal.

5

Scyalon, Bucht von Archos
Unterdessen

Salacar hatte nicht zu viel versprochen.

Mit einer Routine, die jedem Seemann zur Ehre gereicht hätte, hatte er das kleine Fischerboot quer durch die Bucht von Archos gesteuert. Anschließend waren Hilalayan und er im Schutz der Dunkelheit an der Küste entlang nach Südwesten gesegelt. Nun, da der neue Tag heraufdämmerte, schälten sich die Mauern und Türme von Scyalon aus dem morgendlichen Nebel – und mit ihnen auch der Schwarze Turm des Exekutor-Ordens, der sich inmitten der alten Handelsstadt erhob.

Er war geformt wie alle anderen, achteckig, sich nach oben verjüngend und dann wieder zu einer Krone verbreiternd. Einer riesigen schwarzen Blume gleich wuchs er über den steinernen Dächern der Stadt, die im Vergleich zu den filigranen Bauten von Archos grau und plump wirkte. Nicht Architekten der Astari hatten diese Stadt errichtet, sondern Menschen, noch dazu Westrier, deren Baukunst es weder mit der der Sterngeborenen noch mit jener Altashars aufnehmen konnte. Hilalayan, der auf der Ducht im Heck des Nachens hockte, wurde einmal mehr bewusst, wie weit entfernt er von zu Hause war und von allem, was er kannte. Er war ein Reisender in einem barbarischen, fremden Land – das im besten Fall und mit unverschämt viel Glück seine neue Heimat werden würde.

Salacar hatte solche Bedenken nicht. Der Großexekutor, der anders als Hilalayan die Aussicht hatte, wieder sein altes

Amt und die damit verbundenen Würden zu erlangen, war aufgesprungen und an den Bug geeilt. Dort strand er, einer lebenden Galionsfigur gleich, und starrte auf die Gebäude, die immer deutlicher aus Dunst und Nebel traten.

»Wir haben es bald geschafft«, rief er begeistert. »Nicht mehr lange, und alles wird wieder sein, wie es zuvor gewesen ist!«

»Für Euch, mein Freund«, räumte Hilalayan ein. »Für mich dürfte die Lage ungleich düsterer sein. Aus dem einen Teil der Welt wurde ich verstoßen, aus dem anderen musste ich fliehen – und dabei kann ich von Glück sagen, noch am Leben zu sein.«

»Sorgt Euch nicht.« Salacar sandte ihm einen listigen Blick. »Der Großexekutor von Skyalon wird nicht nur mich als seinen Ordensbruder mit offenen Armen empfangen, sondern auch Euch, der Ihr mir geholfen habt, aus der Gefangenschaft der Astari zu entkommen. Und wenn das Oktogon erst erfährt, was Ihr für mich getan und welchen unschätzbaren Dienst Ihr dem Orden damit erwiesen habt, so wird es sich großzügig zeigen. Der Orden sorgt gut für jene, die auf seiner Seite stehen.«

»Das klingt vielversprechend«, musste Hilalayan zugeben – dass sein natürliches Misstrauen ihn noch immer daran hinderte, erleichtert aufzuatmen, behielt er geflissentlich für sich. Wie oft hatte er in jüngster Vergangenheit Pläne geschmiedet, die vermeintlich sicher gewesen waren – und dann herbe Rückschläge erlitten!

Noch, sagte er sich, waren sie nicht in Scyalon. Noch hatten sie nicht das feste Land erreicht, noch nicht den Schwarzen Turm betreten. Und noch hatte dessen Großexekutor ihm nicht seinen Dank ausgesprochen …

»Ihr seid ein elender Skeptiker«, beschied ihm Salacar, der seine Miene richtig deutete. »Hört auf, Euch zu grämen, Freund. Hier sind wir sicher, es kann uns nichts geschehen.«

Er sagte es mit derartiger Überzeugung, dass Hilalayan tatsächlich ein wenig aufatmete. Vermutlich waren es nur seine schlechten Erfahrungen, die seinen Argwohn weckten. Dabei war alles besser, als in den Kerkern von Archos zu verrotten …

Sie erreichten die Hafeneinfahrt.

Salacar reffte das kleine Segel und griff nach den Rudern, mit denen er das Boot sicher in den Hafen lenkte. Eine gewaltige Kette mit rostigen Gliedern hing zwischen den Türmen, die die Einfahrt säumten – bei einem Angriff konnte sie herabgelassen werden und auf diese Weise Schiffe an der Ein- oder Ausfahrt hindern.

Daran schien im Augenblick jedoch niemand zu denken. Die Türme und angrenzenden Mauern waren unbesetzt, nirgendwo waren Wachen über den Zinnen zu erblicken. Und auch der Hafen selbst wirkte, wenn man es recht bedachte, leer.

Gespenstisch leer.

Zwar lagen Schiffe an den hölzernen Stegen vertäut, Handelssegler und Fischerboote, jedoch waren keine Menschen zu sehen, weder auf den Decks noch an Land – und das um diese Stunde.

Keine Fischer, die zum Fang ausfuhren.

Keine betrunkenen Seeleute vor den Tavernen.

Noch nicht einmal Dirnen, die ihre Reize feilboten.

»Freund?«, fragte Hilalayan nur.

»Ich sehe es«, versicherte Salacar. Er hatte sich erneut erhoben. Am Mastbaum lehnend, sah er sich um – aber da war niemand, nicht eine Menschenseele.

»Ich kenne die Gepflogenheiten der Westrier nicht«, räumte Hilalayan ein, der wachsendes Unbehagen verspürte. »Aber ist es normal, dass ihre Häfen am frühen Morgen wie Friedhöfe wirken? Und dass sie die Mauern und Türme ihrer Städte unbesetzt lassen?«

»Nein«, gab Salacar zu. »Etwas muss geschehen sein.«

Hilalayan setzte sich wieder und manövrierte das Boot zu

einem Steg, an dem er es vertäute. Dann ging er an Land, und Hilalayan raffte sich schwerfällig auf die Beine, um ihm zu folgen.

Beide waren sie müde und erschöpft, hatten kaum geschlafen während der vergangenen Nacht. Doch der Anblick des verlassenen Hafens und der in der Dünung schaukelnden Schiffe, die wie herrenlose Tiere an ihren Leinen zerrten, sorgte dafür, dass sie wieder hellwach wurden.

Während sie über die verlassenen Stege zu den menschenleeren Gassen gingen, vorbei an Tavernen, deren Fenster und Türen sie wie leere Augen anglotzten, fragte sich Hilalayan unentwegt, was hier vorgefallen sein mochte. Wo waren all die Menschen geblieben, die diese Stadt bevölkerten? Wo die ungehobelten westrischen Barbaren, die zu sehen er befürchtet hatte? Inzwischen hätte er einiges für ihre Anwesenheit gegeben, doch da war nicht einer von ihnen, und das machte ihm Angst. Und noch etwas machte dem einstigen Hofmarschall zu schaffen. Nämlich die Stille, die über der Stadt lag, dumpf und schwer wie ein Leichentuch …

Salacar betrat eine der Tavernen. Hilalayan folgte ihm. In dem Schankraum, durch dessen Fenster hell und träge das Morgenlicht fiel, herrschte ein ziemliches Durcheinander: Tische und Hocker waren umgestürzt, die Scherben zerbrochener Becher und Krüge lagen auf dem Boden verstreut.

»Sieht aus, als wären sie in großer Eile aufgebrochen«, überlegte Salacar.

»Vielleicht sind sie vor etwas geflohen?«, riet Hilalayan, während er sich zugleich fragte, was dieses Etwas gewesen sein mochte. Und war es womöglich noch immer hier?

Voller Unbehagen sah er sich um und war froh, als sein Begleiter wieder nach draußen ging. Entschlossen ging Salacar die Hauptstraße hinab.

»Wohin gehen wir?«, fragte Hilalayan, der keuchend Schritt zu halten suchte.

»Zum Schwarzen Turm. Meine Ordensbrüder werden mir Auskunft geben können.«

Hilalayan nickte – sich in den Schutz der Exekutoren zu begeben, schien auch ihm das Vernünftigste zu sein. Zumal der Gang durch die Stadt, vorbei an grauen, aus groben Steinen zusammengefügten Fassaden, ihm wie einer der Spießrutenläufe erschien, denen man in Altashar säumige Wachleute unterzog.

Die Kapuze seines Umhangs hochgeschlagen und den Kopf tief zwischen die Schultern gezogen, folgte er seinem Begleiter, der mit einem jedem Schritt in Richtung des Turmes an Zuversicht zu gewinnen und wieder zu Salacar-Syn zu werden schien. Endlich tauchte das Bauwerk am Ende der Straße auf.

Es war das erste Mal, dass Hilalayan vor einem jener Türme stand, deren Ruf selbst über den Bruch nach Ostragien gedrungen war. Er ertappte sich dabei, dass er sich klein und unscheinbar fühlte im Schatten des riesigen Bauwerks, und genau das war es wohl, was seine Erbauer beabsichtigt hatten.

Ganz anders Salacar.

Der Großexekutor näherte sich dem Turm erhobenen Hauptes und mit vor Stolz geschwellter Brust – ein Krieger, der nach siegreicher Schlacht heimkehrte und sich nun reiche Belohnung erhoffte …

Doch auch hier stimmte etwas nicht.

Nicht nur die Hauptstraße und der freie Platz, auf dem sich das Monument erhob, waren menschenleer – auch der Turm selbst schien unbesetzt zu sein!

Keine Wachen, die das Portal säumten, und das Eingangstür stand weit offen …

Hilalayan schickte seinem Begleiter einen fragenden Seitenblick, den dieser jedoch ignorierte.

Mit einer herrischen Geste schlug er die Kapuze des Umhangs zurück, legte das letzte Stück Weg zurück und stieg die Stufen des Portals hinauf.

»Hier ist Salacar-Syn, Großexekutor des Ordens«, rief er in die Dunkelheit, die jenseits des offenen Eingangs herrschte – doch er bekam keine Antwort.

6

Pforte von Archos
Zur selben Zeit

Wie der Wind waren sie geritten.

Pferde der Astari hatten sie nach Norden getragen, Tiere aus der Nachkommenschaft Kratons, des Sternenhengstes, der einst zusammen mit den Astari auf diese Welt gekommen war. Nicht nur, dass die *kratai* größer und schlanker waren als herkömmliche Pferde und dass ihr Fell ohne Ausnahme strahlend weiß war; sie waren auch sehr viel ausdauernder, und wenn sie in vollen Galopp verfielen, so schienen ihre Hufe kaum noch den Boden zu berühren. Auf diesen herrlichen Tieren war die Reiterei der Astari dem Heer voraus zur Pforte von Archos geeilt – und das war gut so. Denn als König Elayan und seine rund fünfhundert Getreuen auf der Passhöhe eintrafen, war der Kampf dort bereits so gut wie verloren.

Obwohl Ægir Synkorol ihm davon abgeraten hatte, hatte der König der Astari seine Leute persönlich angeführt. Jetzt ließ er die Kriegshörner blasen und befahl den Angriff – und an der Spitze seiner Krieger, die schimmernde Rüstungen trugen und weiße Umhänge, jagte er dem Feind entgegen, der die Barrikade bereits erstürmt hatte. Und zusammen mit den Astari ritten auch Jenya, Shayak, Nawyd und Bray in die Schlacht.

Gewalt war Bray niemals fremd gewesen.

In den Gassen von Skaradag hatte sie zum Alltag gehört, oft genug war es zu Scharmützeln zwischen den verfeindeten Diebeszünften gekommen. Und auch beim Kampf um Brückstadt war sie dabei gewesen und hatte Menschen grausam zugrunde gehen sehen. Doch nichts davon konnte sie auf das blutige Gefecht vorbereiten, das an der Pforte von Archos seinen Lauf nahm.

Dicht über die Mähne ihres Astarhengstes gebeugt, jagte Bray den Kriegern der Astari hinterher. Diese hatten ihre Lanzen eingelegt und stürmten auf den grässlichen Feind zu, der in Massen über die hastig aufgeschüttete Barrikade quoll – untote, sich auf bizarre Weise bewegende Gestalten, deren bloßer Anblick Bray das Blut in den Adern gefrieren ließ. Von ihren Gefährten, die an der Pforte von Archos ausgehalten hatten, war weit und breit nichts zu entdecken. Der Feind hatte ihre Stellung überrannt, ihr Schicksal war ungewiss …

Im nächsten Moment prallten die Astari auf die Schattenkrieger. Spitzen aus gehärtetem Astarstahl durchschlugen rostige Panzerungen und morsche Knochen, spießten die Angreifer zu Dutzenden auf. Doch das allein reichte nicht, um ihrem aller Natur spottenden Dasein ein Ende zu bereiten. Bray sah Jenya in vorderster Reihe kämpfen. Vom Rücken ihres Pferdes aus ließ sie ihre Astarklingen kreisen und enthauptete einen Gegner nach dem anderen.

Auch Bray hielt ihre Klinge längst in der Hand, ihren Dolch hatte sie gegen ein Schwert getauscht, das gut ausbalanciert war und sich leicht führen ließ – und im nächsten Augenblick stieß es auch schon auf einen der Schattenkrieger herab. Der Hieb war schlecht geführt und durchtrennte lediglich den linken Arm des Mannes. Bray brachte ihr Pferd, das jedes ihrer Manöver zu erahnen schien, abrupt zum Stehen und riss es auf der Hinterhand herum. Doch noch ehe sie einen zweiten Hieb anbringen konnte, war der untote Krieger mit einem bizarren Satz auf das Tier gesprungen!

Plötzlich saß er hinter ihr, sie konnte seine Todeskälte spüren und roch den scheußlichen Odem der Verwesung. Die schwarze Hand mit der Klinge wischte von der Seite heran, Bray hatte Mühe, den Hieb zu parieren.

Der Sternenhengst scheute, suchte den Schattenkrieger abzuschütteln, doch dieser klammerte sich fest wie ein lästiges Insekt – und ein Teil der Essenz, die ihn überzog, ging von seinem dürren Körper auf den Hengst über.

Das Tier wieherte qualvoll auf, während das teerige Gewürm über sein weißes Fell kroch und sich dabei immer weiter ausbreitete. Bray schrie auf. Sie wollte aus dem Sattel springen, aber wohin sie auch blickte tobte der Kampf zwischen den Astari und den Schattenkriegern. Blut und Schreie überall, ein grässliches Hauen und Stechen …

Da legte sich die Klaue des Untoten von hinten um ihren Hals und packte ihre Kehle, und sie sah, wie die Essenz des Todes sich anschickte, auch auf sie überzugehen!

Verzweifelt stach sie mit dem Schwert nach hinten, erwischte ihren Gegner wohl auch ein um das andere Mal, doch er ließ sie nicht los. Ein heiseres Keuchen war seine einzige Reaktion – verspürte er Schmerz? Oder lachte er nur über ihre sinnlosen Bemühungen?

Sie ließ ihre Klinge fallen und packte die Hand, die sie erdrosseln wollte, doch den Kräften des Untoten hatte sie nichts entgegenzusetzen. Er würde sie töten und zu seinesgleichen machen, und sie konnte nichts dagegen tun. Das Pferd gehorchte ihr längst nicht mehr, gebärdete sich wie von Sinnen, während das dunkle Bewusstsein von ihm Besitz ergriff.

Bray spürte, wie ihre Sinne schwanden. Ihre Kräfte ermatteten, das Blut in ihrem Kopf rauschte so laut, dass es das Kampfgetümmel übertönte.

Es wäre ihr Ende gewesen, wäre nicht in diesem Moment eine gleißend helle Astarklinge herangeflogen und hätte ihren Gegner enthauptet.

Schlagartig ließ der Griff um ihre Kehle nach, und sie schüttelte den Arm und den zerfallenden Torso von sich ab.

Dann erst sah sie, wem sie ihre unverhoffte Rettung zu verdanken hatte – es war Shayak.

»Kommen auf mein Pferd«, rief der Drak und streckte ihr seine Klaue entgegen. Bray ergriff sie und sprang hinter ihm auf den Rücken seines Reittiers – während ihr eigenes Pferd sich weiter wie von Sinnen gebärdete. Den Kampf gegen die Todesessenz würde es verlieren, es war unrettbar verloren.

Mit dem Kampf um das eigene Leben war Bray derart beschäftigt gewesen, dass sie das Geschehen um sich herum völlig aus den Augen verloren hatte. Erst jetzt sah sie, dass die Astari das Schlachtgeschehen offenbar gewendet hatten: Die Wucht ihres Angriffs hatte den Feind unerwartet getroffen und seinen Vormarsch zum Stillstand gebracht. Mehr noch, vom Rücken ihrer Pferde aus war es Elayan und seinen Kriegern gelungen, die Angreifer hinter den Wall zurückzutreiben. Dort gab es noch immer ein zähes Ringen, aber es zeichnete sich ab, dass es den Schattenkriegern vorerst nicht gelingen würde, den Pass zu besetzen – und das war in Anbetracht der Lage mehr, als irgendjemand hatte erwarten können.

Die Passhöhe diesseits der Schlucht sah fürchterlich aus, übersät von verwundeten Astari und den zerfallenden Körpern ihrer Gegner. Nyasha und Elyvara, die die Reiterei ebenfalls begleitet hatten, waren bereits dabei, sich um jene zu kümmern, die der schwarzen Essenz nicht verfallen waren und noch gerettet werden konnten, während Elayan und Ægir vorn am Wall eine waffenstarrende Phalanx Aufstellung nehmen ließen.

Eine Weile wogte das Kräftemessen hin und her. Die Schattenkrieger rannten mit unverminderter Wut dagegen an, und auch wenn der Wall der Verteidiger standhielt, war es nur eine Frage der Zeit, bis der schiere Druck des Angriffs zu groß werden und die Verteidiger zurückdrängen würde.

Auch Bray und Shayak eilten, um den Schutzwall zu verstärken, der in diesem Moment alles war, was die Untoten daran hinderte, sich ganz Astrays zu bemächtigen – eine Barrikade aus Fleisch und Blut, von der niemand sagen konnte, wie lange sie dem Ansturm noch standhalten würde …

Doch in diesem Moment geschah etwas Unerwartetes: Wie auf ein stilles Signal hin zogen die Angreifer sich zurück!

Der Verdacht, dass ein Wille die Schattenkrieger lenkte, wurde zur Gewissheit: Abrupt machten die Schattenkrieger kehrt und räumten die Passhöhe. Teils humpelnd und schleppend zogen sie sich aus der Schlucht zurück, um zwischen den Bäumen des angrenzenden Waldes förmlich zu versickern.

Im nächsten Moment waren sie verschwunden.

Es gab keinen Jubel, denn der Kampf war hart gewesen, und den Verteidigern war nur zu bewusst, dass die Schlacht noch längst nicht geschlagen war. Die Schatten waren noch immer hier und würden zurückkehren, noch zahlreicher als zuvor.

Ægir ließ einige Reihen der Phalanx zur Bewachung des Durchbruchs stehen, den Rest entließ er, um ein Lager zu errichten und sich dann auszuruhen. Und im sich langsam auflösenden Pulk der Kämpfer erblickte Bray erleichtert ihre Freunde: Lorymar der Halbling war noch am Leben, auch wenn er ziemlich mitgenommen aussah, ebenso wie Kynrik, dessen Umhang zerfetzt war und die Rüstung blutbesudelt. Und irgendwo erhob sich aus dem Durcheinander der grüne Berg eines Uroks, dessen kantige Miene gleichmütig wie immer dreinblickte.

Auch Nyasha und Nawyd fanden sich auf dem Schlachtfeld. Dankbar sanken Bruder und Schwester einander in die Arme. Und schließlich begegneten sich auch die Legenden wieder.

Bray hatte sich oft ausgemalt, wie es sein würde, wenn die alten Helden zum ersten Mal nach so langer Zeit wieder an einem Ort vereint wären. Sie hatte sich das Wiedersehen freudig vorgestellt, hatte geglaubt, dass es ein feierlicher Augenblick sein würde, der sowohl die Legenden selbst als auch alle, die auf ihrer Seite kämpften, mit neuer Kraft und Zuversicht erfüllen würde.

Doch es war anders gekommen.

Es war keine friedliche Waldlichtung und auch keine erhabene Burg, auf der die Legenden erstmals nach beinahe vier Jahrzehnten wieder aufeinandertrafen, sondern der Todesacker einer eben erst zu Ende gegangenen Schlacht. Erschöpfung und Schrecken des Kampfes standen in ihren Gesichtern zu lesen, wie in Trance bewegten sie sich aufeinander zu:

Jenya die Astara.

Lorymar der Halbling.

Kynrik der Schwertkämpfer.

Elyvara die Heilerin.

Worfeck der Urok.

Shayak der Drak.

Und Ægir der Dwarg.

Trotz des allgegenwärtigen Todes und der Gefahr war es ein besonderer Moment. Die Astari und selbst Elayan wohnten ihm bei, und Bray wünschte sich, dass Rayan dies noch hätte erleben können. Dafür, sagte sie sich, hatte er gelebt.

Wie die Strahlen eines siebenzackigen Sterns gingen die Legenden aufeinander zu. Bray wartete darauf, dass sie einander umarmen und herzlich begrüßen, dass sie sich bei den Händen nehmen und ihren Schwur erneuern, dass sie irgendetwas von dem tun würden, was die Helden aus den alten Liedern wohl getan hätten.

Doch nichts davon geschah.

Denn kaum trennten Kynrik nur noch wenige Schritte von Ægir Synkorol, riss der einstige Paladin sein Schwert aus der Scheide und stürzte sich auf den überraschten Dwarg.

»Ich habe dich gleich erkannt«, brüllte er dazu. »An deiner verdammten Rüstung habe ich dich gleich erkannt – und jetzt wirst du sterben, du elender Verräter!«

7

Schwarzer Turm, Scyalon
Währenddessen

»Ha-hallo?«

Salacar-Syns eben erst wieder erstarktes Selbstbewusstsein hatte neue Risse bekommen.

Auch nach mehreren Versuchen, seine Ordensbrüder durch energisches Rufen auf sich aufmerksam zu machen, hatte sich niemand gemeldet, und so war Hilalayan und ihm nichts anderes übrig geblieben, als den düsteren Turm zu betreten, der sich schlank und dunkel über den Gebäuden von Scyalon erhob.

Eine Fackel, die sie im Eingangsbereich fanden, leistete ihnen flackernde Dienste. Doch gegen die Dunkelheit, die sie von allen Seiten bedrängte, schien sie einen aussichtslosen Kampf zu führen.

»Ich verstehe das nicht«, flüsterte Hilalayan, während der Blick seiner kleinen Augen zwischen rußgeschwärzten Wänden und dunklen, mit Inschriften versehenen Säulen hin und her flog. »Wo sind Eure Leute alle geblieben?«

»Ich wünschte, ich könnte es Euch sagen«, entgegnete Salacar, der die Fackel bald hierhin und bald dorthin schwenkte.

»Ob es mit dem Krieg zusammenhängt?«, mutmaßte Hilalayan. »Womöglich hat es eine Seuche gegeben oder …«

»Dann hätten wir Leichen gesehen oder die Kadaver von Tieren«, wandte Salacar ein. »Das alles ergibt nicht den geringsten Sinn. Es ist, als ob …«

Er verstummte plötzlich.

»Was ist?«, fragte Hilalayan erschrocken.

Der andere legte einen Finger auf den Mund und flüsterte: »Hört Ihr das nicht?«

Hilalayan kippte den Kopf in den wulstigen Nacken und lauschte. Irrte er sich, oder lag da ein Wispern in der Luft? Ein unheimliches Rauschen?

Er erschauderte bis ins Mark.

»Wir sollten gehen.«

»Noch nicht«, wandte Salacar ein. »Ich muss zuerst hinauf zur Kammer des Großexekutors. Dort befinden sich auch die Aufzeichnungen der Turmchronik, vielleicht findet sich darin ein Hinweis auf das, was hier geschehen ist.«

Hilalayan blickte nach den Stufen, die sich im flackernden Feuerschein andeuteten und steil nach oben führten.

Der Gedanke, allein auf die Rückkehr seines Begleiters zu warten, behagte ihm nicht – die Aussicht auf eine Unzahl von Stufen, über die er seinen erschöpften und ausgemergelten Körper in die Höhe hieven musste, gefiel ihm allerdings noch viel weniger. »Werdet Ihr es mir nachsehen, wenn ich hier auf Euch warte?«, fragte er.

Ein Lächeln huschte über die Züge des Großexekutors. »Bleibt nur. Ich versichere Euch, schon bald wird sich alles aufklären, und wir können …« Er stutzte plötzlich und schwenkte die Fackel nach der anderen Seite, so als hätte er dort etwas entdeckt.

»Was habt Ihr?«

Statt zu antworten, ging Salacar einige Schritte. Eine Treppe, ganz ähnlich jener, die sich in die Höhe schraubte, führte dort in die Tiefe. Dunkelheit starrte ihnen daraus entgegen – und drang von dort nicht auch jenes unheimliche Wispern herauf?

Salacar-Syn ließ den Feuerschein über die Wand gleiten, und jetzt sah auch Hilalayan, was seine Aufmerksamkeit geweckt hatte: Denn am Gestein klebte etwas, das im unsteten Licht glänzte. Eine Substanz, schwarz wie Teer …

»Was ist das?«, fragte Hilalayan. »Habt Ihr so etwas schon einmal in einem Eurer Türme gesehen?«

»Noch nie.« Salacar schüttelte den Kopf und beugte sich zu der Masse hinab. Der Fleck, oder was immer es sonst sein mochte, war etwa eine Armlänge lang und eine Handspanne breit. Salacar roch daran und verzog angewidert das Gesicht. »Tod«, knurrte er leise. »Der Gestank von Verwesung.«

»Wir sollten gehen«, sagte Hilalayan wieder, während er sich bereits rückwärts bewegte.

»Ihr habt recht«, stimmte Salacar zu und richtete sich wieder auf. »Was immer hier vor sich geht, es wird nicht …«

Im nächsten Augenblick durchstieß etwas seinen Brustkorb und drang mit blutiger Spitze daraus hervor.

Eine Schwertklinge!

Mit weit aufgerissenen Augen starrte Salacar-Syn auf die Waffe, die ihn soeben durchbohrt hatte. Er schien nicht fassen zu können, dass die Existenz eines Großexekutors des Ordens auf so unerwartete und profane Weise enden sollte. Nur einen Herzschlag später wurde die Klinge wieder herausgerissen, und Salacar kippte blutüberströmt vornüber.

Hinter ihm stand eine Kreatur, wie wildeste Albträume sie nicht hätten hervorbringen können: Einst mochte es einmal ein Mensch gewesen sein, doch jetzt hatte etwas anderes die Kontrolle über ihn übernommen. Jene schwärzliche Substanz, von der sie etwas an der Wand vorgefunden hatten, bedeckte sein Gesicht bis auf die Augen, die weiß und leblos waren. Mit dem blutigen Schwert, das seinen Gefährten niedergestreckt hatte, kam der grässliche Krieger nun auch auf Hilalayan zu, ungelenk und schwerfällig wankend.

Der Hofmarschall von Altashar kam nicht einmal mehr auf den Gedanken, zu schreien.

Er machte auf dem Absatz kehrt und begann zu rennen,

dem Licht entgegen, das vom Portal her grüßte, und fort von der grässlichen Gestalt.

Im Laufen blickte er sich um und sah zu seinem Entsetzen, wie der tot geglaubte Salacar sich wieder vom Boden aufrichtete – nur um nun ebenfalls von jener grausigen Masse umhüllt zu werden!

Nun schrie er doch. So laut wie nie. Hilalayan schrie aus Leibeskräften. Hals über Kopf rannte er weiter, auf das Portal zu und durch das offene Eingangstor nach draußen – nur um zu sehen, dass Scyalon nicht länger verlassen war.

Denn in diesem Moment wurden die Schatten, die sich in den Straßen und Gassen in jeder Nische, hinter jedem Vorsprung und in jeder Grube verborgen hatten, alle lebendig.

Hilalayan zweifelte nicht daran, ob sie ihn erwischen würden, es war nur eine Frage der Zeit. Doch während sein Verstand kapitulieren wollte angesichts der Schrecken, übernahmen seine Instinkte die Kontrolle, getrieben von Todesangst und einem Überlebenswillen, von dem er niemals vermutet hätte, dass er ihn besaß.

Während die schrecklichen Krieger noch dabei waren, sich zu formieren, rannte er Hals über Kopf über den Vorplatz des Turmes, flüchtete sich in seiner Not in eine der leer stehenden Tavernen. In dem Schankraum sah es genauso aus wie in dem, den sie zuvor betreten hatten: Umgestürzte Tische und Scherben auf dem Boden zeugten von der Panik, die geherrscht haben musste. Und inzwischen kannte Hilalayan auch den Grund dafür.

Seine kleinen Augen blickten suchend umher, und in Ermangelung eines besseren Verstecks erkoren sie den Tresen als Zuflucht. Atemlos flüchtete sich der einstige Hofmarschall hinter das massive, aus Eichenholz gezimmerte Ungetüm und kauerte sich dort auf den Boden. Der Wirt hatte es für eine gute Idee gehalten, die Regale hinter dem Tresen mit aus Holz geschnitzten Gesichtern verzieren zu lassen – besoffene

Fratzen starrten von dort auf ihn herab und schienen ihn zu verhöhnen.

Am ganzen Körper zitternd, duckte sich Hilalayan hinter den Schanktisch und lauschte den Geräuschen, die von draußen hereindrangen, dem Keuchen und den schleppenden Schritten der Schattenkrieger, die auf der Hauptstraße zusammenströmten. Und plötzlich war er in seinem Versteck nicht mehr allein!

Der Hofmarschall hielt den Atem an, als er ein hässliches Quietschen vernahm, gefolgt von einem leisen Pochen. Auch ohne hinzusehen wusste er, dass jemand die Eingangstür aufgestoßen hatte und auf der Schwelle stand.

Hilalayans Lippen begannen lautlose Worte zu murmeln. Verwünschungen, Beschwerden, Gebete, von allem war etwas dabei, während er inständig hoffte, dass der schreckliche Feind ihn nicht finden würde.

Wieder war das Pochen von Schritten zu hören, jeweils gefolgt von einem hässlichen Schleifen. Der Untote schien sich eher schleppend als gehend fortzubewegen, und in Hilalayans Kopf nahmen die Geräusche Form und Gestalt an. Er stellte sich die grässliche Kreatur in allen Einzelheiten vor, und die Furcht brachte ihn beinahe um den Verstand. Dann ergriff erneut sein Überlebensinstinkt von ihm Besitz, und er sah sich nach einer Waffe um, nach etwas, womit er sich zur Wehr setzen konnte. Er wollte nicht sterben, wollte nicht sinnlos niedergemetzelt werden. Vor allem aber wollte er nicht enden wie Salacar …

Sein Blick fiel auf die Überreste einer zerbrochenen Flasche auf dem Boden. Der Hals war noch ganz und lief in etwas aus, das wie eine scharf gezackte Schaufel aussah und sich notfalls auch als Waffe verwenden ließ.

Mit bebenden Händen griff Hilalayan danach. Dabei entstand ein leise klirrendes Geräusch.

Die Geräusche setzten aus.

Hilalayan schloss die Augen und schalt sich einen elenden Narren. Nun hatte er sich erst recht verraten …

Kein Laut war mehr zu hören.

Kein Schleifen.

Kein Pochen.

Eine endlos scheinende Weile verharrte Hilalayan reglos in der Annahme, dass der Untote noch in der Nähe sei. Aber als immer mehr Zeit verstrich und es im Schankraum völlig still blieb, begann er zu zweifeln. Hatte sich der Schattenkrieger womöglich wieder entfernt? War er vielleicht fortgerufen worden?

Hoffnung keimte in Hilalayan auf, und nachdem er eine weitere Weile gewartet hatte, entschloss er sich nachzusehen.

Vorsichtig richtete er sich auf, bemüht, kein Geräusch zu verursachen. In der einen Hand den Flaschenhals, griff er mit der anderen nach dem Tresen und zog sich langsam daran empor. Immer mehr von dem verwüsteten Schankraum kam auf diese Weise in sein Blickfeld, doch nirgendwo eine Spur von …

Ein heiseres Zischen ließ ihn zusammenfahren, und aus dem Augenwinkel nahm er eine Bewegung wahr. Dass er den Tresen losließ und sich zur anderen Seite warf, rettete ihm das Leben – denn um den Schanktisch kam der Schattenkrieger herum, lautlos und auf allen vieren wie ein Raubtier. Genau wie ein solches hatte er auf der anderen Seite des Schanktischs gelauert und stürzte sich nun auf sein entsetztes Opfer.

Der Untote sah fürchterlich aus, die Gestalt wie von Teer überzogen, das Gesicht war unter dem Gittervisier des Helmes kaum zu erkennen, alles, was Hilalayan sah, waren hasserfüllt gefletschte Zähne. Dass diese Kreatur einst ein Mensch gewesen sein musste, war allenfalls noch an ihrer Rüstung zu erkennen, die das Wappen von Scyalon auf der Brust trug – ein Mitglied der Stadtwache offenbar, das dem schrecklichen Fluch zum Opfer gefallen war.

Hilalayan schrie.

Sitzend wich er vor dem Schattenkrieger zurück, der sich mit von getrocknetem Blut besudelter Klinge auf ihn stürzen wollte. Schon war er bei ihm, richtete sich vor ihm auf und holte zum tödlichen Streich aus – als sich Hilalayan der Scherbe in seiner rechten Hand besann und damit zustieß.

Als ehemaliger Hofbeamter wusste er nichts über Rüstungen, geschweige denn darüber, wo ihre Schwachpunkte zu suchen waren. Entsprechend traf sein Hieb nur den Brustpanzer – doch von dort rutschte sie ab und drang in die Kehle des Kriegers.

Grässliches Zeug spritzte hervor, das mit menschlichem Blut nicht mehr viel gemein hatte, und besudelte Hilalayan im Gesicht und an den Händen. Entsetzt ließ er den Flaschenhals los und wich zurück in der vagen Hoffnung, dass der Untote genug hätte – doch der stieß ein gurgelndes Gelächter aus, während die Scherbe noch in seiner Kehle steckte. Er ließ sein Schwert sinken und griff nach dem Fremdkörper, um ihn herauszuziehen – und Hilalayan begriff, dass dies der Augenblick war, in dem er handeln musste, oder alles würde vorbei sein. In einem Ausbruch von Kraft und Schnelligkeit, den er sich selbst niemals zugetraut hätte, griff er nach dem Schwert des Gegners und entwand es seinem Griff. Einen Herzschlag später hielt er es bereits selbst in der Hand, und da er wegen des Brustpanzers nicht wusste, wohin er die Klinge rammen sollte, schwang er sie mit Wucht gegen den Hals des Kriegers. Mit grässlicher Wucht und begleitet von einem noch grässlicheren Geräusch fuhr der Stahl hindurch und trennte das behelmte Haupt vom Rumpf. Polternd fiel es auf die schmutzigen Dielen, gefolgt vom Torso des Untoten, der sich nicht mehr rührte.

Hilalayans Atem rasselte, sein Herz trommelte wild in seiner Brust, während er noch immer auf dem Boden kauerte, das Schwert in den Händen. Er brauchte einen Moment, um zu begreifen, dass er es geschafft, dass er seinen Gegner überwunden hatte, und für einen Augenblick empfand er eine seltsame, trotzige Euphorie, die jedoch sofort wieder verflog.

Denn wenn er hinaussah auf die Straße, konnte er durch das gewellte Glas der Fenster verschwommen die fürchterlichen Gestalten erkennen, die sich draußen auf dem Platz versammelten, so als ob ein lautloser Befehl sie gerufen hätte … und es waren Hunderte.

Einen hatte Hilalayan töten können, doch gegen eine solche Übermacht hatte er keine Chance. Früher oder später würde ihn wieder jemand in seinem Versteck entdecken und dann …

Panik kroch in ihm hoch und wollte jeden vernünftigen Gedanken verdrängen, doch diesmal wischte er sie beiseite. Er brauchte nicht nur seine Instinkte, sondern auch seinen Verstand, wenn er überleben wollte.

Sein Blick fiel auf den kopflosen Torso, der vor ihm lag, und auf die Rüstung, die er trug – und in diesem Moment erkannte er die bittere Wahrheit.

Er konnte den Untoten nicht entkommen.

Er musste einer von ihnen werden.

8

Pforte von Archos
Zur selben Zeit

Kynrik war außer sich.

In letzter Sekunde, ehe seine Klinge Ægir Synkorols Kehle erreichte, hatte Jenya sich dazwischengeworfen, und nur mit Mühe gelang es Worfeck und ihr, den alten Schwertkämpfer zurückzuhalten.

»Lasst mich los!«, brüllte Kynrik so laut, dass es von den umliegenden Felsen widerhallte. »Lasst mich verdammt noch mal los, damit ich dem verdammten Verräter geben kann, was er verdient! Es ist Zeit für Gerechtigkeit! Mehr als dreißig Jahre habe ich darauf gewartet!«

Der Dwarg, dem sein Ausbruch galt, stand unbewegt.

Durch die Sehschlitze seiner Eisenmaske starrte er Kynrik an, und einmal mehr war nicht zu erkennen, was in seinem Kopf vor sich ging. War er erschrocken? Fürchtete er sich vor dem Zorn des Paladins? Hatte er gar damit gerechnet?

»Du hast mich verraten, damals in Pernerak«, brüllte Kynrik, während er sich wie von Sinnen gegen den Griff des Uroks stemmte. »Und ich habe geschworen, dass ich es dir heimzahlen werde …«

»Was ist hier los?«

Die Stimme König Elayans schnitt scharf wie ein Messer durch die Luft. In seiner schimmernden Rüstung trat der Herrscher von Archos zu ihnen. Nawyd und Nyasha waren bei ihm, ihre Blicke fragend auf Kynrik gerichtet.

Ob es an der natürlichen Autorität des Königs lag oder daran, dass Kynrik den Astari einst als Paladin gedient hatte und sich ihnen nach wie vor verpflichtet fühlte – Elayans Gegenwart sorgte dafür, dass er sich ein wenig beruhigte. Er hörte auf, sich wie von Sinnen zu gebärden, worauf Worfeck seinen Griff ein wenig lockerte. Doch die verkniffene Miene des Uroks verriet, dass er wachsam blieb.

»Was hat das zu bedeuten?«, fragte Elayan noch einmal. »Habt Ihr den Verstand verloren, Mann?«

»Nicht den Verstand«, knurrte Kynrik, »nur mein Vertrauen in diese Welt, und das schon vor langer Zeit.«

Sein weißes Haar war in Unordnung, in seinen Augen brannte ein wildes Feuer. »Dieser da«, – dabei deutete er auf den Dwarg –, »ist ein gemeiner Verräter!«

»Ægir?« Elayans Augen weiteten sich. »Mein treuer Leibwächter soll ein Verräter sein?«

»Leibwächter«, echote Kynrik und schürzte in unverhohlenem Spott die Lippen. »Fürwahr, du hast es weit gebracht, Synkorol. Trägst du deshalb diese lächerliche Maske? Um deine Schamesröte zu verbergen? Hast du gehofft, ich würde dich nicht erkennen, wenn wir uns irgendwann wiedersähen?«

»Verdammt noch mal, wovon sprichst du eigentlich?«, verlangte jetzt auch Jenya zu wissen.

»Ich habe dir gesagt, dass ich Rache will«, stellte Kynrik klar, »ich habe nie einen Zweifel daran gelassen. Und er ist der Grund dafür!«

»Ægir? Aber … Ihr wart Freunde.«

»Das dachte ich auch.« Kynrik verzog seine Züge zu etwas, das ein Grinsen sein sollte, jedoch freudlos und verächtlich wirkte. »Deshalb folgte ich ihm, als er mich in den Tagen nach der Divergenz nach Pernerak lockte, angeblich, um mir dort Obdach und Zuflucht zu gewähren. Aber das war eine Lüge, denn in Wirklichkeit ist es ihm nur darum gegangen, mich an sein Volk auszuliefern.«

»Ist das wahr?«, wollte Lorymar Thinkling wissen. Mit

Nyasha hatte er lediglich einen sanften Blick zur Begrüßung getauscht, zu mehr war keine Gelegenheit.

»Ich weiß nicht, was du dafür bekommen hast, Synkorol«, fuhr Kynrik voller Bitterkeit fort, »aber ich hoffe für dich, dass es viel gewesen ist.«

»Was hast du dazu zu sagen, Ægir?«, verlangte Jenya zu wissen, die plötzlich in die Rolle der Vermittlerin geschlüpft war. Genau wie früher …

»Nichts«, erklärte der Dwarg, dessen Stimme wie immer hohl und kehlig unter der Maske klang.

»Hast du getan, was Kynrik dir vorwirft?«

»Nein.« Der Dwarg schüttelte den Kopf.

»Verdammter Lügner«, stieß Kynrik hervor und hob sein Schwert. »Ich werde dir …«

»Nichts dergleichen wird geschehen«, stellte Elayan klar und hielt plötzlich ebenfalls sein Schwert in den Händen. Nur eine Armlänge voneinander entfernt standen sich der einstige Paladin und der König von Archos gegenüber.

»Geht mir aus dem Weg«, drohte Kynrik, jedes einzelne Wort betonend. »Mit Euch habe ich keinen Streit …«

»… und ich nicht mit Euch. Aber ich werde nicht zulassen, dass Ihr Hass und Zwietracht in meinen Reihen säht, noch werde ich tatenlos zusehen, wie Ihr einen meiner Kämpfer tötet. Ich weiß, wer Ihr seid, Kynrik von Waywart, und ich weiß auch, was Ihr geleistet habt. Aber lieber gebe ich Befehl, Euch zu töten, als zuzulassen, dass Ihr unsere Gemeinschaft spaltet!«

Kynrik schnaubte wie ein wilder Stier. In leicht gebückter Haltung stand er da, das Schwert mit dem Rubin der Paladine beidhändig erhoben – und erst jetzt schien er zu bemerken, was um ihn herum vor sich ging. Zwei Dutzend Astarikrieger waren hinzugeeilt und hatten rings um die Gefährten Aufstellung genommen. Und die Pfeile auf ihren gespannten Bogen zielten alle genau auf Kynriks Brust …

»Er hat recht«, pflichtete Jenya ihm bei. »Wir können es uns nicht leisten, uns gegenseitig umzubringen. Was auch immer zwischen euch gewesen ist, es wird warten müssen.«

Kynrik zögerte.

Sein Brustkorb hob und senkte sich unter tiefen Atemzügen, während weiter ein wildes Feuer in seinen Augen loderte. Doch dann, so als würde er aus einem Traum erwachen, erlosch die Flamme. Der Schwertkämpfer straffte sich und ließ seine Waffe sinken, und Bray und ihre Gefährten atmeten auf.

»So soll es sein«, sagte Kynrik leise. »Ich lasse dich am Leben, Synkorol. Doch ein Paladin vergisst nicht. Sollten wir dies überstehen, so wirst du dich für das verantworten, was du getan hast.«

»Sollte *unsere Welt* dies überstehen«, wandte König Elayan ein, »so wird es am Hof von Achos eine faire Verhandlung geben. Was immer Ihr dann gegen Ægir vorzubringen habt, das mögt Ihr vorbringen, Kynrik.«

»Und dann?« Der Schwertkämpfer sah ihn durchdringend an. »Meint Ihr, ich würde mich Eurem Urteil beugen?« Er lachte leise. »Das ist lange vorbei. Der Dwarg ist schuldig. Er hat mein Leben zerstört und wird dafür mit dem seinen bezahlen. So oder so.«

Elayan sah auf seinen Leibwächter, der noch kaum ein Wort gesagt hatte. »Was macht Euch so sicher, dass er schuldig ist?«, wollte er wissen.

»Habt Ihr Euch je gefragt, warum er diese Maske trägt?«, fragte Kynrik dagegen. »Wer sein Gesicht verhüllt, König, der hat auch etwas zu verbergen.«

Damit machte er auf dem Stiefelabsatz kehrt, und ungeachtet der Bogenschützen, die noch immer auf ihn zielten, ging er schweigend davon.

Bray sah ihm nach, betroffen wie alle anderen.

Von Dingen wie diesen, sagte sie sich, handelten keine Lieder.

9

Hügelland östlich von Hobheim
In der Nacht

Sie lagen da wie hingeworfen, und sie alle hatten Namen: Drummling. Felsling. Winzling. Findling.

Die Sage berichtete, dass in grauer Vorzeit eine gewaltige Eiszunge Borea und Brigandia bedeckte und bis weit nach Süden reichte. Auf ihr gelangten Trolle aus dem rauen Nordland hierher, die sich in der Gegend von Westland niederließen – doch als die Zeit des Eises zu Ende ging, erstarrten sie und wurden zu Stein, und bis zum heutigen Tag bilden sie die teils mit Gras bewachsenen, teils felsigen Hügel, die das Land östlich von Hobheim übersäten wie riesige Pilze.

Auf dem Drummling stehend, der der höchste und schroffste von ihnen war, verwünschte sich Latimer Thinkling dafür, dass er kein Krieger war und nicht wie sein Bruder ein Mann der Tat. Und er bedauerte es, dass die Westländer niemals eine Mauer errichtet hatten, um ihr kleines Land gegen Angriffe von außen zu sichern. Bislang hatte die Geschichte ihnen dazu niemals Anlass gegeben, denn die Halblinge hatten sich geschickt aus allem herausgehalten, was ihrem Landstrich hätte Schaden bringen können. Oder vielleicht hatten die Menschen das Westland auch nur als zu unscheinbar und wertlos erachtet, als dass sie ihre gierigen Klauen danach ausgestreckt hätten.

Es gab hier kein Gold und keine Gemmen wie im Land der Dwarge und auch keine wichtigen Handelswege; der Wert des Westlands lag in den einfachen, schlichten Dingen, die

die Menschen wohl nie ganz verstehen würden, wie einer gut gestopften Pfeife oder einem frisch zubereiteten Apfelhasen. Doch dem neuen, anderen Feind, der dort in Dunkelheit und Nebel lauerte, war dies gleichgültig. Er wollte nicht erobern, wollte nicht Beute machen oder neue Territorien erobern.

Er wollte nur vernichten …

»Sie kommen«, knurrte Elmer Kimling, ein angeheirateter Vetter Latimers und zugleich Anführer der Bürgerwehr. Von der Handvoll Soldaten abgesehen, die das Haus des Lordkanzlers bewachte, gab es keine Armee in Westland. Bauern und Bürger trafen sich stattdessen zu regelmäßigen Wehrübungen, die allerdings meist dazu führten, dass irgendwer Pfeifenkraut brachte oder eine Einladung zum Nachmittagsessen aussprach – und statt Schwertern und Speeren wurden am Ende Buttermesser und Kuchengabeln geschwungen.

All das rächte sich nun.

Innerhalb weniger Tage war auch dem letzten Einwohner von Hobheim klar geworden, dass dies keine Übung war; kein Spaß und auch keine Schikane, die der Lordkanzler sich ausgedacht hatte, sondern blutiger Ernst. Nachdem sie sich beinahe dreihundert Jahre lang nicht diesseits des Alten Walls hatten blicken lassen, hatten die Morwölfe ihn nicht nur überwunden, sondern auch den Fluss überquert.

Woran das liegen mochte, konnte Latimer nur vermuten. Vielleicht hatte es tatsächlich mit den grausigen Ereignissen zu tun, die sich während des Besuchs seines Bruders in Hobheim abgespielt hatten. Vielleicht auch mit dem Leichnam der jungen Ostragierin, der vor rund sechs Monden aus ihrem Grab auf dem Fremdseelenacker verschwunden war.

Oder vielleicht, sagte sich Latimer, hing es auch mit dem zusammen, was Lorymar berichtet hatte. Mit dem Krieg, der im Osten drohte und dessen Auswirkungen bis in den Morwald zu spüren waren; mit den Veränderungen einer neuen Zeit; mit einer Welt, die aus den Fugen geraten war …

Das Heulen wurde lauter.

Schaurig drang es aus der Nebelwand, die sich östlich der Hügel erstreckte und vom Schein Hunderter von Fackeln, die die Halblinge in den Boden gesteckt und angezündet hatten, in orangerotes Licht getaucht wurde.

Dort! Waren da nicht Gestalten zu sehen, Tieren ähnlicher als Menschen, mit zottigem Fell und grässlichen Mäulern? Womöglich war es auch nur eine Täuschung, hervorgerufen von Latimers panischer Furcht.

Schweiß stand ihm auf der Stirn, und sein Herz schlug heftig, während seine feuchte Hand sich um den lederumwickelten Griff seines Schwertes klammerte. Er hatte Angst wie in seinem ganzen Leben nicht – und dabei war er schon immer ein eher furchtsamer Geselle gewesen.

Warum nur, fragte er sich, wurde ausgerechnet ihm diese Bürde zuteil? Warum war er der erste Lordkanzler seit dreihundert Jahren, der sein Amt mit dem Schwert in der Hand ausfüllen musste? Latimer merkte, wie er zitterte – und bezweifelte schon jetzt, dass man ihm ein Denkmal errichten würde wie dem alten Enurch Grauling.

Jeder der rund fünfhundert Männer und zwei Dutzend Frauen, die an den Hügeln Aufstellung genommen hatten, einige mit Pfeil und Bogen, die meisten jedoch nur mit Knüppeln, Mistgabeln oder Dreschflegeln bewehrt, hatte Angst. Furcht war ein fester Wesenszug, wenn man nur vier Fuß groß war und vielen anderen Bewohnern Astrays nur bis zur Gürtelschnalle reichte. Doch dies war mehr als die übliche Mischung aus Vorsicht und Selbstmitleid, die so ziemlich allen Halblingen zu eigen war.

Es war nackte Todesangst.

Ein schauriges Knurren gesellte sich zu dem Heulen, das immer wieder aus dem Nebel drang. Die Morwölfe waren jetzt ganz nah – so nah, dass der Wind bereits ihren scheußlichen Gestank herantrug.

Wieder glaubte Latimer, unheimliche Gestalten im Fackelschein zu erkennen.

Und diesmal war es keine Täuschung.

Die Silhouette eines Morwolfs erschien, grausig anzusehen in ihrer hageren, fellbesetzten Gestalt, die auf den nach hinten gebogenen Läufen stand und deren lange Arme in scheußliche Klauen endeten. Dass diese Kreatur einstmals ein Mensch gewesen sein sollte, war kaum vorstellbar. Die Bestie warf ihr Haupt in den Nacken und stieß ein entsetzliches Heulen aus, das Latimer und seinen Leuten durch Mark und Bein ging.

Ein innerer Drang überkam den Lordkanzler, auf dem Absatz kehrtzumachen und Hals über Kopf die Flucht zu ergreifen, aber er widerstand ihm tapfer – anders als Vater und Sohn Filbinger. Unter lautem Geschrei fuhren sie herum und wollten davon, doch Vetter Kimling war zur Stelle und hielt sie unnachgiebig fest.

»Zurück in die Reihe!«, verlangte er.

»Aber wir werden alle sterben!«, hielt der junge Filbinger dagegen. »Die Wölfe werden uns zerfleischen!«

»Nicht, wenn wir fest zusammenstehen!« Latimer konnte selbst kaum glauben, dass er dies sagte. Nicht leise und wispernd, sondern laut und mit fester Stimme. »Hier sind wir, meine Freunde! Zum ersten Mal nach so drei Jahrhunderten müssen Halblinge wieder kämpfen, und diesmal sind wir ganz auf uns gestellt! Wenn wir es nicht schaffen, die Morwölfe aufzuhalten, wird es auch niemand anderes tun und wir alle werden sterben. Also lasst uns kämpfen, so hart und erbittert, wie noch nie zuvor Halblinge gekämpft haben. Für das Westland! Für unsere Familien! Für unsere Heimat!«

»Für die Heimat!«, schrie Vetter Kimling und stieß sein Schwert in die Luft. Latimer tat es ihm gleich, und auch überall entlang der Reihe, zu der die Verteidiger des Westlands sich formiert hatten, hinter eilig errichteten Barrikaden aus

Strohballen und umgestürzten Karren, entbrannte wildes Kriegsgeschrei, wie es aus Halblingskehlen zuletzt wohl nur zu Enurch Graulings Zeiten zu hören gewesen war. Dreschflegel wurden geschwungen, Mistforken in die Höhe gereckt. Grimmiger Mut erfüllte die Verteidiger des Westlands und gab ihnen für einen Augenblick das Gefühl, es mit jedem Gegner aufnehmen zu können …

Dann jedoch war dieser Augenblick auch schon wieder vorbei, und das Gebrüll der Westländer ging im Heulen der Morwölfe unter. Noch mehr von ihnen tauchten auf, eine scheußliche Silhouette nach der anderen erschien im trüben Fackelschein.

»Bogenschützen!«, befahl Vetter Kimling und hob den Arm, seine Stimme überschlug sich fast dabei.

Die Schützen legten Pfeile auf und spannten die Sehnen ihrer kurzen Bogen, die für die Jagd gefertigt waren und nicht für den Krieg.

»Warten!«, wies Latimer sie an. »Schießt erst, wenn ihr euch eures Ziels sicher seid!«

Die Umrisse verschwammen, so viele Morwölfe wurden es. Ein Dutzend, dann zwei Dutzend, schließlich vier … ihre Zahl schien sich beständig zu verdoppeln. Sie sammelten sich dort, wo sich der Nebel verlor, immer mehr von ihnen, wie Wasser in einem Gefäß – das schließlich überschwappte.

Mit grässlichem Gebrüll gingen die Morwölfe zum Angriff über! Die zähnestarrenden Mäuler weit aufgerissen, rannten, setzten und sprangen sie auf die Hügel zu und kamen erschreckend schnell heran! Man konnte jetzt das fleckige Fell erkennen, die Fetzen von Moos, die daran festgewachsen waren, die schartigen Klingen in ihren Klauen …

»Jetzt!«, brüllte Vetter Kimling gegen ihr Gebrüll, und die Pfeile schnellten von den Sehnen.

In flacher Bahn stachen sie auf die Angreifer zu – und mähten die vorderste Reihe nieder.

Zwei Dutzend Morwölfe brachen zusammen. Ihr Gebrüll ging in ein Jaulen über, während sie sich am Boden wanden und die Pfeile herauszuziehen versuchten. Doch schon brandete eine neue Welle von Angreifern heran, die über ihre verwundeten Artgenossen hinwegsetzte – und die Bogenschützen waren noch nicht wieder schussbereit!

Fieberhaft legten sie neue Pfeile auf die Sehnen und schossen sie auf Vetter Kimlings Befehl ab, doch in der Hast zielten viele ungenau. Obwohl die Distanz diesmal viel geringer war, wurden nur wenige Morwölfe getroffen. Die anderen stürmten weiter, geifernd in ihrem Blutdurst. Ihre gelben Augen leuchteten, verhießen Tod und Verderben.

»Spieße!«, ordnete Latimer von seinem hohen Posten aus an, worauf die teils aus zugespitztem Holz, teils aus rostigem Eisen bestehenden Pfähle aufgerichtet wurden, die die Verteidigungslinie säumten – nicht wenige davon hatten tatsächlich einst als Bratspieße gedient. Jetzt hießen sie die Morwölfe willkommen, die einen Herzschlag später bei ihnen anlangten.

In ihrer Raserei erkannten die Bestien die Gefahr zu spät, und ein halbes Dutzend lief geradewegs in die tödlichen Spitzen und pfählte sich selbst. Die anderen jedoch sprangen über die Hindernisse hinweg, und ein mörderischer Nahkampf setzte ein.

Klingen gegen Klauen.

Forken gegen Reißzähne.

Verzweiflung gegen pure Mordlust.

Mit lautem Geschrei machten die Halblinge sich Mut. Die Wachsoldaten mit ihren Schwertern und Hellebarden kämpften zuvorderst, gleich hinter ihnen kamen die Bauern und Handwerker, Wirtsleute und Mägde. Latimer sah, wie der graue Schwall der Angreifer sich an ihnen brach, und war für einen Moment von großem Stolz erfüllt – als er die Schatten gewahrte, die den Drummling heraufhuschten, auf allen vieren und so schnell wie der Wind.

Der Lordkanzler von Westland biss die Zähne zusammen, hob sein kurzes Schwert und verschanzte sich hinter dem kleinen runden Schild, der sein Wappen zeigte, den Baum und die Ähre. Dann war der erste Morwolf heran.

Latimer sah seine gelben Augen und den scheußlichen Rachen, die krallenbewehrte Klaue, die heranflog – und schlug mit aller Kraft zu. Er hatte den halben Vortag damit zugebracht, sie zu schleifen, und so schnitt der alte Stahl ohne großen Widerstand durch Fell, Fleisch und Knochen.

Die abgetrennte Kralle flog davon, der Morwolf heulte fürchterlich. Gleichzeitig holte er mit der anderen Klaue aus und schlug blindlings zu – Latimers Schild wurde ihm vom Arm gerissen, von einem Moment zum anderen war er schutzlos!

Entsetzt blickte er an der Gestalt des Morwolfs empor, die ihn an Körpergröße beinahe um das Doppelte überragte und schon zum nächsten Hieb ausholte. Mit einem Aufschrei sprang er zurück, die mörderische Klaue der Bestie verfehlte ihn nur um Haaresbreite. Aus dem Stumpf seines rechten Armes blutend, wankte der Morwolf auf Latimer zu und sprang ihn an. Der Lordkanzler von Westland blickte in den weit aufgerissenen Rachen, und ihm war klar, dass dies das Ende war. Besonders lange hatte sein Kampf nicht gedauert, aber er wollte nicht untergehen, ohne seinem Amt und seiner Familie nicht wenigstens ein bisschen Ehre gemacht zu haben.

»Für das Westland!«, brüllte er und riss die Schwertklinge hoch, kurz bevor der Morwolf ihn erreichte.

Die Wucht des Angriffs riss ihn von den Beinen. Ein wahrer Berg von Muskeln und schwarzgrauem Fell brachte ihn zu Fall und begrub ihn unter sich. Und da war der entsetzliche Gestank von Fäulnis und Verwesung, der aus dem Schlund der Kreatur drang und Latimer den Atem raubte.

Er schrie aus Leibeskräften, brüllte, bis er keine Luft mehr hatte, während er darauf wartete, dass die Bestie ihm die Kehle zerfetzen oder ihm gleich den Kopf von den Schultern reißen würde …

Aber nichts dergleichen geschah.

Im Gegenteil, die Bewegungen der Bestie wurden matt und zunehmend kraftlos, und Latimer registrierte, dass etwas warm und feucht durch sein Kettenhemd und den Stoff seines Waffenhemds drang … Blut!

War es seines?

Sein Atem ging stoßweise, während er sich schon auf halbem Weg ins Jenseits wähnte. Aber dann wurde ihm bewusst, dass er gar keinen Schmerz verspürte …

Es musste das Blut des Morwolfs sein!

Panik überkam ihn. Jedermann wusste, dass das Blut der Morwölfe giftig war und nicht weniger Verderben brachte als die Kreaturen selbst. Mit aller Kraft arbeitete er gegen die Bestie an, die auf ihm lag und ihn zu Boden drückte, während sie keuchend verendete. Irgendwie gelang es ihm, sich zu befreien und den inzwischen leblosen Körper von sich zu wälzen – die Klinge, in die sich der Morwolf in seiner Raserei gestürzt hatte, steckte bis zum Heft in seiner Brust.

Keuchend wollte Latimer aufspringen, so überrascht wie froh darüber, noch am Leben zu sein – als ein Schatten auf ihn fiel. Gleichzeitig vernahm er ein dumpfes Knurren.

Sein Blick flog herum.

Ein Morwolf ragte über ihm empor. Er war schlanker als der zuvor und hielt eine rostige Klinge in den Klauen, mit der er ausholte.

»Nein!«

Latimer warf sich herum und griff nach seinem Schwert, das noch im Brustkorb seines besiegten Gegners steckte. Er wollte es herausziehen, doch die Klinge ließ sich nicht bewegen, hatte sich zwischen den Rippen des toten Morwolfs verhakt. Mit beiden Händen zerrte Latimer daran – vergeblich.

Gehetzt sah er nach dem Morwolf, der im Begriff war, ihn zu töten – doch zu seiner Verblüffung schwebte dessen Klinge noch immer über ihm, so als würde die Bestie zögern.

Mit weit aufgerissenen Augen starrte sie ihn an, und Latimer fiel auf, dass diese Augen anders waren. Blutdurst loderte in ihnen, genau wie bei den anderen Morwölfen, doch waren sie nicht gelb und raubtierhaft, sondern von dunkler, beinahe schwarzer Farbe und hatten etwas … Menschliches an sich. Auch hatte ihr Fell keine Räude wie bei so vielen ihrer Artgenossen, und das Moos des Waldes hatte noch nicht darauf übergegriffen. Offenbar lag ihre Verwandlung noch nicht lange zurück … und irrte er sich, oder war das etwas Vertrautes in den Augen dieser Kreatur?

Dem Morwolf ging es offenbar ebenso, sonst hätte er wohl längst zugeschlagen. Latimer fiel auf, dass diese Bestie schlanker und graziler war als die anderen, offenbar war sie weiblichen Geschlechts – und plötzlich begriff er: Die Ereignisse, die sich vor einem halben Jahr abgespielt hatten, das Wüten der Bestie, das offene Grab, das Enno Grauling kurz darauf auf dem Fremdseelenacker vorgefunden hatte …

Mit einem Mal fügte sich alles zusammen!

»Kira?«, fragte Latimer die Kreatur, die noch immer über ihm stand, ihre Klinge nach wie vor zum tödlichen Streich erhoben. »Ihr seid es.«

Vor seinem inneren Auge sah er das Bild der Ostragierin, die Nyasha pan Tyras' Dienerin gewesen war, ehe sie von ihrem zum Morwolf verwandelten Geliebten getötet worden war. Sie war eine Schönheit gewesen, ihrer Herrin beinahe ebenbürtig, und es fiel ihm schwer zu glauben, dass dieses wundervolle, fragile Geschöpf sich in jene Bestie verwandelt haben sollte … doch da waren auch Übereinstimmungen. Ähnlichkeiten in ihrer Haltung und in der Art, wie die Morwölfin ihn ansah …

»Kira«, sagte Latimer noch einmal und raffte sich auf

die zitternden Beine. »Ich bin es, Lordkanzler Latimer, ein Freund Eurer Herrin! Ihr erkennt mich …«

Ihre Augen verengten sich, während sie ihn weiter anstarrte. Dampfender Atem entwich aus den Nüstern der Kreatur, die einst eine junge Frau gewesen war. Ob sie sich tatsächlich erinnerte oder ob es nur ein letzter Rest von Menschlichkeit war, der sie daran hinderte, ihn zu erschlagen, wusste Latimer nicht. Aber ihm war klar, dass diese letzte Reminiszenz an das, was sie einst gewesen war, für ihn den Unterschied zwischen Leben und Tod bedeutete.

»Erinnert Ihr Euch?«, fragte er weiter. »Wir sind Verbündete gewesen, Eure Herrin und ich. Ich habe ihr auf ihrer Flucht aus Skaradag Zuflucht gewährt …!«

In den Augen der Morwölfin funkelte es.

Was ging in diesem Geschöpf vor sich? Konnte sie überhaupt noch denken? Oder hatten die Instinkte des Raubtiers längst die Herrschaft übernommen?

»Wir haben gemeinsam gekämpft«, fuhr Latimer fort. »Seite an Seite …«

Das Knurren, das sie ausstieß, machte ihm klar, dass er einen Fehler begangen hatte. Den Kampf zu erwähnen, war töricht, denn der Gegner in diesem Kampf war ein Morwolf gewesen. Der Mann, den sie geliebt hatte …

Sie verfiel in wütendes Gebrüll und fasste das Schwert mit beiden Klauen. Latimer fuhr herum und wollte die Flucht ergreifen, doch mit einem Sprung holte sie ihn ein und warf ihn erneut zu Boden.

Er sah sie über sich und kniff die Augen zu. Die Vergangenheit hatte ihn eingeholt, nun gab es keine Rettung mehr. Am ganzen Körper zitternd erwartete er den vernichtenden Hieb, der ihm den Schädel spalten und sein Hirn im weiten Umkreis verspritzen würde …

… als von Hobheim her ein Signal erklang.

Es war der Wächter des Schwarzen Turmes, der in sein

Horn stieß, doch das Signal brach so jäh ab, wie es gegeben worden war. Dann waren entsetzte Schreie zu hören, Frauen und Kinder, die in ihrer Not um Hilfe riefen.

Und Latimer Thinkling fühlte eisiges Entsetzen …

10

Heerlager, Pforte von Archos
Unterdessen

»Nein!«

Mit einem Aufschrei fuhr Bray aus dem Schlaf.

Gehetzt sah sie sich um, aufrecht auf ihrem kargen Lager sitzend, heftig atmend und mit vor Angstschweiß nasser Stirn. Flackernder Feuerschein drang durch die dünne Wand des Zeltes und machte ihr klar, wo sie sich befand.

Auf der Passhöhe.

Inmitten des Feldlagers, das man errichtet hatte, nachdem im Lauf des Tages noch weitere Truppen aus Archos eingetroffen waren …

Ich habe geträumt, sagte sie sich, doch die Erkenntnis beruhigte sie nicht. Zu schrecklich war das gewesen, was sie im Traum gesehen hatte.

Und zu wahrhaftig …

Ist es tatsächlich nur ein Traum gewesen?, fragte sie sich, während sie langsam wieder niedersank.

»Alles in Ordnung?« Elyvara, mit der sie sich das Zelt teilte, war offenbar ebenfalls erwacht. Die dunklen Gesichtszüge der Heilerin waren im spärlichen Licht kaum auszumachen, Bray sah nur ihre Augen funkeln.

»Bitte entschuldige«, sagte sie leise. »Ich wollte dich nicht wecken.«

»Das hast du nicht. Ich bin aufgewacht, weil ich einen Albtraum hatte.«

»Genau wie ich.« Bray lächelte dünn.

»Was hast du im Traum gesehen?«

Bray zögerte ein wenig. Die Frage war sehr persönlich, sie sprach nicht gerne über diese Dinge. Andererseits, wenn sie sich Elyvara nicht anvertrauen konnte, wem dann? Sie war nicht nur eine Heilerin und eine der Sieben, sondern auch die gütigste Person, der sie in ihrem Leben begegnet war.

»Schreckliche Dinge«, gestand sie flüsternd. »Ich sah den Beginn der nächsten Schlacht. Die Schatten kamen, und sie waren überall. Sie töteten alles und jeden, genau wie in Brückstadt …«

»… und am Ende war nur totes Land übrig, kahler Fels und abgestorbene Bäume, die von teeriger Schwärze überzogen waren«, ergänzte Elyvara.

»Woher …?«, fragte Bray verblüfft.

»Es war kein Traum«, eröffnete ihr die Heilerin, »sondern eine Vision. Und ich hatte sie ebenfalls.«

Bray schüttelte den Kopf. »Das kann nicht sein! Meine Visionen erfolgen nur, wenn ich singe, genau wie bei Rayan. Und seit Brückstadt hatte ich keine Visionen mehr.«

»Wie willst du dir dann erklären, dass wir beide dasselbe gesehen haben?«, fragte Elyvara. Ihre Augen funkelten geheimnisvoll. »Wir sind beide erwacht, genau im selben Moment – nämlich als etwas hervorkommen wollte. Etwas Uraltes und Böses, das hinter den Schattenkriegern steht …«

»Das … ist wahr«, musste Bray zugeben. »Ich habe es gefühlt. Es war grauenvoll.«

»Ich weiß«, erwiderte Elyvara.

»Aber wieso habe ich …?« Bray unterbrach sich, die Sache machte ihr Angst. Weshalb wurde sie plötzlich auch im Schlaf von Visionen verfolgt? Und warum teilte sie diese mit einer Frau, die sie erst seit wenigen Tagen kannte? Und noch eine Frage drängte sich Bray auf, wichtiger als alle anderen …

»Ist es die Zukunft, die wir gesehen haben?«, fragte sie leise. »Wird all das wirklich geschehen?«

»Wer weiß?« Elyvara richtete sich auf. »Visionen sind niemals eindeutig.«

»So ist es auch bei Rayan gewesen«, erwiderte Bray. »Deshalb war er stets so ernst. Das Wissen um die Dinge, die geschehen könnten, lastete schwer auf ihm.«

»Du hast mir von einer Leier erzählt, die er dir geschenkt hat …«

»Ja«, stimmte Bray zu, dankbar, über etwas anderes sprechen zu können als jenen Traum. »Sie war sein wertvollster Besitz. Er sagte, dass er sie einst von einem alten Sänger erhalten hätte, der in sein Dorf kam und wenig später starb.«

»Er hat die Geschichte zu seiner gemacht«, murmelte Elyvara.

»Wie meinst du das?«

»Nicht wichtig.« Die Heilerin lächelte. »Wo ist die Leier jetzt? Hast du sie noch bei dir?«

Bray schüttelte traurig den Kopf. »Sie ist in Skaradag geblieben, als ich hingerichtet werden sollte und Jenya mich gerettet hat.«

Elyvara lächelte matt. Sie streckte die Hand aus und fuhr Bray damit übers Haar. »Du hast viel durchgemacht, nicht wahr?«

»Ein wenig«, bestätigte Bray. Im Halbdunkel glaubte sie, in Elyvaras Gesicht etwas glänzen zu sehen. Waren das Tränen, die über ihre hohen Wangen rannen?

»Und ich bin nicht da gewesen, um dir zu helfen und dir beizustehen?«, sagte die Heilerin mit tatsächlich brüchiger Stimme.

»Das macht nichts«, beteuerte Bray verunsichert. »Wieso … wieso sagt du das?«

Elyvara sah sie lange an. »In den Jahren nach dem Krieg und der Divergenz«, begann sie dann, »als wir uns alle versteckten und zu vergessen suchten, begegnete ich einem jungen Mann. Er war schwer verletzt, also kümmerte ich mich um ihn. Ich pflegte ihn gesund, und er blieb bei mir, und obwohl ich ein gutes Stück älter war als er, lernten wir einander mit der Zeit schätzen und lieben. Er war ein außergewöhnlicher Mann, nicht wie andere in seinem Alter … liebenswert und auf eine Weise selbstlos, wie ich es in meinem Leben nur selten erfahren habe. Und er hatte eine außergewöhnliche Fähigkeit, denn wenn er sang, dann sah er Dinge …«

»Was für Dinge?«, fragte Bray mit belegter Stimme. Sie ahnte, dass das, was Elyvara ihr zu sagen im Begriff war, alles verändern würde …

»Die Zukunft«, eröffnete die Heilerin, »jedenfalls einen Hauch davon und genug, um ihm den Argwohn seiner Mitmenschen einzutragen. Sein eigener Vater hatte ihm den Rücken gekehrt, aus seinem Heimatdorf hatten sie ihn verstoßen.«

»Sprichst du von Rayan?«, fragte Bray. »War er jener junge Sänger?«

»Auch die Exekutoren waren auf ihn aufmerksam geworden und suchten fieberhaft nach ihm«, fuhr Elyvara fort, »bis sie ihn eines Tages bei mir fanden. Gemeinsam konnten wir sie überlisten und fliehen, doch von da an war klar, dass wir uns ständig auf der Flucht befinden würden. Ein solches Leben wollte er nicht für mich, also ging er seiner Wege – die Frucht seiner Liebe jedoch blieb bei mir zurück.«

»Du … warst von ihm schwanger«, sagte Bray in das Halbdunkel. Und noch im selben Augenblick, da sie die Worte aussprach, kam die Erkenntnis.

Mit einem Mal ergab alles Sinn.

»Du bist meine Mutter«, flüsterte sie. »Und Rayan ist mein Vater …«

Elyvaras Antwort war ein Schluchzen, die Tränen rannen ihr nun ungehemmt übers Gesicht.

»Deshalb habe ich mich ihm verbunden gefühlt, vom ersten Augenblick an«, folgerte Bray, »und bei dir ist es mir ganz ähnlich ergangen … Und deshalb habe ich auch diese Visionen – ich bin eure Tochter!«

Elyvara nickte nur stumm, zu einer Äußerung schien sie noch immer nicht fähig.

»Aber wenn du meine Mutter bist«, wandte Bray ein, »wieso habe ich dann keine Erinnerung an dich? Stattdessen bin ich in den Gassen von Skaradag aufgewachsen …«

»I-ich habe dich zur Welt gebracht und ich wollte mich um dich kümmern«, fand die Heilerin stockend ihre Sprache wieder, »doch die Exekutoren waren mir dicht auf den Fersen. Mehrmals entging ich ihnen nur mit knapper Not, und ich fürchtete, dass es nur eine Frage der Zeit sein würde, bis sie mich finden und uns beide töten würden. Also tat ich, was ich tun musste, denn ich wollte, dass du lebst.«

»Und was war das?«, fragte Bray leise.

»Du musst mir glauben, dass es die schwerste Entscheidung war, die ich jemals treffen musste, und sie zerriss mir das Herz in der Brust … aber ich habe dich in die Obhut eines Kaufmanns aus Skaradag gegeben. Er versprach, sich um dich zu kümmern, so als wärst du sein eigenes Fleisch und Blut.«

Bray schloss die Augen. »Wie war sein Name?«

»Faginor.«

Bray nickte.

Sie hatte es befürchtet …

»Hat er sein Versprechen gehalten? Ist er dir ein guter Ziehvater gewesen?«

Bray zögerte einen Moment. Natürlich hätte sie sagen können, dass Elyvara einem Betrüger aufgesessen und dass Faginor keineswegs ein Kaufmann, sondern ein Verbrecher gewesen war, der nicht nur Bray, sondern auch viele andere Waisen zum Diebstahl abgerichtet und sie für sich hatte arbeiten lassen; dass sie dem Kerker und dem Salz mehrmals nur mit knapper Not entgangen war und es einzig und allein Jenya zu verdanken hatte, dass sie noch am Leben war …

Aber sie tat es nicht.

Elyvara hatte es gut mit ihr gemeint. Sie hatte sie schützen wollen und nach bestem Wissen gehandelt, Bray wollte sie nicht bestrafen, indem sie ihr sagte, dass ihre Entscheidung falsch gewesen war und ihre Hoffnung nichtig …

»Er war immer für mich da«, erwiderte Bray deshalb, was ja auch nicht ganz gelogen war. »Und er hat mich beschützt, solange er es konnte. Leider starb er früh, sodass ich lernen musste, mich auf eigene Faust durchzuschlagen.«

»Tapferes Kind.« Elyvara nickte.

»Darf … ich dich etwas fragen?«, sagte Bray.

»Natürlich.«

»Seit wann weißt du es?«

Elyvara dachte einen Moment nach. »Ich habe etwas gespürt, als wir einander das erste Mal begegneten. Ein Gefühl wie …«

»Heimat«, ergänzte Bray in Erinnerung an ihr erstes Zusammentreffen in den Sümpfen von Borbos. »Auch ich habe das so empfunden, aber ich wusste nichts damit anzufangen.«

»Ich ebenfalls nicht – bis du im Rat den Sänger erwähntest. Ich wollte es dir schon vor unserer Abreise aus Archos sagen, aber dann überstürzten sich die Ereignisse und …«

»Warum hast du es mir überhaupt gesagt?«

»Weil unsere Welt zerfällt, mein Kind«, gab Elyvara zurück, »und weil es morgen vielleicht schon zu spät dazu ist.«

Bray sah ihre Mutter an, und ihre Blicke begegneten sich im Halbdunkel. Und ohne noch ein weiteres Wort zu sprechen, umarmten sie einander und hielten sich gegenseitig fest, Mutter und Tochter, nach all den Jahren der Trennung wieder vereint. Und wieder verspürte Bray dabei für einen kurzen Moment ein Gefühl von Heimat.

Von Geborgenheit.

Und von Frieden.

11

Hügelland östlich von Hobheim
Unterdessen

Die Zeit schien stillzustehen.

Latimer hatte sich abgewandt, der Tatsache zum Trotz, dass hinter ihm eine Morwölfin lauerte, die ihn töten wollte. Angesichts des nackten Entsetzens, das er empfand, verblasste die Bedrohung durch die Morwölfe, so unmittelbar sie auch sein mochte. Und nicht nur er hatte sich umgewandt.

Überall entlang der Barrikaden, um die eben noch erbittert gefochten worden war, waren die Kämpfe zum Erliegen gekommen. Ein unsichtbares Grauen lag über den Hügeln, das nicht nur die Halblinge, sondern auch ihre Feinde erstarren ließ. Verteidiger wie Angreifer standen unbewegt und blickten nach Hobheim hinüber, dessen gedrungene Gebäude im blauen Dunkel mehr zu erahnen als wirklich zu sehen waren, und über ihnen der Schwarze Turm, drohend wie ein Schatten.

Die Schreie, die Latimer schon zuvor vernommen hatte, verstärkten sich, und dann sah er sie: Frauen, Kinder und Alte, die die Stadt verließen. Teils rannten, teils humpelten sie, teils schleppten sie sich mit letzter Kraft, von Todesangst getrieben. Panisch schrien sie um Hilfe, während sie auf die Verteidigungslinie zurannten, des grässlichen Feindes ungeachtet, der dort lauerte.

Was immer sie aus ihren Häusern getrieben hatte, musste noch um vieles schrecklicher sein als die Morwölfe – oder hatten sie alle schlicht den Verstand verloren? Latimer wusste es nicht zu sagen, was hier passierte, ergab keinen Sinn.

Einige der Verteidiger, die ihre Eltern, Frauen oder Kinder unter den Flüchtigen erkannten, brachen aus der Reihe aus und eilten ihnen entgegen, um sie vor den Morwölfen zu warnen. Es war eine groteske Situation, die jeder Vernunft entbehrte. Furcht regierte, die nackte Todesangst.

»Die Exekutoren!«, schrie jemand durch die Nacht. »Die Exekutoren kommen …!«

Für einen Moment keimte Hoffnung in Latimer auf. Hatte Jadissa-Syna ihre Meinung geändert? Hatte sie ihr hartes Herz doch erweichen lassen und schickte ihre Ordensdiener in die Schlacht, um den Halblingen beizustehen?

Nein.

Die armen Leute dort unten wurden von nackter Furcht getrieben. *Vor den Exekutoren …*

Es war mehr zu spüren als wirklich zu sehen. Etwas kam hinter den Flüchtigen, war ihnen dicht auf den Fersen. Eine Zusammenballung von Dunkelheit, die mehr war als bloße Nacht. Latimer fühlte schneidende Kälte in seinem Herzen, und eine Furcht, die direkt an seine Instinkte rührte. Die Angst vor der Dunkelheit und was darin lauern mochte, von Generation zu Generation überliefert und jahrtausendealt …

Auch die Morwölfe fühlten es!

Sie warfen die Köpfe in den Nacken und verfielen in fürchterliches Geheul. Sich erst jetzt wieder an den Kira-Wolf erinnernd, der hinter ihm stand, fuhr Latimer herum und sah an der hageren, fellbesetzten Gestalt empor, die dort im Fackelschein stand und heulte.

Weiter wie von Sinnen schreiend, stürzten die fliehenden Halblinge aus den Straßen der Stadt hinaus auf das freie Feld und auf die Hügel zu. Einige fielen hin, wurden von anderen auf die Beine gerissen und kämpften sich weiter. Und nun endlich schälten sich auch ihre Verfolger aus der Dunkelheit. Als Latimer die Rüstungen der Ordenssoldaten sah, wollte er zunächst an ein tragisches Missverständnis glauben – doch dann erkannte er, dass sie sich nicht wie normale Menschen bewegten, eher wie Marionetten, die an Fäden hingen und gelenkt wurden. Und ihre Körper waren teilweise oder ganz mit etwas überzogen, das teerig schwarz war und das spärliche Licht noch zu schlucken schien …

Irgendetwas war ihnen widerfahren, ein Übel, das aus dem Schwarzen Turm zu kommen schien, denn von dort ergoss sich das Grauen in die Gassen der Stadt und trieb die Einwohner aus den Häusern …

Entsetzt erkannte der Lordkanzler, dass auch Halblinge der bizarren Armee angehörten – was immer von den Menschen Besitz ergriffen hatte, hatte auch sie ereilt und wie die anderen zu willenlosen Werkzeugen werden lassen.

»Jadissa«, stieß er halblaut hervor, »was habt Ihr getan?«

Noch einen Augenblick lang stand Latimer Thinkling starr vor Entsetzen. Dann dämmerte ihm die Erkenntnis, dass er handeln musste. Er war der Lordkanzler von Hobheim und trug die Verantwortung!

Zeit zum Nachdenken blieb ihm nicht, er handelte aus dem Bauch heraus. Mit den hochgerissenen Armen rudernd, um auf sich aufmerksam zu machen, rannte er die Rückseite des Hügels hinab. »Rückzug!«, brüllte er dabei wie von Sinnen. »Wir müssen unseren Leuten beistehen! Den Frauen und Kindern …!«

Warum er es tat, wusste er selbst nicht zu sagen. Es schien ihm das Richtige zu sein, und seine Leute schienen ihm zu vertrauen. Auch Vetter Kimling und einige andere wandten sich um, verließen ihren Platz an den Barrikaden und schlossen sich Latimer an, der noch nicht einmal mehr eine Waffe hatte und dennoch das Gefühl, sich dem Grauen aus dem Schwarzen Turm entgegenstellen zu müssen.

Noch weitere folgten. Im Dutzend ließen sie die Verteidigungslinie im Stich und wandten den Morwölfen den Rücken zu, um sich dem anderen Feind zuzuwenden, der sie im Rücken angriff. Am Fuß der Hügel trafen sie auf die Flüchtenden, die erschöpft im hohen Gras zusammenbrachen. Die Verteidiger hatten keine Zeit, sich um sie zu kümmern, rannten an ihnen vorbei den finsteren Kriegern entgegen, die zwischen den Häusern von Hobheim hervorquollen.

Latimer konnte sie jetzt aus der Nähe sehen. Sie waren grässlich entstellt von der eigenartigen Substanz, die sie überzog, und hatten blutige Waffen in ihren Händen. Wer konnte sagen, wie viele sie bereits damit erschlagen hatten in dieser schaurigen Nacht?

»Bogenschützen! Verteidigungslinie!«, ordnete Vetter Kimling an, und tatsächlich gelang es den Halblingen, sich zu einer einigermaßen geordneten Schlachtlinie zu gruppieren, die als lebende Mauer zwischen den wehrlosen Einwohnern und den unheimlichen Aggressoren stand. Pfeile wurden abgeschossen, doch die wenigsten fanden in der Hast ihr Ziel. Und wenn sie es doch taten, so streckten sie die Angreifer zwar nieder, doch schon gleich darauf erhoben sich diese wieder und marschierten zum Entsetzen der Halblinge weiter.

Dann waren sie heran.

Latimer blickte in grässlich entstellte, von Grauen gezeichnete Mienen. Was immer den Ordensdienern widerfahren war, es war nicht aus freien Stücken geschehen, aber das spielte jetzt keine Rolle mehr.

Getrieben von Wut und Kampfeslust, die stoßweise durch seine Adern pulsierte, stürzte sich der Lordkanzler auf den erstbesten Gegner – ein hünenhafter Mensch, der ihn an Körpergröße weit überragte und eine blutige Axt in seiner Rechten führte. Dass er selbst unbewaffnet war und mit bloßen Händen kämpfte, wurde Latimer erst in dem Augenblick bewusst, da seine Fäuste am ledernen Panzer des Kriegers abprallten. Ein höhnisches Zischen drang aus dessen Kehle, als er den kleinen Lordkanzler mit der freien Hand an der Kehle packte und ihn kurzerhand in die Höhe riss.

Im Todesgriff des Unholds baumelnd, rang Latimer um Atem. Die Sinne drohten ihm zu schwinden, alles, was er noch sah, war das grässliche Antlitz des Kriegers, das ihn wie ein bizarrer schwarzer Totenschädel anstarrte …

… und ihm im nächsten Moment mit Urgewalt abgerissen wurde!

Halb bewusstlos bekam Latimer mit, wie er zu Boden fiel und der kopflose Torso neben ihm von den Beinen kippte. Ebenso wenig, wie er den heulenden Schatten wahrnahm, der an ihm vorbeihuschte und sich in die tobende Schlacht stürzte.

12

Pforte von Archos
Am Beginn des neuen Tages

Im Morgengrauen griffen sie an.

Wie Maden, die aus einem Geschwür quollen, kamen die Untoten die Anhöhe herauf und drängten in die Schlucht.

Es war kein Sturmlauf, kein frontaler Angriff, wie eine Armee von Sterblichen ihn vorgetragen hätte, um den Gegner zu überraschen; wer immer das Heer der Schatten lenkte, wusste um dessen Stärke, und sie lag weder in einem raschen Vorrücken noch im Moment der Überraschung. Sondern in der schieren Anzahl derer, die die alte Handelsstraße zum Pass heraufströmten. Und in der Furcht, die sie verbreiteten.

Lorymar Thinkling konnte sie spüren.

Das Herz schlug ihm bis zum Hals, seine Handflächen waren schweißnass trotz der morgendlichen Kälte, die über der Passhöhe lag. Nicht mehr lange, und der erste Schnee würde sich über dem Gebirge entladen und sich über die Überreste der Schlacht breiten, die hier geschlagen worden war.

Das Bild kam ihm bekannt vor, er hatte es bereits gesehen – in den Träumen, die ihn verfolgt hatten, als er noch weit weg in Altashar gewesen war und von alldem noch nichts geahnt hatte. Viel hatte sich seither geändert.

Er hatte sich geändert.

Und ein Teil von ihm bereute das angesichts der entstellten Kämpfer, die sich auf die Barrikade zuwälzten …

König Elayan hatte getan, was er in der Kürze der Zeit tun konnte: Er hatte die Barrikade, die unter dem ersten Angriff der Schattenkrieger arg gelitten hatte, verstärken und um beinahe das Doppelte erhöhen lassen. Im Lauf der Nacht waren weitere Truppen aus Archos eingetroffen, Bogenschützen in erster Linie, die er zu beiden Seiten des Durchbruchs auf den Felsen postiert hatte. Natürlich würden die Pfeile der Astari den unheimlichen Feind nicht töten können, doch mit etwas Glück würden sie seinen Vormarsch zumindest ins Stocken bringen und damit jene unterstützen, die an der Barrikade die Hauptlast des Angriffs zu tragen hatten.

Lorymar kam nicht umhin, die Krieger der Astari zu bewundern. Mit erstaunlicher Schnelligkeit hatten sie ihr Lager errichtet und der Barrikade zusätzliches Schanzwerk hinzugefügt: Gräben waren in aller Eile ausgehoben und Pfähle aus zugespitztem Holz in den Boden gerammt worden, die den Aufmarsch des Feindes erschweren sollten. Doch schon der erste Angriff zeigte, dass derlei Maßnahmen bei diesem Gegner versagten: Die untoten Soldaten stürzten in die Gräben, bis sie mit Körpern gefüllt waren, sodann marschierten ihre Kameraden über sie hinweg. Und auch die Pfähle vermochten ihren Vormarsch kaum zu verlangsamen.

Die Astari brachten Brandpfeile auf den Weg. Dunkle Rauchfahnen hinter sich herziehend, stachen die Geschosse zu den Gräben hinab und setzten sie in Brand, doch wie sich schon gezeigt hatte, vermochten auch lodernde Flammen diesem Feind keinen Respekt einzuflößen. Die Schattenkrieger marschierten einfach durch sie hindurch, dabei fingen sie Feuer und brannten lichterloh, doch sie scherten sich nicht darum und hielten weiter auf die Pforte zu.

Dort wartete Jenya.

Zusammen mit Kynrik, Shayak und Worfeck hatte sie sich auf der Barrikade postiert, Seite an Seite mit König Elayan und seinen Kriegern, zu denen auch Ægir Synkorol gehörte.

Und auch Lorymar war dabei.

Zitternd vor Angst …

»Ganz gleich, was geschieht!«, rief König Elayan mit lauter Stimme. »Wir weichen nicht zurück. Für Archos!«

»Für Archos!«, schleuderten die Krieger der Astari ihren Schlachtruf den Angreifern entgegen, zusammen mit den Pfeilen, die von beiden Seiten der Kluft niederprasselten. Der Vormarsch der Untoten geriet dadurch tatsächlich ins Stocken, jedoch in weit geringerem Umfang als Elayan und die Seinen gehofft hatten. Schon kurz darauf erreichten die ersten Schattenkrieger die Barrikade!

Riesigen Spinnentieren gleich begannen sie, an der steil aufragenden Wand emporzuklettern, dabei ihresgleichen als Aufstiegshilfe nutzend. Es war, als fließe die schwärzliche Masse der Angreifer jedem Naturgesetz zuwider bergauf.

Die erste Welle wurde von den Pfeilen der Verteidiger noch aufgehalten. Die zweite erreichte die Krone der Barrikade, wo Elayan und die Seinen warteten – und die Schlacht begann.

Der König der Astari hatte es sich nicht nehmen lassen, selbst dabei zu sein, wenn die Heere des Lichts und der Finsternis aufeinanderprallten, und seine Klinge aus Astarstahl war es auch, die an diesem Morgen den ersten Schattenkrieger endgültig ins Reich der Toten schickte.

Der enthauptete Torso des Untoten kippte zurück in die Schar seiner Artgenossen, und als wäre dies das Signal, entbrannte ein entsetzliches Scharmützel auf der Barrikade. Für Lorymar Thinkling war es nicht das erste Mal, dass er in vorderster Reihe gegen die Schattenkrieger kämpfte – doch an Wucht und Grausamkeit übertraf dieser Angriff alle vorangegangenen noch um ein Vielfaches.

Die Verteidiger kämpften mit der Kraft der Verzweiflung. Ohne Unterlass schnitten ihre Klingen durch Haut und Knochen und schickten die Angreifer im Dutzend ins Verderben, und Worfeck, der abermals wie ein Fels in der Brandung stand und einen Schattenkrieger nach dem anderen mit bloßen

Klauen zerfetzte, ersetzte ganz allein zwanzig Kämpfer. Auch die anderen Legenden fochten erbittert – Shayak ließ mit reptilienhafter Gewandtheit seine Klinge tanzen, Ægir Synkorol schwang seine wuchtige Axt. Der Dwarg schützte König Elayans rechte Flanke, Jenya die linke – und Lorymar Thinkling hatte beide Hände voll zu tun, unter all diesen Helden nicht sang- und klanglos unterzugehen.

Sein Schwert beidhändig führend, schlug er immer wieder zu, versuchte den Feind zu erwischen, solange er mit ihm noch auf Augenhöhe war und nicht erst dann, wenn er die Barrikade vollends erklommen hatte. Erst nach einer ganzen Weile wurde ihm bewusst, dass er dabei wie von Sinnen schrie, so als wollte er sein eigenes Grauen übertönen. Doch auch das lauteste Gebrüll konnte ihn nicht gegen das Entsetzen wappnen, das ihn befiel, als ein weiterer Schattenkrieger vor ihm emporwuchs und er in die entstellten Züge von Glauco blickte, dem Söldner aus Achaya, mit dem er noch vor Kurzem Seite an Seite gekämpft hatte.

Lorymar war wie versteinert – und im nächsten Moment gleichermaßen entsetzt wie erleichtert, als Jenyas Klinge den Achayer ereilte.

»Sieh dich vor, Lorry«, raunte die Astara ihm zu.

Lorymar biss die Zähne zusammen und focht weiter, während immer neue Angreifer die Barrikade erklommen. Obwohl die Kämpfer der Astari Schild an Schild reihten, kam es immer wieder vor, dass rostige Lanzen und schartige Äxte die Deckung durchbrachen und blutigen Tribut forderten. Dass Lorymar ihnen entging, war weniger seiner schnellen Reaktion, als vielmehr seiner geringen Körpergröße zu verdanken. Die Lanzen, mit denen die Schattenkrieger zustachen, gingen über ihn hinweg – ein Astar, der unmittelbar hinter ihm stand, hatte weniger Glück: Der rostige Stahl durchbohrte ihn, hob ihn hoch und riss ihn in das wogende Chaos der Angreifer.

In Westland gab es ein Sprichwort, dass jedes Leben eine

eigene Welt sei – daran gemessen, wurden an diesem Morgen unzählige Welten vernichtet, denn ein Leben nach dem anderen erlosch entlang der Barrikade, und ein Ende war nicht abzusehen. Während von der Nordseite immer noch mehr Untote in die Schlucht strömten, führten Fürstin Yone und Prinz Nawyd aus dem Feldlager frische Truppen heran, um jene auf dem Kamm zu verstärken. Solange die Streitmächte einander ebenbürtig waren, würden die Schattenkrieger die Pforte von Archos nicht passieren können. Aber was, wenn die Aggressoren die Oberhand erlangten?

Während sich zu beiden Seiten der Barrikade leblose Körper wie ein groteskes Mahnmal häuften, bestand die einzige Hoffnung der Verteidiger darin, dass rechtzeitig weitere Truppen aus Archos eintreffen oder die freien Städte der Menschen Entsatz schicken würden. Die Pforte von Archos geschlossen zu halten und darauf zu bauen, dass die Angreifer sich wie schon einmal zurückziehen würden, um ihre Kräfte zu sammeln und sich neu aufzustellen, war Elayans einzige Hoffnung. Wie viele Leben es auch kosten mochte, Rückzug war keine Option.

Als die nächste Welle von Angreifern an der Barrikade emporschlug, gerieten die Verteidiger in Bedrängnis. Ægir Synkorol wankte und wäre wohl vom Stahl eines Schattenkriegers ereilt worden, wäre nicht ausgerechnet Kynrik ihm zur Seite gesprungen. Des Streits ungeachtet, der die beiden entzweite, stieß der einstige Paladin sein Schwert herab und durchbohrte den Angreifer, um ihn gleich darauf mit einem beherzten Hieb zu enthaupten. Doch die Ablenkung, auch wenn sie nur Augenblicke dauerte, führte dazu, dass zwei weitere Untote die Barrikade erklommen. Den einen beförderte der Schwertkämpfer mit einem Fußtritt zurück in die Tiefe; der andere schwang die gekrümmte Klinge, die die ostragische Herkunft verriet, und verletzte Kynrik am Bein.

Mit einem Aufschrei brach der Schwertkämpfer ein, wobei

er die Klinge noch einmal niedergehen ließ und Helm und Schädel des Angreifers spaltete. Sofort war Ægir bei ihm und schirmte ihn gegen weitere Attacken, bis Kynrik sich wieder auf die Beine gerafft hatte. Seiner blutenden Wunde ungeachtet focht er weiter, eine wüste Verwünschung auf den Lippen.

Lorymar, der alles gab, um an der Seite seiner Kameraden zu bestehen, spürte, wie seine Kräfte nachließen. Das Schwert zu heben fiel ihm immer schwerer, seine Reaktionen ließen nach. Als ein Astar, der links von ihm kämpfte, von rostigem Stahl durchbohrt und von der Barrikade gerissen wurde, war Lorymar für einen Augenblick unaufmerksam.

Er spürte brennenden Schmerz an seiner Schulter und starrte in eine behelmte Fratze, die unmittelbar vor ihm aufgetaucht war. Mit der Kraft der Verzweiflung stieß er seine Klinge hinein und beförderte den Angreifer in die Tiefe, der er entstiegen war – nur um zu sehen, dass eine weitere Welle von Schattenkämpfern die Anhöhe heraufkam.

Und aus ihrer wogenden Masse flog ein Pfeil heran, der Verderben brachte …

13

Südliches Norya
Zur selben Zeit

Das Pferd hatte Schaum vor dem Maul.

Sein Atem keuchte, während seine Muskeln unablässig unter dem braunen Fell arbeiteten.

Veysi hatte es in einer Scheune gefunden und nicht lange gefragt, wem es gehörte. Es war eines der robusten noryschen Tiere, an Eleganz nicht zu vergleichen mit jenen, die aus den ostragischen Gestüten stammten, aber vermutlich war das der Grund, dass es noch am Leben war. Denn was der General seinem Reittier abverlangte, hätte weniger kräftige Pferde längst zusammenbrechen lassen.

In einem Gewaltritt hatte er es nach Süden gelenkt, war Tag und Nacht geritten mit dem Ziel, möglichst rasch Achaya zu erreichen und von dort nach Archos zu gelangen. Die Westrier mussten gewarnt werden vor dem Sturm, der sich im Norden zusammenbraute und vor dem grässlichen Feind, der dort lauerte.

Um möglichst rasch voranzukommen, hatte Veysi den Südosten des Morwaldes durchquert, ungeachtet der Gerüchte über die Kreaturen, die dort ihr Unwesen trieben. *Aldybi ay ghaba* wurden sie in Ostragien genannt – die Wölfe des Waldes. Entsprechend vorsichtig war Veysi gewesen, besonders bei Dunkelheit. Doch entweder hatten die Bestien Besseres zu tun, als einem abgehalfterten ostragischen Offizier nachzujagen, oder etwas anderes hatte ihre Aufmerksamkeit erregt; denn weder bekam er eine von ihnen zu sehen noch hörte er ihr Geheul. So war er rasch vorangekommen und konnte bei Anbruch des neuen Tages bereits die Ausläufer des Haymos-Gebirges im Süden erkennen. Doch wenn er geglaubt hatte, dass der Anblick der Berge ihn mit neuer Zuversicht erfüllen würde, so irrte er sich. Denn vor der graublauen Silhouette des Gebirges erblickte Veysi etwas, das ihn beunruhigte.

Rauchsäulen.

Nicht die Sorte, die von den Feuern wärmender Kamine aufstieg. Sondern jene grauschwarzen Fahnen, die überall und zu jeder Zeit Boten des Krieges waren …

Er gönnte seinem Pferd eine kurze Rast und trank Wasser aus einer Quelle. Gegessen hatte er seit Tagen nichts, sein Magen verweigerte die Aufnahme von Nahrung. Sobald er es wagen konnte, stieg er wieder in den Sattel und lenkte den Noryer auf die nächste der Rauchsäulen zu.

Es war ein kleines Dorf gewesen, eines der vielen, die die Noryer entlang des Waldrands unterhielten. Um sich vor den Gefahren des Waldes zu schützen, hatten die Bewohner es mit einem Palisadenzaun umgeben, doch von diesem war so gut wie nichts mehr übrig. Eingerissen hatte man ihn und niedergebrannt, ebenso wie die Rundhäuser des Dorfes, von denen nur noch schwelende Reste standen.

Jemand hatte das Dorf angegriffen, mit derartiger Wucht, dass den Einwohnern kaum eine Chance zur Gegenwehr geblieben war. Schaudernd lenkte Veysi sein Pferd durch die Ruinen, über denen bitterer Brandgeruch lag. Der Boden war zerstampft und aufgewühlt, überall lagen zerschlagene Gegenstände umher.

Aber keine Leichen.

Keine Opfer, die der Kampf gefordert hatte, und dem General, der im Lauf seines Lebens viele Schlachtfelder gesehen hatte, war klar, dass dies nur eines bedeuten konnte: Die Dorfbewohner, gleich ob tot oder lebendig, waren im Heer des Feindes aufgegangen!

Veysi hegte keinen Zweifel daran, dass dies das Werk der Schattenkrieger war – aber wie war das möglich? Die Brücke über die Kluft war zerstört, folglich hatte das Heer des dunklen Feindes den Weg über Vanheim nehmen müssen, und dank seines treuen Reittiers war Veysi ihm Tage voraus.

Sollten die Schatten ihn eingeholt haben?

Nein, das hätte er fraglos bemerkt. Es gab nur eine plausible Lösung für das Rätsel, und sie entsetzte den General ungleich mehr: Es musste noch andere Schattenkrieger geben! Weitere Gruppen untoter Krieger, die sich diesseits des Bruchs herumtrieben und Furcht und Zerstörung verbreiteten, womöglich sogar ein weiteres Heer.

Ein zweites Heer …

Woher mochte es gekommen sein? Die Untoten von Brückstadt waren der Tiefe des Abyss entstiegen – womöglich waren auch an anderen Orten Schattenkrieger aus der Kluft geklettert. Oder gab es im Westen womöglich noch andere Orte, die derart weit in die Tiefe reichten?

Veysi konnte es sich nicht vorstellen. Er war nur ein einfacher Soldat und im Augenblick wohl der einzige Mensch, der wusste, was in diesen Breiten vor sich ging. Die Dorfbewohner konnten ihresgleichen nicht mehr warnen, sie waren selbst zum Feind geworden, und womöglich noch in der Nähe …

Als sein Ross unruhig schnaubte, schaute sich Veysi nervös um. Hatte sich dort jenseits der Rauchschleier etwas bewegt?

Der General verspürte kein Verlangen, es auf eine Begegnung mit dem unheimlichen Feind ankommen zu lassen. Rasch wandte er das Pferd und verließ das Dorf, um wieder in das beruhigende Dunkel des Waldes einzutauchen.

Die Kunde musste nach Süden getragen werden, um jeden Preis. Der Feind kam nicht nur von Vanheim herab, er war bereits hier, überall …

Sein Eifer, möglichst rasch voranzukommen, ließ den Ostragier unvorsichtig werden.

Weder nahm er die Schatten wahr, die sich im Dämmerlicht des Waldes tummelten, noch sah er die glühenden Augen, die ihn verstohlen musterten.

Erst als ihn etwas hart und schwer am Kopf traf, wurde ihm klar, dass er entdeckt worden war.

Greller Schmerz loderte in seinem Bewusstsein auf.

Dann kam die Schwärze.

14

Pforte von Archos
Unterdessen

Niemand hatte den Pfeil heranfliegen sehen.

Nicht König Elayan und auch keiner seiner Leibwächter, die mit ihm auf dem Kamm der Barrikade kämpften.

Hatte das Geschoss sich nur zufällig verirrt oder hatte eine dunkle Macht es bewusst auf den Weg gebracht? Niemand wusste es – doch die Wucht, mit der der Pfeil den König der Astari traf und den Brustpanzer seiner Rüstung durchschlug, war verheerend.

Elayan taumelte zurück. Seine Soldaten, die hinter ihm auf den Barrikadendamm drängten, fingen ihn auf, doch es war offenkundig, dass der König der Astari nicht weiterkämpfen konnte. Der Pfeil der Schattenkrieger steckte genau dort, wo sich sein Herz befand!

»Lorry!«, rief Jenya über das Kampfgetümmel und das Klirren der Waffen hinweg. Sie gab ihren Platz in der vordersten Kampflinie auf, und sorgte dafür, dass der verletzte König durch die Reihen der Verteidiger zur Rückseite der Barrikade getragen wurde. Auch Ægir zog sich zurück und eilte zu seinem Herrn.

»Mein König!«, drang es dumpf unter der metallenen Maske hervor – man brauchte das Gesicht des Dwargs nicht zu sehen, um seine Betroffenheit zu erkennen.

Die Soldaten, die von unten auf die Barrikade drängten, machten Platz, so gut es ging. Elayan sank nieder, den Pfeil in der Brust. Jenya nahm ihm den Helm ab.

Der König der Astari sah elend aus. Seine Gesichtszüge, an denen die Jahre spurlos vorbeigegangen waren, waren fahl und eingefallen, der jugendliche Glanz aus seinen Augen gewichen. Schmerz verzerrte seine Miene, dennoch verschwendete er keinen Gedanken an sich selbst.

»Nicht zurückweichen«, stieß er hervor, wobei Blut über seine Lippen kam. »Die Pforte … halten.«

»Das werden wir, mein König«, versprach Jenya, während sie ihn flüchtig untersuchte.

»Worauf wartest du?«, drängte Lorymar. »Zieh den Pfeil heraus! Wenn er vergiftet ist …«

»Der Pfeil hat sein Herz getroffen«, fiel die Astara ihm hart ins Wort. »Wir müssen ihn zu Elyvara bringen! Auf der Stelle!«

Lorymar und Ægir zögerten nicht. Während der Halbling nach einer Tragbahre rief, sorgte der Dwarg dafür, dass Seile herangebracht wurden – der König war nicht mehr in der Lage, über die Leitern hinabzusteigen. Wie immer arbeiteten die Astari mit größter Effizienz und Schnelligkeit, und schon kurz darauf wurde Elayans gepeinigter Körper hinabgelassen. Kaum hatte er den Boden erreicht, nahmen Lorymar und Ægir die Bahre auf und trugen sie zum Zelt der Heilerin. Nicht nur Elyvara versah dort ihren Dienst, auch Bray und Nyasha hatten sich zum Dienst an den Verwundeten bereit erklärt und hatten alle Hände voll zu tun. Der Boden war übersät mit Kämpfern der Astari, die schwärende Wunden erlitten hatten. Schreie lagen in der Luft, und wohin Lorymar auch blickte, sah er Blut.

»Der König ist verwundet!«, rief Ægir mit ungewohnt lauter Stimme. »Macht Platz für den König!«

In der Mitte des Zeltes befanden sich hölzerne, von Blut gefärbte Tische, an denen Elyvara zu retten versuchte, was zu retten war; auf einen von ihnen wurde der König gelegt, und die Heilerin untersuchte ihn mit ernstem Blick.

»Kümmert euch nicht … um mich«, sagte Elayan keuchend. Sein schwarz gelocktes Haar hing in blutigen Strähnen, seine Züge waren noch bleicher als zuvor, beinahe grau. All die Jahrzehnte, die der Herrscher der Astari überdauert hatte, schienen ihn nun einzuholen … »Kehrt zurück auf die Barrikade, kämpft für … für Astray.«

»Der Damm hält, mein König«, versicherte Jenya, die bei ihm niedergesunken war.

Sie sandte Elyvara einen fragenden Blick, doch die Heilerin schüttelte nur den Kopf.

»Was soll das heißen?«, knurrte Ægir, der auf der anderen Seite des Tisches stand. »Du musst es wenigstens versuchen!«

»Der Pfeil hat sein Herz durchbohrt«, erklärte Elyvara. Sie sprach so leise, wie es in Anbetracht des lärmenden Chaos möglich war. »Sobald ich ihn herausziehe, wird er verbluten …«

»… und ziehst du ihn nicht heraus, stirbt er am Gift«, ergänzte der Dwarg kopfschüttelnd. »Ich bin sein Leibwächter! Das kann ich nicht zulassen!«

Elayan schien ihn zu hören, denn seine bebende Rechte griff nach Ægirs Arm und hielt ihn fest. »Gräme dich nicht, mein … Freund«, stieß er hervor. »Dich trifft keine Schuld.«

»Mich hätte dieser Pfeil treffen sollen und nicht Euch, mein König … aber ich sah ihn nicht einmal kommen.«

»Keiner von uns«, sagte Jenya düster. Tränen hilfloser Wut glänzten in ihren Augen.

»Getan, was möglich … führt zu Ende«, brachte Elayan mühsam hervor. Sein Blick wurde flehend, glitt bald hierhin und bald dorthin, so als suche er einen Weg aus dieser Welt. »Lasst nicht zu, dass …«

»Nein, mein König«, beteuerte Jenya.

Heftiger Schmerz peinigte den Herrscher der Astari, sein Körper bäumte sich auf. Matt griff er nach dem Geschoss, das in seiner Brust steckte, so als wollte er es herausziehen, doch seine Kraft reichte dazu nicht mehr aus.

»Jen-Jenya«, flüsterte er.

»Ja, mein König?«

»Verzeih … Worte.«

»Nicht doch.« Die Astara schüttelte den Kopf. »Ihr hattet recht mit dem, was Ihr gesagt habt. In jeder Hinsicht.«

»Nein.« Langsam bewegte er das Haupt hin und her, während sein Blick den seiner einstigen *hetaira* suchte. »Verzeih«, bat er mit tonloser Stimme.

Sie ergriff seine blutige Hand und hob sie hoch, küsste sie nach astarischem Brauch. »Da ist nichts zu verzeihen«, flüsterte sie.

»Geliebte?« Seine Stimme war kaum noch zu hören.

»Ja, mein König?«

»Falls alles andere versagt …« Er unterbrach sich, wieder peinigte ihn namenloser Schmerz. Als er fortfahren wollte, brachte er kaum mehr als ein Hauchen zustande. Jenya beugte sich so dicht über ihn, dass ihr Ohr unmittelbar über seinen Lippen schwebte, und lauschte den Worten des Königs.

Den letzten, die er auf dieser Welt sprach.

Elayan hatte kaum geendet, als sein von Schmerz gepeinigter Körper sich noch einmal verkrampfte – um schon im nächsten Moment den Zwängen, der Pein und den Mühen dieser Welt zu entsagen. Sein Blick wurde leer, schien plötzlich in weite Ferne zu reichen, zurück zu den Sternen, von denen seine Ahnen einst gekommen waren. Dann fiel sein Kopf zur Seite.

Elayan von Archos, König der Astari, war von ihnen gegangen.

15

Südliches Norya
Nur wenig später

Als Veysi wieder zu sich kam, lag er am Boden, inmitten von Gras und fauligem Laub.

Sein Kopf schmerzte, und er fühlte verkrustetes Blut an seiner Schläfe, aber er hütete sich, auch nur einen Laut von sich zu geben, denn er war nicht allein.

Sein linkes Auge war zugeschwollen und blutverklebt, mit dem anderen konnte er halbwegs sehen: Drei gedrungene, in Fetzen gehüllte Gestalten, die entsetzlichen Gestank verbreiteten. Fäulnis, Moder und Verwesung, von allem war etwas dabei. Und die Kälte, die von ihnen ausging, ließ den ehemaligen General bis ins Mark erschaudern.

Schattenkrieger …

Vielleicht, mutmaßte er, während die Erinnerung allmählich in seinen schmerzenden Schädel zurückkehrte, gehörten sie zu der Horde, die das Dorf überfallen hatte. Deshalb also war sein Pferd so unruhig gewesen, es hatte die Nähe der Untoten gewittert.

Auf dem Rücken liegend, sah er sich verstohlen um. Es schienen tatsächlich nur drei von ihnen zu sein, nicht mehr. Auch sein Pferd war noch da, der brave Noryer, der ihn so weit getragen hatte. Einer der Schattenkrieger hielt ihn fest, während sich die beiden anderen mit zischelnden Flüsterlauten unterhielten. War es überhaupt eine Sprache, derer sie sich bedienten? Veysi konnte nichts als ein heiseres Atmen hören. Grauen schüttelte ihn abermals.

Veysi nahm an, dass es sich um einen Spähtrupp handelte, der die nördliche Flanke des Haymos-Gebirges erkunden sollte. Vermutlich gehörten die Schattenkrieger zu einer sehr viel größeren Streitmacht, und er bezweifelte nicht, dass sie auch ihn zu einem der Ihren machen wollten. Ohnehin wunderte er sich, dass sie es nicht längst getan hatten – vielleicht hatten sie ja Befehl, Gefangene zu nehmen, um sie zu verhören.

Veysis verstohlener Blick glitt hinüber zum Dickicht.

Wenn er es ungesehen erreichen konnte, hatte er vielleicht eine Chance zu entkommen.

Unmerklich begann er sich zu bewegen, schob sich langsam durch das Laub, Stück für Stück … Es kostete ihn Überwindung, dabei nicht laut zu schreien, denn der Schmerz in seinem Schädel war fürchterlich.

Die Schatten zischelten weiter.

Wieder schob sich Veysi ein Stück über den Boden, der dröhnende Schmerz brachte ihn dabei fast um den Verstand. Doch er behielt das Ziel fest im Auge, einen großen Ginsterbusch, dessen Zweige bis dicht über den Boden reichten. Wenn er es bis dorthin schaffte, würde er sich auf die Beine raffen und davonstehlen können. Was dann geschehen würde, darüber dachte Veysi noch nicht nach. Fürs Erste hatte er alle Hände voll damit zu tun, nicht gesehen zu werden …

Das Laub um ihn raschelte, als er sich weiterschob. Der Kerl, der das Pferd hielt, sah in seine Richtung.

Veysi erstarrte.

Natürlich erwartete er, dass der Schatten seine Kumpane alarmieren und die Flucht beenden würde, noch ehe sie richtig begonnen hatte, aber nichts geschah. Der Krieger schien ihn nicht wahrgenommen zu haben.

Veysi beschloss, den entscheidenden Schritt zu wagen.

Indem er die Zähne zusammenbiss und die Beine anwinkelte, wollte er sich das letzte Stück über den Boden schieben und in den Schutz des Gebüschs. Doch ein Zweig in seinem Rücken brach und knackte laut – und im nächsten Moment hatte er Aufmerksamkeit, die er lieber vermieden hätte.

Die beiden Untoten unterbrachen ihren Disput und fuhren herum. Ihre kalt leuchtenden Augen taxierten ihn, und Veysi war klar, dass er verschwinden musste oder er würde verloren sein …

Abrupt sprang er auf, seiner Schmerzen ungeachtet, und wollte sich ins Gebüsch flüchten, doch seine Bewegungen waren langsam und schwerfällig. Schon einen Herzschlag später hatten die beiden Untoten ihn eingeholt. Eine schwarze Klaue packte ihn an der Schulter und drehte ihn herum, und er blickte in die grässlich entstellten Fratzen der beiden Schattenkrieger.

Seine Hand fuhr zum Schwertgriff, aber seine Waffe war nicht mehr da – dafür schwang der größere der beiden Untoten jetzt eine klobige Axt.

Der Hieb war wuchtig, aber ohne Verstand geführt. Veysi fuhr zurück und wich ihm aus, aber sofort setzte der Schattenkrieger nach. Und da Veysi sich in den Zweigen des Ginsterbuschs verfangen hatte, konnte er ihm auch kein weiteres Mal entgehen.

Veysi biss die Zähne zusammen, schleuderte den untoten Kriegern eine bittere Verwünschung entgegen in der Überzeugung, dass dies das Ende sei – doch das war es nicht.

Denn noch während die beiden ihre Waffen hoben, tauchte hinter ihnen ein weiterer Schatten auf. Eine Schwertklinge, die Veysi als seine eigene erkannte, funkelte im Halbdunkel und fuhr dem Kerl mit der Axt so tief in die Schulter, dass er seine Waffe fallen ließ.

Mit einem grässlichen Keuchen fuhr der Untote herum, das jetzt herrenlose Schwert noch in der Schulter. Der dritte Schattenkrieger, der den kräftigen, aber stümperhaft ausgeführten Hieb geführt hatte, wich vor ihm zurück.

Veysi wartete nicht, bis das Glück ihm ein weiteres Mal zugetan war. Indem er einen Ausfall nach vorn machte, riss er dem anderen Untoten das Schwert aus der Hand, packte es mit der unverletzten Linken und führte einen furchtbaren Streich gegen den Hals des Kriegers.

Das Haupt des Mannes fiel zu Boden, gefolgt von seinem leblosen Körper. Und noch während beide zu Staub zerfielen, stürzte sich Veysi auf den Kerl mit der Axt, in dessen Schulter noch immer das Schwert steckte.

Sein Schwert …

Durch das Blut in seinem Gesicht konnte Veysi kaum etwas sehen, deshalb ging sein erster Hieb ins Leere. Der Untote fuhr herum und riss die Axt empor, und Funken schlagend traf Stahl auf Stahl. Dann, als der Schattenkrieger mit beiden Armen ausholte, um seine mörderische Waffe zu schwingen, setzte Veysi vor und rammte ihm die Klinge in die Brust. Der andere wankte zurück, und Veysi ließ den Schwertgriff los und packte stattdessen seine eigene Waffe, die noch in der Schulter des Kriegers steckte.

Mit einer fließenden Bewegung riss er sie heraus, vollführte eine Drehung um seine Achse und enthauptete den Untoten mit einem fürchterlichen Streich. Der Mann ging nieder, und Veysi wandte sich dem letzten verbliebenen Schattenkrieger zu …

»Nicht!«, rief der und hob abwehrend die Hände. »Bedenkt, dass ich Euch gerettet habe, General!«

Veysi stutzte. Ein Untoter, der sprechen konnte? Und der noch dazu wusste, wer er war?

»Wer seid Ihr?«, wollte er wissen, wobei er die Spitze seiner Klinge weiter auf den Fremden gerichtet hielt, dessen rostige Rüstung und schäbiger, mottenzerfressener Kapuzenmantel keinen Zweifel daran ließen, welcher Seite er angehörte.

Eine schmutzverkrustete Hand kam zum Vorschein, die

zitternd nach dem Helmvisier tastete und es hochschlug. Das Gesicht, das darunter sichtbar wurde, war dreckverschmiert. Ein ängstliches Augenpaar blitzte Veysi daraus entgegen.

»Ich grüße Euch, General«, sagte eine bebende Stimme, die Veysi bekannt vorkam. Vor allem aber sprach sie fließend Ostragisch und das ohne jeden westlichen Akzent.

»Wer seid Ihr?«, wiederholte er energisch, während er sich den Fremden ohne all den Dreck und in ordentlichen Kleidern vorzustellen versuchte.

Statt zu antworten, nahm der andere den Helm vollends ab und ließ ihn fallen. Dann fiel er auf die Knie und begann hemmungslos zu schluchzen. »Dem Schicksal sei Dank«, stieß er hervor. »Dem Schicksal sei Dank ...«

Veysi starrte auf die Züge, in denen die Tränen jetzt gezackte Spuren hinterließen. Dieses haarlose Haupt, diese Züge ... er war sicher, sie schon einmal gesehen zu haben!

»Hilalayan«, half der andere ihm auf die Sprünge, wobei er in seiner kauernden Haltung verharrte. »Hofmarschall seiner Majestät Astyragis des Löwen ... Wir sind uns einst begegnet, am Königshof in Altashar!«

Veysi stand wie vom Donner gerührt.

Er erinnerte sich an die Begegnung, auch wenn sie Jahre zurücklag, noch lange bevor er Kommandant von Makashar geworden war. Hilalayan, der königliche Eunuch, dessen Zunge ebenso spitz wie gefürchtet gewesen war ...

»Was tut Ihr hier, Mann?«, fuhr er ihn an. »Was habt Ihr mit diesen Kreaturen zu schaffen?«

»Ich habe mich unter ihnen verborgen«, berichtete Hilalayan unter Tränen. »In Scyalon wäre ich ihnen um ein Haar zum Opfer gefallen. Um zu überleben, hatte ich keine andere Wahl, als einer von ihnen zu werden.«

»Ihr ... habt unter diesen ... diesen Bestien gelebt?«, fragte Veysi ungläubig. Allein der Gedanke ließ ihn erschaudern.

Hilalayan nickte. »Und ich danke dem Schicksal dafür, dass

ich gerettet wurde. Von dem Augenblick an, da ich Euch sah, wusste ich, dass alles gut werden würde.«

»Nichts ist gut, Mann, gar nichts«, knurrte Veysi. Er konnte sich nicht vorstellen, wie ein Günstling des Hofes hierhergekommen sein mochte, noch dazu in solch fragwürdiger Begleitung, aber es war ihm auch gleichgültig. »Meine Armee hat sich in ein Heer von Untoten verwandelt und ist auf dem Weg nach Süden!«

»Eure Armee?« Hilalayan starrte ihn entsetzt an. »Und – Xusra?«

»Er wurde nicht mehr gesehen«, erwiderte Veysi kopfschüttelnd – mehr gab es vorerst nicht dazu zu sagen. »Ich bin auf dem Weg nach Archos.«

»Weswegen?«

»Um König Elayan zu warnen.«

»Den werdet Ihr in Archos nicht mehr antreffen«, erklärte Hilalayan. Ächzend erhob er sich wieder.

»Woher wollt Ihr das wissen?«

»Eine Streitmacht der Astari ist zur Pforte von Archos gezogen. Und ich nehme an, dass König Elayan sie angeführt hat.«

Veysi schnaubte. »Also wissen die Astari bereits von der Bedrohung.«

»Das ist anzunehmen.« Der einstige Hofmarschall nickte beflissen. »Ihr habt Eure Schuldigkeit getan, General. Ihr und ich, wir sollten diesem garstigen Land den Rücken kehren und uns um eine Schiffspassage nach Satrapos bemühen, damit wir …«

Veysi starrte Hilalayan befremdet an. »Seid Ihr wirklich so töricht oder hat Euch die Zeit bei diesen Kreaturen den Verstand geraubt?«, fragte er. »Ihr könnt diesem Konflikt nicht entfliehen, weder in Satrapos noch sonst wo. Ich habe das Heer der Finsternis gesehen, Hilalayan – wenn es nicht aufgehalten wird, ist nicht nur Westrien, sondern die ganze Welt zum Untergang verurteilt!«

»Ich bin mit diesen Bestien gezogen«, widersprach der andere, seine Stimme nur mühsam am Kreischen hindernd. »Sie sind nicht die tumben Kreaturen, für die Ihr sie halten mögt, denn auf irgendeine Weise werden sie gelenkt.«

»Von wem?«

»Ich weiß es nicht«, erwiderte Hilalayan kopfschüttelnd, »so wie ich nicht weiß, auf welche Weise sie ihre lautlosen Befehle erhalten. Aber ihr Handeln folgt einem Plan, der sie von Scyalon quer durch Graya, den Fluss herauf und an den Ausläufern des Südgebirges entlanggeführt hat. Und ich bin die ganze Zeit unter ihnen gewesen und habe vorgegeben, einer von ihnen zu sein, in ständiger Furcht vor Entdeckung.«

»Die Armee, die ich gesehen habe, rückt von Norden heran«, erwiderte Veysi. »Wie also können die Schattenkrieger bereits in Scyalon angekommen sein?«

»Ganz Graya ist in Aufruhr«, entgegnete Hilalayan ausweichend, »allenthalben wird gekämpft …«

»Ihr verschweigt mir etwas«, war Veysi überzeugt.

»Ni-nicht doch«, versicherte der einstige Hofmarschall. »Ich bin lediglich überzeugt, dass dies nicht unser Krieg ist, und überdies bin ich mit König Elayan nicht im besten Einver…«

Er verstummte, als er plötzlich die Spitze von Veysis Klinge an seiner Kehle spürte. »Redet, Mann«, forderte dieser ihn auf, »oder ich werde Euch durchbohren.«

»Aber nein«, widersprach der Eunuch, »ich bitte Euch, überdenkt Euer Handeln, immerhin war ich es, der Euch …«

Statt zu antworten, verstärkte Veysi nur den Druck hinter der Klinge – und Hilalayan begann zu erzählen.

Von seiner Flucht aus Archos.

Von grässlichen Tod Salacar-Syns.

Und von dem dunklen Geheimnis, das die Schwarzen Türme der Exekutoren bargen …

16

Pforte von Archos
In der darauffolgenden Nacht

Mit Mühe war es ihnen gelungen, das feindliche Heer zurückzuschlagen. Doch es fühlte sich nicht wie ein Sieg an. Noch nicht einmal wie ein kurzzeitiger Triumph.

Zu hoch war der Preis gewesen, den die Verteidigung der Pforte erfordert hatte, zu groß die Verluste und zu groß das Leid der Überlebenden.

Die Feuer, die auf der Passhöhe entzündet worden waren, erleuchteten den wolkenverhangenen Himmel mit orangerotem Schein. Leichenfeuer, die die sterblichen Überreste der Gefallenen verzehrten und dafür sorgten, dass sie nicht zu einem Teil des feindlichen Heeres wurden. Es war eine bittere, verzweifelte Maßnahme, so verzweifelt wie dieser ganze Kampf. Selbst der Erfolg, den Angriff der Untoten zurückgeschlagen zu haben, wurde so zur bitteren Niederlage.

Denn natürlich würden sie wieder angreifen.

Und wieder und wieder.

So lange, bis die Barrikade nachgab und die schiere Übermacht die Verteidiger in die Knie zwang …

»Schöne Aussichten«, maulte Lorymar Thinkling. Schnaufend stieg er den schmalen Bergpfad hinauf, der im spärlichen Mondlicht, das hin und wieder durch die Wolken sickerte, nur undeutlich zu erkennen war.

Sein Ziel war einmal mehr einer der Beobachtungsposten; Jenya und Kynrik bestanden darauf, dass die Legenden in der Nacht ihre eigenen Augen und Ohren haben sollten, und wer war er schon, einer Astara und einem ehemaligen Paladin zu widersprechen?

Hätte Lorymar allerdings gewusst, wen er dort oben ablösen sollte, hätte er sich vielleicht doch geweigert …

»Du«, drang es ihm aus dem Halbdunkel entgegen, als er den Posten erreichte. Mit Unbehagen erkannte er die Stimme von Nawyd pan Tyras.

»Ich«, erklärte er mit resignierendem Seufzen. »Ich bin hier, um Euch abzulösen, Hoheit.«

Nawyd nickte bereitwillig, doch seiner verkniffenen Miene war anzusehen, dass er über die Begegnung nicht erfreut war. Er nahm Pfeil und Bogen auf, schlug die Kapuze hoch und schickte sich an, den Posten zu räumen.

»Vorkommnisse?«, fragte der Halbling.

Nawyd schüttelte den Kopf. »Diese verdammten Schatten sind so plötzlich verschwunden, wie sie aufgetaucht sind. Als hätte der Erdboden sie verschlungen.«

»Das hoffe ich«, meinte Lorymar und versuchte ein Grinsen, das der andere allerdings nicht erwiderte. »Lieber bleiben sie verschwunden, als dass sie versuchen, unsere Stellungen zu umgehen«, fügte er hinzu, während er sich ächzend niederließ.

Der karge Grashang, der vor ihm lag, wurde von Mondlicht beschienen. Weit und breit war niemand zu sehen, doch Lorymar gönnte sich kein Aufatmen. Da war etwas, das ihn bedrückte.

»Prinz Nawyd, ich …«

»Spar dir das«, schnitt der andere ihm das Wort ab.

»Aber ich möchte mich entschuldigen«, versicherte Lorymar. Er hatte Mühe, die passenden Worte zu finden, und das nicht nur, weil sein Ostragisch trotz all der Jahre, die er am königlichen Hof verbracht hatte, ein wenig eingerostet war …

»Wofür? Dass du mich belogen hast und arglistig getäuscht? Dass du versucht hast, meine Schwester als Hure zu verkaufen?«*

»Sie hat es Euch erzählt.«

»In der Tat«, versicherte Nawyd, »und auch, dass du alle Vorsicht in den Wind geschlagen hast, um sie zu warnen. Dass du dein Leben gewagt hast, um das ihre zu retten. Und auch, dass sie dich liebt … wobei es mir reichlich schwerfällt, das zu glauben.«

»Dennoch ist es so«, erwiderte Lorymar, wofür er sich schon im nächsten Moment am liebsten die Zunge abgebissen hätte.

»Ich weiß nicht, was sie an dir findet, Lorymar Ghurab«, beschied ihm Nawyd, »aber ich bin nicht mehr der, der ich war. So vieles ist geschehen, das ich nicht vorhersehen konnte. Menschen, die ich zu kennen glaubte, haben sich als Verräter erwiesen, und andere, die ich für meine Feinde hielt, als meine Verbündeten. Ich maße mir nicht mehr an zu wissen, was gut für Nyasha ist und was nicht.«

»Ich ebenfalls nicht, Prinz«, versicherte Lorymar.

»Gut.« Nawyd nickte, und der Halbling hätte einen Krug vom besten Heubier für seine Gedanken gegeben. »Wenn all dies vorbei ist, mag Nyasha frei entscheiden, ob sie bei dir bleiben oder zusammen mit mir nach Altashar zurückkehren will.«

»Wenn all dies vorbei ist«, konterte Lorymar, »wäre ich schon glücklich, wenn es *überhaupt noch etwas* zu entscheiden gäbe. Denn so, wie ich die Dinge sehe …«

»Schhh«, machte Nawyd plötzlich und duckte sich.

Augenblicke verstrichen, in denen sie lautlos nebeneinander in der Stellung kauerten.

»Was?«, hauchte Lorymar kaum hörbar.

Nawyd blieb eine Antwort schuldig. Stattdessen zog er

* siehe DIE LEGENDEN VON ASTRAY 1. TOTE HELDEN

einen Pfeil aus dem Köcher und legte ihn lautlos auf die Sehne seines Bogens, während er mit zu Schlitzen verengten Augen in die Nacht hinausstarrte.

Offenbar, dachte Lorymar verdrossen, hatten sowohl seine Sicht als auch sein Gehör in den letzten vierzig Jahren nachgelassen, denn noch immer nahm er nichts wahr – bis plötzlich das Schnauben eines Pferdes zu vernehmen war.

Nawyd hob den Bogen.

Die Sehne knarrte, als er sie langsam zurückzog.

Das Pferd wurde sichtbar, eine schwarze Silhouette, die am Grat heraufzog. Auf ihrem Rücken saß eine schwere, massige Gestalt, die einen zerschlissenen Umhang trug.

Lorymar hielt den Atem an.

Schattenkrieger!

Alles in ihm verkrampfte sich, er griff nach dem Horn, das an einer ledernen Schnur vom Ast hing. Bereit, hineinzustoßen und Alarm zu geben …

»Schhh«, machte Nawyd wie zuvor.

Der Prinz von Altashar hatte ein Auge geschlossen, über das andere visierte er den Reiter an, der langsam näher kam.

Als das Mondlicht die fremde Gestalt erfasste, wurde Lorymar klar, dass er sich geirrt hatte – nicht einer, sondern gleich zwei Reiter waren es, die dort auf der Mähre kauerten, dem hohen Wuchs und den pfeilerhaften Beinen nach ein Gaul aus Norya.

Nawyd flüsterte eine Verwünschung.

»Ziel auf das Pferd«, raunte Lorymar ihm zu. »Den einen Schattenmann übernehme ich, den anderen du.«

Nawyd sah ihn kurz von der Seite an – ob es ein Lob war wegen des tollkühnen Plans oder eine Rüge wegen der plumpen Vertraulichkeit, ließ sich nicht feststellen.

Der Prinz zog die Sehne noch ein wenig weiter zurück, bereit, den Pfeil geradewegs ins Herz des Noryers zu schicken. Lorymar straffte sich im Versteck, bereitete sich darauf vor, hinauszusetzen und sich mit blanker Klinge auf einen der beiden Schattenkrieger zu stürzen …

… als ihm plötzlich etwas auffiel.

Wann immer er den Untoten bislang begegnet war, hatte ihn jedes Mal ein eisiger Schauer durchrieselt, und er hatte schiere Todesangst gespürt.

Nicht dieses Mal.

Ross und Reiter waren nur noch einen halben Steinwurf entfernt, sichere Beute für einen zielsicheren Schützen. Aus dem Augenwinkel nahm Lorymar wahr, wie Nawyd einatmete, um den Pfeil von der Sehne zu entlassen …

»Nicht«, zischte er. »Warte!«

Nawyd stieß scharf die Luft aus, die er soeben eingeatmet hatte. »Verdammt, Ghurab, was …?«

»Ihr da!«, rief Lorymar die beiden Gestalten auf dem Pferd an. »Keinen Schritt weiter oder Ihr seid tot! Ein halbes Dutzend Bogenschützen hat euch im Visier!«

Warum er das sagte, wusste er selbst nicht so genau.

Es klang einfach … nach mehr.

»Behaltet eure Pfeile«, kam eine raue Stimme zurück. »Hebt sie euch für die Schatten auf!«

Lorymar und Nawyd tauschten einen verblüfften Blick. Die Stimme sprach in reinstem Ostragisch …

»Wer seid Ihr?«, verlangte der Halbling zu wissen. »Steigt vom Gaul und gebt Euch zu erkennen!«

Die beiden Gestalten taten, wozu sie aufgefordert worden waren. Bereitwillig stiegen sie vom Rücken des Tieres, das dem Zusammenbruch nahe schien. Müde und mit hängendem Haupt trottete es seinen Herren hinterdrein. Beide waren in schäbige Rüstungen und stinkende Lumpen gehüllt.

»Halt«, wies Lorymar sie an, als sie sich dem Posten bis auf wenige Schritte genähert hatten. Nawyd zielte nach wie vor auf sie. »Die Kapuzen herab, sofort!«

Die beiden Fremden wechselten einen Blick, dann kamen

sie auch dieser Aufforderung nach – und hatten die Überraschung auf ihrer Seite. Denn unter all dem Schmutz erkannten Lorymar Thinkling und Nawyd pan Tyras nur zu bekannte Züge.

»Hi-Hilalayan«, sagte der Halbling fassungslos.

»Hilalayan!«, zischte Nawyd wie ein Echo und sprang auf die Beine, den Bogen noch immer gespannt und auf den einstigen Hofmarschall gerichtet. »Ich weiß nicht, welchem Schicksal ich diese Begegnung zu verdanken habe, aber ich danke ihm auf den Knien dafür! Sterbt, Verräter!«

»Nein!«, rief der andere und stellte sich schützend vor seinen Gefährten. Erst jetzt wurde Lorymar klar, dass sie auch ihn kannten. Es war General Veysi, der mächtige Kommandant der Garnison von Makashar – zumindest war er das gewesen, als sie sich zuletzt am Hof von Altashar begegnet waren. Veysis jämmerliches Erscheinungsbild ließ darauf schließen, dass inzwischen einiges geschehen war. Ganz abgesehen davon, dass ihm seine rechte Hand abhandengekommen zu sein schien …

»Warum nicht, General?«, fragte Nawyd, der Veysi ebenfalls erkannt hatte. »Dieser Mann ist ein Verräter, der mich entführt und verkauft hat. Nennt mir einen guten Grund, warum ich ihn nicht mit Pfeilen spicken sollte!«

»Das will ich Euch sagen, Prinz«, versicherte Veysi. »Dieser Mann hat Informationen für König Elayan, die er ihm unbedingt überbringen muss.«

»Was für Informationen?«

»Über den dunklen Feind. Das Heer, das nördlich der Berge lagert, ist nicht das einzige, das Astray bedroht. Die Schattenkrieger sind überall!«

17

Nawyd widerstand der Versuchung, die Sehne loszulassen und den verhassten Hofmarschall für seine Intrigen und seinen Verrat zu bestrafen. Stattdessen führte er ihn und Veysi über den steilen Pfad hinab ins Lager und suchte das Zelt des Feldherren auf, wo die Legenden und ihre Gefährten dabei waren, sich mit Fürstin Yone und den anderen Anführern der Astari zu beraten.

Hilalayan und Veysi berichteten, was sie erlebt und gesehen hatten. Betroffen lauschten Jenya, Kynrik und die anderen den Worten der beiden Ostragier, und waren sie zu Beginn des Berichts noch argwöhnisch, so änderte sich dies bald. Als Hilalayan und Veysi schließlich endeten, war es nicht mehr von Belang, dass die Gefährten und der ostragische General sich in Brückstadt noch vor Kurzem als Feinde gegenübergestanden hatten; dass Ægir Synkorol und die Astari in Hilalayan einen flüchtigen Kerkerhäftling sahen und Nawyd noch mehr als eine Rechnung mit dem einstigen Hofmarschall von Altashar offen hatte. Angesichts der bestürzenden Neuigkeiten verblasste all dies zur Bedeutungslosigkeit.

Einzig Kynrik war noch immer nicht überzeugt.

»Und das alles ist wirklich so geschehen?«, erkundigte er sich argwöhnisch, während er wie ein gefangenes Raubtier in dem Zelt auf und ab ging. »Sterngeborene und einen Dwarg, der sein Gesicht verloren hat, mögen leicht zu überzeugen sein – ich hingegen verlange Beweise.«

»Was für Beweise?«, fragte Hilalayan und deutete auf die stinkenden Fetzen, die er und sein Begleiter am Leib trugen. »Nehmt diese Kleider, die mich davor bewahrt haben, unter all den Untoten erkannt zu werden.«

»Die können von sonst wem stammen«, wandte Kynrik ein. »Und Ihr beide könntet ebenso gut Teil einer List sein, die uns dazu bringen soll, die Verteidigung der Passhöhe aufzugeben und unsere Kämpfer nach Westen zu schicken. Immerhin seid Ihr beide Ostragier, und wir haben wenig Grund, Euch zu trauen.«

»Dann nehmt dies zum Beweis«, erwiderte Veysi und hob seinen rechten Arm, der statt einer Hand nur noch einen Stumpf aufwies. »Es ist wahr, dass ich Ostragier bin, und als Kommandant von Makashar habe ich dem Großkönig treu gedient – und so hat Xusra es mir gedankt!«

»Xusra ist das gewesen?«, fragte Jenya.

»Kraft seiner Fähigkeit, Feuer zu entfesseln«, bestätigte der andere. »Glaubt mir, ich diene ihm nicht mehr. Meine Loyalität gehört den wahren Erben von Altashar«, stellte er klar, wobei er Nawyd und Nyasha entschlossen zunickte, »und sie sind beide hier.«

»Wir sprechen die Wahrheit, so wahr wir vor Euch stehen«, fügte Hilalayan hinzu und sah beschwörend, beinahe flehend in die Runde der Versammelten. »Die Armee der Schatten ist auf dem Vormarsch, die Südlande sind in Aufruhr …«

»Wären es nur Eure geschmeidigen Worte«, fiel Nawyd ihm barsch ins Wort, »so würde ich Euch keinen Glauben schenken, Hofmarschall. Viel zu oft habt Ihr die Wahrheit verdreht und Ränke geschmiedet, als dass ich Euch noch vertrauen würde. Aber nach allem, was gewesen ist, hättet Ihr nicht hierherzukommen brauchen, hättet Euer Heil auch in der Flucht suchen können – und deshalb bin ich dieses eine Mal geneigt, Euch zu glauben.«

»Habt Dank, mein Prinz.«

Nawyd schüttelte den Kopf. »Es ist die Notwendigkeit, die uns zu Verbündeten macht. Nicht Nachsicht und nicht Verzeihen.«

»Wir danken Euch dennoch«, erwiderte Veysi, »und bitten nun, da Ihr uns Glauben schenkt, zu König Elayan vorgelassen zu werden, damit wir …«

»Das ist nicht möglich«, beschied ihm Fürstin Yone mit einer Stimme hart und hell wie Glas. Ihre Rüstung hatte sie abgelegt und trug nur das weiße Gewand, das ihre schlanke Gestalt sanft umfloss. Ihre sonst so anmutigen Gesichtszüge jedoch wirkten zum Äußersten entschlossen.

»Bei allem Respekt, warum nicht? Sagtet Ihr nicht …?«

»König Elayan ist tot«, erklärte Jenya gepresst. »Er fiel im Kampf gegen die Schatten.«

»Er … ist im Kampf gefallen.« Hilalayans kleine Augen blitzten entsetzt. »Dann ist er jetzt einer von …?«

»Nein«, erwiderte Yone bitter und schüttelte den Kopf. »Wir konnten sicherstellen, dass seine Majestät die Ruhe findet, die er verdient. Wir haben getan, was wir tun mussten, anschließend wurden seine sterblichen Überreste verbrannt. In aller Hast und ohne die Ehren, die einem Herrscher seines Ranges zugestanden hätten.«

»Das … tut mir leid«, versicherte Hilalayan. Ob es Gewohnheit war oder Mitgefühl, das ihn für einen Moment wieder in die Rolle des Diplomaten schlüpfen ließ, war unmöglich zu unterscheiden. »Elayan war ein großer König.«

»Das war er«, räumte Jenya ein, »aber er ist nicht mehr hier, und wir sind es, die nun die Entscheidungen treffen müssen. Ihr sagt also, dass sich im Westen ein zweites Heer formiert? Und dass die Türme der Exekutoren der Ursprung der Schattenkrieger sind?«

»So habe ich es in Scyalon erlebt«, bestätigte der einstige Hofmarschall. »Und weitere Truppen kamen aus Ankrum und von Sontra herauf.«

»Auch dort gibt es Schwarze Türme, in Sontra befindet sich sogar das Hauptquartier des Ordens.« Jenya trat an die Landkarte, die den rückwärtigen Teil des Zeltes einnahm. Die Bucht von Archos und die umliegenden Länder waren darauf zu sehen: Sarassa und Burgos im Westen, Graya und das Südgebirge im Norden, im Osten schließlich Achaya und der Haymos bis hinauf zum Opalsee und den Ausläufern des Morwaldes. »Ich habe Gerüchte gehört, nach denen sich die Türme der Exekutoren weit in die Tiefe erstrecken, weiter noch, als sie in die Höhe reichen. Offenbar ist daran etwas Wahres.«

»Vielleicht reichen sie ja *zu* tief hinab«, sagte Lorymar Thinkling, der ebenfalls zur Versammlung gestoßen war, nachdem Jenya ihn auf seinem Posten hatte ablösen lassen. »Womöglich sind die Geheimniskrämer dort unten ja auf etwas gestoßen, mit dem sie nicht gerechnet hatten.«

»Oder sie haben es absichtlich getan«, mutmaßte Elyvara. »Ich hatte meine Erfahrungen mit den Exekutoren. Ihr Machthunger ist grenzenlos, und in ihrem Wahn, anderen ihre Sicht der Wahrheit aufzuzwingen, sind sie zu jeder Untat bereit.«

»Zu jeder?«, fragte Ægir zweifelnd. »Auch dazu, mit einer dunklen Macht zu paktieren?«

»Wie ich schon sagte«, erwiderte die Heilerin, wobei sie Bray einen flüchtigen Blick zuwarf, »ich hatte meine Erfahrungen mit ihnen.«

»Wie auch immer, ihr Orden existiert nicht mehr«, fasste Jenya zusammen. »Genau wie Xusras Armee ist er im Heer der Untoten aufgegangen, und mit ihm alle seine Diener.«

»Also haben wir es wirklich mit einer zweiten Armee zu tun«, brummte Worfeck, der schweigend im Hintergrund gestanden hatte, die starken Arme vor der breiten Brust verschränkt.

»Womit erwiesen wäre, dass Uroks zählen können, zumindest bis zwei«, kommentierte Lorymar. »Und was bedeutet das nun für uns?«

»Sehr einfach – dass wir einen Teil unserer Truppen von der Passhöhe abziehen und nach Graya schicken müssen«, sagte Fürstin Yone.

»Nein!«, widersprach Kynrik barsch. »Wenn Ihr das tut, wird die Pforte von Archos fallen. Ihr habt gesehen, wie viele es sind, wenigstens zehntausend. Und nur jene, die wir um ihren Kopf erleichtern, kehren nicht wieder zurück.«

»Dessen bin ich mir bewusst«, versicherte die Astara. »Aber Ihr könnt unmöglich von mir verlangen, dass wir die Südlande ohne Schutz lassen!« Sie trat ebenfalls an die Karte und deutete auf den weiten Landstrich, der sich zwischen Scyalon und dem westlichen Gebirge erstreckte. »Wir wissen nicht, welche fremde Macht hinter den Schattenkriegern steht. Doch wenn es ihr gelingt, ihre Truppen hier zusammenzuziehen, so wird es ihr ein Leichtes sein, nach Archos vorzustoßen.«

»Die freien Städte der Menschen haben im Rat Hilfe zugesagt«, brachte Jenya in Erinnerung. »Wenn sie ihre Armeen gegen die Untoten schicken …«

»Und wenn nicht?«, fiel Yone ihr ins Wort. »Unsere Erfahrungen mit den Menschen waren in der Vergangenheit nicht von der Art, dass wir ihnen uneingeschränkt vertrauen könnten, wie du vielleicht weißt.«

»In der Tat«, versicherte Jenya, den herablassenden Tonfall der Fürstin überhörend, »aber ich habe lange genug bei den Menschen gelebt, um zu wissen, dass es auch welche unter ihnen gibt, die die Last der Verantwortung kennen und bereit sind, sie gemeinsam mit uns zu tragen.«

»Außerdem Archos besteht aus Inseln«, wandte Shayak ein. »Einfacher zu verteidigen als offenes Land.«

»Er hat recht«, stimmte Jenya zu. »Und es wäre auch nicht das erste Mal in ihrer Geschichte, dass die Sterngeborenen auf sich allein gestellt sind, nicht wahr?«

»Was versteht eine *hetaira* von diesen Dingen?«, zischte Yone. Ihr langes Haar flog, als sie zu Jenya herumfuhr. »Noch dazu eine, die sich von ihrem Volk und ihrem König abgewandt hat! Du hast keine Ehre und daher auch kein Recht, irgendetwas zu befehlen!«

»Das habe ich auch nicht vor«, versicherte Jenya ruhig, die Beleidigung abermals übergehend. »Es sind Elayans Worte, die ich wiederhole. Sein letzter Befehl lautete, die Pforte von Archos um jeden Preis zu halten.«

»Das spielt keine Rolle mehr«, war die Herrin von Silea überzeugt. »Hätte Elayan gewusst, was wir jetzt wissen …«

»… hätte sein Befehl kaum anders gelautet«, schnitt Kynrik ihr das Wort ab. »Der König war ein kluger Mann. Er wusste, dass der Pass der Schlüssel ist zu Sieg oder Niederlage. Wenn Ihr abzieht und der Feind die Pforte durchbricht, so wird aus einer Entscheidungsschlacht ein Krieg mit unzähligen Fronten, den Ihr unmöglich gewinnen könnt.«

»Kann ich ihn denn so gewinnen?« Fürstin Yone sah zuerst den Schwertkämpfer, dann Jenya herausfordernd an. »Könnt Ihr mir in die Augen blicken und mir garantieren, dass wir eine echte Chance haben, den Angriff der Untoten zurückzuschlagen?« Ihre Stimme bebte, sie atmete tief ein und aus, um sich selbst zu beruhigen. »Es ist nicht Furcht, die mich diese Worte wählen lässt«, erklärte sie dann. »Ich habe lange gelebt und werde nicht zögern, mein Leben zu geben, wenn die Zeit gekommen ist und meine Pflicht es erfordert – aber ich will es auch nicht sinnlos wegwerfen. Lieber sterbe ich zu Hause, mit dem Schwert in der Hand für jene, die ich liebe, als hier in der Fremde.«

»Das geht uns allen so«, versicherte Nawyd.

»Wir alle wären jetzt lieber zu Hause«, pflichtete seine Schwester bei.

»In der Tat«, brummte Lorymar, »aber wie ich schon sagte, man kriegt eben nicht immer, was man will. Wie meint mein großer grüner Freund doch immer so zutreffend? Wir alle …«

»… sind nur Blätter im Wind«, vervollständigte Worfeck.

Der Halbling grinste freudlos. »Ich hätte es nicht schöner sagen können.«

Schweigen trat ein.

Fürstin Yone hatte die Sorge geäußert, die sie alle quälte: Die bange Frage, ob dieser unheimliche Feind sich überhaupt wirkungsvoll bekämpfen, geschweige denn besiegen ließ. Und keiner, weder Astar noch Mensch noch Dwarg, Urok, Drak oder Halbling kannte eine Antwort auf diese Frage.

»Alles, was Ihr sagt, ist wahr, Fürstin«, räumte Jenya schließlich ein. »Wir alle wissen nicht, was geschehen wird. Niemand von uns kann garantieren, ob eine Möglichkeit besteht, diesen Krieg zu gewinnen. Doch wir werden alles dafür tun.«

Sie tauschte Blicke mit den anderen Legenden, und Bray konnte sehen, wie sie einander zunickten. Offenbar hatten die Sieben diese Dinge schon zuvor besprochen.

Und einen Plan gefasst.

»Es gibt noch eine Möglichkeit«, begann sie leise, »zumindest hoffe ich das, einen letzten verzweifelten Weg. Bis heute Abend hatte ich noch geglaubt, dass wir ihn nicht gehen müssen, dass Astray die Schatten der Finsternis auch überwinden könnte, ohne diesem Schrecken abermals direkt entgegenzutreten. Aber jetzt glaube ich das nicht mehr. Ihr habt mir die Augen geöffnet«, sagte sie, an Hilalayan und Veysi gewandt.

»Wofür?«, wollte Fürstin Yone wissen.

»Für die Wahrheit. Für das, was getan werden muss«, erwiderte Jenya. »Vor vier Jahrzehnten haben sieben Gefährten etwas begonnen, doch sie haben es nicht beendet. Nun ist es an der Zeit, dies nachzuholen.«

»Wa-was bedeutet das?«, fragte Bray verwirrt. Sie hatte plötzlich Angst, noch mehr als zuvor.

»Dass wir noch einmal dorthin zurückkehren müssen, wo alles begonnen hat«, erwiderte Elyvara sanft.

»Myracor«, knurrte Kynrik.

»Myracor?« Bray glaubte, nicht recht zu hören. Die Hauptstadt des alten Astarireiches war unter Kaiser Malfertas' Herrschaft zunächst zum Inbegriff der Unterdrückung geworden, und später, als sie im Zuge der Divergenz in die Tiefe sank, zum Urbild der Zerstörung. »Aber Myracor existiert doch längst nicht mehr ...«

»Dass der Erdboden es verschlungen hat, bedeutet nicht, dass es nicht mehr existieren würde«, belehrte sie Elyvara. »Dorthin müssen wir noch einmal.«

»In den Abyss?«, fragte Nyasha entsetzt.

»Wie ich sagte – man kriegt nicht immer, was man will«, kommentierte Lorymar trocken. »Blätter im Wind. Ihr wisst schon.«

»So ist es«, bestätigte Jenya. »Deshalb werden wir das Lager noch heute verlassen.«

Fürstin Yone sah sie verwirrt an. »Aber sagtet Ihr nicht, dass ein Rückzug nicht infrage käme?«

»In der Tat – doch was die Sieben betrifft, so sind sie an einem anderen Ort von größerem Nutzen als hier. Jedenfalls hoffe ich das«, fügte sie leiser hinzu, wobei sie erneut Blicke mit den anderen Legenden tauschte.

»Dann begleite ich Euch«, sagte Bray entschlossen.

»Nein«, wehrte Elyvara ab.

»Warum nicht? Wenn Ihr nur Blätter im Wind seid, dann bin ich es erst recht, und ich ...« Sie unterbrach sich, rang nach den passenden Worten. »Rayan war davon überzeugt, dass Ihr unsere letzte Hoffnung seid, und ich glaube fest daran, dass er recht hatte. Wenn Ihr scheitert, so wird es auch keinen anderen Ort in Astray mehr geben, an dem wir sicher sind, also lasst mich Euch begleiten. Außerdem«, fügte sie hinzu und sandte Elyvara ein Lächeln, »habe ich meine Familie gerade erst gefunden. Ich will sie nicht schon wieder verlieren.«

»Dasselbe gilt für mich«, pflichtete Nyasha ihr bei. »Ich habe nie gewusst, wer ich wirklich war, bis ich Euch traf. Also lasst mich Euch begleiten und …«

»Nein!«, fiel Lorymar ihr ins Wort. Er trat auf sie zu, und ihre Blicke begegneten sich, während er sie bei den Händen fasste – und diese sanft, aber bestimmt in die ihres Bruders legte. »Prinz Nawyd«, sagte er, »ich bitte Euch, nehmt Euch Eurer Schwester an. Passt auf sie auf und sorgt dafür, dass …«

»Nichts anderes habe ich vor«, versicherte Nawyd. »Allerdings hat Nyasha gelernt, für sich selbst zu entscheiden. Wenn sie mit Euch gehen will, so bedarf sie meiner Zustimmung nicht.«

»Und … was wirst du tun?«, fragte Nyasha ihn.

»Hierbleiben und kämpfen«, gab er zur Antwort. »Die meisten jener Krieger dort auf der anderen Seite der Barrikade waren einmal unsere Leute.«

»Jetzt sind sie es nicht mehr.«

»Das weiß ich – und dennoch fühle ich mich verantwortlich für das, was geschehen ist. Ich will, dass auch auf dieser Seite der Barrikade zumindest ein Ostragier steht und mit seinem Blut und Leben für Astray einsteht.«

»Zwei Ostragier«, sagte General Veysi. »Mein Prinz.«

Nawyd nickte. Dann sahen Bruder und Schwester einander lange an. Beide hatten ihre Entscheidung getroffen und würden sie nicht mehr ändern. Auch wenn es bedeutete, sich erneut zu trennen.

»So ist es beschlossen«, sagte Jenya. »Wenn der Tag sich neigt, brechen wir auf. Ihr, Fürstin Yone, müsst uns Zeit verschaffen, so viel Ihr könnt.«

»Ich verstehe«, sagte die Herrin von Silea leise. »Jene Krieger dort draußen sind nur die Glieder der Bestie, die wir bekämpfen – du und deine Gefährten jedoch, ihr wollt versuchen, ihr das Haupt abzuschlagen.«

»Und? Werdet Ihr uns unterstützen?«

Fürstin Yone dachte nach, dann nickte sie. »Das werden wir«, versicherte sie. »Und ich dachte, du wolltest …«

»Die Anführerin sein? Euch den Oberbefehl über das Heer streitig machen?« Jenya schüttelte entschieden den Kopf. »Das wäre mir nie in den Sinn gekommen. Ihr hattet völlig recht mit dem, was Ihr sagtet, Herrin – ich bin nur eine *hetaira*. Ihr jedoch seid all das, was ich niemals war und auch niemals sein könnte, aus diesem Grund habe ich Archos damals verlassen. Ihr verkörpert all das Gute, die Stärke und die Schönheit der Astari. Die Sterngeborenen respektieren Euch und sehen bewundernd zu Euch auf, und das aus gutem Grund. Ich könnte mir niemanden vorstellen, der besser geeignet wäre, unser Heer in die Schlacht zu führen.«

Yone sah sie an, mit einer solchen Antwort schien sie nicht gerechnet zu haben. »Auch wenn es die letzte Schlacht ist, die wir jemals schlagen werden?«

»Gerade dann«, entgegnete Jenya.

»Und wenn immer noch mehr von ihnen kommen, was dann? Wenn sie unsere Reihen durchbrechen und ich keinen Rat mehr weiß?«

»Sorgt Euch nicht, Herrin«, entgegnete Jenya mit einem listigen Lächeln, »denn unser weiser König Elayan wusste Rat – und er hatte bereits einen Plan …«

Zwischenspiel

Altashar
Vor 31 Jahren

Altashar, die Hauptstadt von Ostragien, hatte viele Namen.

Die Alte wurde sie genannt.

Die Ehrwürdige.

Die Erhabene.

Eine Ansammlung prächtiger Türme und Kuppeln, zwischen denen sich von Leben überbordende Gassen und grüne Gärten erstreckten, im Osten umrahmt von den Ausläufern des Gebirges und den Dünen der Feuerwüste, im Westen von den grünblauen Wassern der Urok-See.

Xusra konnte nicht behaupten, jemals größere Pracht gesehen zu haben. Altashar war, was andere Städte gerne sein wollten, Inbegriff von Reichtum und geballter Macht und somit der legitime Nachfolger Myracors, das vor nunmehr sieben Jahren in den Tiefen der Welt versunken war. In jener schicksalhaften Nacht, in der sich Xusras Leben grundlegend verändert hatte.

Und auch Astray selbst hatte sich in diesen sieben Jahren gewandelt, die beiden Hälften des durch den Abyss gespaltenen Reiches unterschiedliche Entwicklungen genommen: Während der Westen uneins war und zerstritten und die Astari die Menschen nur mit Mühe davon abhalten konnten, sich gegenseitig zu zerfleischen, hatte der Osten sich prächtig entwickelt. Dem Großkönigtum von Altashar war es gelungen, die Macht über die gesamte Osthälfte des Reiches an sich zu bringen und regierte sie mit eiserner, aber gerechter Hand.

Für Xusra hatte immer festgestanden, dass er hierherkommen wollte, an die Quelle der Macht und in den Mittelpunkt der zivilisierten Welt.

Auch das hatte sieben Jahre gedauert.

Entschlossen, in dieser veränderten Welt mehr als ein einfacher Ziegenhirte sein zu wollen, hatte er seine Heimat nach jener Nacht, die alles verändert hatte, verlassen. Zugleich fasziniert und erschrocken über die erstaunliche Fähigkeit, die er besaß, war er hinausgezogen, um seine Bestimmung zu finden. Es musste einen Grund dafür geben, dass er diese Macht erhalten hatte.

Einen tieferen Sinn.

Ein Schicksal.

Vom Weltenschlund im Süden war er den Bruch bis ganz hinauf in den Norden gezogen, wo die Schlucht in einem gewaltigen, von schroffen Bergen umgebenen Felsenkessel endete und die Festung Vanheim stand; er hatte die Metropolen des Ostens bereist und Stätten betreten, die niemand aus seiner Sippe je gesehen und die man zu Hause in seinem Dorf allenfalls aus Legenden gekannt hatte; er war über die Märkte von Zagora gewandert, hatte die Ruinen von Isos besucht und im See von Makashar das rituelle Bad genommen; und dort, in der Kriegerstadt Makashar, hatte er sich den »Brüdern des Feuers« angeschlossen, eines im Osten aufstrebenden Kultes.

Zunächst war er nur ein einfacher Diener gewesen, doch bald schon hatte er herausgefunden, dass er ein gewisses Talent darin besaß, vor Menschen zu sprechen und sie mit Worten in seinen Bann zu schlagen, und so war er ein Prediger der Flamme geworden. Im Auftrag des Kults hatte er die Gebirge östlich des Bruchs bereist, die jetzt den Namen »Abyssia« trugen, war in Nabara und Ugarya gewesen und selbst bei den Stämmen der Stambuli, um auch ihnen die Kunde des Feuers zu bringen. Von Medras aus, der Stadt der Heiler, hatte ihn sein Weg nach Assir geführt und in die Städte des alten Ostragiens, die sich wie Frösche um den großen Teich der Bucht von Drakis scharten: Phrygos, Abydon und Bacra waren Stationen seiner Reise gewesen, und immer noch mehr Menschen hatte er durch seine Reden begeistert. Und nun endlich hatte sich sein Ziel erfüllt, und er war nach Altashar gekommen, das Zentrum nicht nur der weltlichen Macht, sondern auch des Feuerkults.

Oftmals hatte er sich in den Jahren der Wanderschaft ausgemalt, wie es sein würde, nach Altashar zu gelangen und Glanz und Ruhm des Feuerkults mit eigenen Augen zu sehen.

So hatte er es sich nicht vorgestellt …

»Auf die Knie!«, herrschte der eine der beiden Tempeldiener ihn an, die ihn mit vorgehaltenen Waffen hereingeführt hatten. Noch ehe Xusra der Aufforderung nachkommen konnte, wurde ihm der Schaft eines Speers in die Kniekehlen gerammt, sodass er gar nicht anders konnte, als sich niederzuwerfen.

Schmerzhaft landete er auf dem aus schwarzem Pechstein gelegten Boden, in dessen polierter Fläche sich das Feuer widerspiegelte, das am anderen Ende der Tempelhalle in einem eisernen Becken loderte: Die Flamme war Symbol der stets verzehrenden und niemals endenden Kraft des Feuers, das einst von den Drachen gebracht worden war.

Davor saß, auf einem von Wachen gesäumten Sitz aus schimmerndem Obsidian, ein alter Mann. Sein Haupt war kahl wie bei den Mitgliedern des Kultes üblich und mit dem Feuermal gezeichnet. Seine Robe war orangerot, genau wie jene, die Xusra trug – mit dem Unterschied, dass die des Alten aus feinster Seide gewirkt war.

Dies war Zarindar, Hohepriester des Kultes und dessen formelles Oberhaupt. Nur wenige Angehörige der Bruderschaft bekamen ihn je in ihrem Leben zu sehen.

Xusra hatte dafür lange gearbeitet.

Und viel erduldet …

»O-Oberster Bruder«, stammelte er, auf Knien und Ellbogen auf dem Boden kauernd. »Ich bin Xusra, Stimme des Feuers und Euer ergebener Diener.«

»Wir wissen, wer du bist«, drang es zurück. »Und deshalb wissen wir auch, dass es mit deiner Ergebenheit nicht weit her ist, Xusra.«

Er gab Xusras Bewachern ein Zeichen, worauf sie ihn wieder auf die Beine stellten. Allerdings hielt Xusra es für geraten, auch weiterhin in gebeugter Haltung zu verharren und das Haupt ehrerbietig zu neigen.

»Was meint Ihr, Oberster Bruder?«

»Wir denken, das weißt du sehr genau. Wir haben dich nicht von ungefähr zu uns bringen lassen, Xusra. Wir wollten mit eigenen Augen sehen, wer der Mann ist, der dort draußen umherwandert und in unserem Namen Unruhe in den Provinzen verbreitet.«

»Unruhe?« Xusra wagte es erstmals, wieder aufzublicken.

Zarindar erhob sich, offenbar hielt es ihn nicht länger auf seinem Sitz. Seine Gestalt war hager und gebrechlich, seine Bewegungen jedoch verrieten zähe Entschlossenheit. Mehr davon, als Xusra recht sein konnte.

»Uns ist zu Ohren gekommen, dass du einen neuen Anfang predigst«, kam der Hohepriester sofort zur Sache. »Du behauptest, dass es der Geist des Drachens gewesen sei, der am Tag der Divergenz die Erde geöffnet und sie gespalten habe.«

»Das ist richtig, Oberster Bruder«, gestand Xusra schlicht.

»Aber das ist nicht unsere Lehre! Nicht die Wahrheit des Feuers, die wir verkünden!«

»Es ist eine … andere Wahrheit«, räumte Xusra ein. »Nichtsdestotrotz werde ich sie verkünden.«

»Wie kannst du es wagen?« Zarindar schrie so laut, dass seine Stimme von der hohen, mit rußgeschwärzten Kassetten versehenen Decke widerhallte. »Die Flamme allein kennt die Wahrheit«, rief er, nach dem Feuer deutend, das in der großen Schale brannte. »Und sie spricht allein durch den Hohepriester!«

»Der Ihr selbst seid«, ergänzte Xusra nickend. »Ich wusste, dass Ihr das sagen würdet. Aber Ihr müsst verstehen, dass auch ich eine Wahrheit erfahren habe. Der Drache selbst hat sie mir in jener Nacht offenbart.«

»Dir?« Zarindars dunkle Augen starrten ihn an. Einen Moment lang schien der Hohepriester in eine weitere Tirade ausbrechen zu wollen. Stattdessen jedoch lachte er laut und spöttisch. Und die Wachen und Tempeldiener, die zugegen waren, fielen in das Gelächter ein. Wie eine Woge schlug es über Xusra zusammen, wie Jauche ergoss es sich über ihn.

»Du«, beschied ihm der Hohepriester, nachdem seine Leute und er sich wieder ein wenig beruhigt hatten, »bist nur ein kleiner Diener, ein klägliches Flüstern im mächtigen Gebrüll des Feuers. Glaubst du, ich wüsste nicht, woher du gekommen bist? Dass du noch bis vor wenigen Wintern nichts weiter als ein Ziegenhirte warst?«

»Sieben Winter«, stellte Xusra klar. »Sechs davon war ich im Dienst des Kultes. In seinem Auftrag habe ich Ostragien bereist und habe die Wahrheit der Flamme verkündet, von Abyssia bis hinauf nach Ugarya! Selbst bei den Stambuli bin ich im Dienst des Feuers gewesen!«

»Und? Viele von uns waren dort, und manche haben es gar mit dem Leben bezahlt, hingeschlachtet von Barbaren, die die Wahrheit nicht anerkennen wollen. Doch keiner von ihnen wäre je auf den Gedanken verfallen, die Lehre zu ändern …«

»Weil sich ihnen die Wahrheit nicht offenbart hat«, konterte Xusra. »Ich hingegen habe sie erkannt. Dieselbe Nacht, die unsere Welt verändert hat, hat auch mich verändert. Wir leben am Beginn eines neuen Zeitalters, Oberster Bruder. Und es wird Zeit, die neue Wahrheit zu verkünden.«

»Ach ja?«, spottete der andere. »Und welche Wahrheit sollte das wohl sein?«

»Dass in dieser neuen Welt der Feuerkult dazu bestimmt ist, über alle anderen Religionen Astrays zu herrschen«, entgegnete Xusra unverblümt. »Mit der Wahrheit als Waffe, wo immer es möglich ist – und wo nicht, mit dem Schwert«, fügte er hinzu.

Dies war seine Überzeugung.

Seine Bestimmung.

»Das ist Irrlehre! Blasphemie!«, rief der Hohepriester außer sich. »Die Herrschaft der Flamme ist eine Herrschaft des Friedens, sie kennt keine Gewalt! Sieh, wohin Blut und Gewalt Malfertas und die Seinen gebracht haben! Wir alle, die wir die orangerote Robe tragen, haben ihr entsagt!«

»Wie ich schon sagte – dies ist eine neue Zeit. Vieles, das einst Bestand hatte, gilt nicht mehr.«

Zarindar schnappte nach Luft. Er schien Mühe zu haben, sich auf den Beinen zu halten. »Wie … wie kannst du es wagen …?«

»Weil auch das ein Teil der Wahrheit ist«, erwiderte Xusra und straffte sich. Nicht länger stand er in unterwürfiger Haltung da, sondern stolz erhobenen Hauptes. »Eure Zeit geht zu Ende, Oberster Bruder – meine hingegen beginnt in diesem Augenblick.«

Das war zu viel.

Zornesröte schoss Zarindar ins Gesicht. Durch die Tempelhalle stach er auf Xusra zu, die knochigen Hände ausgestreckt, um sich auf den ungehorsamen Glaubensbruder zu stürzen und ihn persönlich auf den rechten Pfad zurückzuführen.

»Warte, Bursche!«, rief der Hohepriester dabei zur Erheiterung seiner Wächter und Diener. »Ich werde dich Demut lehren, Ziegenhirt! Ich werde dir die Kleider, die zu tragen du nicht verdienst, eigenhändig vom Leib reißen! Ich werde dich auspeitschen lassen und dich so nackt und bloß hinaus in die Fremde schicken, wie du einst aus ihr gekr…«

Er verstummte und blieb stehen, nur wenige Schritte von Xusra entfernt. Seine Augen weiteten sich, seine Züge wurden starr.

»Herr«, fragte einer der Wächter besorgt, »was habt Ihr?«

»Hitze«, war alles, was Zarindar hervorbrachte. »Diese schreckliche Hitze …«

Dann ging er in Flammen auf.

An jenem Tag tötete Xusra, die Stimme des Feuers, den Hohepriester Zarindar und nahm dessen Stelle als Oberhaupt des Kultes ein.

Von da an lachte niemand mehr über ihn.

DRITTES BUCH

Der Herrscher der Tiefe

1

Nördliches Grauland
Fünf Tage später

Noch am Abend desselben Tages, nur wenige Stunden nach ihrer Unterredung mit Prinzessin Yone, waren sie aufgebrochen: die Sieben Legenden, zum ersten Mal wiedervereint seit den Tagen der Großen Divergenz.

Die Astara Jenya.

Der Schwertkämpfer Kynrik.

Die Heilerin Elyvara.

Der Halbling Lorymar Thinkling.

Der Urok Worfeck.

Der Drak Shayak.

Und der Dwarg Ægir Synkorol.

Es war ein historisches Ereignis, dessen Zeugen Bray und Nyasha wurden, die als Einzige den Zug der Sieben begleiteten, obschon sie nicht zu ihnen gehörten. Und obwohl sie wussten, dass der Weg, den sie einschlugen, vermutlich nur in eine Richtung führte.

Zuneigung hatte sie dazu bewogen – in Nyashas Fall die Liebe zu einem Halbling, der sich, nicht zuletzt durch ihren Einfluss, von einem selbstsüchtigen Großmaul in einen wahren Helden verwandelt hatte. In Brays Fall war es die lebenslange Sehnsucht nach ihrer Mutter, die sich so unverhofft erfüllt hatte; aber auch der Wunsch, das Erbe ihres Vaters zu vollenden. Ohne zu wissen, was sie miteinander verband, waren der Sänger Rayan und sie einander stets nahe gewesen, bereits damals, als er sie beim Diebstahl ertappt und in Skaradag in jenes Kellerloch gesteckt hatte. Selbst als sie noch nicht gewusst hatte, dass er ihr Vater war, hatte sie das Gefühl gehabt, sein Vermächtnis fortführen und die Erinnerung und den Glauben an die Helden von einst wachhalten zu müssen. Um wie viel mehr verspürte sie diesen Drang erst jetzt!

Aus den Beständen der astarischen Reiterei hatten Jenya und Kynrik mit fachkundigem Blick Pferde ausgewählt, edle *kratai*, jeweils zwei für jeden von ihnen, sodass eines der Tiere stets ausruhen und sie Tag und Nacht durchreiten konnten, soweit Wetter und Gelände es zuließen; das Gepäck, das sie mitführten, war ohnehin leicht, neben ihren Waffen führten die Gefährten lediglich ein paar Decken, Seile und Fackeln sowie Proviant und Wasser für fünf Tage mit. Mehr würden sie nicht brauchen, ganz gleich, was geschah.

Auf diese Weise waren sie gut vorangekommen, hatten das Haymos-Gebirge in östlicher Richtung durchquert und waren an seinen Ausläufern entlang nach Grauland abgestiegen. Im Niemandsland, das sich bis hinunter nach Bessos und bis hinüber nach Abyssia erstreckte, war Bray noch nie zuvor gewesen. Zum ersten Mal in ihrem Leben sah sie aus der Nähe, was die Katastrophe damals angerichtet hatte, und es erfüllte sie mit Bestürzung.

Einst, so hieß es, hatte Grauland einen anderen Namen getragen. Es war blühendes, fruchtbares Land gewesen, die Kornkammer Astrays, gespeist von den Wassern des Flusses, der in Nordheim entsprang und im Süden ins Meer von Tharys mündete, und mit Myracor als seinem pulsierenden Herzen.

Der Bruch hatte all dies geändert.

Das Land war öde, ausgedörrt und von Rissen durchzogen. Wo Getreidefelder einst von einem Horizont zum anderen reichten und die Halme sich unter vollen Ähren von Weizen und Roggen bogen, war nur noch verdörrtes Gestrüpp anzutreffen; von den steinernen Straßen, die einst aus allen Himmelsrichtungen nach Myracor führten und von zahlreichen Wegstationen gesäumt wurden, waren kaum mehr als aus dem Boden gerissene Trümmer übrig. Der Große Fluss, einst die Lebensader nicht nur der Hauptstadt, sondern des gesamten Reiches, war verschwunden, als an seinem Verlauf entlang die Welt zerriss; und mit ihm auch Myracor, das große, alte Zentrum der Welt.

Bray kannte Lieder, die davon berichteten, dass die Türme der Stadt einst weithin zu sehen gewesen seien und jedem Besucher schon aus der Ferne die Größe und Erhabenheit der alten Kaiserstadt vermittelt hätten – auch davon war nichts geblieben. Alles, was Bray sah, als ihre Gefährten und sie sich von Westen über die Ebene näherten, war ein verlassenes, von tiefen Erdspalten durchzogenes Land und dunkle, Unheil verheißende Wolken, die sich darüber ballten.

Donner grollte in der Ferne, doch dieses Gewitter würde keinen Niederschlag bringen. Während ihres halsbrecherischen Ritts durch das Gebirge waren Bray und ihre Gefährten immer wieder in Regengüsse geraten, doch seit sie Grauland erreicht hatten, schien es, als wären die Quellen des Himmels versiegt.

Kein Wunder, dachte Bray düster. Denn Wasser bedeutete Leben, und diesen öden Landstrich hatte das Leben schon vor langer Zeit verlassen. Sie hatte viel über den Krieg und die Katastrophe gehört, aber erst jetzt, da sie mit eigenen Augen sah, was die Divergenz angerichtet hatte, leuchtete ihr ein, weshalb längst nicht alle in den Sieben Legenden Helden sahen und manche die Erinnerung an sie gar auszulöschen suchten …

Elyvara schien die Düsternis ihrer Gedanken zu fühlen, denn sie lenkte ihr Pferd an Brays Seite. »Noch ist Zeit«, raunte sie ihr halblaut zu.

Bray blickte zu ihr hinüber. »Was meinst du?«

Elyvara sah sie an. Unausgesprochener Schmerz spiegelte

sich in ihren milden, von weißem Haar umrahmten Zügen. »Du bist keine von uns«, erklärte sie. »Du musst nicht mit uns kommen. Noch kannst du es dir anders überlegen. Du könntest die Prinzessin mit dir nehmen und …«

»Nein«, verkündete Bray entschieden, wobei sie die Prinzessin, die zusammen mit Jenya und Lorymar an der Spitze des kleinen Zuges ritt, mit einem Blick streifte. »Nyasha hat ihre Wahl getroffen. Genau wie ich.«

»Und warum?«, fragte Elyvara leise.

»Wäre es dir lieber, ich würde umkehren?«, fragte sie gereizt. »Willst du mich nicht dabeihaben?«

»Ich will, dass du verstehst, worum es geht«, erwiderte die Heilerin gelassen. »Du bist niemandem etwas schuldig, Bray, weder deinem Vater noch mir. Wenn, so sind wir es, die dir etwas schuldig geblieben sind – unseren Schutz, unsere Liebe, ein Heim …«

»Ihr könnt nichts für das, was geschehen ist. Bei allem, was ihr getan habt, habt ihr es stets gut gemeint.«

»Es gibt ein Sprichwort in Ophira, nach dem böse Taten oft mit guten Absichten beginnen.«

»Nicht in diesem Fall«, war Bray überzeugt. »Das alles sollte so geschehen – oder glaubst du, dass es Zufall gewesen ist, der mich zunächst mit meinem Vater und dann auch noch mit dir zusammengeführt hat?«

Die hohe Stirn ihrer Mutter legte sich in Falten. »Glaubt jemand, der auf der Straße aufwachsen musste und den Launen eines harten Lebens ausgesetzt war, an Schicksal?«, fragte sie ungläubig.

»Früher habe ich nicht daran geglaubt, denn es hätte bedeutet, mich mit allem abzufinden, mit dem Unrecht und der Unterdrückung, die in Skaradag herrschten«, erwiderte Bray. »Doch nach allem, was passiert ist, kann ich nicht anders, genau wie mein Vater.«

Elyvara lächelte. »So hast du einen anderen Rayan kennengelernt als ich. Der junge Mann, der damals zu mir kam, war sehr verunsichert, was das Leben betraf. Sein Vater und das ganze Dorf hatten ihn verstoßen. Als ich ihn fand, war er schwer verletzt und wäre beinahe daran gestorben. Weder wollte er seine Gabe annehmen noch konnte er einen Sinn darin sehen.«

»Der Rayan, den ich kannte, versuchte diesen Sinn zu finden«, versicherte Bray. »Er hatte diese schrecklichen Visionen von Tod und Untergang und glaubte, eine Antwort darauf gefunden zu haben, eine Lösung … den Stein der Astari.«

Ihre Mutter nickte. »Seine Fähigkeit war in der Tat außergewöhnlich. Denn so wie es aussieht, hatte er tatsächlich recht mit allem, was er vermutet hat.«

»All das … hat also mit dem Stein zu tun?«, fragte Bray. Lange Zeit war sie unsicher gewesen, ob es diesen Stein überhaupt je gegeben hatte. War er tatsächlich, wie Rayan geglaubt hatte, ein magisches Artefakt, das Astray schon einmal gerettet hatte und es wieder konnte? Oder war es nur ein Bild für das, was einst geschehen war?

»Alles hat mit dem Stein zu tun«, versicherte Elyvara. »Er allein ist der Grund dafür, dass wir hier sind.«

»Was genau ist damals geschehen?«, wollte Bray wissen und sah sie durchdringend dabei an. »Jenya weicht aus, wann immer die Sprache darauf kommt, und auch die anderen scheinen nicht darüber reden zu wollen.«

»Natürlich nicht.« Die Heilerin verzog säuerlich den Mund. »Niemand spricht gerne über die Sünden der Vergangenheit.«

Bray runzelte die Stirn. Sie hatte mehrfach bemerkt, dass Jenya Schuldgefühle plagten, und auch die anderen Legenden schienen seit den Tagen des Bruchs etwas herumzuschleppen, an dem sie schwer zu tragen hatten.

Elyvara warf ihr einen vieldeutigen Blick zu. »Sehr oft sind die Dinge nicht, wie sie auf den ersten Blick erscheinen, und bisweilen muss man Entscheidungen treffen, deren Tragweite zunächst nicht abzusehen ist. Man weiß, dass sie Folgen haben werden, gute wie schlechte, und dennoch muss man handeln.«

»Ist es damals so gewesen?«

»In der Tat. Der Stein der Astari befand sich in unserem Besitz, und mit ihm auch alle Macht, die ihm innewohnt, seit er von den Sternen zu uns gekommen ist. Und wir alle, die wir dabei waren, wussten, dass nur diese Macht noch in der Lage sein würde, Kaiser Malfertas und seine Blutlegionen aufzuhalten. Also haben wir seine Macht entfesselt …«

»… und damit den Untergang von Myracor heraufbeschworen«, sprach Bray aus, was sie insgeheim längst vermutet hatte.

Elyvara starrte geradeaus auf die dunklen Wolken. »Es war der einzige Weg, es zu beenden«, bestätigte sie leise. »Doch ich fürchte, indem wir das eine Übel beseitigten, haben wir ein anderes, noch schlimmeres heraufbeschw…«

In diesem Augenblick scheute Brays Reittier.

Wiehernd stieg ihr Astarhengst, weil vor ihm ein Spalt im grauen Boden klaffte. Im spärlichen Zwielicht war er kaum zu erkennen gewesen, lediglich der Instinkt des Pferdes hatte es vor dem Sturz in die Tiefe bewahrt. Erschrocken riss Bray am Zügel und drehte das scheuende Tier auf der Hinterhand herum. Dabei fiel ihr Blick in die schwarze Tiefe des Erdspalts, und sie spürte die eisige Kälte, die ihr daraus entgegenschlug. Sie hatte das Gefühl, davon verschlungen zu werden, und wankte im Sattel. Die Rufe ihrer Begleiter hörte sie nur wie aus weiter Ferne, der Abgrund zog sie unwiderstehlich an …

Plötzlich packte jemand beherzt die Zügel ihres Pferdes und zog es vom Abgrund zurück. Bray, der es schien, als sei sie aus einem Traum erwacht, starrte in ein schuppiges Reptiliengesicht.

»Vorsicht, Menschentochter«, beschied ihr Shayak. »Sonst Reise zu Ende, noch ehe begonnen.«

Menschentochter.

Das war der Name, den er ihr gegeben hatte, mit jener Mischung aus Wertschätzung und Spott, die den Draki zu eigen war. Und irgendwie gefiel er ihr.

»Alles in Ordnung?«, fragte Jenya, die den Trab ihres Pferdes gezügelt hatte und wieder umgekehrt war.

Bray nickte.

»Die Risse im Boden werden immer breiter und tiefer, je näher wir Myracor kommen«, erklärte die Astara düster. »Hütet euch davor. Denn dort unten, meine Freunde, lauert der Tod.«

2

Feldlager, Pforte von Archos
Zur selben Zeit

Hammerschläge dröhnten über der Passhöhe und hallten von den Felswänden der Pforte wider. Selbst durch die Wände des Feldherrenzeltes waren sie zu hören, bei Tag und Nacht. Und obwohl Prinz Nawyd wusste, dass es notwendig war, nagte das beständige Geräusch nicht weniger an ihm als die schlechten Neuigkeiten, die mit jedem zurückkehrenden Kundschafter eintrafen.

»Zwei weitere Sichtungen, Herrin«, meldete eine Unterführerin, die eben ins Zelt getreten war. »Horden des Feindes wurden sowohl an der Grenze zu Graya als auch im südwestlichen Haymos gesichtet. Es war die Rede von weiteren achthundert Kriegern.«

»Weitere achthundert«, wiederholte Fürstin Yone tonlos. Zusammen mit Nawyd und weiteren Hauptleuten und Beratern stand sie vor der großen Landkarte, die das Gebirge und die umliegenden Landschaften abbildete. Kleine schwarze Banner waren überall dort in das Pergament gesteckt worden, wo es Meldungen über feindliche Verbände gegeben hatte – wenn man die wild zusammengerotteten, sich beständig vergrößernden Haufen von Untoten denn so nennen wollte. Die größte Konzentration gab es bislang noch nördlich der Pforte, wo sich an den Hängen des Haymos-Gebirges ein Fähnchen an das nächste reihte. Doch auch aus dem westlichen Umland, wohin Fürstin Yone ihre Späher entsandt hatte, trafen Meldungen ein: Vangart und Doornach schienen demnach vom dunklen Feind bereits übernommen worden zu sein. Größere Verbände hatten sich von dort auf den Weg nach Osten gemacht, von Ankrum und Scyalon, dessen Eroberung Hilalayan selbst erlebt hatte, ganz zu schweigen.

»Es ist beängstigend«, sagte Nawyd. »Innerhalb eines halben Mondes hat sich der Feind ausgebreitet wie eine Seuche. Von Brückstadt aus ist er nach Vanheim marschiert, von dort aus hat er sich nach Süden ausgebreitet. Norya und vermutlich auch Teile des Morwalds befinden sich bereits in seiner Hand, ebenso wie das Gebiet um den Opalsee und die nördlichen Ausläufer des Gebirges. Und nun schiebt sich von Westen ein zweites Heer an uns heran. Noch sind es nur einzelne Haufen, aber wenn sie sich erst zu einer Streitmacht vereinen und den Fluss in großer Anzahl überschreiten …«

»… so droht uns im Westen eine zweite Front, gegen die wir mit dem, was wir haben, nicht lange bestehen können«, brachte Fürstin Yone seinen Gedanken zu Ende.

Nawyd bewunderte die Astara gleichermaßen für ihre Ruhe wie für ihre Klugheit. Die Herrin von Silea war eigentlich keine Kriegerin, sondern eine Liebhaberin der hohen Künste. Allein die Notwendigkeit hatte sie zu dem werden lassen, was sie nun war, und sie erfüllte ihr Amt mit derart viel Mut und Besonnenheit, dass auch ein ostragischer Prinz kein Problem darin sah, sich ihrem Befehl zu unterstellen.

»Noch ist der Weg nach Süden frei«, gab Hilalayan zu bedenken, den Yone ebenso in den Stab ihrer Berater berufen hatte wie General Veysi. »Der Feind hat Achaya noch nicht betreten, und unter Voraussetzungen wie diesen wäre ein Rückzug durchaus erwägenswert.«

»Vielleicht«, räumte die Astara ein, »doch hieße dies, Elayans letzten Befehl zu missachten, und das werde ich gewiss nicht tun.«

»Auch nicht, wenn es bedeutet, Hunderte von Astari zu opfern?«, hakte Hilalayan nach – Nawyd bezweifelte, dass es dem einstigen Hofmarschall nur um das Wohl der Sterngeborenen ging. Die Sorge um die eigene Haut spielte wohl auch eine gewisse Rolle dabei … »Wenn der Feind erst in Achaya eingefallen ist und uns den Rückweg versperrt, wird es keine Möglichkeit zum Rückzug mehr geben.«

»Dessen bin ich mir bewusst«, entgegnete die Fürstin gelassen. »Doch ein Rückzug würde auch bedeuten, die Pforte preiszugeben. Dann könnte der Feind ungehindert nach Süden strömen, und die Südlande wären ihm schutzlos ausgeliefert.«

»Die Südlande der Menschen, Herrin«, wandte einer ihrer Hauptleute ein. »Die Astari könnten sich auf die Inseln zurückziehen, und es würde lange dauern, bis auch Archos fiele – wenn es den Schatten überhaupt gelänge, das Wasser zu überqueren.«

»Daran besteht nicht der geringste Zweifel, Hauptmann«, wies Yone ihn zurecht. »Vergesst nicht, dass Prinz Nawyd und ich in Zagora waren und die Untoten auch zur See haben kämpfen sehen. Sie sind durchaus in der Lage, Schiffe zu bemannen und zu navigieren, und sie fürchten das Wasser so wenig wie das Feuer. Außerdem – wenn wir den Menschen jetzt den Rücken kehren, so werden sie sich schon bald bitter an uns rächen, denn jeder Einzelne von ihnen wird das Heer des Feindes verstärken. Begreift Ihr das?«

»Ja, Herrin«, erwiderte der Offizier und senkte eingeschüchtert den Blick.

»Dennoch hat er in vieler Hinsicht recht, Fürstin«, wandte Nawyd ein. »Selbst wenn die Schattenkrieger in der Lage sind, das Wasser zu überwinden – auf den Inseln würdet Ihr ihnen weniger ausgeliefert sein als hier.« Er wandte sich erneut der Karte zu und deutete nach den Fahnen. »Wenn ich mir dies ansehe, so muss ich befürchten, dass die Strategie des Feindes darin besteht, uns von drei Seiten einzukreisen. Wer immer die Schattenkrieger lenkt, ist sich bewusst, dass wir uns so nicht lange werden halten können, zumal wir dann auch keine Verstärkung aus Archos mehr erhalten. Dies ist vermutlich auch der Grund dafür, dass wir seit Tagen nur noch kleinere Scharmützel an der Barrikade erleben, aber keinen Großangriff. Der Feind hält uns hin, er beschäftigt uns, während die Zeit für ihn arbeitet. Also überlegt Euch noch einmal, ob Ihr nicht doch den Rückzug befehlen wollt, ehe Ihr Euch und Eure Krieger für eine Rasse opfert, die sich den Astari gegenüber wiederholt als undankbar erwiesen hat.«

»So ist es«, pflichtete Hilalayan bei.

Den einstigen Hofmarschall streifte Fürstin Yone nur mit einem Seitenblick. Dafür wandte sie sich Nawyd zu und betrachtete ihn eine ganze Weile lang, so als versuchte sie, auf den Grund seines Herzens zu sehen. Schließlich lächelte sie. »Anders als bei Eurem bleichen Landsmann kann ich sehen, dass es nicht die Angst vor dem Feind ist, die Euch so sprechen lässt«, sagte sie. »Im Gegenteil sind es Euer Mut und Eure Wahrheitsliebe, die Euch Partei gegen Euresgleichen ergreifen lassen, und das weiß ich sehr zu schätzen.«

»Aber?«, fragte Nawyd.

»Ich kann dennoch nicht tun, was Ihr mir alle einreden wollt«, sagte die Herrin von Silea, nun an alle Anwesenden gewandt. »Auch ich war nicht mit allem einverstanden, was die Menschen in den vergangenen Jahrzehnten getan und was sie aus Astray gemacht haben, und nicht von ungefähr habe ich mich nach der Divergenz auf meine Insel zurückgezogen und mich lieber mit Dichtkunst und Musik befasst statt mit der Wirklichkeit. Doch dies, meine Freunde, ist nicht der Zeitpunkt, den Menschen ihre zweifellos vorhandenen Fehler und Versäumnisse vorzuhalten. Auch die Astari haben in ihrer Geschichte falsche Entscheidungen getroffen, der Krieg und die Divergenz waren die Folge davon. Wir sollten damit aufhören, uns in Schuldzuweisungen zu ergehen und endlich begreifen, dass diese Welt uns allen gehört. Hier geht es längst nicht mehr nur um Menschen oder Astari, sondern um alle Völker.«

Nawyd sah sie an. »Danke, Fürstin«, sagte er leise. »Wie konnte ich nur jemals glauben, dass die Sterngeborenen unsere Feinde seien?«

»Ich tue nur, was mir befohlen wurde«, wiegelte Yone ab und lächelte matt. »Als ich von dem Plan erfuhr, den König Elayan Jenya noch auf dem Sterbebett mitgeteilt hat, erschrak ich zunächst, denn er widerspricht so ziemlich allem, woran wir Astari glauben – der Idee von Kontinuität, der Vorstellung, dass die Taten der Vorfahren bis in die Gegenwart hineinwirken und wir die Erinnerung daran lebendig halten müssen, damit sie auch in der Zukunft fortleben.«

Das Lächeln verschwand aus ihrem Gesicht, und eine tiefe Traurigkeit legte sich über ihre Züge. »Was wir zu tun im Begriff sind, hat mit alldem nichts zu tun« sprach sie leise. »Und dennoch müssen wir es tun, denn etwas hat sich grundlegend geändert: Es ergibt keinen Sinn, etwas für die Zukunft zu erhalten, wenn diese Zukunft infrage steht, nicht wahr?« Sie wandte sich von Nawyd ab und einer ihrer Unterführerinnen zu. »Wie weit sind die Vorbereitungen fortgeschritten?«

»Wir kommen gut voran, Herrin«, bestätigte diese, »unsere Leute arbeiten ohne Unterlass.«

»Gut so.« Fürstin Yone nickte entschlossen, von Zweifeln war in ihrem Mienenspiel nichts mehr zu erkennen. »Unsere Aufgabe besteht lediglich darin, Zeit zu gewinnen«, fasste sie zusammen. »Die tatsächliche Hoffnung ruht auf jenen, die man die Legenden nennt.«

»Sind sie so etwas wie Legenden je gewesen?«, fragte Hilalayan skeptisch.

Der Blick, den die Astara dem einstigen Hofmarschall zuwarf, war unmöglich zu deuten. »Falls nicht«, erwiderte sie dann, »haben sie jetzt die Gelegenheit, es zu werden.«

3

Niemandsland von Myracor
Bei Tagesanbruch

Die Tiefe schien zu leben.

Wie ein dunkles, zähnestarrendes Maul blickte sie ihnen entgegen, so als wäre sie willens und bereit, sie alle zu verschlingen.

Die Furcht, die Bray bei diesem Anblick verspürte, saß tiefer als jede andere Art von Furcht, sie rührte an den grundlegendsten Instinkten.

Todesangst …

Kalt, grausam und jeden klaren Gedanken unterbindend war sie wieder da und es konnte nur eines bedeuten – dass Schattenkrieger in der Nähe waren.

Die ganze Nacht hindurch hatten sie die Ebene von Myracor durchquert. Shayak hatte die Führung übernommen, da die Augen des Echsenmannes in der Dunkelheit sehr viel besser sahen als die von Menschen, Astari oder Halblingen. Vorbei an Erdspalten, die sich immer weiter verbreiterten, hatten sich die Gefährten jenem Ort genähert, an dem vor beinahe vier Jahrzehnten der letzte Kampf gegen den Kaiser stattgefunden hatte und von wo aus der Kontinent Astray in zwei Hälften gespalten worden war. Und je näher sie dem Ursprung der Kluft gekommen waren, desto mehr hatte Bray es spüren können: die Kälte, den Tod … das Böse, das von diesem Ort ausging. Und sie brauchte nur in die Gesichter ihrer Gefährten zu sehen, um zu wissen, dass auch sie es spürten. Auch wenn sie auf unterschiedliche Weise darauf reagierten.

Während Worfeck in ein dumpfes, düsteres Lamento verfiel – vermutlich eine Formel zur Meditation, die er im Kloster des Windes gelernt hatte –, begann Lorymar Thinkling zu plappern, so als müsste er allen anderen und vor allem sich selbst versichern, dass alles in Ordnung sei. Aber es war nichts in Ordnung, weder hier noch auf der Passhöhe, wo ihre Freunde, ihre Brüder und Gefährten womöglich jetzt gerade um das Überleben kämpften …

Der Ort, an dem Myracor in der Tiefe versunken war, war schon von Weitem zu sehen gewesen. Ein gewaltiges Loch, das in der toten Erde Graulands klaffte, so schwarz und abgrundtief, dass kein Lichtstrahl je den Grund erreichte.

Von hier aus verlief der Bruch gen Norden bis in den Felsenkessel von Vanheim und bis nach Süden zum Weltenschlund. Noch nie zuvor hatte Bray von der Kluft, die Astray spaltete, als einer lebenden, atmenden Bestie gedacht. Jetzt, als sie am Rand des gewaltigen Abbruchs stand, drängte sich ihr der Vergleich förmlich auf. Etwas Grauenvolles lauerte dort unten.

Etwas, das nur auf sie wartete …

Unwillkürlich musste Bray an eine frühe Vision denken, die sie gehabt hatte, als sie das Liebeslied von Khadir gesungen hatte:

… und wäre nur nicht unter Wolken verborgen,
die Zukunft, gebeugt unter Furcht und viel Sorgen
und erblickte ich nicht in der Welt dunkler Kluft,
das Grauen, das unsere Namen ruft!

»Und jetzt?«, fragte Lorymar, der wie alle anderen vom Pferd gestiegen war und in den Abgrund starrte. »Was tun wir? Reinpinkeln?«

»Ich könnte dich runterwerfen, um zu messen, wie tief es ist«, knurrte Kynrik.

»Still, alle beide«, fuhr Jenya ihnen über den Mund. »Hört ihr das nicht?«

Alle schwiegen und lauschten. Und tatsächlich: Was das empfindsame Gehör der Astara schon zuvor wahrgenommen hatten, drang jetzt auch an ihre Ohren.

Ein seltsames Wispern lag in der Luft, obwohl kein Wind sich regte. Ein Flüstern, das aus der Tiefe drang, als ob Geister zu ihnen sprachen.

Bray schauderte.

»Wie gelangen wir hinab?«, fragte sie leise.

»Für den, der gehen soll, ist immer ein Weg«, entgegnete Shayak mit schlichter Weisheit.

»Wie meinst du das?« Etwas am Tonfall des Echsenmannes gefiel Bray ganz und gar nicht.

»Ist das nicht offensichtlich?«, fragte Lorymar dagegen. »Unser geschuppter Freund denkt, dass dort unten eine Falle auf uns wartet.«

»Und was denkst du?«, fragte Bray Jenya.

»Dass Lorry recht hat«, erwiderte die Astara. »Es war eine Falle, von Anfang an. Was denkst du, warum die Schattenkrieger sich immer wieder zurückgezogen haben? Warum sie uns die Chance ließen, aus dem Gebirge zu entkommen?«

»Nun, ich dachte …«

»Wir sollten hierherkommen«, sagte Elyvara leise. »Das war sein Plan, von Anfang an.«

»Wessen Plan«, wollte Nyasha wissen. »Vom wem sprecht ihr? Xusra?«

Jenya lachte auf. »Ich wünschte, es wäre so einfach«, sagte sie. »Das, womit wir es hier zu tun haben, ist sehr viel älter und gefährlicher als Xusra, und wir selbst haben es aus dem Schlaf geweckt.«

»Als ihr den Stein der Astari benutztet«, folgerte Bray flüsternd. So also hing alles zusammen …

»Wunderbar.« Lorymar schnitt eine Grimasse. »Nachdem

wir das geklärt haben, können wir uns ja jetzt an den Abstieg machen. Aber eines sollten wir vorher noch klären.«

»Nämlich?« Jenya hob die Brauen.

»Jemand muss hierbleiben und sich um die Pferde kümmern«, entgegnete der Halbling und sah sie bedeutungsvoll dabei an.

Die Astara hielt seinem Blick stand und schien einen Augenblick nachzudenken. »Einverstanden«, erklärte sie dann und wandte sich Nyasha zu. »Ihr übernehmt das.«

»Ich?« Die Prinzessin von Altashar sah zuerst Jenya, dann Lorymar fragend an. »Aber ich möchte mit euch kommen. Ich möchte bei dir sein …«

»Ich weiß.« Er trat auf sie zu und nahm ihre Hände in seine. »Aber wenn niemand hierbleibt und nach den Pferden sieht, werden sie die Flucht ergreifen, und wir haben keine Möglichkeit mehr, von hier zu entkommen. Wirst du das für uns tun?«

Man konnte ihr ansehen, dass sie zweifelte. Ging es dem Halbling tatsächlich um die Pferde? Oder hatte er lediglich nach einem Vorwand gesucht, um sie nicht mit in die Tiefe nehmen zu müssen? Was von beidem auch immer zutreffen mochte, selbst Nyasha konnte nicht von der Hand weisen, dass sie die logische Wahl war: Weder war sie eine Kriegerin noch verfügte sie über eine besondere Fähigkeit, die sie im Kampf gegen die Schatten ausgezeichnet hätte, und anders als Bray hatte sie auch keine Visionen gehabt. Die einzigen beiden Gründe, warum sie hier waren, waren ihr Mut und ihre Liebe zu Lorymar Thinkling …

»Bitte«, fügte der Halbling hinzu.

Sie beugte sich zu ihm hinab, und sie umarmten einander innig. Bray konnte sehen, wie Kynrik sich abwandte, so als wollte er verbergen, wie sehr der Anblick ihn berührte. Vermutlich hatte er Lorymar solche Selbstlosigkeit nicht zugetraut. Keiner von ihnen hatte das.

Sie verabschiedeten sich von Nyasha. Die Zukunft war ungewiss, niemand konnte sagen, ob sie einander wiedersehen würden. Bedrücktes Schweigen lag über der kleinen Gruppe.

»Es wird Zeit«, sagte Jenya. »Wir müssen los.«

»Wer geht voraus?«, erkundigte sich Lorymar.

»Der Halbling, der dumme Fragen stellt«, brummte Kynrik und stieß ihn an.

»Einen Moment noch«, wandte Bray ein. »Wenn wir wissen, dass das eine Falle ist, wenn ihr ahnt, dass wir dort unten erwartet werden …«

»Warum wir dennoch diesen Weg nehmen?«, fragte Jenya.

Bray nickte.

»Weil es der einzige Weg ist«, erwiderte die Astara achselzuckend und begann mit dem Abstieg.

»Es spielt ohnehin keine Rolle«, fügte Worfeck achselzuckend hinzu. »Wir alle sind nur …«

»Sag's nicht«, fiel Bray ihm ins Wort.

Sie wussten auch so, was der Urok meinte.

Und in diesem Moment hatte Bray das Gefühl, dass er nur zu recht hatte damit.

4

Pforte von Archos
Tags darauf

Die Hammerschläge waren verstummt.

Selbst auf dem vorgeschobenen Posten, den die Astari auf der anderen Seite der Pforte eingerichtet hatten, hoch oben im zerklüfteten Fels, hatte man das Dröhnen noch hören können. Einer Dwargenmine gleich hatte es das Gebirge erzittern lassen, doch inzwischen hatte es aufgehört. Das musste bedeuten, dass die Vorbereitungen abgeschlossen waren – wenn es überhaupt eine Möglichkeit gab, sich auf das vorzubereiten, was schon bald über die Verteidiger hereinbrechen würde.

Der Posten befand sich in luftiger Höhe, man erreichte ihn nur über einen schmalen Felsenpfad, der an einigen Stellen nicht breiter war als ein Fuß; ein Fehltritt war tödlich, denn unterhalb davon fiel der Berg über einhundert Mannneslängen fast senkrecht ab. Doch die hohe Lage gewährte einen weiten Blick auf die Nordseite des Passes, auf die bewaldeten Hänge und die alte Straße, die sich zur Pforte von Achos emporwand.

Und auf die feindlichen Krieger, die sich die Straße heraufschleppten.

Zu Tausenden …

»Sie kommen«, stellte General Veysi fest. Fürstin Yone hatte ihm seinen Rang und Titel zurückgegeben, und auch wenn er keine Streitmacht hatte, die er befehligen konnte, so wurden sein Wort und sein Urteil doch geschätzt.

»Das muss bedeuten, dass der Aufmarsch im Westen abgeschlossen ist«, entgegnete der Astarihauptmann, der auf dem Posten seinen Dienst versah – er sprach kein Ostragisch, aber genug von der Sprache der Südlande, dass sie sich verständigen konnten.

Veysi nickte. Es war offensichtlich, welche Strategie der Feind verfolgte: Über Tage hinweg hatte er sich damit begnügt, den Verteidigern des Passes nur Nadelstiche zu versetzen und sie mit kleinen Angriffen zu beschäftigen, während er andernorts zum Todesstoß ausholte …

»Nach allem, was wir von den Spähern wissen, hat sich im Westen eine Armee von beinahe fünftausend Mann zusammengezogen«, sagte er. »Sollten wir den Versuch unternehmen, dem Kampf auf dem Pass auszuweichen oder uns zurückzuziehen, so wird sie uns den Weg abschneiden.«

Der Astar nickte, er schien nichts anderes erwartet zu haben. »Keiner von uns wird die Heimat jemals wiedersehen«, sagte er leise. Es lag kein Vorwurf darin, es war lediglich eine Feststellung.

»Wie ist Euer Name, Hauptmann?«

»Ylas von Nacaya«, entgegnete der andere, »ein kleines Eiland südlich von Tamay. Ihr mögt den Namen nie gehört haben, denn das Reich von Archos kennt weit bedeutendere Inseln, und Nacaya hat in seiner Geschichte auch keine berühmten Dichter, keine Entdecker oder Philosophen hervorgebracht. Dennoch ist es der schönste Ort, den es geben kann.«

Veysi musste lächeln. »Ist die Heimat nicht für jedermann der schönste Ort auf der Welt? Fragt einen Ostragier, er wird es Euch bestätigen. Oder einen Halbling oder einen Dwarg.«

»Verzeiht«, sagte Hauptmann Ylas, »ich wollte Euch nicht kränken …«

»Das habt Ihr nicht. Ich frage mich nur, warum ich früher stets gedacht habe, dass die Sterngeborenen sich grundlegend von uns Menschen unterscheiden.«

Ylas' Augen verengten sich prüfend, dann zeigte sich auch auf seinen Zügen ein Lächeln. »Das habe ich auch gedacht«, gestand er ein. »Die Wahrheit ist, dass wir einander ähnlicher sind, als wir uns eingestehen wollten.«

»Wir alle lieben unsere Heimat«, bestätigte Veysi, »so wie wir alle unsere Familien lieben und unsere Freunde. Und wir wollen, dass sie leben.«

»Darf ich Euch etwas fragen, General?«

»Natürlich.«

»Ist es wahr, was man erzählt?« Der Hauptmann deutete auf die nicht enden wollende Kolonne hinab, die sich über die Straße und durch den Wald wälzte. »Ist dies wirklich einst Euer Heer gewesen?«

»Der größte Teil davon«, gestand Veysi bitter ein. »Die Todesessenz hat aus meinen Leuten Schattenkrieger gemacht, Schergen des Feindes.«

»Und obwohl es Eure Leute waren, kämpft Ihr gegen sie?« Ylas schüttelte den Kopf. »Das muss furchtbar für Euch sein.«

Veysi nickte.

Wann immer ihn Gedanken wie diese überkommen hatten, hatte er sie bislang stets von sich abprallen lassen. Doch der Astar zwang ihn, sich damit auseinanderzusetzen. »Ich darf nicht daran denken, was einst gewesen ist«, erwiderte er leise. »Wir alle dürfen das nicht. Unsere gespaltene Welt gehört der Vergangenheit an. Unsere Verbündeten sind nicht länger jene, die unser Blut teilen, sondern die, welche guten Willens sind und bereit, das Richtige zu tun. Das sind die Allianzen, die wir in diesen Tagen schmieden müssen – alles andere ist nicht mehr von Bedeutung.«

»Ihr sprecht weise für jemanden, der so jung ist wie Ihr«, sagte Ylas, der auf den ersten Blick so jugendlich wirkte.

»Und Ihr sehr nachsichtig – für einen Greis«, konterte Veysi. Einen langen Augenblick sahen sich die beiden an. Schließlich lächelten beide.

»*Ofyon*«, sagte Ylas in seiner Sprache.

»Gern geschehen«, erwiderte Veysi – so viel Astarisch beherrschte er immerhin.

Die beiden Krieger wussten, dass es einer der letzten Momente der Stille vor dem Sturm war.

Als Veysi das Schwirren hörte, war es bereits zu spät.

Das Pfeilgeschoss, von einem Katapult geschleudert, war mit todbringender Sorgfalt gezielt. Es traf den Hauptmann in die Brust, und das mit derartiger Wucht, dass es ihn durchbohrte und seitlich von dem Felsvorsprung fegte.

In einer hilflosen Reaktion griff Veysi mit der unverletzten Hand nach dem Geschoss, aber natürlich fasste er nichts als leere Luft, während er hilflos mit ansehen musste, wie der Astar, mit dem er soeben Freundschaft geschlossen hatte, in der bodenlosen Tiefe verschwand.

Mit hämmerndem Herzen fuhr Veysi herum.

Das Geschoss war aus dem nahen Wald gekommen. Irgendwo dort kauerten die Schützen hinter ihrer Mordmaschine, und es war bittere Ironie, dass er selbst ihnen beigebracht hatte, derart sorgfältig damit zu zielen. Veysi wusste nicht, was er empfinden sollte. Angst, Hass, Wut – alles traf wohl zu, dazu die Erkenntnis, dass er verschwinden musste, oder er würde der nächste sein, der durchbohrt wurde.

Hastig zog er sich über den schmalen Pfad zurück, immer auf der Hut, nicht auszugleiten und den Schützen auf diese Weise die Arbeit abzunehmen. Offenbar war in den vergangenen Tagen schweres Gerät aus Vanheim herangeschafft worden, Ballisten und andere Kriegsmaschinen, die den Verteidigern ihre Aufgabe nicht nur erschweren, sondern nahezu unmöglich machen würden.

Atemlos gelangte Veysi zurück in den Schutz der Felsen. Im Laufschritt nahm er den Weg zurück zum Kriegslager – Fürstin Yone musste von dieser neuen Entwicklung erfahren.

Doch der dichte Rauch, der jenseits der gezackten Felsen in den weißen Himmel stieg, sagte ihm, dass die Astari es bereits wussten.

5

Kluft von Myracor
Unterdessen

Shayak hatte recht behalten.

Es führte tatsächlich ein Weg in die Tiefe.

Ob ein Wille ihn geformt hatte oder nur eine Laune des Zufalls, ließ sich unmöglich sagen, aber ein schmaler Pfad führte am schwarzen Fels entlang hinab, immer weiter hinein in den Abgrund der Welt. Zu ihrer Linken sah Bray nichts als schwarze, gähnende Leere, zu ihrer Rechten Felsgestein, das uneben war und brüchig, so als ob mit Urgewalt geborsten wäre.

Nach allem, was Bray inzwischen wusste, war es die Macht des Astarsteins gewesen, die dies bewirkt hatte, jenes geheimnisvollen Artefakts, das einst mit den Astari von den Sternen gekommen war und dem ungeahnte Kräfte innewohnten. Kaum mehr jemand wusste von der Existenz dieses Steins, nicht zuletzt, weil die Legenden selbst kaum darüber sprachen. Nur Rayan war es zu verdanken gewesen, dass Bray davon erfahren hatte, dem Krähensänger, der ihr Mentor gewesen war und, wie sich herausgestellt hatte, auch ihr leiblicher Vater.

In der Schatzkammer von Skaradag hatte er den Stein der Astari zu finden gehofft, doch diese Hoffnung hatte sich als trügerisch erwiesen*. Enttäuscht hatte selbst Rayan daran zu zweifeln begonnen, dass das Artefakt tatsächlich existierte,

* siehe DIE LEGENDEN VON ASTRAY 1. TOTE HELDEN

doch das änderte nichts daran, dass Bray durch ihn erfahren hatte, dass es noch sehr viel mehr gab, eine Welt außerhalb der engen Gassen und Mauern von Skaradag. Aber erst Jenya hatte ihr diese Welt gezeigt.

Von ihr hatte Bray erfahren, dass es der Stein der Astari gewesen war, der den Sieg über Kaiser Malfertas herbeigeführt hatte. Doch was genau damals geschehen war, war nach wie vor ein Rätsel, ein Geheimnis, das die Legenden hüteten. Wie war es ihnen gelungen, die Kraft des Steins zu entfesseln? War es Magie gewesen, die damals wirkte, oder die entfesselten Kräfte der Natur? Und was war danach mit dem Stein geschehen?

Auf alle diese Fragen hatte Bray nie wirklich Antworten erhalten, aber sie ahnte, dass sie dort unten auf sie warteten, am Ende dieses Pfades, der sich durch undurchdringliche Schwärze in die Tiefe wand.

Die Fackeln, die die Gefährten in den Händen hielten, reichten nicht aus, um die Dunkelheit zu vertreiben. Nur wenige Schritte reichte ihr Schein, was jenseits davon war, konnte Bray nur vermuten, und das jagte ihr eisige Schauer über den Rücken. Die Legenden sprachen auch darüber nicht, aber Bray hatte den Eindruck, dass zumindest einige von ihnen eine ziemlich genaue Vorstellung von dem hatten, was sie am Ende ihrer Reise erwartete. Und sie nahm an, dass auch das mit dem Astarstein zusammenhing und mit der zerstörerischen Wirkung, die dieser entfaltet hatte …

Gestein rieselte unter ihren Füßen. Der Pfad war brüchig, nicht von ungefähr ging Worfeck, der mit Abstand am schwersten war, ganz hinten. Den Gedanken, was geschehen würde, wenn der Weg unter ihnen abbrach, verdrängte Bray geflissentlich, zumal sie noch nicht einmal wusste, wie tief dieser Abgrund hinabreichte. Immer wieder vernahm sie, dass ein Flüstern aus der Tiefe drang. Schon am Abbruch hatten sie es gehört, aber jetzt war es noch um vieles lauter …

»Mutter?«, fragte sie Elyvara, die vor ihr ging.

»Ich höre es auch«, drang es halblaut zurück. »Stimmen … und sie sprechen Khadir.«

»Nein, sprechen Draki«, widersprach Shayak, der zusammen mit Worfeck die Nachhut des kleinen Zuges bildete. Die Augen des Echsenmannes leuchteten im Schein der Fackeln. »Hören ganz deutlich.«

»Und ich höre sie Dwargisch flüstern«, meldete Ægir, der mit Jenya und Kynrik an der Spitze ging.

»Wie kann das sein?«, fragte Bray schaudernd. Sie wollte den Stimmen nicht zuhören, denn sie waren hämisch und voller Gemeinheit, erzählten ihr von Tod und Schmerz.

»Es ist eure Furcht, die ihr hört«, erklärte Jenya, »und sie spricht jede Sprache.«

Bray wusste nicht, was das genau bedeuten sollte, aber sie wagte auch nicht, danach zu fragen. Wann auch immer sie den Schattenkriegern aus der Tiefe begegnet war, hatte sie panische Angst verspürt, doch diese Furcht, so entsetzlich sie auch gewesen war, war allgemeiner Natur gewesen. Jetzt hatte Bray das Gefühl, dass diese Stimmen nur sie angingen und von ihren geheimen Befürchtungen sprachen. Von ihrem Unbehagen in engen Räumen, das sie befiel, seit sie im Kerker von Skaradag gewesen war; von ihrer Furcht, allein zu sein und einsam zu sterben; von ihrer panischen Angst davor, dass sich die Bilder aus ihren Visionen bewahrheiten und dieser Krieg das Ende von allem bedeuten könnte … und die Stimmen lachten.

Über ihre Dummheit.

Ihren Kleinmut.

Ihre Zweifel.

Mit jedem Schritt, den sie ging, fühlte sich Bray mehr wie ein hilfloses Kind, das sich wider besseren Rat in Gefahr begeben hatte und auf der Stelle umkehren sollte.

Ob es den Legenden ebenso erging?

Bray hielt inne.

Einen Moment lang hielt sie es für eine Täuschung, für etwas, das die Furcht ihr vorgaukelte. Doch das heisere Schnauben hörte nicht nur sie, sondern auch alle anderen …

»Da ist etwas!«, rief Lorymar Thinkling. »Dort über dem Abgrund!«

Shayak, der selbst keine Fackel trug, weil sie seine empfindlichen Augen nur geblendet hätte, stieß ein feindseliges Zischen aus. »Etwas kommt«, fügte er knurrend hinzu. »Aus der Tiefe.«

Alle waren stehen geblieben und starrten hinab. Kynrik warf kurz entschlossen seine Fackel, und einen Augenblick lang tauchte glatter schwarzer Fels in ihrem Lichtschein auf – sowie ein zähnestarrender Rachen. Im nächsten Moment konnte Bray den fauligen Atem riechen.

»Vorsicht!«, brüllte Kynrik

Bray schrie, und aus der Schwärze zuckte etwas heran, ein grässliches Haupt wie von einer riesigen Schlange. Ihre Reptilienhaut schimmerte schwarz, so als wäre auch sie von Todesessenz überzogen, ihre kleinen Augen starrten kalt und leblos. Dennoch schien sie unstillbarer Blutdurst zu erfüllen, denn ihr Haupt schoss vor, und indem sie das Maul aufriss und scheußliche, nach innen gekehrte Zähne offenbarte, griff sie Elyvara an!

»Nein!«, rief Bray.

Warum das Monstrum ausgerechnet ihre Mutter ausgesucht hatte, wusste sie nicht, aber sie würde sie nicht bekommen. Ihr Kurzschwert hielt Bray bereits in der Hand und stieß damit zu, doch die Klinge drang kaum in die schwarze Schuppenhaut ein. Dafür hieb Elyvara mit ihrem Stock zu, und der gleißende Blitz, der davon übersprang, schien der Bestie einigen Schmerz zuzufügen. Mit wütendem Zischen pendelte ihr Haupt zurück und verschwand in der Dunkelheit – aber nicht lange!

Es dauerte kaum einen Lidschlag, bis die Bestie wieder angriff, diesmal waren Jenya und Ægir das Ziel. Bemüht, das Gleichgewicht auf dem schmalen Felsvorsprung zu wahren, schwang der Dwarg seine Axt und die Astara ihre Klingen. Zugleich verfiel Worfeck in heiseres Gebrüll, denn am Ende des Zuges tauchte ein weiteres Reptilienhaupt auf.

»Es sind zwei Bestien!«, kommentierte Lorymar das Offensichtliche, doch im Licht ihrer Fackel sah Bray, dass dies nicht die ganze Wahrheit war. Denn es mochten zwar zwei unterschiedliche Häupter sein, die die Gefährten angriffen – doch sie gehörten zu demselben riesigen Schlangenleib, der sich aus der Tiefe emporgewunden hatte!

»Mach drei draus, Kurzer«, kommentierte Kynrik trocken, als noch ein Schlangenkopf heranschoss, das Maul weit aufgerissen und ebenso mörderisch wie die anderen beiden. Es war eine widerwärtige, der Natur frevelnde Kreatur, wie es sie nur an diesem Ort geben konnte, wo überhaupt alles der Schöpfung zu spotten schien.

Kynrik schwang das Schwert des Paladins und durchtrennte prompt einen der langen Fangzähne der Bestie. Ein Schwall von Flüssigkeit schoss daraus hervor, bespritzte seine Rüstung und fraß sich zischend hinein.

»Säure«, erkannte Elyvara entsetzt. »Seht euch vor, das Gift der Kreatur zersetzt alles, worauf es trifft!«

Kynrik stieß eine wütende Verwünschung aus, während er das Schwert in einem Aufwärtsbogen führte und der Kreatur eine weitere Wunde beibrachte. Gleichzeitig schlug auch Shayak zu und verletzte das andere Haupt. Doch wenn er gehofft hatte, das Monstrum damit zu vertreiben, wurde er bitter enttäuscht. Die Häupter kehrten zurück – und erhielten abermals Verstärkung. Fünf waren es nun, eines so gefährlich wie das andere, mit giftiger Säure in den Zähnen – Bray musste an all die scheußlichen Kreaturen denken, von denen in den Liedern der Vorzeit die Rede war und von denen manche behaupteten, sie hätten nie existiert. Erbittert setzten sich die Gefährten zur Wehr, hieben mit ihren Waffen nach den ungeheuren Köpfen, die peitschenschnell heranzuckten, um schon im nächsten Moment wieder in der Dunkelheit zu verschwinden. Doch so erbittert die Helden auch fochten, es waren nur Nadelstiche, die sie der Kreatur beibrachten.

»Wir kommen nicht daran vorbei!«, rief Jenya. »Vorschläge?«

Kynrik stieß eine laute Verwünschung aus. Dann packte er sein Schwert mit beiden Händen – und sprang.

»Nein!«, rief die Astara noch.

Aber es war zu spät.

Der Schwertkämpfer landete schwankend auf der Halsbeuge zwischen zweien der Köpfe. Todesmutig, so als gäbe es keinen schwarzen Abgrund, der unter ihm gähnte und ihn verschlingen wollte, schwang er die mächtige Klinge und trieb sie mit derartiger Gewalt in einen der Hälse, dass er ihn durchtrennte. Das garstige Haupt verschwand in der Tiefe, Blut stürzte aus dem Stumpf. Die Gefährten schöpften etwas Hoffnung, und die Zeit schien für einen Augenblick stillzustehen, in dem Kynrik zu seinen Freunden herübersah.

Bray war klar, dass sie den Anblick dieser verwegenen, vom Leben gezeichneten und von grauem Haar umrahmten Miene niemals vergessen würde. Die eisblauen Augen des einstigen Paladins sprachen ihnen Mut zu, während seine Lippen sich zu einem heiseren Kampfschrei formten …

Im nächsten Augenblick sackten die vier verbliebenen Häupter in die Tiefe und verschwanden in der Dunkelheit – und Kynrik mit ihnen.

Nur noch sein Kampfschrei war zu hören, der in scheinbar endloser Weite verhallte.

Dann herrschte Stille.

Die Gefährten standen wie vom Donner gerührt, hatten Mühe zu begreifen, was sich soeben vor ihren Augen abgespielt hatte. Die Gefahr war gebannt – doch Kynrik der Schwertkämpfer war nicht mehr unter ihnen. Ohne Zögern hatte er sein Leben geopfert, damit sie ihren Weg fortsetzen konnten.

Niemand sagte etwas.

Kein Wort der Trauer oder des Abschieds.

Die Mission hatte ihr erstes Opfer gefordert.

Und ihnen allen war klar, dass noch weitere folgen würden.

6

Pforte von Archos
Zur selben Zeit

Die Barrikade stand in Flammen!

Noch beim letzten Großangriff der Schatten hatten die Astari Feuer zu ihrer Verteidigung eingesetzt. Doch nun hatte das zerstörerische Element sich gegen sie gewandt.

Mit lichterloh brennenden, von Katapulten geschleuderten Pfeilgeschossen hatten die Schattenkrieger die Barrikade in Brand gesteckt und die Verteidiger vertrieben. Nun befanden sie sich wieder auf dem Vormarsch, drängten wie zuvor zu Hunderten in die Schlucht, die die Pforte von Archos bildete, und machten auch vor den lodernden Flammen nicht halt. Die Untoten, die auf der anderen Seite der Barrikade anlangten, standen lichterloh in Flammen – was sie nicht daran hinderte, auf die Kämpfer der Astari loszugehen. Um das Feld der Angreifer zu teilen, hatte Fürstin Yone sie in einer pfeilförmigen Phalanx Aufstellung nehmen lassen.

Es war ein furchtbares Gemetzel, einem Albtraum gleich. Wie zuvor rannten die Untoten scheinbar ohne Verstand in die Waffen der Verteidiger, pfählten sich selbst an den Spitzen ihrer Lanzen – und setzten sie damit außer Gefecht. Den Astari blieb nichts anderes übrig, als die Phalanx aufzugeben und zu ihren Schwertern zu greifen, und sie fanden sich Auge in Auge mit einem unwirklichen Gegner. In lodernden Flammen stehend warfen sich die Schattenkrieger in entstehende Breschen und trugen das Feuer in die Reihen der Astari, während sich immer mehr von ihnen über die brennende Barrikade wälzten.

Hilalayan, der von einem entfernten Felsen aus zusah, fühlte sich an einen ausbrechenden Vulkan erinnert – so musste es gewesen sein am Anbeginn der Zeit, als die Welt noch jung war und die Glut aus dem Inneren der Erde Astray formte. Mit dem Unterschied, dass es nun Tod und Verderben war, das über die Welt hereinbrach.

Die Fahne in den schwitzenden Händen, wartete Hilalayan ab. Von seinem erhöhten Posten sah er zu Fürstin Yone, die ganz vorn an der Spitze der Formation kämpfte, Seite an Seite mit Prinz Nawyd. Mit einer Unerschrockenheit, die ihresgleichen suchte, hieb die Anführerin der Astari um sich, fällte einen Gegner nach dem anderen, während immer weitere die Barrikade überwanden. Es war nur noch eine Frage der Zeit, bis es den Angreifern gelingen würde, die Reihen der Astari zu durchbrechen – und wenn sie erst in den Rücken von Yones Streitmacht gelangten, würden die Fürstin und ihre Kämpfer unrettbar verloren sein. Selbst Hilalayan, der kein Soldat war, konnte das sehen.

Hektisch blickte er sich nach General Veysi um, der ein Stück die Felsen hinaufgestiegen war, um einen besseren Blick auf die andere Seite zu erhalten. Durch Feuer und Rauch spähte er in die Schlucht und auf den Hang, über den sich die Schattenkrieger heraufwälzten.

Auch Veysi wartete mit pochendem Herzen.

Der Plan war ebenso gewagt wie verzweifelt, und wäre es nicht Elayan selbst gewesen, der ihn gefasst hatte, hätte es vermutlich kein anderer gewagt. Mit Argusaugen blickte der General auf die tobende Schlacht und die Masse des Feindes – und hob den Stumpf seines rechten Armes.

Hilalayan reagierte augenblicklich und schwenkte die Fahne, gab das Signal an den Astarkrieger weiter, der hoch über ihnen postiert war und es wiederum an den nächsten in der Kette weitergeben würde.

Dann war ein Knacken zu hören, so laut und durchdringend, als wollte das Gebirge selbst zerbersten, darauf ein infernalisches Rumoren. Hilalayan glaubte zu spüren, wie der Boden unter ihren Füßen erbebte. Die Fahne noch in den Händen, hoffte er, dass es die richtige Entscheidung gewesen war – während sich hoch über ihnen Ascaron, der steinerne Wächter von Archos, zu regen begann!

So viele Jahrhunderte hatte er gen Norden geblickt, wachsam und warnend, doch nun neigte sich seine gewaltige Gestalt der Schlucht entgegen, die zu seinen Füßen das Gebirge durchschnitt. Die steinernen Züge unbewegt, senkte der Wächterkönig sich mit quälender Langsamkeit, bereit, sich mit der ganzen Wucht seines ungeheuren Körpers auf die Feinde Astrays zu werfen und sie unter sich zu begraben …

7

In der Tiefe

Sie hatten den Grund erreicht.

Bald hatte der Schlund sich erweitert, dann wieder verengt, ehe er sich schließlich zu einer gewaltigen Höhle geöffnet hatte. Jeder Schritt, den die Gefährten machten, und jedes Wort, das sie flüsterten, hallte hundertfach wider.

Im Schein der Fackeln, der wie zuvor nur wenige Schritte weit reichte, ehe er vor der alles verzehrenden Dunkelheit kapitulierte, tauchten undeutliche Formen auf. Bray erschrak, als sie erkannte, dass sie mit teerig glänzender Reptilienhaut überzogen waren. Schon fürchtete sie, eine weitere Bestie würde auf sie lauern – doch sie irrte sich.

Es war lediglich der Kadaver des Ungeheuers, auf das sie im Abgrund gestoßen waren. Der leblose Körper war schon im Zerfall begriffen. Wie alles, was die Todesessenz zurück ins Dasein gezerrt hatte, zerfiel er zu Staub – dass der Prozess von längerer Dauer war, lag an der schieren Größe der Kreatur. Der Gestank, den sie dabei verströmte, verschlug Bray und ihren Begleitern den Atem.

»Ich grüße euch«, drang plötzlich eine raue Stimme aus der Dunkelheit vor ihnen. »Ihr kommt spät, aber ihr seid dennoch willkommen.«

Die Gefährten erstarrten.

»Ky-Kynrik?«, stotterte Lorymar.

Ein Augenblick bangen Schweigens verstrich – dann trat tatsächlich ihr tot geglaubter Gefährte in den Lichtkreis der

Fackeln. Der einstige Paladin sah erschöpft aus, und seines Brustpanzers hatte er sich entledigt, vermutlich, weil das Gift des Ungeheuers ihm arg zugesetzt hatte; doch davon abgesehen, war er unverletzt und höchst lebendig.

»Bist du es auch wirklich?«, fragte Lorymar.

»Was fällt dir ein, Kurzer?«, blaffte Kynrik zurück. »Willst du unbedingt Prügel beziehen?«

»Er ist es«, erkannte der Halbling.

Die Gefährten konnten ihr Glück kaum fassen. Sie alle scharten sich um ihren Gefährten, der in aller Hast erklärte, wie er mit dem vielköpfigen Ungeheuer in die Tiefe gestürzt war und wie durch ein Wunder überlebt hatte. »Meine morschen Knochen waren es ganz sicher nicht, die mich geschützt haben«, schloss er seinen Bericht, »schon eher die Kraft dieses Schwertes«, fügte er hinzu, auf die Rubinklinge deutend.

»Wir glaubten dich verloren«, sagte Jenya.

»Ich mich auch. Aber es braucht wohl mehr als ein stinkendes Untier, um einen Paladin aufzuhalten«, meinte Kynrik und grinste verwegen dabei. Und ohne noch ein weiteres Wort zu verlieren, nahm er der Astara die Fackel aus der Hand und übernahm die Führung der Gruppe.

Die anderen tauschten staunende Blicke, dann folgten sie ihm. Ein paar Schritte lang waren sie froh darüber, ihren Gefährten unversehrt zurückzuhaben, dann holte die Ödnis des Ortes sie wieder ein und die allgegenwärtige Furcht.

Bald führte der Weg durch enge Stollen, dann wieder durch weite Gewölbe, die im Zug der Divergenz entstanden waren. Zeit schien keine Rolle zu spielen an diesem finsteren Ort, Bray wusste nicht, wie lange sie gegangen waren, als sie endlich Ruinen erreichten – die Überreste von Myracor.

Zuerst dachte Bray, dass es nur Felsen und Trümmer von Gestein wären. Doch immer öfter konnte sie erkennen, dass Flächen glatt behauen waren und Formen zu gewollt aussahen, um das Ergebnis bloßen Zufalls zu sein. Je weiter sie in das Labyrinth der Trümmer vordrangen, das sich in dieser düsteren Unterwelt erstreckte, desto mehr konnte man davon erkennen: Reste von Mauern und Dächern, die im Zuge der Katastrophe übereinandergefallen waren, dazwischen Portale, die ins Nirgendwo führten und Treppen, die in Finsternis endeten; Säulen, die keine Last mehr trugen, umgestürzte Türme und Wände, die in bizarren Winkeln standen, so als ob die Gesetze der Natur hier in der Tiefe aufgehoben wären. Tatsächlich fragte sich Bray, ob überhaupt irgendetwas, das an der Oberfläche galt, hier unten Gültigkeit hatte.

Wohin der Schein der Fackel auch fiel, erfasste er brüchiges Gestein, in dem hier und dort auch noch Inschriften in den filigranen Lettern der Astari zu erkennen waren. Der Gedanke, dass Myracor einst eine blühende Metropole gewesen sein musste, von den Baumeistern der Astari errichtet, war geradezu verstörend. Bray hatte die weißen Säulen und Kuppeln von Archos gesehen, den in der Sonne gleißenden Marmor … hier in der Tiefe war nichts mehr davon zu sehen.

Das Gestein war porös und marode, grauer Schimmel wucherte allenthalben und verbreitete beißenden Gestank. Es war ein Ort des Todes und des Untergangs, ein Schauplatz vergangener Schrecken, an den man nie wieder zurückkehren wollte – die angespannten Mienen der Legenden sprachen Bände.

»Erinnert ihr euch an diese Stelle?«, fragte Bray leise ihre Mutter, als sie eine Reihe schiefer, brüchiger Fassaden passierten.

»Nicht wirklich«, erwiderte Elyvara. »Als wir flohen, war alles in Aufruhr und Bewegung. Kein Stein blieb auf dem anderen.«

»Es muss furchtbar gewesen sein.«

»Das war es«, gab Elyvara ohne Zögern zu. »Viele fanden in jener Nacht den Tod. Und ihre Seelen, so fürchte ich, sind noch immer hier.«

Vorsichtig gingen sie weiter. Jenya und Kynrik hatten die Führung übernommen und suchten einen Weg durch den Irrgarten aus Schwärze und Trümmern. Bray vermochte nicht zu sagen, wie weit sich die Ruinen nach den Seiten ausdehnten, doch das Gewölbe musste riesig sein. Und dabei befanden sie sich erst in den Ausläufern der ehemaligen Stadt.

Als Kind der neuen Zeit war sie erst lange nach der Divergenz zur Welt gekommen. Die Größe der alten Hauptstadt kannte sie nur aus den alten Gesängen – entsprechend kam sie sich wie ein Traumwandler vor, während sie durch die Ruinen schritt. Vergeblich versuchte Bray sich auszumalen, wie es einst gewesen sein musste. Sie versuchte, sich die Heiterkeit vorzustellen, das Lachen und den Frohsinn, die hier einmal zu Hause gewesen waren. Doch war ihr, als würde die umgebende Schwärze jeden freundlichen Gedanken ersticken. Beklemmung war die einzige Empfindung, die dieser Ort zuzulassen schien.

Und Angst …

Bray fühlte sie wieder, jene maßlose, jeder Vernunft spottende Furcht, die sie immer dann empfand, wenn Schattenkrieger in der Nähe waren.

Fast im selben Moment hob Kynrik die rechte Hand.

Der kleine Zug verharrte.

»Ihr fühlt es auch, oder?«, fragte er heiser.

»Allerdings«, pflichtete Lorymar bei.

»Werden beobachtet«, fügte Shayak hinzu. Seine Echsenaugen spähten wachsam in die Dunkelheit.

»Wo sind sie?«, verlangte Jenya zu wissen.

Der Drak zögerte einen Moment mit der Antwort. »Überall«, sagte er dann.

Erschrocken sah Bray sich um. Irrte sie sich, oder leuchtete dort etwas in der Finsternis? Ein fahles Augenpaar? Oder war es nur der Widerschein der Fackeln, der von irgendetwas reflektiert wurde?

Bray war sicher, dass Shayak recht hatte. Die Schattenkrieger waren ganz in der Nähe – nicht solche, die erst vor Kurzem von der Todesessenz befallen und zu Dienern der Dunkelheit geworden waren. Sondern von der Art, die Brückstadt überfallen hatte, Kreaturen aus den Tiefen des Abyss, deformiert an Körper und Seele.

Und die Schatten, die finstern, die geifern und kriechen,
aus der Welt dunklem Abgrund, den finsteren Tiefen …

Wie ein Echo hallte die Liedzeile in Brays Bewusstsein nach, während sie den Legenden weiter in die Dunkelheit folgte. Sie alle wussten, dass die Schatten sie beobachteten, und konnten doch nichts tun, als weiterzugehen.

Zu gerne hätte Bray gewusst, was ihr Ziel war und wie weit sie bis dorthin noch zu gehen hatten, aber sie bezweifelte, dass Jenya und die anderen das so genau wussten.

Ihr Weg führte nur einfach dorthin, wo die Schwärze am tiefsten war.

8

Auf der Passhöhe
Zur selben Zeit

Ein ganzes Zeitalter lang hatte die Statue Ascarons des Wächterkönigs an der Pforte von Archos gestanden, hatte Herrscher kommen und gehen, Reiche aufsteigen und fallen sehen.

Kräftiger Dwargenhände Arbeit hatte die Rohgestalt des Standbilds aus dem Fels des Haymos gehauen, ehe Steinmetze der Astari ihr Form und Ausdruck gegeben hatten. Und vermutlich hätte das Monument auch noch die nächsten eintausend Jahre überdauert, hätten die Hämmer der Pioniere in den vergangenen Tagen und Nächten nicht unablässig an seiner Basis genagt und die Statue überall dort, wo sie mit der Felswand verbunden war, vom harten Gestein des Haymos gelöst.

Es hatte nur noch eines einzigen Felsbrockens bedurft, der aus großer Höhe in die Tiefe gewälzt wurde – eines einzigen Steins des Anstoßes, und den steinernen Giganten nach all der Zeit wanken zu lassen.

Der Wächter neigte sich.

Noch immer gen Norden blickend, die Hand am Griff des Schwertes, kippte er langsam nach vorn. Die Beine versagten daraufhin den Dienst, den sie so lange erwiesen hatten, und barsten unter der Last der Beanspruchung. Und während der Koloss sich weiter neigte, drehte er sich gen Süden, so als wollte er jenen, die ihm dies angetan hatten sagen, dass er ihr Opfer guthieß, dass er sich in die Rolle fügte, die die Geschichte ihm zugewiesen hatte, um noch ein letztes Mal der Wächter nicht nur von Archos, sondern von ganz Astray zu sein.

General Veysi kam es vor, als würde sich der Koloss den Kräften der Natur widersetzen und mit endloser Langsamkeit dem Boden entgegensinken. Ein grässliches Bersten lag in der Luft, als der steinerne Gigant endlich niederging und sich mit der gesamten Last seines ungeheuren Körpers in die Pforte von Archos warf, an deren Ende die brennende Barrikade stand. Dabei zerbrach er, zerbarst in unzählige Stücke, die wie Geschosse in die Schlucht einschlugen und alles unter sich begruben.

Veysi sah es mit Bestürzung.

Nie zuvor hatte er solch entfesselte Gewalt gesehen, nie zuvor solche Zerstörung. Und doch empfand er zugleich grimmige Genugtuung, denn als sich die Felsmassen in einem tosenden, den Berg erschütternden Inferno in die Kluft ergossen, begruben sie Hunderte von Schattenkriegern unter sich. Nicht nur, dass sie diesem steinernen Grab wohl niemals wieder entkommen würden – die Masse an Gesteinsbrocken und Geröll, die in die Schlucht stürzten, verschlossen die Pforte von Archos und schnitten den nachrückenden Untoten den Weg ab. Fraglos würden sie eine Möglichkeit finden, das Hindernis zu überwinden, doch das würde dauern.

Fürs Erste war der Angriff zum Stillstand gekommen.

Schon im nächsten Moment konnte man auf der Passhöhe die Hand kaum noch vor Augen sehen. Der graue Staub, der aus der Schlucht aufstieg, breitete sich nach allen Seiten aus. Wie dichter Nebel lag er über dem ganzen Pass, brannte in der Nase und in den Lungen.

Veysi wurde von Hustkrämpfen geschüttelt, während er sich an den Abstieg machte. Unterwegs sammelte er Hilalayan ein, der auf dem etwas tiefer gelegenen Felsplateau wartete. Der Schrecken über das entfesselte Inferno stand dem einstigen Hofmarschall ins bleiche Gesicht geschrieben. Gewiss, sie waren beide Ostragier und konnten kaum ermessen, was es für die Sterngeborenen bedeuten musste, ein Symbol zu zerstören, das wie kaum ein zweites für ihre stolze Geschichte und ihre große Vergangenheit stand. Doch vielleicht, dachte Veysi grimmig, hatte diese große Vergangenheit gerade ihrer aller Zukunft gerettet.

Auf der Passhöhe bot sich ihnen ein gespenstisches Bild. Noch immer behinderten die massigen Staubwolken die Sicht, selbst die brennende Barrikade konnte man nur verschwommen erkennen – doch überall in dem milchigen Grau wurde gekämpft, die Krieger der Astari gegen die letzten verbliebenen Untoten, die die Barrikade noch überwunden hatten. Nun, da sie in der Unterzahl waren, hatten sie keine Chance mehr und fielen unter den Schwertstreichen der Astari. Ob sie begriffen, was geschehen war? Ob sie etwas wie Furcht oder Panik kannten?

Veysi bezweifelte es – und doch konnte ein Teil von ihm nicht aufhören, mit jenen zu fühlen, die einst seine Leute gewesen waren.

Der Kampflärm auf der Passhöhe wurde leiser und verstummte schließlich ganz. Und schließlich brach irgendwo ein einsamer Siegesschrei in die Stille.

Er blieb nicht allein, wurde aus Dutzenden und schließlich Hunderten von Kehlen beantwortet. Auch Veysi und Hilalayan fielen in den Jubel ein, überwältigt von der Erleichterung und der schieren Wucht des Augenblicks.

König Elayans Plan war aufgegangen, noch über den Tod hinaus hatte der König der Astari sein Volk beschützt.

Im sich allmählich wieder lichtenden Nebel erblickte Veysi Nawyd. Der Prinz stand gebeugt, erschöpft von der Schlacht, schien jedoch unverletzt zu sein. Fürstin Yone war bei ihm, schlank und groß und von erhabener Schönheit, die allem Grauen zu trotzen schien. Ihre Rüstung schimmerte, und ihr weißer Umhang, obschon schmutzbefleckt, strahlte taghell im Zwielicht des Nebels.

Veysi ging zu ihr und verbeugte sich tief, um ihr seine Dankbarkeit auszudrücken. Hilalayan tat es ihm gleich. Dass sie noch vor nicht allzu langer Zeit auf verfeindeten Seiten gestanden hatten, spielte keine Rolle mehr – an diesem Tag waren die Völker von Astray eins geworden.

»Erhebt Euch, Freund«, sagte Yone und berührte ihn sanft an der Schulter. Ein Lächeln strahlte aus ihrem Gesicht und überdeckte den Schmutz und das Blut darin. »Dies ist Euer Sieg so wie der unsere, wir alle haben Anteil daran.«

Die beiden Ostragier richteten sich wieder auf, dann reichten sie den Unterführern der Astari die Hände, um sich gegenseitig zum Sieg zu beglückwünschen. Es war ein Moment der Freude und der Harmonie, des hellen Lichts nach dunkler Nacht und Todesangst.

Aber er währte nicht lange.

Der Jubel hatte sich noch nicht ganz gelegt, als von Süden ein lauter Ruf erklang. Gleichzeitig war Hufschlag zu hören, der im Nebel bald ganz nah und dann wieder weit entfernt zu sein schien.

»Ein Bote!«, rief jemand.

»Eine Nachricht für die Fürstin! Lasst ihn durch!«

Die Silhouette eines Reiters war plötzlich im Nebel zu erkennen – ein Kurier auf einem der schlanken Pferde der Astari. Einer der Unterführer winkte ihn heran. Als der Bote näher kam und seine Züge sich aus dem Staub schälten, erschraken alle. Es war eine junge Frau, und ihre Züge waren schmerzverzerrt. Nur mit Mühe konnte sie sich im Sattel halten, und als sie ihr Tier zügelte und es seitwärts tänzelte, konnte man die beiden Pfeile sehen, die in ihrem Rücken steckten.

Schwarze Pfeile.

Pfeile der Schattenkrieger …

Jemand ergriff das Zaumzeug des Pferdes und brachte es zum Stehen, Nawyd und Veysi halfen der verwundeten Reiterin aus dem Sattel. Sie war zu schwach, um sich auf den Beinen zu halten, also ließen sie sie nieder, behutsam wegen der in ihr steckenden Pfeile. Fürstin Yone war sofort bei ihr.

»Schwester«, hauchte sie entsetzt. »Was ist geschehen?«

»Herrin«, stieß die Botin kaum hörbar hervor, wobei dunkle Blutfäden aus ihren Mundwinkeln rannen. »Der dunkle Feind, das Heer aus dem Westen … es ist hier.«

9

In der Tiefe

Es war schwer vorstellbar, dass diese Ansammlung von Trümmern und Ruinen einst der strahlende Mittelpunkt von Astray gewesen sein sollte, die Zierde des Reiches.

Vor Unzeiten von den Astari nach dem Sieg über die Drachen gegründet, hatte Myracor die Jahrtausende überdauert. Über ganze Zeitalter hinweg war die Hauptstadt der Astari Wirkungsstätte großer Geister gewesen und mächtiger Herrscher; sie hatte die Ära der Könige erlebt und den Aufstieg der Kaiser und war unter ihrer Herrschaft zu bis dahin nie gekannter Größe und Blüte gelangt – aber sie hatte auch deren Niedergang gesehen, und als Malfertas, der letzte Kaiser der Astari, von Gier und Größenwahn verblendet schließlich untergegangen war, hatte er Myracor mit in den Abgrund gerissen. Und das im wörtlichen Sinn.

Die Lieder, die Bray über die alte Zeit und das Ende des Kaiserreichs kannte, verblassten angesichts der steinernen Zeugen, die im Fackelschein für Augenblicke aus der Dunkelheit auftauchten, um dann sofort wieder darin zu verschwinden, so als schämten sie sich ihrer Existenz.

Erst jetzt, da sie es mit eigenen Augen sah, bekam Bray einen Eindruck von der Katastrophe, die damals über die Stadt hereingebrochen war, von den Urgewalten, die die Erde gespalten und Häuser und Paläste in die Tiefe gerissen hatten – und mit ihnen jeden, der sich nicht rechtzeitig in Sicherheit gebracht hatte. Vielleicht hatten die Menschen deshalb das

Wissen um die Sieben Legenden verloren, sagte sich Bray. Womöglich hatten sie die Erinnerung an jene schrecklichen Ereignisse ganz bewusst verdrängt.

Das Labyrinth der Ruinen, die sich tief unter der Erde erstreckten, schien endlos zu sein. Es war ein Hort der Finsternis und das in jedem denkbaren Sinn. Gespürt hatten Bray und ihre Gefährten die Präsenz der Schattenkrieger schon länger, doch bislang waren die Schergen des Bösen in der Dunkelheit mehr zu erahnen als wirklich zu sehen gewesen. Dies änderte sich, als Bray und die Legenden weiter ins dunkle Herz von Myracor vordrangen. Kalt leuchtende Augenpaare tauchten in dunklen Nischen und glaslosen Fenstern auf, und schließlich waren hin und wieder auch schwarze Schemen auszumachen, die sich hoch auf den Ruinen erhoben oder über umgestürzte Säulen huschten, lautlos wie Geister … und im Grunde waren sie das ja auch.

Bray musste an sich halten, um der Furcht nicht nachzugeben, die an ihrem Verstand nagte. Es war schwer, einen klaren Gedanken zu fassen, wenn man in Todesangst gefangen war – Bray schaffte es, indem sie Gedichte rezitierte, die Texte von Liedern, die sie lautlos vor sich hersagte, während sie ihren Kameraden folgte.

Längst hatte sie den Eindruck, dass sich eine Art Weg durch das Chaos der Bruchstücke und Trümmer erstreckte, so als hätte jemand – oder etwas – ihn willkürlich gebahnt. Auf diese Weise kamen sie rasch voran, aber Bray empfand darüber keine Freude. Beklommen dachte sie an das, was Shayak gesagt hatte, als sie sich in den dunklen Abgrund begeben hatten – dass jemand *wollte*, dass sie diesen Weg gingen, und dass sie in der Tiefe erwartet würden.

Das hässliche Gefühl, in seine sorgfältig gestellte Falle zu tappen, drängte sich Bray einmal mehr auf, und vermutlich empfanden ihre Gefährten ebenso. Doch im Augenblick konnten sie nichts anderes tun, als nach den Regeln ihres geheimnisvollen Gegners zu spielen. Er war es, der die Fäden des Handelns in den Händen hielt, und sie konnten sich ihm nur scheinbar fügen. Und hoffen, dass es zum Handeln nicht zu spät sein würde, wenn sie ihm erst gegenüberstanden …

Ein offenes Tor tauchte aus der Dunkelheit auf.

In alter Zeit musste es groß und eindrucksvoll gewesen sein, aus weißem Marmor und mit kunstvoll bearbeiteten Säulen, die den hohen Torbogen trugen. Jetzt war es nur noch ein Schatten seiner selbst, von Todesessenz zersetztes Gestein, das auf zersplitterten Pfeilern ruhte. Die Gefährten passierten es, wobei sie sich argwöhnisch nach allen Seiten umblickten, ihre Waffen in den Händen.

Auf der anderen Seite des Tores nahm die Präsenz des Bösen schlagartig zu. Bray konnte es spüren, denn ihre Furcht steigerte sich abermals. Schweiß trat ihr auf die Stirn und etwas schnürte ihr die Kehle zu. Ihr Herzschlag beschleunigte sich, und ihre Beine wurden so weich, dass sie sie kaum noch vorwärtstrugen.

Der Grund dafür waren Schattenkrieger.

Hunderte von ihnen, und sie säumten den Pfad.

Einer nach dem anderen schälte sich aus der Finsternis, als der Fackelschein sie berührte, ein Spalier des Todes.

»Wenigstens sind wir auf dem richtigen Weg«, kommentierte Jenya trocken, aber niemand erwiderte etwas, noch nicht einmal Lorymar hatte eine bissige Antwort parat.

Auch die Legenden hatten damit zu tun, gegen die Bosheit zu bestehen, die von beiden Seiten auf sie einprasselte. Jenya hatte ihre Klingen abwehrbereit erhoben. Sich bald zur einen, bald zur anderen Seite drehend, behielt sie die Gestalten im Auge, die den Weg säumten, reglos wie Säulen und doch von frevlerischem Leben erfüllt.

Diese Untoten sahen anders aus als jene, die sie auf der Passhöhe bekämpft hatten. Die Essenz des Todes wirkte bei ihnen schon sehr viel länger, und wenn man von der Tatsache absah, dass sie auf zwei Beinen standen und Arme und Augen hatten, erinnerte nichts an ihnen mehr an Menschen oder Astari. Ihr Körperbau und ihre Haltung hatten sich verändert, waren breit und gedrungen. Ihre Hände hatten sich in mörderische Klauen verwandelt, die keiner Waffe mehr bedurften. Die von Todesessenz überzogenen Häupter waren grässlich entstellt und nach vorn gerichtet, grässliche Fangzähne starrten daraus hervor.

Genau diese Gestalten hatte Kynrik damals an die Wand seiner Kerkerzelle in Tårannok gemalt, erinnerte Bary sich schaudernd. Und sie hatten geglaubt, dass er dem Wahnsinn verfallen sei …

»Wer sind die?«, fragte Ægir grimmig.

»Wer sollen sie schon sein?«, brummte Lorymar – zu plappern schien ihm einmal mehr zu helfen, seine Furcht zu vertreiben. »Diese Kerle sind das, was von Malfertas' Blutlegion übrig geblieben ist. Wir hatten schon einmal das zweifelhafte Vergnügen, gegen sie zu kämpfen, weißt du nicht mehr?«

»Du meinst, sie erinnern sich an euch?«, fragte Bray.

»Sie wohl kaum«, widersprach Kynrik mit Blick auf die tumben Gestalten, die nur auf den Befehl zu warten schienen, sich auf sie zu stürzen. »Aber wer immer diese Kreaturen lenkt, weiß ganz genau, was damals geschehen ist. Er weiß, wer wir sind und was wir getan haben – und er hat sie geschickt, um uns daran zu erinnern.«

Bray blickte verstohlen nach den Seiten. Kynrik hatte recht. Eine stumme Bedrohung ging von den Schattenkriegern aus, ein unausgesprochener Vorwurf. Sie griffen die Gefährten nicht an, entließen sie aber auch keinen Augenblick aus dem Blick ihrer kalten, leblosen Augen.

»Kommt weiter«, ermahnte Jenya ihre Gefährten. »Zum Palast ist es jetzt nicht mehr weit. Wer immer uns an diesen Ort gelockt hat – dort werden wir ihm begegnen.«

10

Passhöhe
Unterdessen

Sehr viel schneller als gedacht hatte die Vorhut des zweiten Schattenheeres die Passhöhe erreicht. Im Schutz der Nacht hatte sie sich genähert und die Vorposten der Astari angegriffen. Nun war durch den Einsturz der Statue die Pforte von Archos zwar verschlossen und der Vormarsch von Norden zumindest einstweilen zum Erliegen gekommen – doch von Westen nahte die nächste Bedrohung.

Wie ein Lauffeuer verbreitete sich die Nachricht, dass eine zweite Streitmacht im Anmarsch war, die sich nun nicht mehr aus Ostragiern, sondern aus Kämpfern Westriens rekrutierte: Schergen des Exekutor-Ordens, die mit Mächten paktiert hatten, die sie nicht im Ansatz verstanden, aber auch Soldaten aus Graya, die den verzweifelten Versuch unternommen hatten, sich dem unheimlichen Feind entgegenzustellen. Sie alle waren nun ein Teil von ihm und marschierten unter seinem dunklen Banner.

In aller Eile hatte Fürstin Yone südlich und westlich des Feldlagers eine Phalanx aufstellen lassen, eine neuerliche Barrikade, diesmal nicht mehr aus Holz und Steinen errichtet, sondern aus Fleisch und Blut.

Beinahe eintausend Krieger der Astari standen Schulter an Schulter und waren fest entschlossen, nicht zurückzuweichen. Zudem hatte Yone auf General Veysis Anraten hin die Reiterei aufsitzen lassen – sechshundert Astari, die sich mit eingelegten Lanzen und blanken Klingen von den Flanken auf den Feind stürzen und versuchen würden, ihn zu zerstreuen.

Yone selbst würde den Angriff anführen. In ihrer schimmernden Rüstung saß sie auf dem Rücken ihres Pferdes, dessen Fell so weiß war wie der Schnee auf den Gipfeln des Haymos. Die Stute schien die Nervosität ihrer Reiterin zu spüren, denn sie warf unentwegt das Haupt auf und nieder.

General Veysi hatte ebenfalls in die Schlacht reiten wollen, doch Nawyd hatte es ihm ausgeredet – ohne seine gewohnte Schwerthand würde der General für die Schattenkrieger ein leichtes Opfer sein. Stattdessen bestieg der Prinz von Altashar selbst ein Pferd und lenkte es an Yones Seite. Als Vertreter Ostragiens wollte er nicht zurückstehen, wenn sich die Astari in den Kampf begaben.

Schreie vom Waldrand her kündeten das Nahen des Feindes an, dann erklangen auch schon die Kriegshörner. Fürstin Yone stieß ihre Klinge hoch in die Luft – das Zeichen zum Angriff.

»Für Altashar!«, brüllte Nawyd und stieß seine Klinge ebenfalls empor.

»Für Archos!«, scholl es hundertfach zurück.

Mit wildem Wiehern traten die Pferde der Astari an, geißelten den felsigen Boden mit ihren Hufen, während sie ihre Reiter den Hang hinabtrugen – und dem grausamen Feind entgegen, der dort in Scharen zwischen den Bäumen hervorquoll.

Nawyd hatte das Gefühl, ihnen entgegenzufliegen. Es war ein unwirklicher Moment, trotz des Kampfgebrülls und des donnernden Hufschlags voller Einsamkeit und Stille – jedenfalls empfand er es so.

Es mochten die letzten Augenblicke seines Lebens sein, in Gedanken nahm er Abschied … Dann hatte die Reiterei die Schattenkrieger auch schon erreicht.

Es war nicht, wie wenn sterbliche Kämpfer aufeinandertrafen. Es gab keinen harten Zusammenprall, keinen Widerstand und keine fliegenden Funken, als Stahl auf Stahl traf. Vielmehr drang der Angriff der Astari ungehindert in die Reihen der Untoten.

Die Schattenkrieger hatten der Wucht des Angriffs nichts entgegenzusetzen.

Wie ein Schwert, das durch Butter schnitt, fuhren die Astari in den ungeordneten Pulk des Feindes. Die vorderste Reihe wurde niedergeritten und unter den Hufen der Pferde zermalmt, nachfolgende Schattenkrieger von Lanzenspitzen aus Astarstahl durchbohrt. Sodann kamen die Schwerter zum Einsatz, die die Sterngeborenen mit furchtbarer Wut kreisen ließen. Bald nach links und rechts schlagend, bahnten die Reiter Schneisen der Vernichtung, die sie immer tiefer in die Reihen des Feindes trugen. Doch je weiter sie vorstießen, desto zäher wurde das Vorankommen, und schließlich blieb der Angriff der Reiterei in der Heeresmasse des Feindes stecken, fuhr sich fest wie die Räder eines Karrens in zähem Schlamm.

Nawyd versuchte, in all dem Durcheinander an Fürstin Yones Seite zu bleiben. Zusammen mit ihren Leibwächtern, die einen schützenden Kordon um sie bildeten, hatte sich die Herrin von Silea in die Schlacht gestürzt. Nawyd trieb sein Pferd hinter den Astari her, die wie eine Insel aus dem wogenden Chaos der Untoten ragten, dabei ließ er sein Schwert bald hier und bald dort niedergehen. Einen Schattenkrieger, der sich ihm in den Weg stellen wollte, trat er mit dem Fuß zur Seite; als der Untote strauchelte, fiel Nawyds Klinge wie ein Fallbeil herab und enthauptete ihn.

Binnen kürzester Zeit war das Schlachtfeld übersät von sich auflösenden oder verstümmelten Körpern, die sich mühsam wieder aufzurichten suchten. Die Todesessenz bewirkte, dass die Krieger sich stets von Neuem in den Kampf werfen wollten, auch wenn ihre sterblichen Hüllen es längst nicht mehr zuließen. Von Grauen geschüttelt, ritt Nawyd über sie hinweg und schloss zu Fürstin Yone und den Ihren auf, die ein Stück vorgeprescht waren und nun von Untoten eingeschlossen zu werden drohten.

Unter fürchterlichem Gebrüll ließ der Prinz von Altashar seine Klinge kreisen, durchschnitt knochige, von Todesessenz überzogene Gliedmaßen, die schartige Schwerter führten. Aus dem Augenwinkel nahm er eine Bewegung wahr und riss instinktiv den Schild hoch, der aus Astarstahl gefertigt war und entsprechend leicht, seinem Träger jedoch zuverlässigen Schutz bot. Das dünne Metall erbebte unter dem Einschlag des Pfeils, der buchstäblich aus dem Nirgendwo gekommen war.

Über den Rand des Schildes spähend, sah Nawyd die Bogenschützen, die aus dem Wald kamen – einstige Schergen der Exekutoren, die jetzt einem anderen Herrn dienten. Schon wieder ließen sie todbringende Geschosse von ihren Sehnen schnellen. Und Yone und die Ihren waren so in den Kampf gegen die Schatten verstrickt, dass sie die Gefahr nicht sahen!

»Herrin! Seht Euch vor …!«

Nawyd hörte sich selbst aus Leibeskräften brüllen, während er sein Pferd erbarmungslos weitertrieb. Pfeile hagelten herab. Die meisten waren zu kurz gezielt und trafen Schattenkrieger in den Rücken, doch weder die Getroffenen noch die Schützen scherten sich darum. Schon wurden weitere Pfeile auf die Sehnen gelegt und stiegen einen Herzschlag später in den grauen Himmel.

»Yone!«

Nawyd schrie wie von Sinnen, ließ sein Pferd einen Satz nach vorn machen, geradewegs in das Scharmützel, das die Astari sich mit den Schattenkriegern lieferten. Und indem er einen weiteren Angreifer niederstreckte, langte er bei der Fürstin an, die ihre gekrümmte Astarklinge mit tödlicher Eleganz führte. Sie wurde auf ihn aufmerksam und fuhr herum –

und jetzt endlich sah sie das Verderben, das auf sie und ihre Leibwächter niedergehen würde, aber es war zu spät, um noch zu reagieren.

Der Pfeil, der wie ein Raubvogel auf sie herabstieß, trug ihren Namen und hätte im nächsten Moment ihren Hals durchbohrt – wäre Nawyd nicht zur Stelle gewesen. Indem er sich im Sattel nach vorn warf und den Schildarm hob, wehrte er das tödliche Geschoss ab. Krachend zerbarst es am gewölbten Rund des Schildes, die Fürstin blieb unversehrt.

Ihre Begleiter hatten weniger Glück.

Wer von den Leibwächtern einen Schild hatte und noch dazu kam, ihn emporzureißen, der überlebte den Pfeilhagel. Die übrigen wurden getroffen.

Einige Sterngeborene stürzten mit durchbohrter Brust aus den Sätteln, andere schrien auf, als die Geschosse sie in Arme oder Oberschenkel trafen. Auch Pferde wurden von Pfeilen ereilt, gingen unter schmerzvollem Wiehern nieder und begruben ihre Reiter unter sich.

Das Chaos war unbeschreiblich.

Kämpfer und Tiere schrien in Angst und Todespein, während schon die nächste Welle von Angreifern aus dem Wald kam und ein neuer Schwarm von Pfeilen in den Himmel stieg. Und inmitten des lärmenden, blutenden, stinkenden Durcheinanders war das Gesicht von Fürstin Yone, ruhig und würdevoll, die sich bei ihrem Retter mit einem Lächeln bedankte.

Nawyd nickte und wollte sein Pferd herumdrehen, um es wieder in den Kampf zu lenken – als er einen stechenden Schmerz im Rücken fühlte.

11

In der Tiefe

Jenya hatte recht behalten.

Das Spalier der Schattenkrieger, durch das die Gefährten schritten, führte sie geradewegs in den alten Palast von Myracor – oder vielmehr das, was die Divergenz aus ihm gemacht hatte. Denn die Ansammlung von Trümmern und Ruinen aus einer längst vergangenen Zeit war ein bizarres Kehrbild dessen, was der Kaiserpalast von Myracor einst gewesen war.

Was einst in luftiger Höhe unter gläsernen, von Licht durchfluteten Kuppeln thronte, war jetzt zerschmettert und tief begraben, was sich ehedem zuunterst befunden hatte – Gewölbe, Vorratslager, Schatzkammern und Kerker –, lag jetzt obenauf. Im Schlaglicht der Fackeln erheischte Bray Blicke auf Dinge, die keinen Sinn mehr ergaben: Abgebrochene Treppen und geborstene Säulen; Fenster, die wie tote Augen starrten und Türen, die ins Nirgendwo führten; Häuser, die umgestürzt waren und auf ihren Dächern lagen, und Statuen, die ebenso deformiert und entstellt waren wie jene, die sie einst errichtet hatten; und über allem sah Bray etwas glitzern.

Zuerst hielt sie es für eine Täuschung, aber wann immer der Fackelschein auf die Trümmer fiel, blitzte es auf, manchmal metallisch, manchmal rubinrot oder smaragdgrün. Und je näher die Gefährten den Ruinen kamen, desto deutlicher ging Bray auf, dass es tatsächlich Edelsteine waren, die dort lagen. Dazu silberne Münzen und goldene Schmuckstücke, Teller und Pokale, ein Schatz von unermesslichem Wert.

An der Oberfläche hätten Menschen gemordet für Reichtümer wie diese – hier unten lagen sie ausgebreitet, achtlos über all die Trümmer verstreut, und es passte zu diesem Ort.

Als ehemalige Diebin musste Bray an sich halten, um ihrer alten Gewohnheit nicht nachzugeben und zumindest etwas von dem Zeug einzusammeln. Wie viele ihrer Freunde waren getötet oder ins Salz geschickt worden, ohne auch nur ein einziges Mal in ihrem Leben solche Reichtümer gesehen zu haben! Doch Bray war klug genug, ihren alten Reflexen zu widerstehen, zumal angesichts der Schattenkrieger, die den Wegrand säumten.

Ægir Synkorol hatte damit schon mehr Probleme.

Der Anblick all der Gemmen berührte etwas, das bei einem Dwarg außerhalb seines Verstandes lag, ein angeborenes Bedürfnis nach den glitzernden Schätzen der Tiefe. Und auch wenn dies keine Dwargenmine war, so konnte man durch die Sehschlitze der Eisenmaske doch die Begehrlichkeit in seinen Augen leuchten sehen …

»Denk nicht mal dran«, beschied ihm Lorymar.

»Aber … all das Gold!«, stieß der Dwarg hervor. Seine Stimme bebte dabei vor Aufregung.

»Blutgeld«, erklärt Jenya nüchtern, »Steuereinnahmen des Kaisers, zusammengetragen aus allen Teilen des Reiches, eingetrieben von Malfertas' Legionen. Als der Palast von der Tiefe verschlungen wurde, barsten die Schatzkammern, und ihr Inhalt legte sich über die Ruinen wie ein glitzerndes Leichentuch … Hast du das alles vergessen, Ægir?«

»Natürlich weiß er es noch«, stieß Kynrik mit verächtlichem Schnauben hervor, »aber es schert ihn nicht. Dieser gierige kleine Scheißer wird es niemals lernen. Aus Habsucht hat er mich verraten, und ich werde nicht zulassen, dass er uns das allen noch einmal antut …«

Damit wandte er sich wütend zu Ægir um, das Schwert zum Streich erhoben – doch Jenya ging dazwischen.

»Hey!«, rief die Astara und sah dem einstigen Paladin fest in die Augen. »Was soll das werden?«

»Glaub mir, du wirst mir dafür noch dankbar sein«, versicherte Kynrik. »Lass es uns tun, ehe er uns verraten kann!«

Kalte Entschlossenheit stand in den blauen Augen des Schwertkämpfers zu lesen. Vor den Augen seiner entsetzten Gefährten schlug er Jenyas Klinge mit dem Rubinschwert beiseite und wollte auf Ægir losgehen – als plötzlich dröhnendes Gelächter erklang.

Es stammte von keinem der Gefährten, niemand von ihnen wäre in der Lage gewesen, ein solch hämisches, grausames und von Irrsinn durchsetztes Lachen zustande zu bringen. Und obwohl es aus einer einzigen Kehle zu kommen schien, stürzte es von allen Seiten zugleich auf sie ein. Das Gewölbe, die Ruinen, die Finsternis selbst schien davon durchdrungen zu sein.

»Wer ist da?«, schrie Kynrik wütend dagegen an. »Was soll das dämliche Gelächter?«

Das Geräusch zerrieb sich zwischen den Felsen, verblasste zu einem Rauschen, das durch die Ruinen geisterte. Und noch ehe es ganz verstummt war, hob eine Stimme an.

»Willkommen, die Ihr Euch Legenden nennt«, sagte sie und klang dabei nicht weniger hämisch und böswillig als zuvor. »Willkommen in dem Reich, das ihr selbst geschaffen habt.«

Jenya und ihre Gefährten tauschten Blicke. Sie hatten also richtig vermutet: Wer immer hinter den Schattenkriegern stand, wusste um die Vergangenheit und um das, was sie getan hatten. Und er erwartete sie …

Wie auf ein lautloses Signal hin erwachte das Spalier der Schattenkrieger zum Leben. Bedrohlich kamen sie näher, unheimliche, deformierte Gestalten, Zerrbilder dessen, was sie einst gewesen waren. Von allen Seiten drängten sie nun heran und kreisten die Gefährten ein, Hunderte von ihnen, und es war unmöglich festzustellen, wie weit sich ihre Reihen noch in die Dunkelheit fortsetzten.

Die Gefährten standen im Kreis, Rücken an Rücken, bereit zum Kampf. Zwar war abzusehen, dass dieser nicht lange währen und böse für sie enden würde, aber sie würden sich so teuer wie möglich verkaufen. Worfeck stieß ein kriegerisches Knurren aus, Shayak zischte feindselig. Und Kynrik, der eben noch drauf und dran gewesen war, mit blankem Schwert auf Ægir loszugehen, stand jetzt mit diesem Schulter an Schulter.

Bray war bei Elyvara geblieben. Ihr Gesicht war heiß, das Herz schlug ihr bis zum Hals, während sie auf die unheimlichen Kreaturen starrte, die sie von allen Seiten bedrohten. Ihr Schwert umfasste sie dabei mit beiden Händen, aber es kam ihr lächerlich vor in Anbetracht der Übermacht.

Ihnen allen war klar, dass dies das Ende bedeutete.

Die Zeit schien stillzustehen.

»Lasst die Waffen sinken«, ordnete Jenya plötzlich an. »Wir ergeben uns.«

»Was?«, fragte Lorymar verständnislos.

»Bist du sicher, dass du das tun willst?«, knurrte Kynrik.

»Nein«, gab die Astara flüsternd zu. »Aber ich weiß, dass wir diesen Kampf nicht gewinnen können.«

Um den anderen ein Beispiel zu geben, ließ sie demonstrativ ihre Klingen sinken. Kynrik tat es ihr zögernd gleich, und auch die anderen folgten ihrem Beispiel, Shayak mit erkennbarem Widerwillen. Es widerstrebte dem Drak zutiefst, sich der Gewalt zu beugen, aber sein Vertrauen zu Jenya übertraf wohl seine Instinkte. Oder vielleicht, dachte Bray beklommen, war er auch nur ebenso verzweifelt wie sie selbst.

Als die Schattenkrieger sie ergriffen, zweifelte Bray zum ersten Mal an ihrer Entscheidung, die Legenden zu begleiten. Schaudernd fühlte sie den Griff der toten Klauen, als die Unholde sie davonschleppten.

Hinein ins dunkle Herz von Myracor.

12

Passhöhe
Unterdessen

Zusammen mit General Veysi wartete Hilalayan am Rand des Schlachtfelds, so wie er es immer getan hatte, all die Jahre.

Als Hofmarschall von Altashar hatte er den König in vielen Belangen beraten, auch in Fragen von Krieg und Frieden. Vieles hatte dabei berücksichtigt werden müssen – die Folgen, die der Ausgang des Konflikts haben mochte, der Zuwachs an Mitteln und Macht, der sich im Fall eines Sieges ergab. Doch niemals hatte Hilalayan auch nur einen Gedanken an jene verschwendet, die die Folgen jener Entscheidungen zu tragen hatten, die mit ihrem Blut und oft genug auch mit dem Leben dafür bezahlten.

All dies holte er nun nach.

Während des Kampfes an der Barrikade hatte sich Hilalayan noch höflich zurückgehalten, hatte sich eingeredet, dass er dort ohnehin nur stören würde und er das Kämpfen (und notfalls auch das Sterben) denen überlassen wollte, die sich darauf verstanden. Doch nun, da der dunkle Feind auch im Rücken angriff, hatte er diese Wahl nicht mehr. Denn je mehr Untote aus dem Wald stürmten, desto deutlicher ging Hilalayan auf, dass dies keiner jener Konflikte war, deren Ausgang er aus sicherer Distanz abwarten konnte. Dieser Krieg ging alle an. Auch jene, die gewöhnlich nicht mit dem Schwert, sondern mit Worten kämpften.

Vom Rand des Feldlagers aus konnte Hilalayan sehen, dass

das Schlachtfeld in Bewegung geraten war. Hatte die Reiterei der Astari den Vormarsch der Schattenkrieger zunächst noch stoppen können, geriet sie nun zunehmend ins Hintertreffen. Ihrer Pferde beraubt, blieb den Sterngeborenen nichts weiter übrig, als zu Fuß weiterzukämpfen, in kleinen, versprengten Gruppen, die sich nach allen Seiten zur Wehr setzen mussten. Nach wie vor trugen sie die Hauptlast des Angriffs, während die Phalanx noch immer stand und die Pforte von Archos mit einem Wall aus Leibern schützte. Fürstin Yones Befehl lautete, die Phalanx zu halten, ganz gleich, was geschehen mochte – doch nicht nur Hilalayan fragte sich, ob dieser Befehl noch lange Bestand haben konnte.

»Verdammt«, knurrte Veysi neben ihm. »Die Pfeile des Feindes haben die Fürstin in Bedrängnis gebracht.«

Er reichte Hilalayan das Fernrohr, das die Astari ihm gegeben hatten. Tatsächlich: Auch Hilalayan, der kein Soldat war, konnte sehen, dass das Schlachtgeschehen sich verändert hatte. Von den Reitern der Astari saß so gut wie keiner mehr im Sattel. Hilalayan konnte Fürstin Yone sehen, die sich mit ihren Leibwächtern erbittert gegen die Untoten zur Wehr setzte. Prinz Nawyd allerdings konnte er nirgendwo mehr entdecken …

Veysi war bereits zu einem der Hauptleute unterwegs, die die Phalanx befehligten. Hilalayan folgte ihm. Das Gehen fiel ihm schwer angesichts der Rüstungsteile, die er am Oberkörper sowie an Armen und Beinen trug. Ganz abgesehen davon, dass er sich lächerlich und hilflos darin vorkam, gleich einer Schildkröte auf zwei Beinen.

»Hauptmann«, rief Veysi den Astar an, »Ihr müsst Eurer Reiterei zu Hilfe kommen! Fürstin Yone ist in Bedrängnis!«

»Ich weiß, General«, entgegnete der Offizier. »Doch der Befehl der Fürstin war eindeutig. Die Phalanx muss bestehen bleiben, ganz gleich, was …«

»Ich weiß, was die Fürstin befohlen hat«, fiel Veysi ihm ins

Wort, »aber wenn wir jetzt nichts unternehmen, habt Ihr bald keine Fürstin mehr!«

»Ich werde nicht gegen meine Befehle handeln«, erklärte der Astar mit militärischer Endgültigkeit. Einst, als Kommandant von Makashar, hätte Veysi eine solche Haltung gutgeheißen. Jetzt brachte sie ihn in Rage.

»Ich bewundere Euch für Eure Disziplin, Hauptmann«, versicherte er, seine Wut nur mühsam beherrschend, »aber wenn ich inzwischen etwas begriffen habe, dann, dass die Sterngeborenen für all das kämpfen, was gut und schön ist in dieser Welt. Fürstin Yone repräsentiert all dies wie keine zweite – werden Eure Leute auch dann noch mit vollem Einsatz fechten, wenn sie nicht mehr am Leben ist?«

Der Hauptmann sah ihn an.

Die Kieferknochen in seinem bleichen Gesicht mahlten, man konnte beinahe sehen, wie sich in seiner Brust zwei Seelen einen heftigen Widerstreit lieferten. Abrupt wandte er sich seinen Untergebenen zu.

»Lasst die Trommeln schlagen – wir rücken vor!«

»Was?« Der Unterführer sah ihn mit großen Augen an. »Aber Hauptmann, wir …«

»Ihr habt den Befehl gehört, nun führt ihn aus«, knurrte der Offizier – und im nächsten Moment erklangen die Kriegshörner der Astari. Dumpfer Trommelschlag ertönte, der der Phalanx das Marschtempo vorgab.

Ein Ruck ging durch die Reihen der Lanzenträger, und sie drangen auf ganzer Breite vor, wobei sie sich wie ein einziger Mann bewegten. Veysi zog seine Klinge, die er in Anbetracht seiner fehlenden Rechten mit der Linken würde führen müssen, und auch Hilalayan ertappte sich dabei, dass er plötzlich den Schwertgriff in seiner schwitzenden Hand hielt. Der General nickte ihm aufmunternd zu. Das Nicken zu erwidern, war dem einstigen Hofmarschall kaum möglich wegen des dicken Kloßes, der in seinem Hals steckte.

Der Rhythmus der Trommeln steigerte sich, die Phalanx nahm Geschwindigkeit auf. Veysi, Hilalayan und eine Schar von Schwertkämpfern folgten ihr im Laufschritt, und im nächsten Moment traf der Wall der Lanzen bereits auf den Feind.

Die Spitzen aus Astarstahl durchbohrten lebloses Fleisch, und schon einen Herzschlag später war ein fürchterliches Scharmützel im Gang. Die Astari versuchten, zu ihren sich erbittert wehrenden Kameraden vorzudringen, während die Schattenkrieger ihnen in namenloser Zahl entgegenströmten.

Hilalayan hielt sich an Veysi, der wiederum bei dem Hauptmann blieb. An der Spitze seiner Leute versuchte er, einen Keil in das feindliche Heer zu treiben und so zu Fürstin Yone und den Ihren durchzubrechen.

Im einen Moment befand sich Hilalayan noch hinter dem Wall der Astari. Dann, als Pfeile herabregneten und einige der Sterngeborenen das Leben kosteten, stand er plötzlich frei und schutzlos. Indem er wie von Sinnen schrie, hieb er mit dem Schwert um sich und fällte einen Untoten, der unmittelbar vor ihm auftauchte. Der Krieger ging nieder, das kalte Leuchten in seinen Augen flackerte – doch Hilalayan erinnerte sich daran, dass es nur einen Weg gab, der frevlerischen Existenz dieser Kreatur tatsächlich ein Ende zu setzen.

Er packte das Schwert mit beiden Händen und schlug zu, enthauptete die grässliche Gestalt, während er immer weiterschrie, geschüttelt von Ekel und Entsetzen. Er sah, dass die anderen bereits weitergezogen waren und wollte ihnen hinterher – als sich ihm ein Hindernis in den Weg stellte.

Es war ein Schattenkrieger von hünenhafter Größe. Den Überresten seiner Rüstung nach war er einst ein Angehöriger des Exekutor-Ordens gewesen, und er hielt eine schartige Axt in den Händen, von deren Schneide das Blut seiner Opfer tropfte.

Und Hilalayan begriff, dass dies das Ende war.

13

In der Tiefe

Die Gefährten hatten die Waffen gestreckt und sich ergeben.

Nicht aus Furcht vor dem Kampf oder einem grausamen Tod, sondern weil es die einzige Möglichkeit gewesen war, die Hoffnung noch ein wenig länger aufrechtzuerhalten. Die Chance, dass die Dinge womöglich doch noch eine Wendung nehmen könnten, und wäre sie noch so gering.

So still wie sie zuvor den Weg gesäumt hatten, geleiteten die Schattenkrieger ihre Gefangenen jetzt durch die Dunkelheit. Vorbei an abgerissenen Mauern und zu bizarren Monumenten aufgetürmten Trümmern, die im Lichtschein der Fackeln mehr zu erahnen als wirklich zu sehen waren.

Jenya versuchte, mit den Schattenkreaturen zu sprechen, doch sie erhielt keine Antwort. Ob es daran lag, dass die Unholde sie nicht verstanden, oder ob sie der Sprache überhaupt nicht mächtig waren, war nicht festzustellen. Eisiges Schweigen begleitete die Gefährten auf ihrem Marsch durch die Ruinen, und es lastete schwer auf Bray.

Doch noch schlimmer war die Angst.

Nie zuvor war sie den Schattenkriegern näher gewesen, nie hatte sie sich hilfloser gefühlt. Zwar hatte man den Gefangenen ihre Waffen gelassen, doch im Grunde zeigte das nur, um wie vieles überlegen der dunkle Feind ihnen war. Wäre es nicht um die Nähe ihrer Gefährten gewesen, hätte Bray womöglich den Verstand verloren. So fand sie Halt am Mut einer Astara, am Starrsinn eines Paladins und an der Stärke eines

Uroks. Vor allem aber an der Liebe ihrer Mutter, die sich immer wieder zu ihr umwandte und ihr bis auf den Grund ihres Herzens zu sehen schien. Elyvara, sagte sich Bray, war in der Tat eine Heilerin.

Der Marsch währte länger, als Bray erwartet hatte, und gab ihr eine Vorstellung davon, wie gewaltig der Kaiserpalast einst gewesen sein musste. Immer weiter ging es hinab, unter umgestürzten Säulen hindurch und über Halden aus Schutt, auf denen überall das Blutgeld des Kaisers schimmerte. Schließlich führten schiefe Stufen in einen Gang, der so niedrig war, dass Worfeck kaum hindurchpasste. Doch unvermittelt wichen Decke und Wände wieder zurück und weiteten sich zu einem Gewölbe, dessen tatsächliche Ausmaße Bray nur erahnen konnte. Jenseits des Fackelscheins glaubte sie abgebrochene, mit fremdartigen Zeichen beschmierte Säulen zu erkennen, zwischen denen überall tote Augen leuchteten. Und am Widerhall ihrer Schritte glaubte Bray zu erkennen, dass das Gewölbe groß sein musste.

Gewaltig g…

Gleichzeitig hatte sie das Gefühl, als würde etwas mit klammer Hand nach ihrem Herzen greifen, um es zu zerquetschen, so überbordend war die Furcht, die sie in diesem Augenblick verspürte – und Bray begriff, dass sie am Ziel ihrer Reise angelangt waren.

Im alten Thronsaal von Myracor.

Die Säulen auf beiden Seiten, die Reihen der untoten Krieger – all das wirkte wie ein böser Abgesang auf die Herrschermacht der Sterblichen. Bray richtete ihren Blick nach vorn und sah, wie sich dort etwas aus der Dunkelheit schälte: Ein Sitz mit hoher Lehne und von grotesker Form, auf einem Berg aus Asche, Schutt und bleichen Knochen errichtet.

Der Verlorene Thron der Astari, schoss es ihr durch den Kopf. Über Generationen hatten zunächst die Könige der Sterngeborenen darauf geruht und später dann die Kaiser. Bis der

Thron in der Nacht der Divergenz in der Tiefe verschwunden war, zusammen mit dem Palast und der ganzen Hauptstadt. Hier jedoch stand er noch, umgeben von Tod und Finsternis.

Es war nicht festzustellen, ob es schwarzer Marmor war, der den alten Herrschersitz formte, oder morsches Gebein. Der Thron war verwaist, einsam und leer schien er darauf zu warten, dass jemand wieder auf ihm Platz nahm. Bray fühlte Erleichterung und Enttäuschung zugleich. Sie hatte erwartet, dass sie nun endlich ihrem dunklen Feind begegnen, dass dies der Grund wäre, warum die Schattenkrieger sie an diesen Ort hatten bringen sollen …

Plötzlich regte sich etwas.

Am Fuß des Schutthaufens, auf dem der Thron stand, glitzerte etwas im Licht der Fackeln. Zuerst hatte es den Anschein, als ob es Wasser wäre, doch die Flüssigkeit war zähflüssig und schwarz, und jäh dämmerte den Gefährten, dass es nichts anderes als reine Todesessenz war, die aus allen Löchern und Poren des Thronpodests drang und zäh über Schutt und Knochen kroch. Mehr als je zuvor wurde jetzt deutlich, dass ein Wille die grässliche Substanz lenkte. Denn kaum hatten sich die schwarzen Rinnsale zu größeren Adern vereint, erhoben sich diese gegen jede Regel der Natur, flochten sich umeinander und verschmolzen zu langen Tentakeln. Wie bizarre Flammen leckten sie an dem Verlorenen Thron empor.

Einen Augenblick lang befürchtete Bray, dass die Fangarme nach den Gefangenen greifen würden, doch dann vereinten sie sich abermals und flossen zu einer einzigen mächtigen Ader zusammen. Turmhoch erhob sie sich vor ihnen, einer riesigen Schlange gleich, nur um sich dann auf den Thron zu ergießen. Gleichzeitig schien etwas aus der Masse hervorzukommen, eine bizarre Figur, die nur entfernt menschliche Formen hatte. Das glänzende Schwarz veränderte und verzerrte sich beständig, und wie ein Vorhang, der langsam beiseitegezogen wurde, enthüllte es eine finstere Gestalt, die auf dem Thron saß und deren bloßer Anblick Bray das Blut in den Adern gefrieren ließ.

Ihre Rüstung mochte aus einem anderen Zeitalter stammen, ebenso wie der rote Umhang, der um ihre Schultern lag und an ihr herabfloss wie ein Strom von Blut. Das Gesicht des Fremden war nicht zu erkennen unter der Kapuze, auf der eine uralte Krone saß. Doch die Hände, die sich in die steinernen Armlehnen des Throns krallten und mehr denen eines Skeletts ähnelten als einer lebenden Kreatur, ließen erahnen, dass sie es mit keinem sterblichen Wesen zu tun hatten, mit keinem Menschen und auch keinem Astar, sondern etwas *anderem* …

Die Schattenkrieger zwangen die Gefährten, sich nebeneinander vor dem Thron aufzureihen. So standen sie, ihre Waffen in den Händen und dennoch wehrlos angesichts der drückenden Übermacht und der unheimlichen Gestalt, die vom Thron auf sie herabstarrte. Augen brannten im Dunkel der Kapuze, nicht kalt und leblos wie jene der Schatten, sondern von einem zerstörerischen Feuer erfüllt.

Und von abgrundtiefer Bosheit.

Bray bebte am ganzen Körper, und es beruhigte sie nicht im Mindesten, dass auch Lorymar Thinkling neben ihr wie Espenlaub zitterte. Worfeck war wieder dazu übergegangen, leise Formeln zu murmeln, Kynrik flüsterte eine Verwünschung nach der anderen. Mit der nackten Todesangst, die sie alle erfasst hatte, ging jede der Legenden anders um.

Jenya wählte den Weg des Angriffs.

»Seid Ihr es?«, fragte sie mit lauter Stimme. Nur wer die Astara gut kannte, konnte die Furcht hören, die sich darin verbarg. »Der Herr der Schatten? Der über die Essenz des Todes gebietet und das Heer der Untoten lenkt?«

Die unheimliche Gestalt auf dem Thron starrte weiter auf sie herab. Verstand sie überhaupt, was Jenya sagte?

Bray hatte das Gefühl, unter dem lodernden Blick des Vermummten dahinzuschwinden. Je länger sie vor ihm stand, desto mehr hatte sie das Gefühl, sich zu verlieren, sich aufzulösen angesichts seiner furchtbaren Präsenz …

»Astari«, sagte eine dunkle, leblos wirkende Stimme, die Bray als jene wiedererkannte, die sie auch draußen in den Ruinen gehört hatten. Wie lange dies zurücklag, vermochte sie nicht zu sagen. Nur Stunden? Oder gar Tage? Wochen? »Stets suchen sie nach der Wahrheit, nach dem Grund, der hinter allem steht …«

Bray hätte nicht zu sagen vermocht, ob die Stimme von unter der Kapuze kam, oder ob sie einfach da war. In dem Gewölbe, in ihren Köpfen, einfach überall.

»Erkennst du diesen Thron?«, fragte sie.

»Allerdings«, bestätigte die Astara. »Kaiser und Könige haben einst auf ihm geruht. Er war das Symbol der Macht von Myracor – bis diese Macht missbraucht wurde und der Thron verloren ging. Malfertas war der Letzte, der darauf saß.«

»Und Ihr habt seine Herrschaft beendet, nicht wahr?«

»In der Tat«, schnaubte Kynrik. Dem Paladin war anzusehen, dass er nicht gewillt war, sich einschüchtern zu lassen. Auch nicht von jener grausigen Gestalt. »Ihr wisst, wer wir sind, also beendet das Versteckspiel und sagt uns, wer Ihr seid. Ihr könnt es doch ohnehin kaum erwarten, uns die Wahrheit ins Gesicht zu schleudern.«

»Die Wahrheit«, entgegnete der Unheimliche. »Da ist es wieder, dieses magische Wort, das die Astari so gerne in den Mund nehmen – und neuerdings offenbar auch die Menschen.«

»Spart Euch das Gerede, Mann, und offenbart uns, wer Ihr seid«, verlangte Kynrik.

»Hattet ihr nicht einen Verdacht, von dem Augenblick an, da die Bilder von Tod und Untergang euch verfolgten?«

Bray verkrampfte sich, und sie konnte fühlen, dass auch ihre Gefährten innerlich erstarrten. Woher wusste der Unheimliche von ihren Visionen?

»Mal…Malfertas«, stieß Lorymar leise hervor. »Seid Ihr das dort auf dem Thron?«

Der Unheimliche lachte.

Dann griffen seine Knochenhände nach der Kapuze und schlugen sie zurück. Was darunter zum Vorschein kam, war ein Schädel, doch es war kein Fleisch mehr darauf, sondern nur teerige Masse, die darüberkroch und Gesichtszüge formte, die Bray sofort erkannte. Auch wenn sie dieses Antlitz in Brückstadt nur aus der Ferne gesehen hatte, würde sie sich für immer daran erinnern. Und nicht nur sie …

»Xusra!«, stieß Lorymar entsetzt hervor.

Kynrik stieß eine Verwünschung aus, Jenya hob ihre Klingen – doch der Mann auf dem Thron lachte nur.

»Xusra war ein nützlicher Diener. Unter vielen habe ich ihn ausgewählt in jener Nacht, in der ihr glaubtet, den Sieg davonzutragen. Ich gab ihm alles, was ich zu jenem Zeitpunkt geben konnte, alles, was von meinen Kräften geblieben war – und verlieh ihm eine Fähigkeit, die kein Sterblicher außer ihm je besessen hat.«

»Das Feuer«, flüsterte Lorymar. »Der Bastard war in der Lage, kraft seiner Gedanken Feuer zu erzeugen …«

»So bist am Ende auch du zu dieser Erkenntnis gelangt, Lorymar Ghurab – wo du doch stets der Ansicht warst, alles wäre nur Blendwerk und Täuschung.«

»Aber … wenn Ihr ihm Macht über das Feuer geben konntet«, begann Jenya.

»Ja«, stimmte der Unhold auf dem Thron zu, »du bist auf dem richtigen Weg, Astara. Gehe ihn weiter, und er wird dir die Wahrheit offenbaren.«

»Wenn Ihr ihm Macht über das Feuer geben konntet, so müsst Ihr diese Macht einst selbst besessen haben«, folgerte

Elyvara an Jenyas Stelle. »Und in der Geschichte von Astray gibt es nur ein Volk, das über das Feuer gebot …«

»Die Drachen«, ergänzte Jenya. »Das ist es, was Ihr seid!«

Bray war wie vom Donner gerührt.

Wie war das möglich? Waren die Drachen nicht von den Astari besiegt worden, vor undenklich langer Zeit, noch bevor es Menschen in Astray gegeben hatte?

»Ich gestehe, dass ich diesen Moment lange herbeigesehnt habe«, sagte die Gestalt auf dem Thron, die im einen Moment Xusra darstellte und im nächsten einen Astar mit hohen Wangenknochen und strengen Gesichtszügen – Bray nahm an, dass dies Malfertas gewesen war, der dem Irrsinn verfallene Kaiser … »Ich habe mich oft gefragt, wie es sein würde, wenn meine Feinde die Wahrheit erkennen. Jene Wahrheit, die sie so lange geleugnet haben, vor sich selbst und vor allen anderen.«

»Was soll das Gerede?«, fragte Kynrik unwirsch. »Die Drachen sind schon lange tot. Die Menschen haben sie längst vergessen.«

»In der Tat, mein einfältiger Freund – und das ist ihr Verhängnis. Denn nur, weil die Menschen nichts mehr von Dingen wissen wollen und sie leugnen, bedeutet es nicht, dass sie niemals geschehen sind. Und es entbehrt nicht einer gewissen Ironie, dass ausgerechnet dort, wo ich meine schmerzlichste Niederlage erlitt, mein Heer nun den endgültigen Sieg über die Sterblichen davonträgt. An der Pforte von Archos.«

Jenya nickte. »Ascaron der Wächter schlug dort die Drachen unter ihrem König Šarkan Izzas Torok und verbannten ihn in die Tiefen der Welt …«

»In die Tiefen der Welt«, bestätigte die Gestalt auf dem Thron. »Dort musste ich erleben, wie mein Körper im Lauf von tausend Jahren langsam zerfiel, wie ich schwach wurde und gebrechlich und elend zugrunde ging – doch die Flamme in meinem Inneren erlosch nicht, denn in der Tiefe gab es etwas, das mich nährte und am Leben hielt. So harrte ich aus, jahrhundertelang, lebendig begraben und ohne Hoffnung, meinem dunklen Gefängnis jemals wieder entkommen zu können. Bis zur Nacht der Katastrophe …«

Elyvara und die anderen sahen sich an.

»Sieben Gestalten, dazu ausersehen, die Welt zu retten, verließen ihre Heimat, um dem Kaiser die Stirn zu bieten«, bestätigte der Finstere voller Hohn. »Getrieben von den Visionen, die sie verfolgten, begaben sie sich auf die Suche nach einem alten Artefakt, einem Gegenstand, der in grauer Vorzeit zusammen mit den Astari auf diese Welt gekommen war …«

»Der Stein«, sagte Bray.

Der Unheimliche sah sie an, so als würde er jetzt erst auf sie aufmerksam. »Offenbar«, höhnte er, »hat eine weitere Legende zu den Sieben hinzugefunden.«

»Lasst sie am Leben«, verlangte Elyvara. »Sie ist nur ein Mädchen, das uns geholfen hat.«

»Nur ein Mädchen«, echote er, und Bray hatte abermals das Gefühl, unter seinem brennenden Blick zu vergehen. »Dennoch kennt sie Eure Geschichte.«

»Sie ist eine Sängerin«, sagte Jenya. »Sie kennt viele Geschichten.«

»Vielleicht – aber diese eine kann sie nur durch Euch erfahren haben. Denn nur Ihr wart dabei, als Ihr den Stein der Astari fandet und nach Myracor brachtet, und nur Ihr wusstet um sein Geheimnis, nicht wahr?«

Die Gestalt auf dem Thron ließ ihre Worte wirken, als wären sie Gift. »Oder sollte ich mich irren?«, fuhr sie dann genüsslich fort. »Wusstet Ihr womöglich gar nicht, was der Stein bewirken würde? War Euer Wunsch, Malfertas zu entmachten und ihn für seine Übeltaten zu bestrafen, so übermächtig, dass Ihr jede Vorsicht dafür missachtet, dass Ihr alle Warnungen in den Wind geschlagen habt?«

»Was wisst ihr schon?«, brummte Kynrik.

»Ich weiß alles, mein untreuer Paladin«, konterte der andere. »Von euren Bedenken. Von dem Streit, den ihr untereinander hattet, von den Ängsten, die euch plagten. Denn es gab welche unter euch, die sich davor scheuten, die Macht des Steins zu entfesseln, doch die anderen setzten sich durch und so habt ihr es schließlich getan. Wie Kinder, die mit dem Feuer spielen, ohne seine Macht auch nur im Entferntesten zu kennen oder zu verstehen.«

»Das ist nicht wahr!«, ereiferte sich Bray. Zumindest einige der Sieben kannte sie lange und gut genug, um zu wissen, dass sie sich ihre Entscheidung nicht leicht gemacht hatten. Und dass jeder Einzelne von ihnen gebüßt hatte, jeder auf seine Weise … »Sie haben Astray befreit und die Schreckensherrschaft von Malfertas beendet!«

Mit einem warnenden Blick gab Elyvara ihr zu verstehen, dass sie ihren unheimlichen Feind nicht provozieren sollte. Doch die Worte waren ausgesprochen, es gab kein Zurück mehr.

»Wie ist dein Name, Mädchen?«, wollte der Finstere wissen.

»Bray. Aus Skaradag«, fügte sie hinzu, als ob das an diesem Ort irgendeine Rolle spielen würde.

»Dann frage ich dich, Bray aus Skaradag, die du so viel über jene Dinge zu wissen scheinst, ob du auch das Ende der Geschichte kennst. Ob du auch weißt, was geschehen ist, nachdem die Sieben sogenannten Legenden die Kraft des Astarsteins entfesselten – haben sie dir das auch berichtet?«

»Natürlich«, versicherte Bray mit bebender Stimme. »Ich weiß, was sie getan haben.«

»Auch, dass sie Myracor zerstörten? Und dass ihre Leichtfertigkeit den Weltenbruch bewirkte, der Astray in jener Nacht gespalten hat?«

Bray nickte.

»Doch das«, fuhr der Unheimliche fort, »ist noch nicht die ganze Wahrheit, kleine Bray aus Skaradag. Denn indem sie Malfertas bezwangen, befreiten sie mich aus dem Gefängnis, in das man mich gezwungen hatte, vor langer Zeit. Und inzwischen dürften sie längst herausgefunden haben, wer ich bin, nicht wahr?«

Schweigen trat ein, bis Jenya es schließlich brach.

»Wir wissen es«, entgegnete die Astara leise. »Auch wenn es jeder Vernunft widerspricht – Ihr seid unser erster und ältester Feind. Ihr seid Šarkan Izzas Torok.«

14

Passhöhe
Unterdessen

Hilalayan stand wie erstarrt vor Entsetzen – anders als sein Gegenüber, das mit dem Holm der Axt zuschlug und ihm das Schwert aus der Hand drosch.

Panisch wich Hilalayan vor der hünenhaften Schreckgestalt zurück. Dabei stolperte er über den leblosen Körper eines Astarkriegers und kam zu Fall. Mit den Armen rudernd, landete er rücklings auf dem von Blut getränkten Boden, die kalt leuchtenden Augen des Schattenkriegers über sich.

»Nicht!«, schrie er, so laut er nur konnte. »Bitte nicht! Wer immer Ihr einst wart, ich flehe Euch an, lasst mich am Leben, hört Ihr …?«

Der von Todesessenz entstellte Hüne reagierte mit Gleichgültigkeit. Statt auch nur einen Anschein von Mitgefühl zu zeigen, hob er die blutige Axt, um sie auf Hilalayan niedergehen zu lassen.

Überzeugt, dass sein Ende gekommen sei, schloss der einstige Hofmarschall von Altashar die Augen. Bilder zogen an ihm vorüber, Eindrücke eines Lebens, das wenig verheißungsvoll begonnen, sich dann aber sehr vielversprechend entwickelt hatte. Bis in die allerhöchsten Kreise war Hilalayan gelangt, war am Hof von Altashar ebenso respektiert wie gefürchtet worden, eine Laufbahn, die ihresgleichen suchte – und die nun ein grausames Ende finden würde.

Rücklings lag er auf dem zerstampften, blutdurchtränkten Boden, wehrlos und starr vor Entsetzen. Die Geräusche ringsum, das Kampfgebrüll, das Klirren der Waffen und die Schreie der Verwundeten, all das schien hinter einer Wand aus Stille zu versinken. Die Furcht, die Hilalayan in ihren Klauen hielt, sorgte dafür, dass er nichts mehr wahrnahm außer dem Schatten, der sich auf ihn senkte.

Atemlos wartete er auf den Todesstoß, hoffte nur, dass es schnell gehen und er nur wenig Schmerz dabei empfinden würde … doch der tödliche Streich blieb aus.

Augenblicke von endloser Langsamkeit vergingen, in denen Hilalayan kaum zu hoffen wagte. Verwirrung war alles, was er empfand – warum schlug der Schattenkrieger nicht zu?

Hilalayan blinzelte – nur um zu sehen, dass der Hüne noch immer über ihm stand, die Axt noch in den knochigen Händen. Doch etwas anderes schien seine Aufmerksamkeit auf sich gezogen zu haben.

Verwirrt sah Hilalayan sich um, und wie aus weiter Ferne drangen wieder Geräusche an sein Ohr. Etwas war anders als zuvor. Ein anderer Laut hatte sich hinzugesellt, ein schauriges Heulen, das alles übertönte.

Hilalayan wusste nicht, woher es rührte, und dem Schattenkrieger schien es ebenso zu gehen. Er ließ die Axt sinken und warf den Kopf in den Nacken, so als würde er lauschen.

Dann überschlugen sich die Ereignisse.

Ein Schatten wischte heran, packte den Hünen und riss ihn fort. Es geschah so schnell, dass Hilalayans Augen Mühe hatten zu folgen. Noch auf dem Boden liegend, warf er sich herum, nur um zu sehen, wie ein mit grauem Fell überzogenes Untier den Schattenkrieger davonschleppte und ihm die Kehle zerfetzte.

Die Bestie, die grässliche Klauen hatte und ein zähnestarrendes Maul, ähnelte einem Wolf gleichermaßen wie einem Menschen. Und auf ihrem Rücken – Hilalayan traute seinen Augen nicht – saß eine kleinwüchsige Gestalt, die einen Umhang trug und ein kurzes Schwert in den Händen hielt.

Ein Halbling!

Der Hofmarschall zweifelte an seinem Verstand, als abermals ein Heulen erklang, nicht aus dem Wald, woher die Untoten kamen, sondern von der alten Passstraße her. Und im nächsten Augenblick kamen Scharen von Reitern den Weg herauf, noch mehr Halblinge, die auf bizarren Wolfskreaturen saßen – und wie eine Naturgewalt in die Reihen der Schattenkrieger fuhren.

15

In der Tiefe

Im Thronsaal von Myracor war es still geworden.

Entsetzen hatte die Legenden gepackt, als ihnen klar geworden war, wer sich aus der Tiefe erhoben hatte und über das Heer der Schattenkrieger gebot.

Ein Geist aus ferner Vergangenheit …

»Šarkan Izzas, der König der Drachen«, stieß Kynrik heiser hervor. Selbst der abgebrühte Schwertkämpfer wurde von Grauen geschüttelt.

»Nur sein bescheidener Schatten«, kam es mehrdeutig zurück. »Doch hinter ihm steht eine Armee von Tausenden, und alle sind sie ihm treu ergeben.«

»Das ist nicht möglich!«

»Weshalb? Weil du nicht willst, dass es möglich ist, mein untreuer Paladin? Dabei ist dies die Wahrheit, nach der ihr so lange gesucht habt. Einst beherrschte Šarkan Izzas die Lüfte – nun ist er der Herrscher der Tiefe.«

»Der Herrscher eines Totenreichs«, widersprach Jenya.

»Törichte Astara, was bringt dich auf den Gedanken, dass es für mich einen Unterschied bedeuten könnte, worüber ich gebiete? Mir ist nur an meiner Rache gelegen, und nun endlich, nach all den Jahrhunderten habe ich sie bekommen – mit eurer Hilfe. Denn durch die Kraft des Astarsteins habt ihr etwas befreit, das tief unter der Erde lauerte und so alt ist wie Astray selbst. Denn so wie es die Kraft der Schöpfung gibt, existiert auch das Gegenteil davon.«

»Die Essenz des Todes«, flüsterte Bray.

»So nennt ihr es?«, fragte Šarkan. »Fürwahr, ihr Menschen habt wie die Astari einen Hang zum Dramatischen. Ich nenne es nur schlicht das ›Element‹, denn es ist immer da gewesen und hielt mich über all die Zeit am Leben. Ich vermag nicht mehr zu sagen, ob es sich meiner bemächtigte oder ob es umgekehrt war. Doch als der Tag der Befreiung kam, kehrten wir gemeinsam in die Welt der Lebenden zurück – und mit uns auch jene, die vor langer Zeit gefallen waren und sich nun wieder erhoben, um für uns zu kämpfen.«

Entsetzt sah Bray ihre Begleiter an. Dies also war der Ursprung der Schattenkrieger und zugleich die Wahrheit, der die Legenden ins Auge sehen mussten: Dass niemand anders als sie selbst die Rückkehr des Drachenkönigs und seiner Schatten bewirkt hatten, weil sie den Astarstein benutzten. Indem sie Malfertas' Herrschaft beendeten, hatten sie ein noch größeres Übel heraufbeschworen.

»Nun bist du erschrocken, kleine Bray«, fuhr der Drachenkönig fort. »Haben deine edlen Helden dir doch etwas verschwiegen?«

»Nein«, hielt Lorymar an Brays Stelle dagegen. »Wir wussten selbst nichts von diesen Dingen!«

»Ah, der Halbling spricht und versucht, sich zu rechtfertigen, so wie er es immer tut … Aber ihr könnt nicht leugnen, dass ihr alle eine Ahnung hattet. Statt zurückzublicken, habt ihr nach vorn gesehen und gehofft, dass die Vergangenheit euch nicht einholen würde. Bis zu dem Tag, da euch erneut seltsame Träume ereilten und euer Verdacht zur Gewissheit wurde.«

»Ich hatte keine Träume«, stellte Ægir klar.

»Natürlich nicht, denn ich kann sehen, dass du nicht das bist, was du zu sein vorgibst, sondern ein elender Verräter. Hattest du nicht vor, dich an ihm zu rächen, Kynrik? Glaub mir, du tust recht daran. So viele Jahre, gefangen in Dunkelheit – dein Zorn auf diesen Dwarg muss grenzenlos sein. Nur zu, töte ihn. Meine Krieger werden dich nicht aufhalten.«

Kynriks düsterer Blick wanderte zunächst zu dem Dwarg und dann wieder zurück zu der Gestalt auf dem Thron. »Ich bin nicht dein Henkersknecht, Izzas Torok oder wer immer du sein magst. Wen ich erschlage und wen nicht, bestimme ich ganz allein.«

»Der Stolz eines Kindes, nicht der eines Kriegers«, spottete der andere von seinem hohen Sitz herab. »Oder vielleicht liegt es ja auch daran, dass du selbst ein Verräter bist. Du hast dich gegen deinen Kaiser gewandt, deinem Eid zum Trotz ...«

»Weil der Kaiser sich zuvor gegen sein eigenes Volk gewandt hatte«, konterte Kynrik. »Verdammt, woher weißt du das alles?«

»Der Kaiser war der Erste, dem mein ins Leben zurückgekehrter Geist in jener Nacht begegnete. Sein Körper war zerschmettert, und es war kaum noch Leben in ihm. Doch sein Wissen wurde zu meinem, so wie sein Durst nach Rache zu meinem wurde, Rache an jenen, die ihm das angetan hatten. So war es mit allen Kreaturen, deren Körper das Element zu meinen Dienern gemacht hat, ob nah oder fern, tot oder lebendig. Deshalb weiß ich auch, dass du, Worfeck, der du dich neuerdings Baumblatt nennen möchtest, von deinen Ordensbrüdern in Var'a'shek verstoßen wurdest.«

»Lüge«, knurrte der Urok.

»Ach ja? Entspricht es etwa nicht der Wahrheit, dass deine Mitbrüder Angst hatten vor dir?«

»Die Menschen haben immer Angst vor mir.«

»Und das nach allem, was du für sie getan hast? Nach all den Opfern und Entbehrungen, die du auf dich genommen hast? Deine Mitbrüder haben dich fortgeschickt, damit du die drohende Gefahr für sie erkundest. Doch am liebsten wäre es ihnen, wenn du niemals zurückkehren würdest, und tief in deinem Inneren weißt du das.«

»Ruhig«, raunte Shayak Worfeck zu, der direkt bei ihm stand. »Versucht, uns gegeneinander aufzubringen …«

»Und? Gelingt es mir, mein geschuppter Freund?«

»*Nai*«, verneinte der Drak in seiner Sprache. Sein langer Schwanz peitschte dabei über den Boden.

»Dabei hast du mehr als jeder andere von euch unter der Dummheit und Intoleranz der Menschen gelitten. Sie haben dich ausgestoßen, auf dem Sklavenmarkt verkauft, misshandelt und verspottet …«

»Nicht alle Menschen«, widersprach Shayak kopfschüttelnd.

»Nein, natürlich nicht, es gibt auch Ausnahmen, so ist es immer … aber die meisten von ihnen sind erklärte Feinde deines Volkes, und du weißt es genau. Sich auf ihre Seite zu stellen ist, als würde man den eigenen Henker zur Mahlzeit einladen.«

Shayak schnaubte und sah zu Boden, widersprach allerdings nicht. Man konnte sehen, dass der Drachenkönig auch bei ihm einen wunden Punkt getroffen hatte.

»Und wen haben wir hier? Eine Heilerin aus dem fernen Khadir«, wandte Šarkan sich an Elyvara.

»Spart Euch die Mühe«, beschied sie ihm. »Ihr könnt mich und meine Gefährten nicht entzweien.«

»Nein? Dabei bist du dem Drak in vieler Hinsicht ähnlicher als den Menschen. Dein Leben lang wurdest du von ihnen kritisch beäugt und verspottet, allein wegen der Farbe deiner Haut. Und das, obwohl du den Menschen niemals Anlass gegeben hast, dir zu misstrauen, denn stets hast du ihnen geholfen und ihre Gebrechen geheilt …«

»… und ich würde es wieder tun«, versicherte Elyvara.

»Weil du es nicht wagst, die Augen zu öffnen und die Wahrheit zu sehen«, beschied der Drachenkönig ihr. »Die Wahrheit ist, dass die Unterschiede zwischen euch sehr viel größer sind als alles, was euch verbindet. Was ist geschehen, nachdem ihr Malfertas besiegt hattet? Ihr habt euch in alle Winde zerstreut, keiner hat sich um den anderen gekümmert, und manche von euch«, – sein Blick ging zu Kynrik –, »wurden verraten und mussten grässlich büßen. Ein paar alte Lieder mögen in euch Verbündete sehen, aber das ist nicht wahr. Alles, was euch einte, war der Starrsinn einer Astara, die sich zu Höherem berufen fühlte als zu dem, was das Schicksal ihr zugewiesen hatte – nämlich eine Hure zu sein und jenen zu gefallen, die für ihre Dienste bezahlen.«

Der Drachenkönig lachte leise, wissend, dass seine Worte wie Pfeile trafen. »Schöne Legenden seid ihr«, fügte er spöttisch hinzu. »Ein verräterischer Dwarg, ein eidbrüchiger Paladin, ein ängstlicher Halbling, ein verstoßener Urok, ein zahnloser Drak und eine größenwahnsinnige Astara. So wie ich es sehe, habt ihr nur eines gemeinsam – dass ihr gescheitert seid.«

»Das sehe ich anders!«

Es war Bray, die widersprach, wider alle Vernunft und mit heftig pochendem Herzen. »Es gibt noch etwas, was uns eint«, sagte sie, sich selbst zum Kreis der Legenden zählend, »nämlich die Visionen, die uns hergeführt haben. Nur ihretwegen sind wir hier!«

Der Drachenkönig wandte sich ihr auf seinem hohen Sitz zu, und sie hatte das Gefühl, als würden sich seine lodernden Augen in ihr Innerstes brennen.

»Nein, kleine Bray«, sagte er leise. »Du verstehst noch immer gar nichts. Ihr seid hier, weil ich es so wollte. Ich, Šarkan Izzas, bin es gewesen, der euch jene Visionen geschickt hat. Ich habe euch gerufen – und ihr seid gekommen.«

16

Passhöhe
Nach Einbruch der Dunkelheit

Nawyd konnte kaum glauben, dass er noch am Leben war.

Als er vom Pferd gestürzt war, vom Dolchstich eines Untoten niedergestreckt, hatte er ringsum nichts als tote Augen erblickt, die mit kaltem Leuchten auf ihn starrten, und er war überzeugt gewesen, dass dies das Ende sei. Doch er schien seine Rolle in diesem Spiel noch immer nicht gespielt zu haben, denn einmal mehr hatte das Schicksal ihn verschont.

Auf dem Rand des Lagers sitzend, auf das man ihn gelegt hatte, prüfte er seinen linken Arm. Die Stelle unterhalb des Schulterblatts, wo ihn die Klinge ereilt hatte, schmerzte heftig, nachdem die Heiler der Astari die Wunde ausgebrannt und sie versorgt hatten. Doch Nawyd konnte seinen Arm noch immer gebrauchen. Und, was noch wichtiger war, er hatte gute Aussichten, kein Diener der Finsternis zu werden …

An die Geschehnisse auf der Passhöhe konnte er sich nur schemenhaft erinnern. Zusammen mit den Astari hatte er sich bis zuletzt zur Wehr gesetzt, während die Untoten von allen Seiten auf sie eindrangen. Die Phalanx war ihnen zu Hilfe gekommen, doch gegen die Übermacht hatte auch sie nichts auszurichten vermocht … bis plötzlich ein Signal erklungen war, ein unheimliches seltsames Heulen, und im buchstäblich letzten Augenblick hatten Fürstin Yone und die Ihren Unterstützung erhalten.

Und so unwahrscheinlich wie diese Hilfe gewesen war, waren auch jene, die sie gebracht hatten …

Nawyd verließ das Lazarett, räumte das Lager für jemanden, der es nötiger hatte als er. Den Schmerz in der Schulter ignorierend, so gut es sich eben machen ließ, ging er sicher zum Zelt der Feldherrin.

Gespenstische Stille lag über dem Lager. Das Eintreffen der Wolfsreiter hatte den dunklen Feind überrascht und zum Rückzug gezwungen. Anders als auf der Nordseite des Passes schien sein Vorrat an Truppen hier nicht unerschöpflich zu sein, sodass er sorgsamer damit umgehen musste. Die Astari nutzten die Zeit, um sich auszuruhen und ihre Verwundeten zu versorgen – denn jedem war klar, dass die Schatten schon bald wieder angreifen würden.

Nawyd hatte Fürstin Yones Zelt noch nicht ganz erreicht, als die dunklen Wolken über dem Pass sich in strömendem Regen entluden. Gezackte Blitze teilten den Himmel, Donner grollte zwischen den Gipfeln des Haymos, so als wollte er weiteres Unheil ankündigen.

Die Wachen ließen Nawyd passieren, und er trat in das von einem Herdfeuer erwärmte Zelt, in dem sich wie nach jeder Schlacht die Unterführer versammelt hatten, um das weitere Vorgehen zu besprechen. Mehr noch als zuvor schien Fürstin Yone ihre personifizierte Hoffnung zu sein. Wie durch ein Wunder war die Astara in all dem Hauen und Stechen unversehrt geblieben. Oder vielleicht, dachte Nawyd, wirkte ihre strahlende Erscheinung auch wie ein unsichtbarer Schild.

Bei den Hauptleuten der Astari waren auch General Veysi und Hilalayan. Der einstige Hofmarschall sah ziemlich mitgenommen aus, war leichenblass und dreckbesudelt. Selbst er hatte in der Hitze des Gefechts zum Schwert gegriffen und sich in den Kampf gestürzt, um Fürstin Yone und den Ihren beizustehen.

Und noch ein weiterer Besucher war im Zelt, der kein Astar war und auch kein Mensch. Er trug einen Umhang und eine altmodische Rüstung und reichte den anderen im Saal nicht einmal bis zur Brust – ein Halbling. Auf den ersten Blick glaubte Nawyd, dass Lorymar Thinkling zurückgekehrt sei, denn da war eine gewisse Ähnlichkeit zwischen den beiden. Doch die hatte andere Gründe, wie sich herausstellte …

»… verstehe ich noch immer nicht«, war Veysi gerade im Begriff zu sagen. »Sind die Morwölfe nicht die erklärten Feinde des kleinen Volkes?«

»In der Tat«, bestätigte der Anführer der Halblinge, und sogar seine Stimme und sein Tonfall ähnelten der Lorymars, »doch in diesem Fall ist es anders. Offen gestanden fühle ich mich nicht in der Lage, Euch zu erklären, wie es dazu gekommen ist, denn die Wölfe und wir standen uns als Feinde gegenüber, willens und bereit, uns gegenseitig zu töten – doch dann trat ein noch dunklerer Feind auf den Plan.«

»Die Schattenkrieger«, sagte Fürstin Yone. Sie stand mit dem Rücken zu der großen Landkarte, auf der inzwischen weite Gebiete im Norden und Westen mit den schwarzen Bannern markiert waren.

»Ja, Herrin.« Der Halbling neigte das Haupt in ihre Richtung. »Der Schwarze Turm von Hobheim scheint ihr Ursprung zu sein.«

»So wie jeder andere Schwarze Turm in Westrien«, bestätigte Hilalayan. »Ich war in Scyalon, als es geschah.«

»Ihr habt mein Mitgefühl«, versicherte der Halbling, »denn wäre es nicht um die Morwölfe gewesen, die sich unerwartet auf unsere Seite schlugen, so hätte unser letztes Stündlein geschlagen und es wäre das Ende des Westlands gewesen.«

»Womöglich«, überlegte Veysi, »haben ihre Instinkte den Morwölfen im rechten Moment gesagt, was sie zu tun haben.«

»Oder sie haben sich im rechten Moment daran erinnert, dass sie einst Menschen waren«, wandte Fürstin Yone ein.

»Ja, Herrin – besonders eine von ihnen«, stimmte der

Halbling zu. »Eine junge Ostragierin, die nach Hobheim gekommen war und dort das Opfer ihres zum Morwolf verwandelten Geliebten wurde …«

Nawyd, der bislang nur betroffen zugehört hatte, horchte auf. »Wie war ihr Name?«, wollte er wissen.

Aller Augen richteten sich daraufhin auf ihn, auch die des Halblings.

»Lordkanzler«, sagte Fürstin Yone daraufhin, »gestattet, dass ich Euch Prinz Nawyd vorstelle, den Sohn Artabans des Großen, der sich unserer Sache angeschlossen hat und in unseren Reihen kämpft. Ich freue mich, mein lieber Nawyd, Euch wiederhergestellt zu sehen«, fügte sie mit einem dankbaren Lächeln hinzu.

»Die Freude ist meinerseits, Fürstin«, versicherte Nawyd und verbeugte sich, was er allerdings lieber bleiben gelassen hätte – ein Stechen fuhr dabei in seine Schulter, als wollte sie bersten.

»Prinz Nawyd«, sagte der Halbling, »es ist mir eine Freude, Euch zu begegnen.« Er neigte wiederum das Haupt. »Latimer Thinkling, Lordkanzler des Westlands, zu Euren Diensten.«

Nawyd nickte – Thinkling, daher also die Ähnlichkeit. »Die Freude ist die meine, Lordkanzler«, versicherte er, »zumal ich Euren Bruder bereits kennengelernt habe …«

»… so wie ich Eure Schwester«, entgegnete der andere beflissen. »Ich hatte das Vergnügen, die Prinzessin in meinem Haus in Hobheim zu beherbergen, ebenso wie ihre Zofe Kira, ehe sie das Opfer des Morwolfs wurde.«

»So habt Ihr eben von ihr gesprochen?«

»In der Tat. Etwas in ihr scheint sich erinnert zu haben an das, was gewesen ist – ohne ihr Zutun wäre die Begegnung zwischen Wolf und Halbling sicher anders ausgegangen, und die Exekutoren hätten triumphiert, so wie sie es in Claymor, in Vangart und in Doornach getan haben.«

»Die *zu Schattenkriegern gewordenen* Exekutoren, das wollen wir nicht vergessen«, fügte Fürstin Yone düster hinzu. »Bei all den Ordensdienern, die das Heer des Feindes verstärken, frage ich mich, ob Elyvara nicht recht hatte mit ihrer Vermutung.«

»Ihr meint, dass die Exekutoren sich mit dem dunklen Feind verbündet und absichtlich die Todesessenz genommen haben?«, fragte Hilalayan schaudernd. »Aus freien Stücken?«

»Die einfachen Soldaten sicher nicht«, war Veysi überzeugt, »aber womöglich hatten die Großexekutoren ein Bündnis geschlossen.«

»Das Schwarze Oktogon«, erklärte Fürstin Yone. »So nennt – oder besser nannte – sich die Führung des Exekutorenordens.«

»Bei uns in Westland gibt es ein Sprichwort, demzufolge der Fisch immer am Kopf zu stinken beginnt«, meinte Latimer.

»Dieses Sprichwort gibt es auch bei uns«, stimmte Nawyd grimmig zu. »Auf jeden Fall sind wir Euch zu großem Dank verpflichtet, Lordkanzler, denn ohne Euer Eingreifen …«

»Dass wir noch rechtzeitig eintrafen, um die Schlacht zu wenden, war nur ein glücklicher Zufall«, erwiderte der Halbling bescheiden. »Als die Späher der Morwölfe berichteten, dass die Schattenkrieger aus den Menschenstädten gen Osten ziehen, war klar, dass dort die Entscheidung fallen würde. Und als wir erfuhren, dass König Elayan ein Heer geschickt hat, um die Pforte von Archos zu verteidigen …«

»… seid Ihr aufgebrochen, um Euch uns anzuschließen«, schloss Fürstin Yone und legte ihm in einer Geste der Dankbarkeit die Hand auf das von wirrem Haar bedeckte Haupt. »Brave Halblinge. Vermutlich werden wir Euch nie genug dafür danken können.«

»Dankt mir nicht allein, Herrin – die Morwölfe hatten nicht weniger Anteil an Eurer Rettung. Sie waren es, die uns zum Pass hinaufgetragen haben, und sie haben erbittert gegen die Schattenkrieger gekämpft.«

Yone nickte. »Und ich hoffe, dass sie uns auch im nächsten Kampf beistehen werden. Denn die Schattenkrieger werden zurückkehren, das ist sicher.«

In diesem Augenblick erklang draußen ein Heulen.

Zunächst war es nur ein einziger Morwolf, dann fielen zahlreiche seiner Artgenossen in das schaurige Konzert ein, das selbst den rauschenden Regen und den grollenden Donner noch übertönte.

Hilalayan schauderte sichtlich. »Was sind das für Zeiten«, fragte er, »in denen jene, die wir eigentlich fürchten, unsere treusten Verbündeten sind?«

»Zeiten des Untergangs«, entgegnete Fürstin Yone leise. »Oder des Neubeginns, wer kann das sagen?«

17

In der Tiefe

»Nun kennt ihr die Wahrheit«, sagte Šarkan Izzas und schien dabei jedes einzelne Wort zu genießen. »Um sie zu erfahren, seid ihr doch gekommen, nicht wahr? Und die Wahrheit ist, dass ich hier auf euch gewartet habe, die ganze Zeit über – und dass ihr keine Chance habt, gegen mich zu bestehen.«

Bray sah nach ihren Gefährten, die wie sie selbst vor dem Verlorenen Thron standen, in Schach gehalten von den Schattenkriegern und der Bosheit ihres dunklen Herrn ausgeliefert. Die Legenden starrten zu Boden. Das Grauen, das an diesem Ort herrschte, zeigte nun auch bei ihnen Wirkung, Hoffnungslosigkeit hatte von ihnen Besitz ergriffen.

Es erschütterte Bray, sie so zu sehen.

Die Legenden waren ihre Helden. Sie hatten ihr mehr als einmal das Leben gerettet und sie Dinge gelehrt, von denen sie zuvor noch nicht einmal etwas geahnt hatte. Ihr Vater Rayan hatte sein ganzes Leben damit verbracht, die Erinnerung an die Legenden wachzuhalten. Sie wiedervereint zu sehen, war ihm nicht vergönnt gewesen, aber Bray war hier, um sein Vermächtnis fortzuführen …

»Glaubt Ihr im Ernst … die Legenden wussten nicht, dass Ihr sie erwartet?«, fragte sie deshalb mit bebender Stimme. Es kostete sie unendliche Überwindung, zwei Schritte auf den Thron zuzutreten, aber sie tat es. »Es war ihnen die ganze Zeit über bewusst!«

»Und dennoch sind sie zu mir gekommen?« Der Drachenkönig lachte leise. »So seid ihr noch törichter, als ich angenommen habe. Was habt ihr erwartet, was hier geschehen würde? Dass ihr mich mit euren lächerlichen Waffen zur Strecke bringen würdet? Ist euch nicht klar, wie viele Tode ich schon überdauert habe?«

»Das ist nicht töricht«, widersprach Bray. »In der Geschichte Astrays gab es viele Helden, und es wurden viele Lieder über sie geschrieben – aber nicht ein Einziger von ihnen wurde zum Helden, weil er den leichten Weg gegangen wäre oder sich vor seiner Verantwortung gedrückt hätte. Meine Gefährten hier«, – sie deutete mit zitternder Hand auf die Sieben –, »bilden keine Ausnahme. Sie sind hier, weil sie ihr Schicksal angenommen haben, und ganz gleich, was geschieht, ihr Opfer wird nicht vergeblich gewesen sein. Die Welt braucht Legenden, braucht Vorbilder, an denen sie sich aufrichten kann!«

»Damit magst du recht haben, kleine Bray«, räumte der Finstere ein, »doch was, wenn es nach diesem Tag keine Welt mehr gibt, wie du sie kennst? Der Kampf deiner Helden ist verloren, noch ehe er wirklich begonnen hat! Ihr lächerlicher Plan ist gescheitert, sie sind meine Gefangenen, willst du das etwa leugnen?«

Bray wusste nichts darauf zu erwidern.

Ihre Furcht schlug in Wut um, wilder Zorn pulsierte durch ihre Adern und ließ sie ihrem Schicksal gegenüber gleichgültig werden. Sie musste an Rayan denken, an Faginor, an Kai und die vielen anderen, die ihr Leben gelassen hatten, an all den Schmerz und die Strapazen, die sie überwunden hatte. Und das alles nur, um letztlich hier zu stehen und verspottet zu werden. Nur noch ein Wunsch erfüllte sie: Die Stimme der Häme verstummen zu lassen.

Ihre Hand schloss sich um den Griff der Klinge, die der Drachenkönig ihr in seiner Überheblichkeit gelassen hatte, und sie war daran, sich auf ihn zu stürzen. Vielleicht, wenn sie an ihren Bewachern vorbeikam und den Thron erreichte …

»Tu das nicht, kleine Bray«, beschied Šarkan ihr leise. »Ein Fingerzeig von mir würde genügen, um dich zu töten – und deine geliebte Mutter müsste alles mit ansehen.«

Brays Blick flog zu Elyvara.

Der Feind kannte also auch dieses Geheimnis …

»Du fragst dich, woher ich das alles weiß«, erriet er ihre Gedanken. »Ich sagte es dir schon – das Element, das ihr so hochtrabend ›Essenz des Todes‹ nennt, befähigt mich dazu. Denn es ergreift nicht nur von den Körpern der Sterblichen Besitz, es dringt auch in sie ein und liest ihre Gedanken – und ernährt sich von all jenen, die dunkel sind.«

Bray glaubte zu verstehen.

Die Todesessenz bezog ihre Kraft aus den negativen Gedanken jener, derer sie sich bemächtigte. Aus ihrer Sorge, ihrer Furcht und ihrem Hass.

Deshalb fand sie auf den Schlachtfeldern so willige Diener.

Und deshalb war Todesangst ihr ständiger Begleiter …

»Ist das der Grund, warum Ihr die Gemeinschaft der Legenden zu spalten sucht?«, fragte Bray. »Wollt Ihr Euch an ihrem Hass ergötzen? Das wird Euch nicht gelingen.«

»Was macht dich so sicher?«

»Ich kenne die Legenden«, antwortete Bray. »Niemand von ihnen wird sich dem Hass ergeben.«

»Der Urok nicht? Und auch nicht der Drak?«

Bray sah zu Worfeck und Shayak, dann schüttelte sie den Kopf. »Nein, Drachenkönig.«

»Aber der Paladin wird früher oder später auf den Dwarg losgehen«, kündigte der Finstere an. »Und der Halbling und die Astara werden nur an sich selbst denken, so wie sie es immer getan haben.«

»Das ist nicht wahr!«

»Nein? Haben sie nicht beide nur um ihrer selbst willen

gehandelt? Ist es ihnen nicht stets nur um das gegangen, was ihnen wichtig ist? Wusstest du, dass die Astara deinen Vater töten wollte, um das Geheimnis des Astarsteins zu bewahren? Weil sie nicht wollte, dass die Nachwelt davon erfährt?«

Brays Blick flog zu Jenya.

Die Astara hatte ihren Blick schuldbewusst gesenkt, was Antwort genug war, und Bray spürte unbändige Wut …

»All das liegt lange zurück«, sagte sie dennoch nach einer Weile. »Wir alle haben Dinge getan, die wir bereuen.«

»Dein Vater hat dich verlassen, kleine Bray, als du ihn dringend brauchtest«, beschied ihr der Finstere. »Und deine Mutter hat dich fortgegeben, als du noch klein warst und hilflos …«

»Dafür gab es Gründe«, räumte Bray ein und nickte Elyvara zu. »Ein zweites Mal wird sie mich nicht verlassen, das weiß ich. Ebenso wenig wie die anderen. Auch wenn niemand in Astray mehr an die Legenden glauben mag – ich tue es auch weiterhin. Und Ihr werdet mich nicht davon abbringen!«

Elyvara reichte Bray eine Hand, die diese dankbar ergriff. So standen sie vor dem finsteren Feind, Mutter und Tochter. »Es wird Euch auch nicht gelingen, uns gegeneinander aufzubringen und Hass in unsere Reihen zu säen«, fuhr die Heilerin fort. »Wir alle mögen unterschiedlich sein und in der Vergangenheit schreckliche Fehler begangen haben, und es mag weiterhin vieles geben, das uns trennt – aber gegen Euch stehen wir zusammen!«

»*Shi*«, stimmte Shayak zu.

Worfeck und Kynrik nickten grimmig.

»Wie wunderbar!«, rief Šarkan Izzas mit vor Sarkasmus triefender Stimme. »Aber wer sagt, dass ich euren Bund zerstören will? Dass mir daran gelegen ist, euch edle Helden gegeneinander aufzubringen? Wo mir doch schon *ein Einziger* aus euren Reihen genügt …«

»Was soll das heißen?«, fragte Jenya.

»Der letzte Körper, den ich mir genommen habe«, erwiderte der andere, auf seine entstellten Züge verweisend, »war der von Xusra. Über eine lange Zeit hinweg war er mir ein gehorsamer Diener, also ließ ich ihm diese Belohnung zuteilwerden.«

»Großartig«, brummte Kynrik. »Ich bin sicher, er hat sich sehr gefreut.«

»Doch«, fuhr der Drachenkönig fort, »genügt sein zerfallender Körper meinen Ansprüchen in keiner Weise, sodass ich mir einen neuen Körper nehmen werde. Vielleicht«, fügte er hinzu, wobei seine Glutaugen auf Worfeck starrten, »sollte ich es als Nächstes mit dem Körper eines Uroks versuchen.«

»Nur zu«, forderte Worfeck ihn auf und schob den Unterkiefer grimmig nach vorn.

»Es wäre nicht dein Schaden, Baumblatt«, versicherte Šarkan ihm. »Dir wäre ein langes Leben beschieden, und du würdest über alle anderen herrschen – ist es nicht das, was sich jeder Urok wünscht?«

»Herrschen«, stieß Worfeck verächtlich hervor, »als dein Spielzeug.«

»Ihr alle werdet hier sterben und am Ende doch meine Diener sein«, stellte der Finstere klar, »doch einem von euch biete ich die Möglichkeit, sich über die anderen zu erheben. Aus diesem Grund habe ich euch gerufen. Ihr habt recht, wenn ihr euch für ausersehen haltet, denn einer von euch ist tatsächlich dazu bestimmt, zur unsterblichen Legende zu werden, indem er meine Geschichte fortschreibt!«

»Ich verzichte schon mal«, sagte Kynrik.

Shayak zischte ebenfalls ablehnend, und Worfeck spuckte aus. Die Übrigen begnügten sich damit, die Köpfe zu schütteln oder sich abzuwenden. Nur einer von ihnen zögerte.

»Das ist töricht von euch«, beschied Šarkan ihnen. »Ich biete euch ein Bündnis an, und ihr wählt eure Vernichtung. Doch wenn es das ist, was ihr wollt, so soll es so sein.«

Wie auf einen lautlosen Befehl hin traten die Schattenkrieger näher. Der Kordon, den sie um die Gefährten gelegt hatten, zog sich wie eine Henkerschlinge zu.

Bray schluckte.

Ihre Linke lag noch immer in der Hand ihrer Mutter, mit der anderen umklammerte sie den Griff des Schwertes. Der Kampf würde heftig sein – und ebenso kurz.

Die Legenden hoben die Waffen und wandten sich den Schattenkriegern zu, bereit, ihre letzte verzweifelte Schlacht zu schlagen …

»Einen Augenblick!«, rief da jemand.

Bray fuhr herum.

Lorymar Thinkling war vorgetreten.

»Was willst du?«, fragte Šarkan.

»Ich bin der Ansicht, dass das letzte Wort in dieser Sache noch nicht gesprochen ist«, erklärte der Halbling, wobei er an seiner kurzen Gestalt heruntersah. »Solltet ihr auch mit diesem Körper zufrieden sein, so werde ich ihn Euch gerne zur Verfügung stellen.«

18

Passhöhe
Am nächsten Morgen

Fürstin Yone behielt recht.

Die Schatten griffen wieder an. Doch als sie diesmal aus dem Wald hervorquollen und den Hang heraufmarschierten, wurden sie nicht nur mehr von den Astari erwartet und von den wenigen Menschen, die noch an ihrer Seite kämpften. Sondern auch von Morwölfen und Halblingen, die zum Äußersten entschlossen waren. Und wenn auch die Kampfkraft Latimer Thinklings und seiner Leute nicht besonders dazu angetan war, die Schattenkrieger zu beeindrucken – die der Morwölfe war es.

Der Angriff hatte kaum begonnen, als die Wolfsmenschen sich auch schon auf die Untoten stürzten. Die Schattenkrieger schienen gegen eine Wand zu laufen, und das noch lange bevor sie die Phalanx der Astari erreichten.

Wie eine Naturgewalt brachen die Morwölfe über das feindliche Heer herein, und obwohl es nur ein paar Hundert waren, schlugen sie Schneisen der Vernichtung. Ihrer Wildheit hatten die Untoten nur wenig entgegenzusetzen, und sie bewegten sich so schnell, dass selbst die Schattenpfeile sie nicht erreichten. Vom Rücken seines Pferdes aus sah Nawyd ihnen zu – und war froh, auf ihrer Seite zu stehen.

Es war ein seltsamer, bizarrer Kampf, denn obwohl sie auf verfeindeten Seiten standen, hatten Morwölfe und Schattenkrieger manches gemein. Beide waren nicht auf natürliche Weise entstanden und verdankten ihre Existenz einem dunklen Fluch. Doch während die einen ihren Platz in der Schöpfung zu finden suchten, trachteten die anderen danach, alles Leben in Astray zu vernichten. Und nicht einmal wilde Kreaturen wie die Morwölfe wollten dies zulassen.

Einige von ihnen kämpften mit Waffen, die sie erbeutet hatten, die Mehrheit jedoch hieb mit bloßen Klauen um sich und richtete entsetzliches Unheil an: Die Körper von Schattenkriegern wurden zerfetzt, Gliedmaßen abgerissen. Es war ein regelrechter Rausch, in den die Morwölfe sich steigerten. Sie kannten keine Schlachtordnung und kein kontrolliertes Vorgehen, alles, was sie taten, war von Instinkten getrieben. Aber gerade dadurch waren sie für die Schattenkrieger und den, der sie lenkte, ein unberechenbarer Gegner, der zahllose Untote von ihrem elenden Dasein befreite und den Vormarsch des Feindes tatsächlich ins Stocken brachte.

Es war atemberaubend anzusehen, wie das knurrende, geifernde und immerzu wild umherspringende Wolfsrudel die Hundertschaften der Schattenkrieger an sich band und sie beschäftigte, und Nawyd bewunderte die Kreaturen aus dem Morwald für ihren Mut und den Blutzoll, den sie klaglos entrichteten – aber es war auch klar, dass sie die Schlacht alleine nicht würden gewinnen können …

Nawyds fragender Blick richtete sich auf Fürstin Yone, die neben ihm im Sattel saß. Die Schlacht des Vortags hatte viele Pferde das Leben gekostet, sodass von der einstmals stolzen Reiterei nicht viel übrig war. Yone hatte das, was ihr geblieben war, auf die beiden Flanken der Phalanx verteilt, wobei sie die eine Schwadron selbst befehligte, die andere hatte sie dem Kommando von General Veysi unterstellt. Der Plan sah vor, von beiden Seiten eine Zangenbewegung auszuführen und die Schattenkrieger so in großer Anzahl zu vernichten. Doch es wäre nicht der erste Plan gewesen, der an der schieren Anzahl des Gegners scheiterte.

Yone wollte nicht abwarten, bis die Morwölfe auf dem

Rückzug waren. Noch während die Untoten mit ihnen beschäftigt waren, zog die Herrin von Silea ihr Schwert und stieß es in die raue Luft.

»Für Ar…«, wollte sie den Schlachtruf ausgeben, besann sich dann aber anders. »Für Astray!«, rief sie stattdessen mit einer Stimme, die so hell und klar war wie der Morgen, der über dem Haymos heraufdämmerte.

»Astray!«, wiederholte Nawyd und stieß sein Schwert ebenfalls nach oben.

Der Schlachtruf wurde beantwortet, hallte aus den Kehlen jener achthundert Astarikrieger wider, die den letzten Rest ihres Heeres repräsentierten. Viele von ihnen waren gefallen, zahllose lagen verwundet, Verstärkung kam nicht mehr durch. Die Phalanx und die Überreste der Reiterei waren alles, was zur Verteidigung geblieben war, auch wenn es längst nicht mehr um die Pforte von Archos ging, sondern nur noch darum, Zeit zu gewinnen und möglichst lange durchzuhalten.

Jedem, der an diesem Morgen auf der Passhöhe stand, war bewusst, dass völlig offen war, ob er den Abend noch erleben würde – auch Latimer Thinkling und seinen knapp vierhundert Halblingen, die grölend in den Schlachtruf einfielen.

Dann rückte die Phalanx vor, gefolgt von Schwertkämpfern und Halblingen, deren Mut ihre Körpergröße bei Weitem übertraf. Auch die Reiterei trieb ihre Pferde an, flankierte die vorrückende Phalanx zu beiden Seiten, um schließlich in weiten Zangenbewegungen auszubrechen.

Nawyd blieb bei Yone, die wie immer in vorderster Reihe stürmte. Und wie all die Male zuvor pflügte die Reiterei in die Reihen der Schattenkrieger, ohne zunächst auf Widerstand zu treffen. Die Astari vermieden diesmal jedoch den Fehler, zu weit vorzupreschen und sich in der Masse des Feindes zu verlieren – ganz abgesehen davon, dass die Reihen der Untoten durch die Attacken der Morwölfe bereits ausgedünnt waren. Die Lanzenträger der Phalanx machten die Schattenkrieger in Scharen nieder und überließen es den nachfolgenden Fußkämpfern, ihrem frevlerischen Dasein ein Ende zu bereiten.

So arbeiteten sie sich Schritt für Schritt voran, rangen dem Feind einen Fuß Boden nach dem anderen ab, während die Reiter auf den Flanken dafür sorgten, dass kein Untoter dem schrecklichen Gericht entging.

Der Vormarsch ging rasch vonstatten, und dies war einzig und allein den Morwölfen zu verdanken, deren Wildheit den Angriff der Schatten stocken ließ. Noch immer wüteten sie in den Reihen des Feindes, der sich an einigen Stellen bereits wieder in den Wald zurückgezogen hatte. An anderen leistete er noch erbittert Widerstand, was einige Morwölfe das Leben kostete. Ihre Kraft ließ allmählich nach, und ihre Bewegungen wurden langsamer, was sie angreifbarer machte und anfälliger für feindliche Geschosse.

Nawyd sah Wölfe, die mit Pfeilen gespickt waren und dennoch weiterkämpften. Das von Moos durchsetzte Fell schien die Geschosse daran zu hindern, allzu tief einzudringen, doch die schiere Anzahl der Treffer zeigte irgendwann Wirkung. Am Waldrand sah Nawyd zwei Wölfe, die sich erbittert gegen eine ganze Meute von Untoten erwehrten, die sie eingekreist hatten und von allen Seiten mit ihren Speeren bedrohten. Nawyd rief zwei Astarikrieger zu sich und trieb sein Pferd zur Eile an. Schnell wie der Wind trug es ihn auf die Schattenkrieger zu. Nawyd ließ sein Schwert wirbeln und schlug in dem Augenblick zu, als seine Begleiter und er die Meute erreichten.

Die Klinge fuhr nieder und enthauptete einen ehemaligen Diener der Exekutoren. Ein Fußtritt brachte einen weiteren Schattenkrieger zu Fall, ein dritter ging nieder, nachdem Nawyds Schwert ihm tief in den Brustkorb gefahren war. Der Hieb eines Astars besorgte den Rest.

Im nächsten Moment hatten die drei Reiter den Kordon der Angreifer durchbrochen. Die Astari wandten sich nach beiden Seiten und enthaupteten weitere untote Gegner, die darob zu Staub zerfielen, während Nawyd auf einen Schattenkrieger zusprengte, der seinen Speer soeben in das Herz des kleineren der beiden Morwölfe rammen wollte.

Nawyd trat nach ihm, um ihn von den Beinen zu holen, doch der Untote wankte nur. War es ein Grinsen, das sich auf seinen knochigen, von schwarzer Essenz verunstalteten Gesichtszügen zeigte? Nawyd biss die Zähne zusammen, riss sein Pferd herum und griff wieder an. Seine Klinge prallte auf die des Schattenkriegers. Funken schlugen, als der Untote die Attacke abwehrte und dann seinerseits zum Angriff überging.

Nawyd parierte den Hieb, der mit fürchterlicher Wucht geführt war. Er wankte im Sattel, konnte sich jedoch halten. Den nächsten Schlag unterlief er, indem er sich duckte, fast gleichzeitig schlug er zu und durchtrennte den Schwertarm des Schattenkriegers knapp unterhalb des Schultergelenks.

Der Arm landete auf dem Boden, wo er zu Staub zerfiel – der Untote jedoch wollte nicht von seinem Gegner ablassen. Die verbliebene Hand zur Klaue geformt, wollte er sich auf Nawyd stürzen, doch nun war der Morwolf zur Stelle. Mit grässlichem Fauchen sprang er seinen Gegner von hinten an und riss ihm den Kopf von den Schultern. Der Torso brach in die Knie und kippte nach vorn, wo er augenblicklich zerfiel.

Der Morwolf kauerte über den vergehenden Resten seines Gegners, keuchend und schnaubend. Ein halbes Dutzend Pfeile steckte in seinem Körper, die ihn zwar offenbar schwächten, aber nicht tödlich verwundet hatten.

Der Morwolf hob das Haupt und sah zu Nawyd auf, und in einer Geste, die wie ein dankbares Nicken wirkte, knurrte er ihm zu. Dabei begegneten sich ihre Blicke. Einen Herzschlag lang sahen Mensch und Wolfskreatur einander in die Augen.

Nawyd war wie vom Donner gerührt.

Da war etwas Vertrautes im Blick dieser Kreatur, etwas, das er kannte … und jäh erinnerte er sich an Latimer Thinklings Worte. »Kira«, stieß er leise hervor.

Noch einen Moment lang blieb ihr Blickkontakt bestehen.

Dann schnaubte der Morwolf abermals, wandte sich ab und stürzte sich wieder in den Kampf.

Ob es tatsächlich die einstige Dienerin seiner Schwester gewesen war, der er auf dem Schlachtfeld begegnet war, würde Nawyd wohl nie erfahren. Doch den Blick des Morwolfs würde er niemals vergessen …

Inzwischen hatten Yone und ihre Krieger zu ihm aufgeschlossen. Nawyd reihte sich wieder in ihre Schlachtordnung ein, und sie rückten weiter zum Wald vor – auch die Halblinge, die sich unter ihrem Lordkanzler Latimer tapfer bewährten.

Die rohe Gewalt der Morwölfe und die Wildheit ihres Angriffs hatten die Schattenkrieger überrascht, die Kampfkraft der Astari sie zurückgedrängt. Obwohl Nawyd wusste, dass es nur ein Sieg auf Zeit sein würde, kam er nicht umhin, leisen Stolz zu empfinden.

Denn dieser Sieg war gemeinsam errungen worden.

Astari, Morwölfe, Halblinge und Menschen – sie alle hatten gemeinsam gekämpft und Seite an Seite gefochten.

Das Gefühl des Triumphs blieb bestehen, bis die Reiter den Wald erreichten. Es endete in dem Moment, als sie die vielen Hundert kalt leuchtenden Augenpaare erblickten, die ihnen aus der tiefen Düsternis der Bäume entgegenstarrten.

19

In der Tiefe

»Lorry«, sagte Jenya leise.

Es war Anklage, Beschwörung und Vorwurf zugleich.

»Bedaure«, beschied ihr der Halbling und brachte es noch fertig, ihr einen treuherzigen Blick zu schicken. »Aber ich fürchte, in dieser Sache bleibt mir keine andere Wahl.«

Damit löste er sich aus der Reihe seiner Kameraden und trat auf den Verlorenen Thron zu. Die Schattenkrieger ließen ihn gewähren, doch ihre kalt leuchtenden Augen verfolgten jede seiner Bewegungen.

»Verräter«, zischte Shayak. »Kleiner Mann Verräter!«

»*Händler*«, verbesserte Lorymar. »In Situationen wie dieser ziehen wir Halblinge es vor, mit dem zu arbeiten, was wir haben – so haben wir es immer gehalten, und es hat uns über Jahrhunderte hinweg das Überleben gesichert.«

»Mistkerl«, knurrte Kynrik.

Jenya schien zu keiner Erwiderung mehr fähig. Die Astara verfolgte den Halbling mit eisigem Blick, während er sich auf seinen kurzen Beinen Šarkan Izzas' Thron näherte. Bray wusste nicht, was sie empfand. War es hilfloser Zorn? Maßlose Enttäuschung? Oder einfach nur schiere Verzweiflung?

»Das bietest du mir an?«, fragte der Drachenkaiser den Halbling spöttisch.

»Das«, räumte Lorymar mit gewinnendem Grinsen ein, »und meine uneingeschränkte Loyalität.«

»Da hört ihr es, ihr Legenden.« Der Finstere lachte auf seinem Thron. »Eben noch wart ihr der festen Überzeugung, dass nichts und niemand euren Bund sprengen könnte – und nun steht einer von euch vor mir und entbietet mir bereitwillig nicht nur seine Dienste, sondern auch seinen Körper an.«

»Um im Gegenzug über Astray zu herrschen«, fügte Lorymar hinzu, »das wollen wir nicht vergessen. Mein Körper mag unscheinbar wirken, mein Verstand ist es nicht.« Er deutete auf sein Haupt. »Mit dem Wissen, das sich hier drin befindet, wärt ihr euren Feinden um ein Vielfaches voraus. Ich bin in Westland geboren, doch einen guten Teil meines Lebens habe ich in Ostragien verbracht und weiß viel über seine Völker, über ihre Kulturen und ihre Gewohnheiten. Wer könnte ein besserer Herrscher sein als ich, der ich beide Welten kennengelernt habe, den Westen und den Osten? Übertragt Euren Geist auf mich, hohe Majestät, und ich versichere Euch, dass Ihr es nicht bereuen werdet!«

»Aber du wirst es bereuen«, knurrte Kynrik, »und zwar auf der St…« In seinem Zorn wollte der Schwertkämpfer vorsetzen und den Halbling ohne Federlesens erschlagen – doch die Schattenkrieger, die vor Lorymar zurückgewichen waren, waren sogleich wieder zur Stelle und hielten ihn in Schach.

»Achte nicht auf sie«, beschied Šarkan Izzas dem Halbling. »Es sind nur Stimmen der Vergangenheit, nicht willens oder nicht in der Lage, sich der Gegenwart zu stellen.«

»Ich weiß um ihre Einfalt, Euer Erhabenheit«, versicherte Lorymar beflissen, »doch ich bin anders als sie, und aus diesem Grund biete ich Euch meine Hilfe an.«

»Lorymar«, rief Bray verzweifelt, »tu das nicht! Denk an Nyasha …«

Der Halbling drehte sich zu ihr um und sandte ihr einen seltsamen Blick. Dann ließ er sich auf die Knie nieder, während er zugleich sein Schwert auf den Handflächen liegend darbot. »Verfügt über mich, mein Gebieter!«, sagte er zur Verachtung seiner einstigen Gefährten.

»Das will ich gerne tun – und deine Freunde mögen dabei zusehen«, entgegnete der Drachenkönig. Er hob die Knochenhände zu einer ausladenden Geste, daraufhin loderten rings um den Thronsaal grelle Flammen auf. Die Gabe des Feuers, die er Xusra verliehen hatte, war offenbar zu ihm zurückgekehrt, und nun machte er davon Gebrauch …

Der Feuerschein riss die Umgebung aus der Dunkelheit. Jetzt erst sahen die Gefährten, wie riesig das Gewölbe war, in dem sie gefangen waren. Zu allen Seiten waren sie von den grauen Ruinen achtlos übereinandergeworfener Mauern und Türme umgeben. Doch über ihren Köpfen gewahrten sie etwas, das sie zutiefst erschreckte.

Es mochte in etwa die Größe von einem Kürbis besitzen und sah aus wie ein schwarzer, vielzackiger Stern … eine Anordnung scheinbar messerscharfer Spitzen, schimmernd und bedrohlich. Bray glaubte zu verstehen, dass nicht die Schattenkrieger, sondern dieses Ding der Ursprung jener furchtbaren, jedes Maß übersteigenden Angst war, die sie alle in ihrem Inneren verspürten …

»Was ist das?«, fragte sie leise.

»Der Astarstein«, erwiderte Jenya gepresst.

Bray hielt den Atem an. Dieses … grässliche Ding sollte der Stein der Astari sein? Das Artefakt, nachdem ihr Vater Rayan vergeblich gesucht hatte?

»Ich wusste, dass ihr ihn wiedererkennen würdet«, höhnte Šarkan. »Auch wenn er sich ein wenig … verändert hat.«

»Ein wertloser Klumpen erstarrter Schlacke«, stieß die Astara hervor. »Wozu habt Ihr ihn aufbewahrt?«

Der Drachenkönig lachte nur. »Ihr wisst sehr gut, dass der Stein viel mehr ist als das. Als seine vernichtende Energie entfesselt wurde, hat sich seine Form gewandelt – doch seine Kräfte sind noch längst nicht aufgezehrt!«

Jenya stand wie erstarrt, Kynrik stieß eine Verwünschung aus. Elyvara murmelte nur zwei leise Worte.

»Also doch …«

Der Drachenkönig erhob sich von seinem Thron, umflossen von seinem roten Mantel, und hob die dürren Arme beschwörend in Richtung des Astarsteins. Die Laute, die er dabei von sich gab, schienen keiner menschlichen Kehle zu entspringen. Es waren Worte einer uralten Sprache, deren Klang allein dazu angetan war, Bray bis ins Mark erschaudern zu lassen.

»So etwas habe ich noch nie gehört«, flüsterte sie.

»So etwas hat seit zwei Zeitaltern niemand mehr gehört«, erwiderte Jenya. »*Drakasloga*«, fügte sie auf Astarisch hinzu. »Drachensprache.«

Im nächsten Moment überstürzten sich die Ereignisse. Denn das Lodern in Šarkan Izzas' Augen steigerte sich in wildes Feuer, ehe es in Form zweier leuchtender Flammenlanzen zum Astarstein hinaufschlug und diesen umhüllte. Der Stein jedoch, dem tatsächlich noch immer dunkle Kräfte innezuwohnen schienen, bündelte die gleißende Energie und lenkte sie einem Spiegel gleich auf Lorymar um.

Der Halbling, der noch immer auf dem Boden kauerte, das kurze Schwert in den Händen, war wie vom Blitz getroffen.

Die Feuerspeere erfassten ihn und hüllten ihn ein, er begann am ganzen Körper zu beben.

»Nun, Lorymar Thinkling«, erscholl die Stimme des Drachenkönigs, »spüre meine Macht!«

Im selben Augenblick erlosch die flammende Verbindung zwischen dem Stein und der elenden Gestalt auf dem Thron, die daraufhin leblos zusammenbrach, ein Haufen schwelender Knochen und verbrannten Fleisches, der zu Staub zerfiel. Die Verbindung zu Lorymar jedoch blieb bestehen, und über den Schutthaufen, der das Thronpodest bildete, krochen schwarze Adern von Todesessenz auf den Halbling zu, um sich seiner als ihrem neuen Wirt zu bemächtigen.

In diesem Moment geschah, womit niemand, weder die Legenden noch Šarkan Izzas, gerechnet hatte.

Lorymar Thinkling hob das Schwert, das er noch immer in seiner Rechten umklammerte, richtete es gegen die eigene Brust – und stieß zu.

20

Passhöhe
Unterdessen

Sie waren verloren.

Es widerstrebte General Veysi, es sich einzugestehen, aber als altgedienter Offizier der ostragischen Armee verfügte er über Erfahrung genug, um zu erkennen, wenn das Schlachtenglück sich wendete. Und genau das war geschehen.

Unter dem gemeinsamen Ansturm der Astari und der Morwölfe hatten die Schattenkrieger sich in den Wald geflüchtet – jedoch nur, um sich erneut zu sammeln und mit Truppen zu vereinen, die in der Zwischenzeit aus dem Tal herangeführt worden waren. Kämpfer aus besiegten Menschenheeren, die nun auf der Seite des dunklen Feindes standen.

Die Erkenntnis, dass es allenfalls eine Vorhut gewesen war, die sie vernichtet und in die Flucht geschlagen hatten, dämmerte den Verteidigern erst spät, doch selbst wenn sie es früher erkannt hätten, hätte es am Ausgang des Kampfes nichts geändert.

Teile der Phalanx standen noch, allerdings bildeten sie keine gerade Schlachtreihe mehr, sondern hatten sich unter dem Ansturm der Schattenkrieger gekrümmt, die nicht nur mehr frontal aus dem Wald, sondern auch über die Flanken kamen. Anfangs gelang es den Flügeln der Reiterei noch, die Untoten in Schach zu halten, unterstützt von den Morwölfen, die bald auf dieser, bald auf der anderen Seite aushalfen. Doch ihre Reihen dünnten sich unter dem Pfeilbeschuss der Schattenkrieger immer weiter aus, und schließlich hatten weder die

Astari noch die Wolfsmenschen den Untoten mehr etwas entgegenzusetzen.

Was von den Verteidigern geblieben war, rottete sich hinter die Überreste der Phalanx, die das letzte Bollwerk vor dem unheimlichen, zahlenmäßig weit überlegenen Feind bildete. Je deutlicher die Schatten auf den Flanken die Oberhand gewannen, desto mehr krümmten sich die Reihen der Lanzenträger, um sich nach den Seiten besser verteidigen zu können. Und schließlich schloss der Kreis sich ganz, was nicht mehr und nicht weniger bedeutete, als dass die Verteidiger eingeschlossen waren.

Von allen Seiten bedrängten die Untoten sie nun, während sie gleichzeitig an ihnen vorbei den Hang hinaufströmten und in das Feldlager eindrangen. Was sie mit den Verwundeten und Unbewaffneten tun würden, die sie dort vorfanden, den Heilern und ihren Helfern, mochte Veysi sich nicht ausmalen. Sie waren verloren, so wie der gesamte Kampf verloren war – auch wenn es nach wie vor welche unter den Verteidigern gab, die sich dem Urteil der Geschichte erbittert widersetzten.

Allen voran Fürstin Yone.

Während die Wellen der Schattenkrieger von allen Seiten anbrandeten, saß die Anführerin der Astari noch immer auf dem Rücken ihres weißen Pferdes und versuchte, den Überblick zu bewahren und zu verhindern, dass die Untoten den schützenden Kordon der Phalanx durchbrachen. Veysis Pferd war längst unter ihm zusammengebrochen und hatte ihn als Fußkämpfer zurückgelassen, der freilich nur einhändig fechten konnte und ein leichtes Opfer war. Zusammen mit Hilalayan und einer Horde Halblinge verstärkte er die Phalanx, um die erbittert gefochten wurde. Wohin Veysi auch blickte, sah er Blut und schmerzverzerrte Mienen, und die Luft erbebte vom Geklirr der Waffen – und über all dem Chaos war Fürstin Yone.

»So ist es gut!«, hörte Veysi sie über den Schlachtenlärm

hinweg rufen. »Lasst nicht nach, meine tapferen Kämpfer! Egal, welches Blut in euren Adern fließt, an diesem Tag sind wir alle gleich!«

Die Worte hatten etwas Tröstendes, und sie sorgten dafür, dass sich Veysis innerer Aufruhr regte. Das Schwert mit der Linken führend, schlug er einen Schattenkrieger näher, der auf ihn zustürmte, und enthauptete ihn, noch während er fiel. Hilalayan neben ihm schrie etwas, das er nicht verstand, und er fuhr herum, nur um das Entsetzen in den Zügen des Eunuchen zu sehen. Veysi folgte Hilalayans schreckgeweitetem Blick und entdeckte die Reiter, die auf die Phalanx zusprengten – untote, schwarze Reiter auf Schattenmähren, die vermutlich noch am Morgen im Dienst der anderen Seite gestanden hatten.

Die Krieger führten lange Lanzen, die sie einlegten. So hielten sie auf die Phalanx zu, genau auf deren Mitte, wo sich Fürstin Yone aufhielt!

Veysi begriff – der dunkle Feind hatte verstanden, dass es die Astara war, die die Flamme des Widerstands am Brennen hielt. Wenn sie nicht mehr war, würde die Linie der Verteidiger zusammenbrechen, und sie würden für die Klingen der Untoten leichte Opfer sein …

»Die Fürstin!«, brüllte Veysi aus Leibeskräften. »Sie muss beschützt werden! Um jeden Preis!«

Ein astarischer Lanzenträger wurde unmittelbar neben ihm von Pfeilen durchbohrt und sank zu Boden. Beherzt ließ Veysi sein Schwert fallen und nahm stattdessen die Lanze des Astars auf, und obwohl ihm nur eine Hand zur Verfügung stand, schaffte er es irgendwie, die Waffe emporzuheben und ihre Spitze auf die heranjagenden Reiter zu richten. Todesessenz überzog die Schreckgestalten, Panik und Todesangst eilten ihnen wie unsichtbare Boten voraus.

»Da kommen sie!«, schrie Veysi. »Bleibt dicht zusammen …!«

Auch Hilalayan und die Halblinge, von denen jeweils zwei erforderlich waren, um eine Lanze zu halten, richteten ihre Waffen in Richtung der Schattenreiter aus – und im nächsten Moment waren die grässlichen Gestalten auf ihren untoten Pferden heran.

Das Aufeinanderprallen war entsetzlich.

Einige Lanzen trafen auf Schilde und zersplitterten, andere erreichten ihr Ziel und pfählten die Schattenreiter, rissen sie vom Rücken ihrer Pferde. Veysis Blick war auf einen Untoten gerichtet, der größer und besser gepanzert war als die anderen. Geschickt wich er den Lanzen der Verteidiger aus und wollte über sie hinwegsetzen, um sich direkt auf Fürstin Yone zu stürzen – doch Veysi hatte damit gerechnet und stellte sich ihm entgegen. Im buchstäblich letzten Augenblick riss er seine Lanze empor, sodass sie geradewegs auf die Brust des garstigen Angreifers zeigte. Und just in dem Augenblick, als die Hufe von dessen Pferd den Boden verlassen wollten, um über den Kordon der Verteidiger zu setzen, wurde der Schattenkrieger von Veysis Lanze ereilt und mit der ganzen Wucht seines Angriffs durchbohrt.

Der Aufprall war so stark, dass die Spitze im Rücken wieder austrat. Jemand schrie triumphierend auf, und Veysi empfand einen Augenblick Erleichterung darüber, dass er den Anschlag auf Fürstin Yones Leben erfolgreich abgewehrt hatte – als auch ihn ein heftiger Schmerz durchfuhr.

Es ging schnell und mit derartiger Wucht, dass der General zunächst gar nicht begriff. Er stand wie vom Donner gerührt und blickte zu dem Schattenreiter auf, dessen Brust er durchbohrt hatte. Das untote Ross war jäh zum Stehen gekommen, und durch das Visier des Helmes blitzten kalte Augen auf Veysi herab. Die Lanze in seiner Knochenhand war blutig – und steckte tief in Veysis Brust.

Jetzt erst spürte der General den Schmerz, schien sich der Aufprall erst bemerkbar zu machen.

Keuchend ging er nieder, riss dabei den Untoten aus dem Sattel. Mit furchtbarer Wucht hatten die beiden Kämpfer sich gegenseitig gepfählt, doch Veysi brauchte nur auf die schwarze Masse zu blicken, die den Schaft der Lanze heraufkroch, um zu wissen, dass es der Untote war, der am Ende den Sieg davontragen wollte. Er wusste, dass er verloren war, es gab keine Rettung mehr. Sein Weg war lang und weit gewesen, hatte ihn von Makashar nach Brückstadt geführt und bis hinauf nach Vanheim – doch erst hier, an der Pforte von Archos, hatte der General der ostragischen Armee seine Bestimmung gefunden.

»Helft …«, stieß er atemlos hervor, während die Todesessenz ihn schon erreichte.

Die grimmige, blutverschmierte Miene eines Menschen erschien über ihm, und er erkannte Prinz Nawyd, des Artabans Sohn. Veysi schickte dem Sohn des Mannes, dem er in jungen Jahren gedient und die Treue geschworen hatte, einen flehenden Blick – und der Prinz von Altashar tat, worum der General ihn gebeten hatte.

21

In der Tiefe

»Neeein!«

Der Schrei schien überall zu sein – so wie das abgrundtiefe Entsetzen, das Bray und ihre Freunde spüren konnten.

Alles geschah blitzschnell.

Noch ehe die Spitze von Lorymar Thinklings Schwert den Schutz seiner ledernen Rüstung ganz durchdringen konnte, erlosch die Feuerbrücke, die ihn mit dem Astarstein verband – und der Geist des Drachenkönigs war im Inneren des alten Artefakts gefangen, das drohend über ihnen schwebte.

Es war keine nüchterne Überlegung gewesen, die Lorymar zu seiner Tat veranlasst hatte, sondern das genaue Gegenteil, seine Liebe zu Nyasha und seine Freundschaft zu seinen Gefährten. Von beidem verstand der Drachenkönig nichts, entsprechend war er überrumpelt worden.

»Verrat«, brüllte die Stimme, die nun ohne Körper war, jedoch bis in den letzten Winkel dieser bizarren Unterwelt drang. »Feiger Verrat …!«

Doch sie blieb ohne Erwiderung. Die Schattenkrieger, die die Gefährten rings umgaben, standen unentschlossen. In seiner Raserei war der Drachenkönig nicht fähig, sie zu lenken.

Lorymar unterdessen war zusammengebrochen, kaum dass die Verbindung erloschen war. Seine Kleidung war zerschlissen und rußgeschwärzt, schwelender Rauch stieg von seiner kleinen, gekrümmt daliegenden Gestalt auf.

Jenya und Bray eilten zu ihm, während die anderen Gefährten sich schützend um sie stellten, Auge in Auge mit den noch immer zögernden Schatten.

»I-ich bin noch am Leben«, stellte Lorymar wenig geistreich fest. Sein Haar war angesengt und stand wirr in alle Richtungen, Verwirrung sprach aus seinen Augen.

»Ich dachte immer, dass du mich nicht mehr überraschen könntest, Lorry«, raunte Jenya ihm zu. »Nun hast du es doch geschafft.«

»Aber nicht … erfolgreich.« Er biss die Zähne zusammen, offenbar war die Verbindung mit dem Astarstein nicht ohne Folgen geblieben.

Bray bewunderte den Halbling für seinen Mut. Einsam hatte er seine Entscheidung getroffen und ganz allein gehandelt. Er war entschlossen gewesen, sich selbst zu opfern, hatte sich töten wollen, sobald der Drachenkönig in seinem Körper gefangen wäre. Doch der Plan war fehlgeschlagen …

»Worauf wartet ihr?«, hallte die Stimme des Drachenkönigs jetzt durch das Gewölbe, der sein Entsetzen überwunden zu haben schien. »Tötet sie! Bestraft sie für ihre Dreistigkeit!«

Als hätten sie nur auf diesen Befehl gewartet, kamen die Schattenkrieger heran, die scheußlichen, zähnestarrenden Häupter vorgereckt und die mörderischen Klauen kampfbereit erhoben. Kynrik, Ægir, Shayak und Worfeck stellten sich ihnen in den Weg, und auch Bray gesellte sich zu ihnen, zusammen mit Jenya, die fieberhaft nach einem Ausweg suchte.

»Zum Thronpodest, rasch!«, rief sie, und die Gefährten folgten ihr ohne Zögern.

Es war die logische Wahl: Der Schutthaufen, auf dem der Verlorene Thron stand, war die einzige Erhebung im Umkreis und weit besser zu verteidigen, als wenn sie auf ebener Fläche kämpften. Um den Kordon der Schattenkrieger zu durchbrechen, griff sich Worfeck einen von ihnen und schleuderte ihn seinen Artgenossen entgegen – auf diese Weise schlug er eine Bresche, in die er und seine Gefährten nachsetzten.

Mit brachialer Gewalt bahnten sie sich einen Weg durch die Masse der feindlichen Krieger: Der Urok voraus, hinter ihm Jenya, Kynrik und Shayak, deren Klingen mit vernichtender Wucht in ihre Reihen schnitten. Elyvara folgte mit Lorymar, der noch immer benommen war und beim Gehen gestützt werden musste, Ægir und Bray hielten ihnen den Rücken frei.

Schon hatten sie das Thronpodest erreicht, und indem Jenya und Kynrik am Fuß des Schutthaufens zurückblieben, um den Rückzug ihrer Gefährten zu sichern, erklommen die anderen die bizarre Ansammlung von Trümmern, Scherben und Knochen, auf der hier und dort Goldstücke blitzten und Gemmen funkelten.

Den Thron, auf dem einst die Herrscher der Astari geruht hatten und der über Jahrhunderte das Symbol ihrer Macht gewesen war, räumte Worfeck kurzerhand beiseite – es war nicht genug Platz für die Gefährten *und* den Thron auf dem Schuttberg, also stieß er ihn um und beförderte ihn mit einem Tritt den Schattenkriegern entgegen, die den Hügel ebenfalls zu erklimmen suchten. Ein halbes Dutzend von ihnen wurde darunter begraben und zermalmt.

Die Gefährten besetzten das Podest – Lorymar und Elyvara, die sich um ihn kümmerte und ihm einen Heiltrank verabreichte, in der Mitte, die anderen um sie herum. Schon versuchten die Schattenkrieger wieder, über den Schutt heraufzukriechen – dass Jenya und Kynrik gleich mehrere von ihnen enthaupteten und ihre kopflosen Körper zu Staub verwandelten, schien sie nicht zu kümmern.

»Tötet sie! Lasst keinen von ihnen am Leben!«, verlangte ihr finsterer Gebieter.

Jenyas Blick flog hinauf zum Astarstein, der noch immer dort oben schwebte, wie von Geisterhand in der Luft gehalten. »Dank Lorry ist Šarkans Geist dort drin gefangen«, stellte sie fest. »Wenn es wahr ist, dass der Stein noch etwas von seiner alten Kraft besitzt, könnten wir sie …«

»Nein!«, widersprach Kynrik entschieden, während er den Angriff eines weiteren Schattenkriegers abwehrte. »Wir haben geschworen, dies nie wieder zu tun! Erinnere dich, was beim letzten Mal geschehen ist! Was, wenn die Welt diesmal ganz entzweibricht?«

»Es bedarf nicht unser aller«, schränkte die Astara ein. Ihre eine Klinge stieß vor und durchbohrte einen Schattenkrieger, einen Lidschlag später enthauptete ihn die andere. »Drei von uns müssten genügen!«

»Nein!«, widersprach Kynrik abermals. »Das ist Wahnsinn!«

»Es ist unsere einzige Chance«, widersprach die Astara, »und zugleich unsere letzte!«

Von allen Seiten drängten die Schattenkrieger jetzt auf die Erhebung. Bray und die anderen hieben wie von Sinnen mit ihren Klingen um sich, um sie sich vom Leib zu halten, doch der Augenblick, da sie von der Übermacht überrannt werden würden, war unausweichlich … und er war nahe.

Wohin Bray im Schein der Flammen auch blickte, sah sie nichts als Klauen, Zähne und schwarz glänzende Körper …

»Wer bleibt bei mir?«, fragte Jenya.

»Shayak«, meldete der Echsenmann ohne Zögern.

»Ich ebenso«, versicherte Elyvara.

»Was heißt das?«, fragte Bray. Zwischen zwei Schwerthieben sah sie gehetzt zu ihrer Mutter.

»Nein, ich … werde bleiben«, stieß Lorymar hervor und raffte sich auf die Beine.

»Du bist zu schwach«, beschied Jenya ihm.

»Dann lass mich«, knurrte Kynrik.

»Nein – du wirst die anderen nach draußen führen. Sie brauchen deine Klinge. Und seine Stärke«, fügte die Astara mit Blick auf Worfeck hinzu, der soeben einen Schattenkrieger mit bloßen Pranken zerfetzte.

Kynrik wollte widersprechen, aber er tat es nicht, wohl weil er wusste, dass sie recht hatte. So viele Male hatten sie der Weisheit der Astara vertraut. Heute würden sie es ein letztes Mal tun, ganz gleich wie die Sache ausging …

»Ich bleibe auch bei Jenya«, erklärte Bray.

»Nein«, widersprach ihre Mutter, und für einen kurzen Moment lächelte sie. »Du wirst einen anderen Weg gehen, Tochter. Einen Weg, der in die Zukunft führt.«

»Aber …« Bray konnte nichts erwidern. Der Schattenkrieger, der vor ihr emporwuchs, nahm ihre ganze Aufmerksamkeit in Anspruch. Sie empfing ihn mit einem harten Tritt, worauf Ægir das Blatt seiner Axt im Schädel der Kreatur versenkte. Kreischend kippte sie zurück und riss mehrere ihrer Artgenossen mit, was Bray ein wenig Luft verschaffte.

Sie fuhr herum und wandte sich ihrer Mutter zu, die mit Jenya und Shayak jetzt in der Mitte des Podests stand, dort wo zuvor der Thron gewesen war.

»Mutter, bitte …«

»Ich liebe dich Bray, das habe ich immer getan«, erwiderte die Heilerin, und in dem Blick, den sie ihr schickte, war so viel Zuneigung und innere Ruhe, als gäbe es keine Finsternis und keinen Feind, der nach ihrem Blut geiferte.

Tränen schossen Bray in die Augen, sie wusste, dass dieser Abschied endgültig war. Elyvara nickte ihr ermunternd zu, und Bray wollte sich schon abwenden, als Shayak vorsprang und ihr etwas reichte. Es war ein runder, etwa faustgroßer Gegenstand.

»Menschentochter«, zischte er, »hüten wie eigenes Leben. Ist *xanthara*.«

»Los jetzt«, rief Jenya, »wir dürfen keine Zeit mehr verlieren!« Sie gab Elyvara die eine und Shayak die andere Hand, und alle drei bildeten einen Kreis aus Fleisch und Blut und grimmiger Entschlossenheit, während sie zugleich die Augen schlossen und sich konzentrierten.

Die Reaktion des Drachenkönigs ließ nicht auf sich warten. »Nein!«, brüllte er abermals. »Ihr Narren! Lasst nicht zu, dass sie das tun! Tötet sie …!«

»Worfeck!«, brüllte Kynrik daraufhin – und der Urok wusste, was von ihm erwartet wurde. Unter ohrenbetäubendem Gebrüll, die zu Fäusten geballten Pranken wie Keulen schwingend, stürzte er sich von dem Hügel und pflügte wie eine Urgewalt in die Reihen der Schatten.

Einige von ihnen wurden in hohem Bogen davongeschleudert, andere unter den Tritten des Uroks zermalmt. Ihm hinterdrein kam Ægir, der seine Axt schwang. Auch Kynrik wollte folgen, doch er sah, dass Bray noch immer wie versteinert dastand und auf ihre Mutter, Jenya und Shayak starrte.

»Nun komm schon«, forderte er sie auf.

»Aber ich …«

Der Schwertkämpfer fackelte nicht lange. Mit einem Ausfallschritt packte er Bray, warf sie sich über die Schulter wie ein Stück Holz und hielt sie mit der Linken fest, während die Rechte das Schwert des Paladins führte.

Bray wehrte sich nach Kräften, wusste nicht mehr, was sie denken oder fühlen sollte. Kynrik stürmte mit ihr den Hügel hinab und durch die Reihen der Schattenkrieger, Worfeck und Ægir hinterher. Durch Tränenschleier blickte Bray zurück, sah Elyvara und die anderen auf dem Thronpodest stehen, den Astarstein über ihnen …

Und während die Schattenkrieger zu allen Seiten emporkrochen, um den Hügel zu erstürmen, wurde der Stein plötzlich von einem gleißenden Leuchten erfasst. Und der Ursprung dieses Leuchtens waren die drei Legenden …

22

Passhöhe
Wenig später

Es war ein verschwindend geringes Häuflein von Kämpfern, das sich noch gegen die Schattenkrieger zur Wehr setzte.

Zu allen Seiten waren sie eingekreist.

Von allen Seiten wurden sie bedrängt.

Und doch leisteten sie Widerstand.

Nawyd war verwundet. Nicht nur die Schulter machte ihm wieder zu schaffen, die ohnehin kaum verheilt gewesen war; er hatte auch ein Dutzend weiterer Schnitte und Blessuren davongetragen. Von seinem Schild aus Astarstahl war nur noch ein deformiertes Etwas geblieben, von dem er sich schließlich getrennt hatte. Seither führte er das Schwert mit beiden Händen und versuchte, sich die Schattenkrieger irgendwie vom Leib zu halten. Es war ein übles Hauen und Stechen. Die Kräfte hatten längst nachgelassen, Muskeln und Knochen schmerzten, von der allgegenwärtigen Präsenz des Todes ganz zu schweigen, die wie ein Parasit an den verbliebenen Kämpfern nagte.

Nur wenige standen noch auf den Beinen, unter ihnen Hilalayan, der wie von Sinnen um sich hieb und einen Todesmut bewies, von dem er bis zu diesem Augenblick wohl selbst nichts gewusst hatte. Seine Kleider waren zerschlissen und die Gesichtszüge blutbesudelt, dunkle Ränder lagen um seine kleinen Augen. Unmittelbar neben ihm fochten Latimer Thinkling und die letzten verbliebenen Halblinge. Zusammen mit den Leibwächtern der Königin und einem Rudel

Morwölfe waren sie alles, das von der Streitmacht der freien Völker geblieben war. Und da war Fürstin Yone.

Längst saß die Astara nicht mehr auf ihrem Pferd. Ihre Bewegungen waren langsamer geworden, Erschöpfung stand in ihren Zügen zu lesen. Auch ihre Schönheit war gewichen, hatte namenlosem Grauen Platz gemacht. Der Hang, vom Waldrand bis hinauf zur Passhöhe, war von verstümmelten Körpern übersät und von Verwundeten, die sich am Boden wanden. Und dort, wo die Essenz des Todes ihre verderbliche Wirkung tat, erhoben sich gefallene Astari wieder und zogen erneut in die Schlacht, doch diesmal auf der anderen Seite.

Es war ein Kampf, der nicht gewonnen werden konnte, und jeder wusste es. Es ging nur noch darum, Zeit zu gewinnen, doch Nawyds Vertrauen darauf, dass die Dinge sich noch änderten, dass die Sieben Legenden am Ende doch noch siegreich sein und den Untergang Astrays verhindern könnten, schwand mit jedem Augenblick, mit jedem brennenden Atemzug, mit jedem Schwerthieb, den er mühsam parierte.

Nawyd unternahm einen halbherzigen Ausfall, doch der Hieb, den er führte, war so langsam und vorhersehbar, dass der Schattenkrieger ihm mühelos auswich. Dass ein Schwertstreich Fürstin Yones den Untoten ereilte und enthauptete, spielte keine Rolle, denn augenblicklich waren zwei weitere zur Stelle, um seinen Platz einzunehmen.

Nawyd fühlte sich an den *Shinthanan* erinnert, das grässliche Ungeheuer aus den alten Geschichten, die man in Altashar erzählte, um kleine Kinder und leichtgläubige Seelen zu erschrecken. Der *Shinthanan*, so hieß es, sei ein vielköpfiges Ungeheuer gewesen, das man nicht habe töten können, denn für jedes Haupt, das abgeschlagen wurde, wuchsen zwei neue nach. Vielleicht, sagte sich Nawyd, in dessen Kopf sich abstruse Gedanken jagten, war es ja mehr als nur eine Geschichte … Vielleicht hatten auch frühere Generationen schon Kämpfe wie diese geführt, Kriege gegen unbesiegbare

Gegner, und die Erzählung vom *Shinthanan* war lediglich ein Bild dafür... In jener Geschichte mussten die Menschen warten, bis das Monstrum an Altersschwäche starb, auf diese Weise wurde die Welt nach einer langen Zeit der Dunkelheit vor dem *Shinthanan* gerettet – aber es war eben nur eine Geschichte.

Dies hier war die Wirklichkeit.

Der *Shinthanan* verschwand aus Nawyds Bewusstsein, stattdessen musste er an Nyasha denken. Er bedauerte, nicht mit ihr gegangen zu sein, vielleicht hätte er dort von größerem Nutzen sein können als hier ...

Verzweiflung überkam ihn, die Befürchtung, sein Leben sinnlos geopfert zu haben. Das Schwert beidhändig umklammernd, focht er weiter, blieb an Fürstin Yones Seite, auch wenn er nicht mehr an ihre Sache glauben konnte.

Nichts spielte mehr eine Rolle.

Nichts mehr ...

Der Kampf ist verloren.

Der Augenblick, in dem Nawyd diese Erkenntnis dämmerte, war auch der, in dem ein Pfeil heranflog. Er war nicht gezielt, sondern nur aufs Geratewohl geschossen, vielleicht war er auch an einem Schild abgeprallt und auf eine neue Bahn gelenkt worden. Deshalb sah ihn niemand kommen.

Fürstin Yone riss noch ihr Schwert empor, um das irregeleitete Geschoss abzuwehren.

»Nein!«, hörte Nawyd sich selbst brüllen.

Doch es war zu spät.

Der Schattenpfeil durchschlug Yones Rüstung und durchbohrte ihr Herz – und in dem Moment, da es aufhörte zu schlagen, erlosch auch alle Hoffnung.

23

In der Tiefe

Hals über Kopf rannten sie durch die unterirdischen Gewölbe und Stollen. Irgendwann hatte Kynrik Bray abgesetzt, denn sie hatte begriffen, dass es kein Zurück mehr gab. Sie konnten nur versuchen, sich nach draußen durchzuschlagen, und es war mehr als fraglich, ob ihnen das gelingen würde.

Dass sie es überhaupt geschafft hatten, sich einen Weg aus dem Thronsaal zu erkämpfen, grenzte an ein Wunder – Bray konnte es sich nur mit dem Moment der Überraschung erklären. Doch inzwischen schien der Drachenkönig diese verwunden zu haben und war wieder erstarkt.

Und mit ihm auch seine Krieger.

Von beiden Seiten, aus Erdspalten und dunklen Nischen huschten gebückte Kreaturen heran, die Zähne gefletscht und die Klauen wetzend. Bray sah ihre Augen in der Dunkelheit leuchten, hörte ihr unmenschliches Knurren.

»Da kommen sie!«, rief sie ihren Gefährten zu, während sie durch die Gewölbe stürmten, auf demselben Weg, auf dem sie hereingekommen waren.

Inzwischen lief Kynrik vorn an der Spitze, und Worfeck hatte die Nachhut übernommen. Sein breiter Rücken schützte Bray, Ægir und Lorymar, die vor ihm herrannten wie Kinder, die Schritt zu halten suchten.

»Schneller!«, ermahnte der Urok sie unablässig. »Lauft schneller!«

Lorymar gab sein Bestes, aber die Begegnung mit dem

Geist Šarkan Izzas' hatte Spuren hinterlassen. Er war geschwächt und hinkte, sein Atem rasselte. Zwar hielt er tapfer sein Schwert in der Hand, doch einer Konfrontation mit den Schatten würde er nicht mehr gewachsen sein.

Dabei holten die Unholde beständig auf …

An der Mündung zu einem Tunnel, der sich zwischen zwei umgestürzten und nun aneinanderlehnenden Mauern erstreckte, blieb Kynrik abrupt stehen.

»Sinnlos«, war er überzeugt. »Sie werden uns einholen.«

»Wir müssen es trotzdem versuchen«, sagte Bray.

»Ihr«, verbesserte der einstige Paladin wortkarg. Damit löste er den Umhang um seine Schultern und ließ ihn herabgleiten. Seine Fackel rammte er in den von Schutt überzogenen Boden, dann zog er mit dem Schwert eine Linie, so als wollte er sagen, dass die Schatten zwar noch bis hierhergelangen würden, aber keinesfalls mehr darüber hinaus.

»Geht«, wies er Bray und die anderen an, während er an ihnen vorbei in das Dunkel starrte, aus dem die Laute der sie verfolgenden Schattenkrieger drangen.

»Nein«, widersprach Bray entschieden. »Wir haben Jenya, Shayak und meine Mutter zurückgelassen. Ich werde nicht …«

»Sie sind geblieben, damit wir entkommen konnten – und ich werde bleiben, damit ihr entkommen könnt«, erklärte Kynrik mit rauer Stimme. »Los jetzt, verschwindet!«

An der Entschlossenheit in seinen eisblauen Augen konnte Bray erkennen, dass jeder Widerspruch sinnlos gewesen wäre und nur noch mehr wertvolle Zeit vergeudet hätte. Auch von den Legenden widersprach keiner.

Sie nickten einander zu, dann tauchten sie in den Stollen ein, der so niedrig war, dass Worfeck sich ducken musste. Sie waren erst wenige Schritte gegangen, als Ægir abrupt stehen blieb und lauschte. Das Wispern und Schnauben der Schattenkreaturen war jetzt noch viel deutlicher zu hören als vorhin.

»Es sind zu viele«, stellte der Dwarg fest, ohne dass zu erkennen gewesen wäre, was hinter seiner Eisenmaske vor sich ging. »Allein hat Kynrik keine Chance.«

Damit wandte er sich um und ging wieder den Stollen hinab, seine Axt schulternd. Lorymar wollte ihm hinterher, um ihn aufzuhalten, aber Worfecks grüne Pranke hielt ihn zurück.

Ihr Gefährte hatte eine Entscheidung getroffen. Sie ehrten ihn, indem sie sie respektierten. Und natürlich war jedem von ihnen klar, dass es nicht nur Selbstlosigkeit war, die Ægir dazu veranlasst hatte.

Er wollte etwas wiedergutmachen. Und dies war die letzte Gelegenheit dazu.

Kynrik fuhr herum, als jemand hinter ihm aus dem Stollen trat. Seine Mundwinkel fielen herab, als er den Dwarg erkannte.

»Du?«, fragte er missbilligend. »Was willst du?«

»Wonach sieht es aus?«, fragte der Dwarg, während er ungefragt an der Linie Position bezog, die der Schwertkämpfer gezogen hatte. Breitbeinig stellte er sich hin, die grobe Axt beidhändig erhoben.

»Was bildest du dir ein?« Kynrik schüttelte den Kopf. »Glaubst du, damit könntest du mich beeindrucken? Alles ungeschehen machen, was gewesen ist?«

Ægir sah ihn an.

Doch statt zu antworten, griff er kurzerhand an die Eisenmaske und nahm sie ab. Die Gesichtszüge, die darunter zum Vorschein kamen, waren weder verbrannt noch sonst wie entstellt – aber es waren auch nicht die, die Kynrik erwartet hatte.

»Verdammt, was …?«

»Elgar Synkorol«, stellte der Dwarg sich vor, dessen Stimme nicht länger kehlig und verzerrt klang, »siebter Spross des Hauses Synkorol und Ægirs leiblicher Bruder.«

Dem Paladin blieb vor Staunen der Mund offen. »Aber … wie in aller Welt …?«

»Du hattest recht, Kynrik, in jeder Hinsicht. Ægir hatte dich verraten, um seine eigene Haut zu retten, so wie er auch unsere Familie verraten hat. Ich folgte ihm und tötete ihn im Duell, doch das Wissen um seinen Tod behielt ich für mich. Um die Ehre meiner Familie wiederherzustellen, nahm ich seinen Namen an und verließ das Nordgebirge, um in der Ferne Buße zu tun. Dank dieser Maske, die ich fast vier Jahrzehnte lang getragen habe, war es mir möglich, dem Namen Synkorol neuen Ruhm zu erwerben – und ich danke dem Schicksal dafür, dass es mir jetzt die Möglichkeit gibt, Ægirs Schuld auch bei dir zu begleichen, edler Paladin.«

»Verdammt«, knurrte Kynrik nur und starrte den Dwarg fassungslos an. Plötzlich wurde ihm klar, warum dieser der Einzige von ihnen gewesen war, den keine Visionen verfolgt hatten. Und warum er sich weder an die Krieger der Blutlegion erinnerte, gegen die sie einst gekämpft hatten, noch an das Gold aus den Schatzkammern des Kaisers …

Der Zorn, der in den dunklen Kerkern Tårannoks gewachsen war und sich im Lauf der Jahre in Hass gesteigert hatte, war plötzlich ohne ein Ziel, auf das er sich richten konnte. Entsprechend verpuffte er, als hätte es ihn nie gegeben.

»Das musst du nicht, Elgar Synkorol«, sagte Kynrik leise und ungeachtet der Schatten, deren Glutaugen nun überall in der Dunkelheit zu sehen waren. »Du hast mehr getan, als jeder andere an deiner Stelle getan hätte. Du hast den Namen deiner Familie mehr als wiederhergestellt.«

Die Blicke der beiden Männer begegneten sich in stillem Einvernehmen. Elgar nickte, dann wandte er sich wieder der Dunkelheit zu, die Axt kampfbereit in den Händen.

Keiner von ihnen sprach mehr ein Wort, während sie warteten, es war alles gesagt.

Und im nächsten Moment waren die Schattenkrieger heran.

Geistergleich brachen sie aus der Finsternis und fielen in den Lichtkreis der Fackeln ein. Den ersten enthauptete Kynrik, dem zweiten spaltete Elgars Axt den Schädel.

Weitere folgten, doch der Paladin und der Dwarg hielten stand, verteidigten den Zugang zum Stollen mit ihrem Stahl und ihrem Blut, bis der Sturm des dunklen Feindes sie schließlich hinwegfegte.

24

Passhöhe
Irgendwann

Der Himmel über der Pforte von Archos hatte sich grellrot verfärbt. Ob es die Abenddämmerung war, die über dem Haymos heraufzog, oder ob der Himmel nur all das Blut spiegelte, das den Boden der Passhöhe tränkte, wusste Nawyd nicht zu sagen. Er selbst blutete aus zahllosen Wunden und konnte sich kaum noch auf den Beinen halten. Dass er überhaupt noch am Leben war, erschien ihm wie Hohn.

Den schrecklichen Augenblick, da Fürstin Yone von einem Schattenpfeil getroffen und durchbohrt worden war, sah er noch immer vor sich. Er hatte sie auffangen wollen, ihr Trost zusprechen oder ihr zumindest jenen letzten Dienst erweisen, den er auch Inara und Veysi erwiesen hatte, doch dazu war es nicht gekommen. Als wäre die niedersinkende Astara das Zeichen, auf das die Untoten nur gewartet hatten, griffen sie noch heftiger an und durchbrachen auch die letzte Stellung.

Der Pulk der Verteidiger wurde gesprengt, Nawyd von Yone getrennt. Hinter schwärzlichen Körpern sah er die Herrin von Silea verschwinden, zu Tode verwundet. Er glaubte, tief in seinem Inneren ihren Schmerz und ihre Furcht zu spüren, und tiefe Verzweiflung überkam ihn.

Er wollte zu ihr, doch die Übermacht des Feindes ließ es nicht zu. Von allen Seiten drängten Schattenkrieger heran und kreisten die letzten Überlebenden ein, und der Sohn des Artaban fand sich in einer Schicksalsgemeinschaft mit jenen, von denen er es nie erwartet hätte: Eine Handvoll Halblinge, ein Morwolf und zwei Schwertkämpfer der Astari waren seine Gefährten in diesem letzten Kampf … und Hilalayan.

Der Hofmarschall von Altashar stieß einen schrillen Schrei aus und stieß mit einer abgebrochenen Lanze zu, die er vom Boden aufgelesen hatte. Der Stoß durchbohrte einen Untoten, der dennoch mir der Axt zuschlug und Hilalayan am Kopf streifte. Blutüberströmt ging er nieder, und obwohl Nawyd wusste, dass auch sein eigenes Leben nicht mehr lange währen würde, empfand er etwas wie Trauer. Ausgerechnet für den Mann, der in Altashar sein erbitterter Gegner gewesen war, der gegen ihn intrigiert, ihn verraten und an den Feind ausgeliefert hatte … Doch was bedeutete das schon?

Feinde waren zu Freunden geworden und Freunde zu Feinden. Was gewesen war, war nicht mehr von Bedeutung. Alles hatte sich geändert, der Krieg gegen die Schatten hatte sie einander gleich gemacht …

Nawyd sprang vor. Die Zähne fest zusammengebissen, enthauptete er den Untoten, der Hilalayan verwundet hatte, und fiel bei dem Hofmarschall nieder, der heftig aus seiner Stirnwunde blutete.

»Bitte, Prinz«, stieß Hilalayan hervor.

Nawyd nickte und fasste das Schwert mit beiden Händen – als eine Meute von Schattenkriegern auf ihn zukam, blutige Schwerter in den Klauen.

Und er verstand, dass er Hilalayans Bitte nicht mehr würde erfüllen können.

25

In der Tiefe

Sie waren gerannt, so schnell sie konnten.

Atemlos waren sie durch die Gewölbe gehetzt, durch die sie in die Unterwelt von Myracor gelangt waren. Wann war das gewesen? Bray wusste es nicht mehr, es mochte Tage oder auch nur Stunden her sein.

Ihre Beine schmerzten, sie konnte kaum noch laufen, auch Lorymar sah hundeelend aus. Seine Miene war kreidebleich, und der Halbling torkelte mehr, als er lief. Immer wieder brach er in die Knie, und Worfeck musste ihn ein Stück weit tragen. Die beiden Fackeln, die Bray und der Urok mitführten, waren fast heruntergebrannt – was, wenn sie ausgingen?

Und dann konnten sie plötzlich wieder die unheimlichen Geräusche der Schattenkrieger hinter sich hören und ihr grausiges Flüstern …

Bray war verzweifelt. Wenn die Bestien ihnen wieder auf den Fersen waren, musste das bedeuten, dass Kynrik und Ægir nicht mehr am Leben waren. Der dunkle Feind hatte sie überrannt, die Todesessenz war inzwischen sicherlich schon dabei, sie zu Dienern des Bösen zu machen. Alles drohte verloren zu gehen, einfach alles … die Welt war am Rand des Untergangs.

»Wir schaffen es nicht«, rief sie. Tränen füllten ihre Augen, sie konnte nicht mehr. So viele waren zurückgeblieben, damit sie entkommen konnten – und nun würde doch alles vergeblich gewesen sein … »Sie werden uns jeden Moment eingeholt haben!«

»Weiter«, verlangte Worfeck, »immer weiter!«

Bray stolperte über ein Trümmerstück und geriet ins Straucheln. Hätte Lorymar, der sich selbst kaum auf den Beinen halten konnte, sie nicht aufgefangen, wäre sie gestürzt. Sie nahm sich zusammen, redete sich ein, dass sie das hier gewollt hatte, dass sie die Wahrheit hatte sehen wollen – doch dann waren wieder die Stimmen in ihrem Kopf und flüsterten ihr Grausamkeiten ins Ohr, berichteten ihr von all den grässlichen Dingen, die geschehen würden, wenn die Schattenkrieger sie erst eingeholt hatten …

»Du hattest recht«, stieß sie hervor. »Wir sind nur Blätter im Wind … und noch nicht einmal das.«

Die Verzweiflung in ihr wurde übermächtig.

Wäre es nicht um ihre beiden Gefährten gewesen, die immer weiterliefen, der Erschöpfung zum Trotz, hätte sie vielleicht schon aufgegeben. Sie musste an Rayan denken, ihren Vater, und fragte sich, ob er all dies hatte kommen sehen. Hatte er gewusst, dass dies geschehen würde? Hatte er sie darauf vorbereiten wollen?

In ihren Gedanken bat sie ihn um Hilfe, während sie gleichzeitig damit begann, Lieder zu rezitieren, die er ihr beigebracht hatte, um nicht ständig die Stimmen der Schatten in ihrem Kopf hören zu müssen, die immer lauter wurden …

Bray warf einen gehetzten Blick zurück – und konnte die Augen der Unholde in der Dunkelheit leuchten sehen.

Zu Hunderten …

»Verschwindet!«, schrie sie, von Entsetzen geschüttelt. »Lasst uns verdammt noch mal in Ruhe!«

Worfeck schickte eine Verwünschung in seiner Sprache hinterher, doch es half nichts – die Schattenkrieger waren ihnen dicht auf den Fersen und holten nun zügig weiter auf. Nur noch ein Steinwurf trennte sie von den drei ungleichen

Gefährten, die um ihr Leben hinkten und stolperten, quer durch die Trümmer der einstigen Kaiserstadt, die zum Hort der Finsternis geworden war. Und plötzlich tauchten auch aus der Dunkelheit vor ihnen Schattenkrieger auf, krochen aus dunklen Höhlen und Ruinen und versperrten ihnen geifernd den Weg.

Die ersten stieß Worfeck noch zur Seite, einen weiteren zerschmetterte er – doch dann blieb der Urok stehen, denn jenseits des Feuerscheins waren nur noch teerige, wimmelnde Körper und mörderische Fänge zu sehen, eine unüberschaubare Masse.

Die Gefährten standen Rücken an Rücken.

Ihre Flucht war zu Ende, alles war vergeblich gewesen.

Jenya, Elyvara und Shayak kämpften.

Es war ein Kampf, wie sie ihn zuvor nur ein einziges Mal ausgetragen hatten. Ein Kampf, der nicht mit blanker Klinge gefochten wurde und nicht mit blutigem Stahl, sondern mit der Kraft der Gedanken.

So unterschiedlich die Sieben Legenden gewesen sein mochten, die Verbindung zum Stein der Astari war ihnen allen gemeinsam gewesen. Er hatte sie damals gerufen, und indem sie ihn fanden und seine äonenalte, den Sternen entstammende Kraft entfesselten, hatten sie Malfertas' Herrschaft einst beendet und Myracor zerstört.

Nun versuchten sie noch einmal, jene Kräfte zu beschwören, die dem uralten Gestein innewohnten.

Kräfte, die manche als Magie, andere als Naturgewalt bezeichnet hätten.

Kräfte, die dem Kosmos selbst entstammten und so alt waren wie er selbst.

Kräfte von Licht und Finsternis.

Ihre Körper erbebten, während sie einander weiter bei den Händen hielten, von der Energie umflossen, die aus dem

Astarstein austrat – nicht in gleißenden Strahlen wie ehedem, sondern wie flüssige Glut, die aus einem Kessel geschmolzenen Erzes rann und sich auf die drei Legenden ergoss und sie in gleißendes Licht tauchte.

Die Qualen, die sie dabei litten, waren entsetzlich, denn der Astarstein unterschied nicht zwischen jenen, die seine Kraft weise nutzten, und jenen, die sie missbrauchten. So wie er nicht zwischen Gut und Böse unterschied. Es war ein Stein, nicht mehr und nicht weniger, und ebenso gleichgültig gegenüber dem Schicksal der Sterblichen, wie es alle Steine waren, auch die kleinsten, die man am Wegrand fand.

Erst derjenige, der den Astarstein benutzte, konnte seinen Kräften Sinn und Richtung geben …

»Gebt auf!«, rief die Stimme des Drachenkönigs in ihren Köpfen, seine Überraschung und selbst seine Furcht schien er überwunden zu haben. »Ihr habt so viel gelitten, ist es nicht endlich genug?«, fragte er. »All dies habt ihr schon einmal auf euch genommen, und wie haben es die Menschen euch gedankt? Verhöhnt haben sie euch, beschimpft und vergessen! Sie sind es nicht wert, dass ihr euch für sie opfert, ihr, die ihr Legenden seid …«

Selbst jetzt, da sie von Schmerz gepeinigt wurde und spürte, wie die Energie des Astarsteins ihre Haut und das Fleisch darunter verbrannte, konnte Jenya erkennen, dass Šarkan Izzas seine Taktik geändert hatte.

So hatte er es auch einstmals versucht, als die Astari diese Welt betraten und die verschlagenen Drachen sie freudig empfingen und als Freunde begrüßten – nur um ihnen wenig später in den Rücken zu fallen und viele von ihnen zu töten.

Jenya hatte sich immer gefragt, wie viel Wahrheit an diesen alten Geschichten war. In diesem Augenblick wurde es ihr nur zu bewusst.

»Durch… halten«, raunte sie ihren Gefährten zu. »Der

Stein … konzentriert euch auf den Stein, sein innerstes Wesen …«

Damals war es anders gewesen.

Der Astarstein war erfüllt gewesen von unvorstellbarer Kraft, die zu entlocken den Sieben leichtgefallen war. Diesmal war es um so vieles schwerer, in sein Inneres zu gelangen und seine verborgene Kraft zu entfesseln. Jenya fragte sich bang, was der Stein ihnen noch abverlangen wollte, ehe er endlich seine Wirkung tat.

»Ihr müsst dies nicht tun«, sprach Šarkan ihnen weiter zu. »Eure Gefährten, die ihr retten wollt – in diesem Augenblick haben meine Krieger sie eingekreist, und es bedarf nur eines Fingerzeigs von mir, um sie alle töten zu lassen … oder zu verschonen! Ich könnte es tun, könnte meinen Kriegern befehlen, eure Gefährten unversehrt ziehen zu lassen, besonders deine geliebte Tochter, Elyvara!«

Jenya konnte den Schmerz fühlen, den Brays Erwähnung bei Elyvara bewirkte.

»Hör nicht auf ihn«, schrie sie über das Knistern der Entladungen hinweg, die die Luft um sie erfüllten. »Wenn wir jetzt aufgeben, werden dennoch alle sterben, und Astray wird untergehen …«

»Das ist nicht wahr, und du weißt es«, widersprach der Drachenkönig. »Gib auf, Elyvara! Für deine Tochter!«

Die Zweifel der Heilerin wuchsen, und Elyvara wusste, dass sie handeln musste. Sie biss die Zähne zusammen und stieß einen Schrei aus, der jedem Urok zur Ehre gereicht hätte. Ihren ganzen Schmerz, ihre Wut und die Angst von beinahe vier Jahrzehnten legte sie hinein – und plötzlich drangen ihre Gedanken bis ins Innerste des Astarsteins vor.

Zahllose Erinnerungen waren dort – an die Vergangenheit, an das, was sie einst getan hatte und an die junge Frau, die sie gewesen war.

Und auch der Geist von Šarkan Izzas befand sich im Inneren des Steins – und spürte die Anwesenheit der Heilerin. Statt weiterzusäuseln, verfiel er in wütendes Gebrüll und stieß uralte Flüche aus. Gleichzeitig gab er seinen Schergen, die den Thronhügel bislang umlagert hatten, den Befehl, die Plattform zu erklimmen und die drei Gefährten mit ihren Klauen zu zerfetzen. In diesem Moment gelang auch Jenya der Zugang zum innersten Kern, und kurz darauf auch Shayak.

Es gab ihrer nicht mehr sieben.

Doch sie waren Legenden.

Sie waren im Inneren des Steins, rührten an seiner verbliebenen Kraft – und genau wie damals teilten sie in diesem Augenblick jeden Gedanken und jede Empfindung, konnten alles gleichzeitig sehen.

Die Vergangenheit.

Die Gegenwart.

Die Zukunft.

Bray, Lorymar und Worfeck, die von den Schattenkriegern bedrängt wurden.

Das Schlachtgeschehen auf der Passhöhe, wo die Armee der Astari am Rand der Niederlage war und ihre Freunde in höchster Bedrängnis.

Und auch sich selbst konnten sie sehen, wie sie dort auf dem Thronhügel standen und sich im Licht gleißender Energie aneinanderklammerten, während die Schattenkrieger den Hügel stürmten und mit schrecklichem Blutdurst über sie herfielen.

»Jetzt!«, schrie Jenya.

Wie schon einmal konzentrierten sie sich, und genau wie damals stießen sie den Astarstein an, schleuderten ihn kraft ihrer Gedanken ins weite Meer des Kosmos, auf dass er Kreise ziehe und seine Wirkung entfalte, und die Zeilen des alten Liedes, das Rayan stets gesungen hatte, bewahrheiteten sich:

Auch wenn so weit das Wasser und endlos liegt das Meer,
zieht ein Stein doch Kreise, erst leis, dann immer mehr.
Und noch während Menschen denken und sinnen unentwegt,
hat der Stein im Wasser längst schon etwas bewegt.

Doch anders als damals gab es für Jenya, Shayak und Elyvara keinen Weg zurück.

Ihre Körper existierten nicht mehr, fielen in diesem Augenblick den Klauen der Schattenkreaturen zum Opfer, während die Geister der Drei Legenden im Inneren des Steins auf Šarkan Izzas trafen und ihn dort mit aller Macht festhielten.

Der Drachenkönig verfiel in irrsinniges, panisches Gelächter, als er begriff, was geschehen würde. Und im nächsten Augenblick zerbarst der Stein der Astari, verging in einer Kugel aus gleißendem Schein, der alles verschlang, was sich in seiner Nähe befand: die Schattenkrieger, den Verlorenen Thron und die sterblichen Überreste der Drei Legenden – und selbst die Todesessenz, die noch im letzten Moment versuchte, sich durch Ritzen und Löcher zu verflüchtigen und in der Tiefe zu verbergen, wie sie es schon einmal getan hatte.

Es gelang ihr nicht.

Die Welle des Lichts verschlang auch sie, während es sich nach allen Seiten ausbreitete. Für den Bruchteil eines Augenblicks riss es die Trümmer von Myracor aus der Dunkelheit, um sie schon im nächsten Moment wieder darin versinken zu lassen. Die Unterwelt erbebte in ihren Grundfesten, während das Licht weiterraste und das finstere Element verschlang, wo immer es darauf traf.

In der Dunkelheit von Myracor.

Und schließlich in ganz Astray …

26

Passhöhe
Augenblicke zuvor

Nawyd kniete am Boden.

Erschöpfung und Schmerz hatten ihn niedergerungen.

Den ersten der beiden Schattenkrieger hatte er noch abwehren können; der zweite schwang seine Waffe mit furchtbarer Wut und brachte Nawyd zu Fall. Sein Schwert hatte sich seinem Griff entwunden und lag irgendwo im blutigen Morast. Er war wehrlos, der Willkür des Untoten ausgesetzt, der mit kalten Augen auf ihn starrte und sich anschickte, ihm jenen tödlichen Hieb zu versetzen, der ihn der Essenz des Todes preisgeben und zum Diener der Finsternis machen würde. Nawyd hatte sich tapfer gewehrt, war bei den Letzten gewesen, die noch auf den Beinen gestanden und die Passhöhe verteidigt hatten. Doch nun endete die Schlacht auch für ihn.

Der Lärm ringsum war erloschen, Nawyd hörte nichts als das Rauschen des Blutes in seinem Kopf und seinen eigenen keuchenden Atem. Er wollte sich weiter zur Wehr setzen, aber er konnte es nicht mehr. Denn mehr noch als der Schmerz und die Erschöpfung hatte die Verzweiflung ihn übermannt, die Einsicht, dass die Niederlage unausweichlich war.

Astray ist verloren.

In diesem Augenblick fühlte er die Erschütterung.

Der Boden unter ihm erzitterte, und mit ihm der Wald und das ganze Gebirge. Zunächst hielt Nawyd es für eine Täuschung, aber er konnte sehen, dass der Untote auf seinen dürren Beinen wankte und das Gleichgewicht zu verlieren drohte.

Fast im selben Moment war von Südosten ein Heulen und Rauschen zu vernehmen, als wenn ein Sturm aufkam – und tatsächlich konnte Nawyd sehen, dass sich von jenseits der Baumwipfel und der gezackten Felskämme etwas näherte. Rasch kam es heran, schneller als selbst der wildeste *rasif*, der durch die Weiten der Feuerwüste fegte – und schon einen Lidschlag später erreichte es die Passhöhe.

Nawyd spürte keinen Wind, aber er konnte sehen, wie sich die Bäume unter gewaltigen Kräften bogen, so als fuhr etwas unsichtbar über sie hinweg. Er tat, was ihm als Sohn der Wüste von Jugend an beigebracht worden war, und warf sich bäuchlings zu Boden, um jener unbezwingbaren Macht möglichst geringen Widerstand zu bieten.

Das Gesicht im blutigen Morast vergraben und den Kopf mit den Händen schirmend, spürte er, wie etwas über ihn hinwegstrich. Es war kein Windstreich und kein Wirbelsturm, vielmehr kam es ihm vor, als würde die Schöpfung selbst über ihn hinwegfegen, jene Unermesslichkeit, die hinter allem stand und das Leben selbst bewirkte …

Und im nächsten Moment war es vorbei.

So schnell sie aufgekommen war, war jene unsichtbare Kraft wieder hinfortgeeilt, einer gewaltigen Welle gleich, die über das Gebirge hinweggeschwappt war. Nawyd regte sich. Sein Körper und jeder einzelne Knochen darin schmerzten, aber er überwand sich und richtete sich auf, wollte wissen, was jener seltsame Sturm oder was immer es gewesen war bewirkt haben mochte …

Der Prinz von Altashar traute seinen Augen nicht.

Die Schlacht um die Passhöhe war zu Ende.

Jedoch war sie anders ausgegangen, als es noch vor Augenblicken den Anschein gehabt hatte. Die Schattenkrieger marschierten nicht mehr; nicht länger standen sie da, ihre Waffen in den Knochenhänden und bereit, alles Leben damit auszulöschen. Sondern sie lagen reglos auf dem Boden.

Nawyd sprang auf, seiner Schmerzen ungeachtet.

Der Untote, der ihn soeben noch hatte niederstrecken wollen, war bereits im Begriff, zu Staub zu zerfallen, der warme Wind über der Passhöhe wehte ihn schließlich davon. Und nicht nur ihn – auch alle anderen Schattenkrieger, die eben noch zu Hunderten aus dem Wald geströmt und den Hang erstürmt hatten, waren zusammengebrochen und zerstoben innerhalb von Augenblicken.

War war geschehen?

Nawyd trat näher an die zerfallenden Körper heran und sah zu, wie die Krieger des Schreckens endlich den Weg gingen, der allen Sterblichen vorbehalten war.

Und er verstand. Die Essenz des Todes war verschwunden.

Nicht länger bedeckte jene glänzende, teerige Masse Gesichter und Körper, und sie kroch auch nicht mehr über den Boden auf der Suche nach neuen Wirten, denen sie ihre frevlerischen Kräfte aufzwingen konnte. Wohin Nawyd auch blickte, sah er nichts als Knochengerippe und zerfallende Körper, jedoch keine Spur mehr von der grässlichen Substanz.

Nawyd hegte keinen Zweifel daran, dass jener Impuls, jener unsichtbare Sturm der Vernichtung von dort gekommen war, wo sich einst die alte Kaiserstadt Myracor befunden hatte. Im buchstäblich letzten Augenblick schienen die Sieben Legenden doch noch erfolgreich gewesen zu sein …

Jetzt vernahm Nawyd dumpfe Rufe.

Jenseits des Schlachtfelds und der zerfallenden Körper wurde er einer Bewegung gewahr. Obwohl er sich selbst kaum auf den Beinen halten konnte, schaute er sich um und sah, dass sich hier und dort einzelne Überlebende der Schlacht erhoben. Er sah Astari und einige Halblinge, und unter ihnen erkannte er auch Latimer Thinkling, der heftig aus einer Schulterwunde blutete. Wie Schlafwandler wankten sie durch die unwirkliche Szenerie und konnten kaum glauben, was geschehen war, obschon sie es doch mit eigenen Augen sahen.

Und noch jemanden sah Nawyd – eine einsame Gestalt, die einen zerschlissenen Mantel und Reste einer Rüstung trug. Kraftlos streifte er sie von sich ab, während er Nawyd entgegentorkelte, dabei heftig aus einer Kopfwunde blutend.

»Prinz! Prinz Nawyd …!«

»Hilalayan!«

Mit kraftlosen Schritten ging Nawyd auf den einstigen Hofmarschall zu, fing ihn auf, als dieser zusammenzubrechen drohte. So standen sie inmitten des Schlachtfelds. Erbitterte Feinde waren sie einst gewesen, jetzt hielten sie sich aneinander fest, zwei überlebende Seelen …

»Sie … sie haben es geschafft, Prinz«, stieß Hilalayan unter Tränen hervor. »Sie haben es tatsächlich geschafft …«

»Ja, mein Freund«, erwiderte Nawyd und schämte sich seiner Tränen ebenfalls nicht, die gleichermaßen Ausdruck von Erschöpfung und Schmerz wie von Erleichterung und tief empfundener Dankbarkeit waren.

»Astray ist gerettet, die Armee der Schatten ist besiegt.«

Nawyd nickte. Doch während er noch damit rang, die Bedeutung dieser Worte zu erfassen, wanderten seine Gedanken über die Felsgrate des Haymos hinab nach Myracor, und er fragte sich voller Sorge, wie es jenen ergangen sein mochte, die diese wunderbare Wendung herbeigeführt hatten.

27

Rand des Abyss
Am darauffolgenden Tag

Nyasha hatte gewartet.

Eigentlich war es nur ein Tag und eine Nacht gewesen. Doch der Prinzessin von Altashar war es wie eine Ewigkeit erschienen. Augenblicke hatten sich zu Stunden gedehnt und Stunden zu Tagen, sodass es ihr vorkam, als hätte sie einen ganzen Mond lang an der Abbruchkante ausgeharrt und die Rückkehr ihrer Freunde herbeigesehnt. Und mit jedem Moment, der verstrichen war, war ihre Verzweiflung gewachsen.

Nyasha war noch lange genug am Abbruch geblieben, um ihre Freunde in der Tiefe entschwinden zu sehen. Als die Schwärze das Licht ihrer Fackeln verschlungen hatte, hatte sich Nyasha vom Rand des Bruchs zurückgezogen und die Pferde in den Schutz einiger Felsen geführt, die inmitten der leblosen Landschaft aufragten, hingeworfen von der Urgewalt, die Astray einst gespalten hatte. Dort hatte sie ihr Lager aufgeschlagen, wobei sie nie ganz sicher gewesen war, ob sie es war, die die Pferde bewachte, oder ob es sich in Wirklichkeit umgekehrt verhielt.

Die Pferde der Astari waren wahrhaftig kluge Tiere, edel nicht nur in Gestalt, sondern auch in Gesinnung. Es entsprach ihrer Natur, den Reitern treu zu dienen und sie jeder Widrigkeit zum Trotz in die Schlacht zu tragen. Doch selbst ihnen war die Unruhe an diesem Ort deutlich anzumerken.

Nyasha, die als junges Mädchen viele Stunden beim königlichen Gestüt von Altashar zugebracht hatte, sprach den Pferden Mut zu – auch wenn es in Wahrheit die Tiere waren, die ihr Mut machten. Noch viele Male hatte sie sich gefragt, ob die Legenden tatsächlich jemanden gebraucht hatten, der die Pferde hütete, oder ob Lorymar nur nicht gewollt hatte, dass sie ihm in den Abgrund folgte. Unzählige Male haderte sie mit ihrer Entscheidung und wünschte sich, mit ihren Freunden gegangen zu sein. Vielleicht hätte sie ihnen nicht wirklich helfen können, aber wenigstens wäre sie bei ihnen gewesen …

Es waren immer dieselben Gedanken, die sich in ihrem Kopf jagten, einen Tag und eine Nacht lang.

Bis das Beben kam.

Der neue Tag war längst angebrochen, als der Boden unter ihr sich plötzlich bewegte. Nyasha, die erst gegen Morgen in unruhigen Schlaf gefallen war, von Sorge und Erschöpfung übermannt, schreckte in die Höhe.

Die Pferde waren unruhig, tänzelten und wieherten und warfen die Köpfe vor und zurück, um sich von dem Felsen loszureißen, an dem Nyasha sie angebunden hatte.

»Ruhig«, sprach die Prinzessin auf sie ein, während die Erde weiterbebte. Ein dumpfes Rumpeln drang aus der Tiefe, so als wollten die Grundfesten der Welt in sich zusammenstürzen. Nyasha wankte und wäre gestürzt, hätte sie sich nicht an eines der Pferde geklammert.

Dann kam der Sturm.

Wie ein Blitz raste er über sie hinweg, dann stieg dunkler Rauch aus dem Abgrund auf, gefolgt von Staub, so fein und dicht, dass er sich wie Nebel über das Land legte.

Nyasha wurde von Hustenkrämpfen geschüttelt. Nach Art der Wüstenvölker schlug sie ihren Umhang vor Mund und Nase, um sich vor dem Staub zu schützen, und benutzte die Decken dazu, dies auch bei den Pferden zu tun. Die Tiere dankten es ihr, indem sie ein wenig ruhiger wurden, zumal das Erdbeben inzwischen aufgehört hatte. Und wieder harrte Nyasha aus.

Zuerst Augenblicke.

Dann Minuten.

Schließlich Stunden.

Und plötzlich glaubte sie, in den Schwaden des sich allmählich lichtenden Nebels etwas zu erkennen … Menschliche Gestalten, die dem Abgrund entstiegen und sich ihr wankend näherten.

Im ersten Moment glaubte sie, dass es Schattenkrieger wären, Schergen des Feindes, die die Weisung hätten, sie zu holen … Doch ihre Bewegungen waren zu weich und fließend, als dass es sich um Untote hätte handeln können.

Es waren drei.

Nur drei …

Nyasha trat aus dem Schutz der Felsen, hoffend, dass noch weitere Gestalten dem Schlund der Tiefe entsteigen würden, doch sie hoffte vergeblich.

Es blieben drei, nicht mehr – doch in einer von ihnen, die kleiner und schmächtiger war als die anderen, konnte die Prinzessin ihren geliebten Halbling erkennen.

»Lorymar!«

Sie rannte auf ihn zu, und er schloss sie in die Arme, kraftlos und erschöpft. Er sah fürchterlich aus, das Haar versengt, die Züge verdreckt und staubig. Aber da war auch ein Lächeln in seinem Gesicht, das von Hoffnung zeugte. »Es ist überstanden«, stieß er leise hervor, worauf sie ihn noch einmal umarmte und so fest an sich drückte, wie sie nur konnte.

Die beiden anderen Gestalten traten hinzu, die eine schlank und filigran, die andere schwer und riesenhaft – Bray und Worfeck. So erleichtert Nyasha war, ihre Freundin wiederzusehen und den Urok, den sie trotz seiner groben Natur ins Herz geschlossen hatte, so bestürzt war sie über das Fehlen der anderen.

»Jenya?«, fragte sie leise. »Kynrik? Elyvara und der Dwarg? Und Shayak …?«

Bray schüttelte nur den Kopf. Ihre Züge waren gezeichnet von Verlust und Schrecken, der Sieg schien ihr in diesem Augenblick nichts zu bedeuten. »Sie haben sich geopfert«, erwiderte sie schließlich leise, »damit wir überleben können … für ganz Astray.«

Nyasha spürte, wie Tränen über ihre Wangen rannen. Bray schien nicht mehr in der Lage zu weinen, obschon sie dort in der Tiefe so viel verloren hatte.

»Seid nicht traurig«, beschied Worfeck ihnen. »Sie haben dort ihre Bestimmung gefunden. Jetzt endlich haben sie die Ruhe, die sie hier niemals finden konnten.«

»Und wir?«, fragte Lorymar.

»Seltsam, dass du fragst.« Ein hintergründiges Lächeln dehnte das breite Kinn des Uroks. »Inzwischen solltest du doch gelernt haben, dass wir alle nichts anderes sind als Bl…«

In diesem Moment entfuhr Bray ein überraschter Schrei. Nyasha sah erst jetzt den Gegenstand, den sie in ihren Händen hielt und den sie die ganze Zeit wie einen Schatz an sich gepresst hatte.

Er war etwa faustgroß und eiförmig. Die Oberfläche war grau und porös und von dunklen Adern durchzogen – und es waren Sprünge darin, die sich rasch vergrößerten! Dann erschien eine winzig kleine Kralle – etwas war dabei, sich aus dem Inneren der Schale herauszuarbeiten!

»Xanthara«, stieß Bray hervor, atemlos vor Überraschung. »Das also war es, was Shayak meinte!«

Das Wesen, das noch winzig klein war und zerbrechlich, kam zögernd aus seiner Schale hervor und sah die Gefährten aus seinen gelben Reptilienaugen an – und ihnen war, als würde aus diesen Augen auch etwas von Shayak auf sie blicken. Sie alle verspürten Trost in diesem Augenblick, und als wäre dies das Zeichen, durchbrach ein Sonnenstrahl den sich lichtenden Nebel und hüllte die Gefährten in wärmendes Licht.

Es war ein neues Leben.

Ein neuer Anfang.

Eine neue Zeit.

Epilog

So endet das Buch der Sieben.

Die Zeit der Legenden war unwiderruflich zu Ende gegangen, doch an ihre Stelle traten neue Helden, um über Astray zu wachen. Und wie einst in den Tagen der Schreckensherrschaft von Malfertas fanden sie sich aus allen Völkern und Rassen zusammen.

An die Stelle der Astara Jenya, die die Stimme und das Oberhaupt der Sieben gewesen war, trat Bray von Skaradag, die einstige Diebin und Sängerin, deren Schicksal sich im Zuge des Kampfes um Astray offenbart hatte.

Die Nachfolge ihrer Mutter Elyvara, die in der Heilkunst bewandert und in all den Jahren das Gewissen der Sieben gewesen war, trat Nyasha pan Tyras an, die ihren Rechten als Prinzessin von Altashar entsagte und ihr Leben in den Dienst von ganz Astray stellte.

Für Kynrik, den Schwertkämpfer und kaiserlichen Paladin, der sein Leben geopfert hatte, um das seiner Gefährten zu retten, führte Nyashas Bruder Nawyd das Schwert des Paladins fortan an seiner Stelle.

Auch Ægir Synkorol, der heldenhafte Dwarg, der in der Unterwelt von Myracor geblieben war, um an Kynriks Seite zu kämpfen, war im Kampf gegen die Schatten gefallen; an seine Stelle trat kein anderer als Hilalayan, der Eunuch von Altashar, um seine Schläue nunmehr in den Dienst aller Bewohner Astrays zu stellen.

Worfeck, der große Urok, hielt seinen menschlichen Freunden die Treue und beschützte sie in der Stunde der Not, auch wenn er zunächst als Baumblatt in das Kloster Var'a'shek zurückkehrte und dort ein Leben in Frieden fand. Doch wann immer der Ruf nach den Sieben Legenden erklang, verließ er den Hort der Ruhe und kehrte in die raue Welt zurück.

Auch Lorymar Thinkling stellte sich seinem Schicksal und tat endlich das, was sein Vater ihm vor so vielen Jahren zugedacht hatte: Als Lordkanzler von Hobheim trat er die Nachfolge seines Bruders Latimer an, der wiederum als sein Nachfolger in den Kreis der Legenden eintrat. So wurde der Wunsch ihres Vaters am Ende doch noch erfüllt. Zusammen mit Nyasha, die bei ihm blieb, stellte sich Lorymar Thinkling der Verantwortung, der er sich vor vielen Jahren entzogen hatte. Er half beim Wiederaufbau seiner Heimat und trug maßgeblich dazu bei, die letzten Reste des Ordens der Exekutoren in Westland zu beseitigen; mit den Morwölfen des Großen Waldes jedoch wurde ein Bündnis geschlossen, ein ewiger Friede, der über Generationen hinweg Bestand haben sollte.

Und so wie Lorymar in das Land seiner Ahnen zurückkehrte, trieb es auch Nawyd nach Altashar zurück, und die Chroniken Ostragiens berichten, dass er als rechtmäßiger Erbe Artabans den Thron bestieg, dem sein Onkel und der größenwahnsinnige Xusra ihm hatten streitig machen wollen. Nachdem er den Feuerkult abgeschafft hatte, bescherte er seinem Reich eine Ära des Friedens. Und nachdem er so viele Verluste hatte ertragen müssen, fand er schließlich auch seine Königin.

Nur einer fehlte noch, um den Kreis der Sieben zu schließen: Den Platz von Shayak, dem Drak mit dem großen Herzen für die Menschen, nahm dessen Sohn ein, der in Brays Obhut heranwuchs und zu einem der größten Helden in der Geschichte seines Volkes werden sollte. Der Name Xanthara, den sein Vater ihm gegeben hatte, war dabei zugleich ein Versprechen, denn er bedeutete nichts anderes als ›Zukunft‹.

Noch manches Mal wurden die Legenden um Hilfe gerufen, denn anders als in den Jahren nach der Divergenz gerieten ihre Taten nicht mehr in Vergessenheit. Weder wurden sie geleugnet noch totgeschwiegen, sondern in Liedern verewigt. Viele Barden sangen sie, an zahllosen Feuern und in allen Sprachen, sodass die Kunde vom Sieg des Lichts über die Finsternis selbst in die entlegensten Winkel Bordlands drang und in die dunkelsten Wälder Ophiras. Selbst die Uroks des Toten Landes nahmen voller Stolz zur Kenntnis, dass einer der Ihren dabei gewesen war, als die letzte Schlacht um das Schicksal der Welt geschlagen wurde.

Und es war gut, dass es Sänger waren, die die Tradition weitertrugen und die Taten der Sieben Legenden in ihren Liedern bewahrten – denn schließlich war es auch ein Sänger gewesen, mit dem alles begonnen und der allen Widrigkeiten zum Trotz die Erinnerung aufrechterhalten hatte.

Denn mit den Völkern der Welt verhält es sich wie mit den Bäumen, die in den Klöstern des Windes gepflanzt werden.

Nur was Wurzeln hat, kann wachsen.

Nur was wächst, kann Blätter hervorbringen.

Und nur Blätter kann der Wind hinaustragen in die Welt.

Zukunft gibt es nur durch Vergangenheit.

Aus der Chronik der Sieben,
Anhang des siebten und letzten Bandes

Nachwort

ENDE …

Die Gefühle, die einen überkommen, wenn man diese vier schlichten und doch so bedeutungsvollen Buchstaben tippt, kann ich nur schwer beschreiben. Da ist Erleichterung, Zufriedenheit, aber auch eine Menge Wehmut. Ein wenig so, als würde man voller Eindrücke und neu gewonnener Erfahrungen von einer großen und langen Reise nach Hause zurückkehren und bei aller Freude über das Ankommen auch noch immer den Reiz der Ferne verspüren.

Beinahe fünf Jahre haben mich die LEGENDEN VON ASTRAY begleitet, und das bisweilen auf Schritt und Tritt. Das Autorenhirn steht niemals still, und die Fantasie arbeitet auch (und gerade) dann, wenn man es eigentlich gar nicht beabsichtigt. Und so hat sich die Geschichte des Kontinents Astray und seiner in die Jahre gekommenen, teils gefallenen Helden über diesen langen Zeitraum hinweg entwickelt. Wer andere Fantasy-Bücher von mir gelesen hat, weiß, dass ich es liebe, meinen Figuren ein Lächeln zu verleihen und ihren Abenteuern ein Augenzwinkern mitzugeben. Auch in der ASTRAY-Saga wird mitunter gescherzt, doch der Hintergrund ist ernst, der Kampf sehr viel wirklicher, und wer hin und wieder den Eindruck hatte, dass sich in der gespaltenen Welt dieser Romane hin und wieder auch unsere Realität widerspiegelt, der liegt damit nicht falsch. Wenn Jenya, Bray, Lorymar, Kynrik und all die anderen zum Schwert greifen, dann kämpfen sie für Werte, die in den Wirren ihrer Zeit verloren zu gehen drohen. Und wie in unserer Welt gibt es auch hier Mächte, die sich jene Wirren zunutze machen wollen.

Die LEGENDEN VON ASTRAY zu schreiben, war auch für mich ein Abenteuer, eine Reise nicht nur an die verschiedensten Schauplätze dieser Welt mit all ihren unterschiedlichen Sprachen, Völkern und Kulturen, sondern auch in die Vergangenheit eines jeden einzelnen unserer Helden. An das, was in der Nacht der Großen Divergenz geschehen ist, hat jeder der Sieben seine eigene Version von Erinnerung, und es hat mir Freude bereitet, mich mit detektivischem Gespür auf die Suche nach der Wahrheit hinter all diesen Erinnerungen zu begeben. Denn auch darin sind uns die Helden von Astray recht ähnlich – auch sie neigen dazu, Dinge zu verklären, zu vergessen oder zu verdrängen.

Vier Bände Astray – ich kann es selbst kaum glauben. Aber da stehen sie im Regal, drei Bände und daneben schon das Manuskript des vierten, zusammen mit dem Entwurf des Covers, von dem mir der Drachenkönig entgegengrinst. Sie, lieber Leser, haben es da besser, wenn Sie diese Zeilen lesen – Sie halten bereits die fertige Ausgabe in den Händen, und ich hoffe, dass die Saga von Astray Sie gut und im wahrsten Wortsinn fantastisch unterhalten hat.

Dass diese vier Bände in dieser Form entstehen konnten, ist einer Reihe von Menschen zu verdanken, bei denen ich mich an dieser Stelle herzlich bedanken möchte: Bei meinem Agenten Peter Molden, der auch dieses Projekt wieder nach Kräften unterstützt hat; bei meinem wunderbaren Lektor Carsten Polzin, dessen scharfes Auge jeden Astar vor Neid erblassen lassen würde; bei Dr. Helmut Pesch für die Karten, die er zur Reihe beigesteuert hat und die mit Fortgang der Saga »gewachsen« sind; und natürlich bei Markus Weber und seinen Guten Punkten und hier besonders bei Zeichner Mihai Radu für ihre großartige Arbeit bei der äußeren Gestaltung dieser

Reihe. Und natürlich danke ich meiner Familie – wo wäre ich ohne euch, Mädels?

Auch Ihnen, liebe Leser, sei herzlich dafür gedankt, dass Sie dieses Abenteuer mit mir gewagt haben. Wohin die Reise als Nächstes geht? So viel kann ich sagen: Es wird vertraut – und doch ganz neu. Lassen Sie sich überraschen – und besuchen Sie mich gerne auf facebook oder auf *www.michael-peinkofer.de*

Ad Astray!

Ihr

Sommer 2019

AST
Eisland
Borea
Seeward
Nordmeer
Vergessene See
Heimgard
Brandgard
Ludgard
Nifelberg
Pernerak
Bordland
Skaradag
Dwargland
Wertal
Nordgebirge
Morwa
Havok
Klyftagor
Brigandia
Norysche Seen
Festung Vanheim
Vanfall
Barbicana
Grosser
Morwald
Gor
Cymria
Waywart
Norya
Brückst
Alter Wall
Claymor
Vangart
Südgebirge
Pforte von Archos
Magya
Westland
Isos
Opalsee
Periwinkel
Hobheim
Haymos-Gebirge
Doornach
Graya
Ankrum
Sumpfland
Sternhafen
Kreuzung von Burgos
Scyalon
Archos
Archos
Bucht von Archos
Achaya
Corras
Antara
Valos
Tamay
Sarassa
Sontra
Burgos
Silea
Aquilia
Sparaca
Khadir
Meer von Tharys
Ophira
Gora
Zawara
HP

RAY
Totes Land
UROKS
Tårannok
URok-Gebirge
Krakenwacht
BARBAREN
VLATHULI
ter Var'a'shek
ugarya
STAMBULI
GROSSE STEPPE
NABARA
UROK-SEE
Medrak
Medras
ABYSSIA
DUSHARA
Assir
Makashar
Altashar
See von Makashar
Anur
Bucht von Drakis
Gebirge von Altashar
Phrygos
Turanien
Salzsee
Ruinen von Isos
Bacra
RAJULI
Abydon
Bessos
Feuerwüste
Zagora
Oase Ayshak
Ruinen von Gondar
Djalfa
Satrapos
Hyraka
Drakistan
900
600